鹰渠
2
阮金思 著
作家出版社

目　录

“鹰巢”，它建造在悬崖峭壁之上。那儿，充满了神秘。在外人看来，不是隐居着得道的仙人就是穴居着嗜血的魔兽。

“鹰巢”的主人，是从黑道滚过来的巴萨尔先生，在浪迹社会的生涯中，他惊讶地发现了一个重大秘密：资本和权力会暗通款曲，一旦占有了那张肮脏的婚床，不仅极尽淫荡和疯狂，还会生出许许多多的金蛋蛋！

于是，“红”加黑，成了他人生光彩和“超度”财富的密码，也是他与对手进行殊死较量并获胜的法宝。在那如烟往事和空蒙岁月中，巴萨尔有着与常人不同的经历，获得了巨额财富，并干掉了三个黑恶势力团伙。而他的对手，都是一些心狠手辣的家伙，不仅精于算计，又敢于玩命，曾随时准备干掉他！

可，他赢了。巴萨尔是当代社会的“衍生物”，善与恶的元素，同时在他的血脉中奔涌！

第一章

天没用，朋友才会相助

田成祖重重地摔倒了，脸抢在了水泥地上。那个年轻、苗条、漂亮的女人，就在他的身边，只是安静地站着，面无表情。

在俄罗斯的坎斯克，庞晔华见证了田成祖两亿美金被骗的过程。那是一个年轻漂亮的俄罗斯姑娘，实施了让人深信不疑的骗术，她叫斯琴塔娜。但庞晔华不知道斯琴塔娜后面的故事，也不知道人这么不禁折腾。田成祖说病就倒下了，人也废了。

回到国内，庞晔华将田成祖安排在了滨海市康复中心治疗，并照料他的生活。此刻，巴萨尔先生的秘书长梁山汉到了，但庞晔华不认识他。

田成祖左胳膊僵直地弯在胸前，左腿僵硬地迈着步子，走路前仰后合，随时都会摔倒，真让人担心啊！看着眼前的一切，梁山汉心想，这是老天报应，田成祖应该死去！

梁山汉知道，田成祖曾两次要置自己于死地。一次，是在原始林区，田成祖通过林业局长常青松，拿到了有限采伐原始森林保护区的批件，但身为林场场长的他没有同意。于是，田成祖的打手罗列重伤了自己。为了治病，他的老伴将儿子梁良善“插草卖子”，后被巴萨尔遇上收养了。

另一次，是梁山汉住院期间，因为尚无二威胁过常青松，让林业局承担梁山汉的住院费用，同时停止原始森林保护区的采伐，被田成祖知道了。于是，再次指令罗列和杨善举到医院置他于死地，但工友受伤，又逃过一劫。

这次，梁山汉来滨海市康复中心，是巴萨尔责成他来的。起因是尚无二在符拉迪沃斯托克，罗列被塞进冰窟窿之前，请求放过田成祖。为此，巴萨尔表示了尊重，建议他不要冤冤相报。但梁山汉心中充满了仇恨，真想亲手掐死他！

梁山汉看到，在庞晔华的身旁，有一个年轻女人，还有一个小女孩。那个女人身材苗条，长相漂亮，高高的个子。他猜测，应该是田成祖的女儿。如果是，小女孩就该是田成祖的外孙女了。

现在，田成祖失忆了，对眼前的梁山汉认不出来，对身边的一切，也漠然置之了。他傻呆呆地走路，那没有希望的路。

这时，一个女护士走了过来，找到了庞晔华。“唉，我说庞晔华，欠款太多了。再不交款，就不能继续治疗了。”

“好，我知道了，您再宽限几天。”

此刻，田成祖重重地摔倒了，脸抢在了水泥地上。那个年轻、苗条、漂亮的女人，就在他身边，安静地站着，面无表情。她看着眼前的田成祖摔倒，没有伸手去扶，而任由他倒下。那个小女孩被吓着了，躲到了女人的身后，伸出小脑袋瞧着。

庞晔华急急忙忙地赶过去，把他扶起来，掏出纸巾，为他拭去脸上的血迹。看到眼前的一切，梁山汉相信，他真是废了。血，从他的脸上渗出来，又悄无声息地滴落到地上。女护士，为他做了消毒处理。看看眼前那个漂亮的女人，梁山汉发现自己错了，她不是田成祖的女儿，那个小女孩也不是他的外孙女。那么，她会是谁呢？

庞晔华把田成祖送回病房，又回到院子里打电话。可是，他没有接通，看看手中的电话，有些手足无措，脸上堆满了愁云，傻呆呆地倚墙站着，遥望遥远的天际。于是，梁山汉走近了他。

“庞晔华翻译，您好，我是符拉迪沃斯托克海天旅行社总经理王子月的朋友，他让我来看看你。同时，让我给你带好！”

“哦，是嘛。刚才，我还在给他打电话呢，想请他帮忙。唉，真是巧啊，人生无助天相助啊！”

“不，天没用，只有朋友才会相助。哦，您找王子月有事？”

“噢，有点事。说来不好意思，田成祖没有住院费用了。想请他帮个忙，交上欠费。现在，我的手机欠费了，和他联系不上。难啊，真是难啊！”

“噢，是这样，那你原来是做什么的？”

“在一家国有进出口公司工作，俄语翻译。现在，给田董事长做事，想赚一点钱。没想到，钱没赚着，又耽搁了，那家公司将我除名了，好愁人哪！哦，对了，您能联系上王子月吗？”

“他还会帮你吗？”

“会的，会帮我的，他是个好人。”

“王子月帮你，那你拿什么还他的钱呢？”

“噢，等田成祖身体好了，我再想办法吧！”

“可是，你要是还不上呢，那该怎么办呀？”

“暂时没有办法，但以后会有办法。至少我懂俄语，能帮上他的忙。我可以到符拉迪沃斯托克去，为他做事。”

“那你现在为什么不去呢？去符拉迪沃斯托克，给他做事，也能赚到钱嘛。”

“不，现在不成。如果我走了，田成祖就没人照顾了，至少我现在不能离开。如果离开，那就不道德。您看，他这个样子，难啊！”

“是，你说得对。为朋友应当讲情义，不讲情义就不是朋友啦。可是，那个女人是谁呢？不能照料他吗？”

“噢，说来难啊。那个女人叫龚冰倩，他的妻子，结婚前是个模特，但没什么名分。那个小女孩嘛，是他和龚冰倩生的女儿。”

“噢，老夫少妻！”

“有些事没法说。龚冰倩是他的第三任老婆。第二任妻子是京都大学医学院的大学生，叫雷诺宜，刚毕业就跟了他。可是，被他踹了，又娶了龚冰倩，一个冷酷的美人。现在看，男人有钱就花心，女人为钱就心迷。有钱的男人，老婆换得快。不过，她可不如那个雷诺宜，这个女人心肠狠着呢。有钱时，可热乎哪。现在，感情没了，更谈不上责任了。这不，得病不久，她就跟上一个小白脸热乎了。如今，住着几千万的豪宅，也有千万元现金，但不为他花一分钱。你看，刚才他跌倒了，连扶都不扶一把，只是站着，看着，没有表情，也没有感情！我知道她的心理，希望田成祖快点死去，好嫁人呢！嗨，话说回来，有钱人换老婆，但未必就对，光看脸蛋不行！”

在梁山汉看来，庞晔华还很稚嫩，还缺少生活历练。不过，他有可取之处。为了赚一点钱，丢了工作，在身无分文的情况下，还在想办法为田成祖治病，为交纳住院费而愁眉不展。如此的不离不弃，说明他有道德，难能可贵。

“那个女人应该拿钱的。她不拿钱，你可以和她说嘛，让她出钱就是了。她毕竟是他的老婆嘛，是有责任的。”

“我和她说过的，可她说没钱。对于我的话，她不予理睬，我又能有什么办法吗？”

“好吧，既然你是王子月的朋友，我可以帮你解燃眉之急，垫付他的住院费用。不过，到时候，你要还我钱的。我可不是活菩萨，也不想普度众生。”

“啊，谢谢您！看来，您和王子月一样，令人尊敬。可是，您叫什么名字啊？”

“哎，名字不重要，那只是一个符号。只要能够帮朋友的朋友办些事，就行了呗。”

“噢，对，您说得对！不过，田成祖也不是没有钱了，应该还有一部分钱的。只是，这些钱，被那些贪婪的部下侵占了，至少两千万元。其中，在京都的杨善举手上，就有八百万元，还占着一块地皮呢。”

“哦，那你应该找到这些人！”

“是的，可以找到的，但他们不会听我的。”

“这样吧，庞晔华，你把信息传递给他们，就说田成祖的朋友巴萨尔先生交代的。”

“哦，巴萨尔，您认识他？”此刻，他充满了疑惑，直愣愣地看着梁山汉。

“怎么，有什么问题吗？”

“不，不，没有，没有问题。”他赶紧申辩，不再说话了。

“那好，你给他们打电话吧，让他们把钱交上来。不过，钱弄回来之后，你有什么打算吗？”

“一部分钱，可作为田董事长的住院费用；另一部分嘛，可以为康复中心扩建使用，会有钱赚的。”

“是吗？”

“是的。”

“那好吧，就按你的想法办。你去把康复中心的院长请来，我和他谈一下，可以吗？”

不一会儿，康复医院的院长到了。“米院长，这位先生是我的朋友，他有些想法，对康复中心的发展有好处。”

“噢，谢谢您，我叫米大江。”

“我听说，一些需要康复的病人住院挺难的，是这样吗？”

“是的，没有床位。眼下，脑血管病人多，还有其他外伤后的病人，住不进来。”

“不能扩建吗？”

“啊，先生，您不知道的，市政府说没钱。”

“可是，我有个办法，盖一栋更大一点的康复中心，让更多的病人获得希望。”

“这样的方案提出过的，但市政府一直不批。”

“我出钱盖房子，再安排些康复器械，你看可以吗？”

“谢谢您，但政府不批怎么办？”

“没关系，那是我的事。米院长，做这事，是为了田董事长。”

“噢，知道了。他是您的朋友？”

“是的，‘老朋友’。房子盖成后的收益，一部分为田成祖的住院费用，包括雇用保姆的费用；一部分归庞晔华所有；另一部分嘛，由康复中心支配。你看行吗？米院长，你不要花一分钱的，只要你同意就行！”

“哦，可以，没问题的。”

“好吧，那就这样定了。至于什么时候盖房子，您听候庞晔华的消息就是了。”

米院长走了。梁山汉说：“庞晔华，我叫梁山汉，巴萨尔的秘书长。以后，你有事尽管找我。如果你愿意，将来可以为巴萨尔先生做些事。”

“哦，这应该没问题。不过，等田成祖的事情安排好再说吧！”庞晔华用惊诧的眼光看着梁山汉。

“可以。噢，庞晔华，记着，不要让龚冰倩参与康复中心的事务，一分钱也不能让她得到。”

在回去的路上，梁山汉给马亮庄打了电话。“亮庄，你到滨海市康复中心去一趟，安排一支施工队伍，在那里建一栋房子，设计要精美，通透明亮，报请市政府批准的事，也要一同办好。”

“秘书长，钱谁出?”

“你先垫付，由庞晔华清理田成祖的债权之后，再交付给你。这件事，头儿很重视，得精心打理。”

“知道了，秘书长。”

“记住，马上动工!”

第二章

微笑的后面，他隐藏着险恶的用心

“巴萨尔快点死去吧，还有马亮庄，也一块儿死去吧！”每天，他都在诅咒，这会让崔凤景的心里好受些。

有着苗条身材和令人惊艳的脸蛋，让耿花在滨海市汽车展一举成名。不同于其他车模的是，耿花不仅有惊艳之美，而且才艺出众。在那个夜晚，她带着和麦丹尼初恋的苦涩，饱含深情地演唱了那首《断桥遗梦》的歌曲。耿花的歌声，感染了在场观看文艺演出的人们；歌声从金色大厅飞出后，被做了录音和拷贝。从此，在滨海市的上空，经久不息地飘荡着耿花那带有忧伤情调的歌声，包括那些卖家电的大型商场，还有街边小店，都用电喇叭，向顾客和行人播放耿花演唱的《断桥遗梦》这首歌。

在滨海市汽车展，耿花成了最为靓丽的一道风景。她所在的全球首发“靓车”展展厅，成了最为热闹的地方。每当耿花穿着比基尼服装，出现在梅赛德斯奔驰轿车的三十九号展台时，参观的人会把展台围个水泄不通，镁光灯不停地闪烁。特别是那些事业有成的年轻人，久久不愿离去，那些贪婪的目光在她美丽的身体上游移。

耿花的生活，因为成名而不再平静。她曾为生活苦恼，从没想到过成名，也没有为成名之后的生活做好必要的准备。一些广告公司，请她出面做广告；文艺演出团体，请她签约演出。让她不知所措的是，一些年轻人，还有许许多多小报记者，始终在追逐着她的身影。她的生活不再安宁。十八岁的耿花，会不时地出现在小报的封面上。

耿花生活中的变化，让崔凤景有些担心。耿花会因为成名，而发生某些让他难以把握的变化。于是，他决定，由黑四作出安排，在耿花为广告商拍片的时候，或者参加大型文艺演出时，派人暗中保护她的安全。当然，保护耿花的安全是名义上的，实质上是切断她同那些追逐她的年轻人的联系。在耿花没有给他生出儿子之前，他担心耿花会另有所爱，就像爱着麦丹尼一样。他的心思是，既然耿花答应了生儿子，那就不能让它落空了。

不过，他的担心完全没有必要。耿花是个讲信用的女孩，就像她的父亲对朋友的忠诚一样。她答应给他生儿子，就不会有什么改变，也根本就没有想到过改变。现在，崔凤景欢欢喜喜播下的种子，正在耿花的体内健康地分裂和生长。但她没有将怀孕的事告诉他！

怀上孩子四个月后，耿花觉得行动有些不便了，也难以再为广告商拍片和为文艺演出履约时，就断然地拒绝了签订新的合同。为了躲避那些年轻人和小报记者的追逐，她同妈妈及崔凤景商定，去香港把孩子生下来。经过医学鉴定，耿花怀的是个男孩儿。为此，他决定安排一亿港币，列在耿花的项下，以迎候这个男孩儿来到这个世界。

马亮庄来到别墅，是崔凤景始料不及的。现在，每每回想起马亮庄来别墅说过的话，就恨得咬牙切齿。

"我想参与高速公路工程竞标，为国家高速公路建设做点事。在我竞标时，您要给我点支持。否则，就是恶性竞争了，知道吗?"马亮庄的这些话，让他难以容忍，但又不能说出口，只能笑而应允。笑，是他应对世面上复杂事务的最好办法。在微笑的后面，他隐藏着险恶的用心，是他不同于常人的老到之处。

没有办法呀，马爷儿的死，严重地损害了他的实力。否则，他不会对马亮庄作出让步。令他愤恨的是，马爷儿竟然出卖了他；让他高兴的是，马爷儿又莫名其妙地死了。不管怎么说，马爷儿的死，让他的实力大大地下降了。为此，崔凤景的心中堆满了仇根。

他杀死马斯嘉小姐的事，只有马爷儿知道。可气的是，马爷儿把这件事捅出去了，且说给了他的敌人马亮庄，噢，还有巴萨尔。巴萨尔，才是他真正的死敌，崔凤景这样想。

现在，他杀死马斯嘉小姐的事，还有一个光盘能够作证。这个光盘，应该在马亮庄的手上。此外，再没有活人能够作证他杀死马斯嘉小姐的事了。他杀死马斯嘉小姐的时候，是一气之下做的蠢事。他不允许任何女人不从自己。现在想来，真是有些不该，不应该杀死她。他当时太冲动了，也太信任马爷儿了。可是，有信任就有背叛。没有想到的是，如此信任的马爷儿，竟在后来背叛了他。

只要马亮庄再次提起马斯嘉小姐之死的事，就足够他喝上一壶的了。为此，他胆战心惊。每当想起那个光盘，每当想起马斯嘉小姐的死，便会在梦中惊醒，而难以入眠。马亮庄当时威胁了他，以后还会威胁他。在滨海市至京都高速公路二期工程竞标上，他不得已作出了让步，这是没有办法的事。人在屋檐下，不得不低头。如果马亮庄能够死去的话，他今后的生活，还会照样活得有滋有味，也像模像样。可是，黑四办事不力，同赵子新和赵子强的合作，一直没有什么进展。

对于耿大年的死，那是黑四的事，和他扯不上关系，崔凤景心想。因为没有人能够证明耿大年的死，和自己有什么关系。知道耿大年死因的人，只有马爷儿。现在，马爷儿死了，不能再开口说话了。马爷儿一死，他作为杀死耿大年的幕后黑手的事，就再也没有人能够证实了。他希望，黑四同赵氏兄弟的合作有所进展，尽快取得效果，让巴萨尔和马亮庄彻底消失。如果他们在这个世界上消失了，杀死耿大年的事，也不会有人知道了。

此外，他怀疑交通局长乐天路，尽管他是朋友，成就了自己发财的梦想，但对他充满了疑虑。他心想，肯定是乐天路把滨海市至京都高速公路二期工程招标的事，告诉了马亮庄。所以，马亮庄才来别墅找他的。

另外，马亮庄来别墅这件事，的确让他有了不小的惊吓。在马亮庄走后，他无时不诅咒着。“巴萨尔快点死去吧，还有马亮庄，也一块儿死去吧！”他每天都在诅咒，暗中念叨着这样的咒语，会让心里好受些。他相信咒语的魔力，相信他们会在某天死去。他甚至想到了，在他们死后，应该礼貌地参加他们的葬礼。

为了让他们死去，他想了一些办法，借助赵氏兄弟的手杀死他们。可是，眼下没有进展，为此，他内心十分焦虑。不过，他心里想的事情，不会露在脸上，尤其不把对巴萨尔的愤恨写在脸上。每天，他的脸上总是格外地平静，人们一点也看不出他内心所想和内心焦虑的面色变化。把险恶的用心，隐藏在那皮笑肉不笑的后面，是他生活阅历丰富和手段老辣的秘密。

也正因如此，在招标现场，他见到了马亮庄。在各自获得百分之五十的市场份额之后，依然显露出了大家的风度，低眉折腰地恭敬地表示了祝贺："祝贺你，亮庄老弟！"

在滨海市汽车展开幕的当天，崔凤景被邀请参加了开幕典礼。白天，为巴萨尔的事业成就心生嫉恨；夜晚，为耿花的靓丽登台放歌欢欢喜喜。他心里知道，巴萨尔是他事业发展的羁绊，那耿花的子宫是他生命延续的希望。消除前进路上的羁绊，拓展生活中的希望，那是最理想的事情。于是，他在夜深人静的时候，约见了黑四。

"黑四，假如我定居国外，你以后的生活会怎样呢？换句话说吧，你会做些什么呢？会做些什么选择呢？"

"哦，您要离开滨海市，去国外定居？不，您不能离开。"黑四表示惊讶，一时难以理解。

"是的，我准备离开滨海市，想到国外去生活，但现在还没有作出最后的选择。你知道的，在滨海市，可能没有我生存的空间了。你瞧，巴萨尔的事业，如日中天，滨海市汽车展搞得红红火火。还有马亮庄，生活真是得意。"

"是的，他们封杀了您的生存空间，这对你我是个致命的威胁。不过，您不应该到国外去生活。再说，对付他们，也不是一点办法没有的。至少，有赵氏兄弟可以联合。对此，您需要耐心地等待！"

"可是，在汽车展开幕式上，我见到了赵子强和赵子新，看不出他们对巴萨尔和马亮庄有什么怨恨，而且脸上堆满了喜色。我看那喜色好真诚啊！"

"在喜色的后面，则是怨恨。他们都是聪明人，不会把怨恨露在脸上。他们对巴萨尔的怨恨，是因为生意被抢走了。我相信，他们投入汽车销售与配件供应的资本，已经难以收回了。等着瞧吧，他们对巴萨尔怨恨的种子，正在心中疯狂地生长。我相信，怨恨的种子一旦萌发，就不会再萎缩了。当怨恨的种子像野草一样疯长，杀戮也就开始了。至少，赵子强会出手。到那时，就会有枪声！”

“但愿如此，但愿你说的能够变为现实。”

“会的，一定会的！崔总，您不能离开这里，您赚钱的市场在滨海市，而不是在国外。去国外，那是下策，您不能选择走那条路。”

“好吧，让我再想想。也许，上帝会安抚我的心灵”

第三章

男人做事，不该头脑发热

他希望上演杀戮，进而干掉巴萨尔和马亮庄。

离开了别墅，黑四觉得自己的心很不安稳，这都缘于崔凤景要到国外去生活，他不知道自己该怎么办。崔凤景要到国外去生活，让黑四觉得惊讶，一时也难以想得明白。他为什么要这样做呢？滨海市赚钱的机会千载难逢啊！他应该明白，有腐败的土壤，就有淘金的机会呀！

人，心要是不安稳，往日的习惯也会改变。在月光下，黑四驾车行进在去采石场的路上。要在平时，他会打开车灯，高速驰骋。可现在，他连车灯也没有打开，而且行驶缓慢。不过，在夜色中开车，不开灯，也别有特色！在充满鬼魅的夜色中，慢悠悠地开车，会使他那颗不安的心，能够渐渐地安稳下来。他知道，自己面对的形势较为复杂，也知道崔凤景的心思，那是对自己办事不力的一种不满。尽管没有直说，但他感觉到了。崔凤景是一个从不把心思说明的人。

有了心事的黑四，做事会没有定力，觉得无所适从。现在，他为耿大年的死而担心了，因为马亮庄知道了死因。他担心，会有人找上门来，会和他算账。马亮庄和耿大年，在特殊条件下结成的友谊牢不可破，这他是知道的。马亮庄会为耿大年的死而复仇。此刻，黑四像一个夜色中的鬼魂，心中不安，又有些惊恐。

现在，他想到了一件事，应当减少石砟的产量了。因为工程被马亮庄拿走了一半，恐怕不会用那么多石砟了。那么，马亮庄修建高速公路时，会到哪里去采购石砟呢？这附近没有别的采石场。因此，对于要不要减少石砟的产量，一时还难以决定。如果马亮庄用石砟，采石场又没有储备，这会损失一大笔钱的。管他呢，钱还是要挣的！

这时，他又想起了耿大年，想起了马亮庄和耿大年当初供应石砟的事。正因如此，崔凤景让他炸死了耿大年。他想，如果不是马亮庄要用耿大年的石砟，恐怕崔凤景不会生气，也不会发生一些不该发生的事。耿大年的死，也不会把自己扯进去。此外，崔凤景也不会指令马爷儿，焚毁了马亮庄的施工设备。再后来，耿大年丢了性命。现在看，这样做不值得，也完全没有必要。由此，崔凤景和巴萨尔结下了仇恨，是他头脑发热后的重大失误。男人做事，不该头脑发热。黑四心想。就算是脑袋发热了，也切记不要发火，不要作出决策，更不要杀人，教训啊！因为失误，又不得不揩新的屁股，烂摊子没完没了。何况，有些事不好办，也难令他人宽恕。比如耿大年的死，马亮庄会和自己算账！

现在倒好，一气之下，莽撞行事，留下的后患无穷。真是的，智者千虑，也有一失啊！可见，在相当长的一段时期内，不得不按照他的指令，为过去的失误，做些必要的补救，包括马爷儿遗留的问题。想到马爷儿，让黑四心生恨意。马爷儿不该背叛崔总，也不该出卖自己。现在想来，马爷儿，一个软蛋，不是男人，他妈的！黑四的心中堆满了对马爷儿的怨恨。不过，黑四对马爷儿的怨恨没有用了，他已经死了。对于一个死人，再怨恨他，诅咒他，会有什么用吗？没用的。那些古人为了泄私愤，干出掘坟鞭尸的事，现在看来，真是愚不可及。

这些乱七八糟的事，让黑四心里不安稳，也没法安稳下来。他认定，马爷儿的死，肯定是马亮庄下的毒手。现在，这些事，还没有完结。不测的事，还将继续发生。至少，马爷儿的变节，使事情更加复杂化了。他知道，在马亮庄的手上，有一个光盘。在光盘里，有马爷儿那嘶哑的声音，明明白白地说是他黑四炸死了耿大年。一想起这件事，他就想把马爷儿碎尸万段，尽管马爷儿起用了自己。此刻，让他非常担心的是，马亮庄会随时夺去他的性命。就是不要他的命，警察也会在某一天早上敲开门，然后给他戴上手铐，把他塞进那黑洞洞的牢房里面去。再后来，法官会高声宣判他的死刑。然后，一个法警举起枪，对准他的脑袋，“砰”的一声，他就彻底完蛋了！

因为想着这些事，他把车开到沟里去了。也因为思虑这些事，这个夜晚，他没有睡好觉。天蒙蒙亮的时候，他睡着了。睡着以后，又蒙蒙眬眬地觉得有尿的意识。要撒尿，得找个地方撒尿！啊，找到了，终于找到了一个避人的地方，一棵树的后面。他解开腰带，开始撒尿了。撒尿，让他觉得很舒服，很惬意，很得劲。睡意蒙蒙眬眬的他，觉得腿上发热。啊，不好了，他从梦中惊醒了，知道自己尿床了。于是，他赶紧起床，冲出了房间。

可是，他刚刚推开门，上午的阳光让他睁不开眼睛，又差点撞到站在门口的张令文身上。他揉揉眼睛，看到张令文傻呵呵地站在阳光里，挡着他的去路。

“张令文，你来干什么，找我有事吗？”看上去，他在门口已经有一会儿了，地上两个烟头说明了问题。

“有事，黑总。接到家里电话，妈妈病重了，心力衰竭，正在黑水滩石油城的一家医院抢救呢。我得请几天假，回家照料我的母亲。”

“好，你去吧。”张令文走了。

可是，黑四又将张令文喊了回来。“张令文，你回来。”黑四回到屋里，从床铺下摸出了一万元钱，交给了他。“拿着吧，看病是要用钱的，没钱不行的。”

“不，我有钱，不能接受您的钱。”

“拿着吧，还客气什么呢，哥们儿嘛。再说，人留后世防白老，草留须根待来春嘛。你当儿子的，不带点钱回去怎么行呢？拿着吧，钱又不多。令文，记着，你我是生死弟兄，你的困难就是我的困难，操，拿着！”

张令文掂掂手中的钱，觉得很重。这钱里面，内含着沉甸甸的情感。一个出身卑微的人，是很看重这份情感的。他看看黑四说：“黑总，这钱我收了。您的真情让我感动，我会记住的。”

回到房间的黑四，又倒头睡去。可是，没有一会儿，有电话唤醒了他。

“来，黑总，约你打打牌，我们打发一天算一天。”

“噢，赵总，我马上就到。不过，您要稍等一会儿。从采石场到你那儿，还要走一段路呢。”

“好，知道了。不过，你要抓紧，就差你一个人了。”黑四赶紧穿好衣服，饭也没有吃，飞车向滨海市赶去。

黑四的汽车驶入赵子强的公司大门，发现生意完蛋了。院内没有人来维修汽车了，也没有人来购买汽车配件。他心想，也不会有人再向他们交纳保护费了。面对此情此景，他心中窃喜，盼望着他们生意倒掉，越惨越好，越早越好。于是，他会帮他们指点迷津，作出新的选择。

赵氏兄弟每天无所事事。除了喝酒、赌博，就是到歌厅、洗浴中心找些乐子。他们似乎颓废了，但黑四希望他们颓废下去。没有颓废，就不会有新生；没有新生，就没有希望。颓废是希望的开始。他希望在他们颓废之后，会对巴萨尔那个家伙生出愤恨！如果他们的心里生出了愤恨，那将会上演杀戮，就会和他联手干掉巴萨尔，还有马亮庄。不过，这似乎还很遥远，机会还没有到来。

黑四就像一个老到的中医，小心翼翼地对待着他的“病人”。不过，他对赵氏兄弟的脉动，还是一清二楚的。他能够感觉到，他们对巴萨尔有着强烈的仇恨，但表面平静。他相信，心中的仇恨，会在沉默之后的某一天爆发。沉默和等待，对于他来说是最好的选择。尽管他对杀死巴萨尔和马亮庄，心情极为焦虑。

经过一天的豪赌，赵子强输了三十万元。黑四把赢来的钱在手上掂了掂，推给了他。“赵总，这钱还给你，把钱收好。不过，你今晚应该请我喝顿酒。我想，这个要求是不高的。”

“不，你收下，我输掉的钱，怎么好收回呢？以前打牌，从来都是各自带走的。再说，你以前输了钱，我也是拿走的。另外，这点小钱，对于我来说，不算什么。”赵子强拒绝收回输掉的钱，但眼睛注视着那些钱的时候，流露出了贪婪的表情，黑四看得清楚。他把钱送给赵子强是对的，为了相互信任，为了以后干掉巴萨尔和马亮庄，这样做值得。

“还是收回吧，你的生意要是好，我会带走的，一点都不会客气地带走的。可是，你的生意不好了，非常的不好，我走进院子的时候都看到了。现在，你的生意不好，又输了钱，这很不顺。人啊，不能受双重打击，不顺的事，不能让一个人摊上。如果我在你的生意冷清的时候，还赢你的钱，然后带走，那很不地道。你知道的，不地道的事，我从来不做，你我都是不做的。把钱收回吧，然后请我吃顿饭，共同借酒消愁，度过一个寂寞的夜晚！”

“黑总，你是我哥，而且知道我的心情。现在，我的生意不好了，你赢了钱又不拿走，真是蛮讲究的。大哥，你这情分很厚实，兄弟心领了，以后事上见。走，喝酒去，共同度过一个寂寞的夜晚。然后，我给你找个妞玩玩！”

“好，敞亮，走！不过，借酒消愁会更愁啊！”他们去了希尔顿大酒店。

“黑总，正因为你我是好兄弟，今后得共患难啊！”

“对呀，兄弟之间就得关照嘛！可是，我帮不上你们的生意，好像很萧条，怎么说完就完了呢？”

“就生意来讲，你我不得不佩服巴萨尔。他是商道上的高手，大思路赚大钱的人。现在，我的生意让他挤垮了！”

“你要是也有巴萨尔的眼光，也投入那么大的钱，那滨海市的世界名车与配件供应的市场，就不会是他的。可惜，真是可惜，眼巴巴地看着生意完蛋了，我真他妈的生气！”

“不仅如此，还有马亮庄，不也从崔总手上抢走了工程嘛！唉，你知道的，那可是钱啊！崔总煮熟的鸭子飞了！”

“是啊，煮熟的鸭子飞了。”黑四知道他说话的意思。“如今的巴萨尔，正在剥夺崔总的生意，崔总嘛，也是没辙！”

赵子强瞧瞧黑四，没有说什么，他似乎不愿意再谈下去了。“喝酒吧，哥们儿！”

“好啊！酒是好东西，麻醉神经，也增加快乐，还能驱除你我心中的烦恼！来，喝，喝酒！”黑四和赵子强当晚喝得一醉方休，又各自在宾馆开了房，搂着妞睡了。

第四章

她可以走了，把一切交给安拉

“那是大家一块儿冒险干的事呀，为什么钱都让他们搂了呢？真他妈的贪！”

张令文秘密地潜回了黑水滩石油城，就像他悄悄离开时一样，无人知晓他的行踪，包括他的同学。他不想让人知道自己的行踪。如果有人知道了，那可能会摊上事儿。他，也知道警方在找自己。

因此，他不想把自己暴露在熟人的视野之内，不能让警方知道他回到了黑水滩石油城。如果警方知道了，会找上门来，他就会失去自由。自由是最富有价值的东西，人不能没有自由，也不能失去自由。他心里这样想着。人，如果失去了自由，就会失去一切，包括财富。

张令文在黑水滩石油城参与了原油的盗窃。他的任务是向油槽车注油，然后运到一个不为人知的个体炼油厂去。那家小炼油厂，就在黑水滩石油城周边的一处偏僻处所。厂长叫张慧乔，石油公司的一个老总是他的远方亲戚。如果没有这层关系，这个小炼油厂支撑不下去。

张慧乔，这个人很神秘。他的炼油厂的原料，是从黑道上搞来的原油。进油的渠道嘛，当然不仅赵子新和赵子强一家。每当张令文开着那辆破旧的油槽车来到炼油厂时，张慧乔会悄悄地把铁门打开，卸完油再开车离去。平时，那个炼油厂的大门是紧闭着的。这个小炼油厂，没有节假日，昼夜不停地生产石油制品。别看炼油厂小，但产量是不低的。

开油槽车给个体炼油厂送原油，是张令文每天的工作。这个活，是赵子新让他做的。他和赵子新是工友。赵子新知道他穷得叮当响，且母亲患有心脏病，父亲张到度靠打零工赚点小钱。正因如此，赵子新看中了他。当然，他的沉默，遇事不张扬，也是赵子新用他的一个重要原因。为了给母亲看病，也为了脱贫，他决定冒险一试，就是以后犯事，那就认命了。没有办法呀，人穷啊，就得拼搏一下。他心里这样想。

每个月下来，他会有一万元或两万元不等的工资。但一般不会低于一万元，有时候还会成倍地上翻。赵子新说："除了工资以外，以后还会有分红的。"但他没有股份，分红的钱到底会是多少，他不知道。但他知道，凡是冒险的活，都会有高额收入。如果仅仅是工资，那就没有必要冒险了。

可是，一天早上，天刚蒙蒙亮，赵子强急急忙忙地赶来了。"张令文，今天不要装车了，以后也不需要装车了。警方盯上了柳大刚，生意结束了。"

他有些摸不着头脑，还傻愣愣地看着赵子强。他不知道，柳大刚为什么被警方盯上了。他知道，柳大刚和他的分工不同。柳大刚是空车进入小炼油厂，然后把油槽车注满，将成品油从张慧乔的小炼油厂运出去，运往什么地方就不知道了。赵子强负责把卖掉的成品油的钱收回来。赵子新负责政界关系和情报搜集，一旦发现市面上有动向，或者有什么问题，会采取断然措施，比如暂停装车，或停止往小炼油厂送油。但这次不同，"生意结束了"。

他想问赵子强，柳大刚究竟出了什么事？但他不能问，还是闭上嘴为好。当初，他就知道这种生意长不了，但没想到会结束得这么快，还不到三年的时间。干这冒险的活，使他有了些积蓄，但赚来的钱，都被母亲看病花掉了。这几年，他贫穷的生活得到了改善，老母亲的病，也得到了有效治疗。张令文是个孝子，感恩于母亲。

"那，这台油槽车怎么办呢？"

"笨蛋，把它拆掉，然后卖到废品收购站去。"赵子强说话时有些生气。于是，他将这辆油槽车拆了，卖给了一个废品收购站。那个废品收购站，当天就把那辆油槽车的废铜烂铁拉走，送到一个炼钢厂去了。

此后，他得到了五十万元，说是分红的钱。他不知道，他们后来去了哪里。但他知道，他们几乎拿走了全部的钱，而给他的钱没有几个。因此，他心中有些不平。心中不平，就会堆积怨气，怨气多了，还会增长仇恨。因此，他恨赵子新和赵子强。“那是大家一块儿冒险干的事呀，为什么钱都让他们搂了呢？真他妈的贪！”后来，柳大刚因为交通事故死了，他想通了。柳大刚不仅没有得到钱，还丢了命，相比之下，自己是幸运的，活着就好！

他离开黑水滩石油城之后，来到了滨海市，买了一套房子，手头的资金就没了。正好，采石场招聘重载汽车司机，从报上看到了这条消息。于是，他应聘了。当时，采石场场长是耿大年。后来，耿大年被哑炮炸死了。再后来，黑四当了场长。黑四到来后，对他是不错的。他是个心中有数的人，谁对自己好谁就是好人。

没有想到的是，这个世界太小了，竟然在采石场看到了赵子强。那天，赵子强带着几个人，来采石场给黑四维修重载汽车。由于他戴着墨镜，赵子强没有认出他来。基于以前的怨气，他没有主动打招呼，而是溜到旁边去了。这其中的另一个原因，是柳大刚突然发生交通事故并死去，让他心生疑问。柳大刚的死，会不会是他们干的呢？他常常在心里这样想。柳大刚死后，他们偷盗原油的事，也就不了了之了，包括张慧乔神秘的失踪，也没有人问他去了哪里。

不过，他觉得，这次回到黑水滩石油城，还是躲避熟人为好，没有必要给自己招惹是非，尽管警方好像不再追查以前的事情了。因此，他这次回来探望母亲，没有和任何人打招呼。一直等到晚上，才去了石油公司总医院的心内科，看望了母亲。

在重症监护室，他见到了父亲张到度，苍老了许多，无精打采地歪坐在椅子上。看到儿子回来了，他的眼睛立刻发亮，马上精神了。他知道儿子孝顺，也知道儿子以前冒险做的一些事，还知道他神秘地离开黑水滩石油城以后去了滨海市。不过，警方找到张到度时，让他提供情况，他自始至终沉默不语。这次，他给儿子打电话，让他回到黑水滩石油城，是因为他的老婆心力衰竭，已经抢救过几次了。现在，他的老伴儿还勉强活着，但时不时地昏睡。她的心肺功能衰竭了，但还没有死去，依靠呼吸机活着，虽然有微弱的生命体征，可时日不多了。

“爸爸，您好吗？妈妈病重，让您操劳了。儿子不孝，在我妈病重的情况下，没有在床前照料，也没有陪伴您。”在医院病房的过道上，在那昏暗的灯光下，他向爸爸问好。此刻，他内心充满了内疚。

“不，令文，不要那么说。爸爸知道你是个孝子，你为你的母亲治病，已经花了不少钱了。没有你的钱，恐怕你妈早就没了。去吧，去看看你妈妈。她的心脏和肺功都已经衰竭了，只靠呼吸机活着。如果呼吸机撤掉的话，她就去天堂了。你不来，她不会去天堂的！”张到度说后，心情好像轻松了许多。他儿子可以见到母亲了，见到了活着的母亲。当然，她也见到儿子了。只是昏迷不醒，不能看看宝贝儿子！

走进重症监护室，他看到了母亲。可是，她已经不能自主呼吸了。支撑她生命的呼吸机，在有节律地不知疲倦地运转着。他担心，如果呼吸机哪个部件不起作用，她的生命就会停止，要是停电了，也是如此。一个靠呼吸机活着的人，是没有希望的！他清楚，母亲是真的没有希望了。于是，他走出了重症监护室。

“爸爸，我看到了母亲，她还活着，很安详地活着，依靠呼吸机活着。您老人家不要伤心了，妈妈该去天国了，该享福去了。我看，呼吸机可以撤掉了。您看呢？爸爸，您来做主！”

“是的，儿子，她可以走了，把一切交给安拉！她知道儿子来看她了，她会平静地走的。儿子，你妈妈之所以用呼吸机，是因为你当时还没有回来。现在，你看到了妈妈，我就没有什么憾事了。不幸的是，你妈妈没有说上一句话，但她知道你来看她了。不过，她有你这个孝顺的儿子，应该心满意足了。现在，让安拉抚慰她的灵魂吧！”

“好吧，爸爸，那就撤掉呼吸机吧！”张到度点了点头，表示同意。

“拜托您，把呼吸机撤掉吧，我的妈妈该去天国了！”

护士出去了，向医生作了报告。医生来了，看看病人，看看呼吸机，将呼吸机撤掉了。张到度在一张表格上签过字后，看着他的老婆，平静地逝去，眼睛里面没有泪水。

“爸爸，您该去请一个阿訇了，为我的妈妈净身。我嘛，去找人安排墓地。”

张令文将母亲的遗体送到停尸间，已经是早晨了。按照回族早上死、下午葬的习俗，他在天刚蒙蒙亮的时候，敲响了江洪的房门。江洪是他的同学，在黑水滩石油城石油管道公司工作，负责开挖沟机。

"哦，老同学回来了。"江洪说。

"是的，我来找你，是请你帮个忙。我母亲去世了，今天早上去世的。按照回族速葬的习俗，我想午后安葬我的母亲。请老同学辛苦一下，用你的挖沟机掘出一块墓地，安葬我的母亲。"

"好的，没问题。"他从江洪的家出来，到商场购买了块白布，准备为他的母亲下葬时用。

张到度请来的阿訇，是一位老女人。按照回族殡葬的习俗，为其用水洗净身，嘴里还叨咕着什么。然后，用三丈六尺白布裹身，最后，将老太太安葬到了江洪用挖沟机挖出的墓穴。墓穴里面没有棺椁，他的妻子入土为安了。殡葬的时候，没有亲属和朋友。老婆的葬礼，没有通知任何人，是张到度的主意。他之所以这样做，是考虑儿子的安全。他不想让任何人知道儿子回来了。他所做的一切，都是为了避开人们的眼睛，为了儿子不被警察找到。张到度爱他的儿子，他可不管法律上的事情。法律上的事情和他毫无关系，儿子是自己的骨肉。警方会说他的儿子犯罪，但他不这么认为。没钱的日子，真是难熬啊，谁受得了呢！

江洪是一个乐于助人的人。他帮助张令文安葬了他的母亲。在葬礼结束后，江洪对张令文说："老同学，你知道吗，黑水滩石油城的警方在找你哪？"

"是吗，有什么事吗？"

"是应滨海市警方的要求，调查赵子新和赵子强的情况，但也关系着柳大刚的死。你知道吗，侦查员肖三和王家福来过，找过我。他们和我说，希望你回来以后，能够去见见他们。他们想核实一些情况，核实赵子新和赵子强的情况。我当时问了，是不是要抓人，他们说不是，只是核实情况，别的没有说什么。"

"好吧，有时间我会去的。此外，他们还想调查什么情况吗？你跟他们都介绍了什么情况？"

"哦，对了，去了赵子新和赵子强养鱼的那个地方。你知道的，我不能对警方说谎的。我只能如实介绍情况。我说，'那个鱼塘不再养鱼了，房子也扒掉了'。"

"哦？他们去那儿干什么呢？"

"没干什么，只是看看，也没有看出什么。"

"那儿什么也没有，只是一个鱼塘。"

"老同学，你要是有时间，我请你吃顿饭吧。我知道黑水滩石油城有一个肥牛火锅，很火的。听说那牛都是喝啤酒、听音乐长大的，肉非常嫩，好吃。如果可以，我再找几个同学聚聚，喝顿酒，唠唠嗑，你看好不好?"

"噢，不了。我现在不吃肉了，只吃素。再说，如果吃饭，也应该是我请你，应该好好谢谢老同学。可是，你知道的，我的时间太紧了，好多事要安排呢。我妈妈留下了好多事，都得由我处理。如果有时间，我请你吃饭，你就不要请我了。"

"好吧，改天见!"

第五章

乱伦，让她难以平衡心态

甄巧巧觉得有问题了，她跟着崔凤景，三个女儿也跟着他。三个女儿，又都给他生了孩子。

耿花去香港是甄巧巧陪同前往的，一直到把孩子生下来。耿花在维多利亚皇家医院生的孩子，是个男孩儿。这个男孩儿，有点像崔凤景，但更多的方面像耿花。甄巧巧希望孩子像妈妈，因为耿花漂亮；也希望像崔凤景，因为他有心计，将来会更富有。她希望，崔凤景的财产，由耿花的儿子继承。女人，总是把钱看得重一些。

耿花生了孩子半年后，甄巧巧为她找了保姆。然后，甄巧巧去了美国，还去了加拿大，是陪同崔凤景一块儿去的。在美国，耿茉的日子过得可以，让她心里高兴，觉得女儿是行的。可是，当她到了加拿大以后，又觉得耿茉的生活，没有耿莉过得好。耿莉嘛，更有头脑，比耿茉的财富积累得快多了。看了耿茉和耿莉的生活，她蛮放心的。女人生活好就行，没有好的生活，那就不叫女人了。她这样想着。

从生意上讲，耿茉不如耿莉做得好。耿茉和耿莉一样，也是做中国服装生意，不同于耿莉的是，耿茉把服装卖给美国人，耿莉是把服装卖给加拿大人。当然，也将服装卖给在美国或者加拿大的中国人。可是，在采购服装的问题上，耿茉和耿莉有区别。耿茉购买服装，要先将钱付给温州的江红妹。江红妹再按照耿茉的钱数，进行采购，然后把服装和鞋子发过来。不同的是，耿莉只要打个电话，告诉江红妹，现在需要什么货，江红妹就会发货给耿莉，事先则不需要付钱。江红妹和耿莉之间，彼此信任。当然，耿莉也是讲信用的人，也会及时将货款汇给江红妹。发生在耿茉和耿莉身上的这些事，让甄巧巧悟出了一个道理：人得用脑子活着。耿莉比姐姐更有脑子，在她看来。不同的是，耿茉要比耿莉更实在一些。但做买卖，太实在了就不一定搞得顺。不过，没有信用，也是不行的。

耿茉嘛，脑子的确不够活泛，不同于耿莉，只是和江红妹做生意上的事情，不做感情上的投资。可是，甄巧巧有点想不明白，耿茉和耿莉，是一奶同胞，差距还是不小的。可是，这次去美国和加拿大之后，让她增加了烦恼。这个烦恼，让她久久地消除不掉。她的心，不再平静了，也不知道该怎么办？该怎么面对眼前的事实？

她遇到的问题，很实在，很具体，也很棘手。她到了美国，耿茉将她的女儿妞妞拉过来，介绍给崔凤景。耿茉让妞妞叫崔凤景为爸爸。

妞妞很乖，叫了一声“爸爸”。崔凤景听了女儿叫爸爸，喜得屁颠屁颠的。可是，耿茉将妞妞介绍给甄巧巧时，让妞妞叫她为“姥姥”。耿茉说：“妞妞，这是姥姥，你的姥姥，妈妈的妈妈，懂吗，叫姥姥。”妞妞乖巧得很，就叫甄巧巧为“姥姥。”

此时，她的内心很痛楚，脸上带着僵硬的笑，尴尬地应对着妞妞，也应对着耿茉。在场的崔凤景，看透了她的心思，只是笑着，看着。耿茉嘛，还蒙在鼓里，也不知道她的妈妈，脸上为什么如此的僵硬，但她看出来了，甄巧巧满脸的尴尬，也是满脸的问题。耿茉在心里猜测，妈妈可能还不习惯当姥姥，也是妞妞第一次叫甄巧巧为姥姥嘛。耿茉心想，慢慢就习惯了，会习惯的。要不就是给崔凤景生孩子，没有告诉妈妈，她心里有想法呢。到底是哪个问题呢？耿茉也搞不清楚。

“来，妞妞，让姥姥抱抱。”她带着复杂的心情，抱起了妞妞。她的脸很红。她的内心很酸。她的身子有些颤抖。此时此刻，有一股酸液从她的胃里涌向了喉咙。她用手按住嘴，憋住了，没有吐出来，又果断地把那股酸液咽了回去。

在美国遇到的尴尬，让她苦恼不已。可是，到了多伦多以后，她的苦恼加重了。耿莉让她的女儿，叫崔凤景为爸爸，叫她为姥姥。当然，崔凤景的脸上乐着，甄巧巧的心里酸着，耿莉的脑子里猜着。

她的这些烦恼，不能说，也没法说，说不出口的，也没有人可以与之倾诉。按理，她的女儿的女儿，应该管她叫姥姥，这没有问题，社会上都是这么称谓的。可是，社会上的习俗，也遇到了挑战。妞妞的姥姥，要陪着妞妞的母亲的“丈夫”、还是妞妞的姨的“丈夫”睡觉。甄巧巧觉得有问题了，她跟着他，而她的三个女儿也跟着他，并且三个女儿又都给他生了孩子。这些事，让她苦恼，让她的心里生烦。

“他妈的，崔凤景不是人，真不是人。他占了我的身子，还占了我三个女儿的身子，还让我三个女儿给他生了孩子，太不像话了。”她在心里骂着。

她心里想什么，就会直接反应到脸上。心眼子直不是短处，而是长处。虽然历练不够，但这样的人心肠都比较好。崔凤景这样想。他嘛，就像一个把脉的医生，能够从她脸上的表情，看到她的心里，知道她心里疙疙瘩瘩的。他故作不明白地问：“怎么了，巧巧，哪里不舒服吗？”

她冷冷地回答：“没有。我的事，你少管。”他听了，笑了笑，也就不再理她了。

耿茉和耿莉，见了妈妈不高兴，也有时问问，她也不予回答。她们不知道自己的妈妈跟着崔凤景，自然不知道她心里想着什么。耿茉说：“妈妈，您不要不高兴了。你看，我和耿莉的生活不都是很好吗。生活好，你应当高兴才是。妈妈，我们以前穷，都是穷光蛋。现在好了，你应当高兴！”

她想想也是。她自己，还有耿茉、耿莉、耿花，生活的确都不错。但心里烦，也有酸楚，说不出口，也难言出口，只有她自己心里知道。她不知道，自己的行为是错误，还是罪恶，一时难以搞清楚。反正心里难受，不便言语。乱伦的感觉，让她难以平衡自己的心态。

如果说错了，那就是自己错了。她心里这样想。她不该让崔凤景在耿大年死后，动了自己的身子。再就是，她不该让耿花给他生孩子。可是，耿花为他生孩子，那也是自己做通耿花工作的呀！没有她做工作，耿花才不会给他生孩子呢。错了，都是自己糊涂，一时糊涂呀，她在内心里谴责自己。这时，她又想起了耿大年。耿大年才是真正的男人，一个好丈夫。要是他不死，就不会发生这些事。此刻，她对于耿大年的死，充满了悲伤，也有深切的怀念。好人短命啊！

她心里想着，是自己的错，这个事不能怨别人，但也不都是自己的错。比如，他在耿茉和耿莉的身上动手动脚的事，她可是一点也不知道的呀！假如耿花给他生孩子不算在内的话。他在耿茉和耿莉身上，肯定是用了手段的。在一般情况下，她从来不把别人想得那么坏，但这次不同。

“他是个恶棍！一个十恶不赦的恶棍！”甄巧巧在心里骂道。

她还有气的是，在向耿莉说了耿花给他生孩子的事以后，受到了耿莉的指责，严厉的指责。耿莉说：“妈，您好糊涂啊，老糊涂了。您不该让耿花给他当秘书，结果怎么样，耿花也让他糟蹋了。”

“是啊，当时我是糊涂了。”她对耿莉说，“那个时候，耿花的心情不好。耿花和那个美国人，叫麦德林·麦丹尼的人恋爱了，在街里看电影，不明不白地挨了一顿揍。结果，英语学不成了，这才给他当了秘书。”她为女儿谴责自己，做些解释，以舒缓内心的压抑。

但耿莉不依不饶：“妈妈，您就不听我的话。您看，怎么样，耿花也给崔凤景生了孩子。”

她听了耿莉的话，生气地说：“耿莉，你不要埋怨我。你给他生孩子的事，我也是不知道的，还说我呢！那你为什么不告诉我，你说，你……”

“妈妈，我给他生孩子，您的确不知道，我也的确没有告诉您。妈妈，我当时没有告诉您，是因为您说过的话，让我很为您生活中的困难担忧。您知道吗？妈妈。您当时说：‘当妈妈的不容易，尤其寡妇妈妈就更不容易了’。妈妈，这话，您还记得吗？没有您说过这样的话，我就会告诉您的，我也不会给他生孩子的。可是，妈妈，我给他生孩子，不是您的错，归根到底是我自己做的主，是我没有告诉您。妈妈，是我考虑您太不容易了。一个寡妇妈妈，带着三个女儿，真是太不容易了。不过，我当时考虑，给他生孩子，他给我钱，我们就不再受苦了。妈妈，我给他生孩子，就是这样考虑的，为了钱，也是为了家里的生活，也是为了您这可怜的妈妈。不是吗，妈妈！”说着，耿莉泣不成声了。

“耿莉，别哭了。耿花给他生孩子，也是答应给钱的，不是白生的。此外，他还说：‘我这么多的资产，不能没有儿子继承家业。如果耿花给我生儿子，资产就都由我儿子继承。也就是说，他的家产都归耿花的儿子啦。’在这个前提下，我才让耿花给他生的孩子。跟你说吧，耿莉，妈妈也不糊涂，知道生了孩子得了钱，划得来呢！”

“妈妈，耿花拿到钱了吗？”

“这个事说定了，香港有一套别墅。但更多的钱，还没有拿到手。”

“那就抓紧让他把钱拿出来，现在，孩子已经生了，钱没有到手那可不行。知道吗，妈妈，赶快把钱拿到手。您告诉耿花，向他要钱。”

“好，你说得对，耿莉。回去后，我告诉耿花，孩子是不能白生的。”

正是这次同耿莉对话之后，甄巧巧跟耿花说了，耿花又跟崔凤景说了，一亿港币的支票，才落在了耿花的名下。也正是这次对话之后，她对崔凤景有气，更有恨。她都快憋死啦！那些气，还有恨，已经从她的心底堆起，快堆到她的脖子了，气管都要胀破了。她从来没有这么憋气过。她认为，他这个人太奸诈，为什么才开支票呢？他真是说的和做的不一样，亏得耿莉的提醒。要不是耿莉的提醒，耿花生了孩子，又得不到钱，那可亏大了。

第六章

金钱，有时候比亲爹还重要

没有钱，你就得住露天地。没有钱，你的三个女儿，就得受穷，当鸡！不信，你试试看。

正是耿莉的话，甄巧巧在心里对崔凤景生出了无限的怨恨。“恶棍！一个十恶不赦的恶棍！”

她这样骂着他，但她不敢当面骂他。她一见到他，想骂的话就没了。可是，一离开他，就心生恨意，气得腿直哆嗦。想想这种现象，她也觉得怪，真是说不清楚。不过，她心中的气和恨，经不住他的三言两语，就消失得无影无踪了。就像没有受过训练的拳击手，三拳两脚就被训练有素的拳师打下了擂台。他是解除她思想顾虑的高手，很快就让她由气他恨他，变成了爱他。回到滨海市，她被他大骂了一顿。

“甄巧巧，你他妈的犯浑，瞧你在美国、在加拿大时的那个熊样！你说，我的女儿，不管我叫爸爸，那她管谁叫爸爸。如果她不管我叫爸爸，那才怪了呢！再说，你女儿的女儿，不管你叫姥姥，那她管谁叫姥姥。还有，我和你，包括你的三个女儿，我们之间的关系，发生的事情，那是两码事，懂吗?！我们之间，还有你的三个女儿之间的事，没有什么不妥的！首先，我是爱你的。其次，你的三个女儿，她们给我生孩子是有报酬的，那可不是白生的，懂吗，你懂吗？真他妈的混蛋！生孩子给钱，这是交换。我给她们钱，她们给我生孩子，这是市场经济的交换原则在起作用。甄巧巧，你不懂的，交换就是买东西时讨价还价的结果。再说，谁都不吃亏的呀！”

他说到这儿，停了一会儿，喝了口水。“就生孩子而言，几乎没有人配和我交换。就凭这一点，你应当高兴才是，是我看中了你的三个女儿，这是她们的幸福，生来的福分，懂吗？当然，其中也有不是交换的因素，比如我爱着她们，爱着你的三个女儿。就我爱她们而言，你应当感动才是，应当好好感谢我。就我的身份，我的身价，好姑娘那不有的是吗。你瞧瞧你，一脸不高兴的样子。那张脸，像驴脸似的，好长好长的呀！看你那张脸，我好像欠你什么似的。告诉你吧，我什么也不欠你的，包括你的三个女儿。知道吗？你，我什么都不欠你的。你说，没有我崔凤景，你什么都不是，你那三个女儿，也什么都不是，都得去夜总会或者洗浴中心当‘鸡’。你，你他妈的狗屁不懂，让我跟你费这么多话。我和你说吧，要是没有我可怜你，不要说你的三个女儿有钱了，你连这幢别墅都没有，你得去住露天地。你还跟我生气，你哪有资格。你，我告诉你，你真是臭不要脸，一个不知道好歹的婆娘！”

经他一顿恶骂，她泪流满面，尽管很让她受不住。但想想他的话，觉得还是有道理的。没有他，真的没有别墅。没有别墅，真的没有地方住。没有三个女儿给他生孩子，三个女儿真的没有钱。三个女儿没有钱，真的去不了美国、加拿大或香港。思前想后，她觉得他说得有道理，是这么回事。她想通了，脸上就有了笑意。

她在他恶骂之后，说道：“嗨，是我一时糊涂，你别生我的气。我当时想不开的是，我的外孙女管我叫姥姥，管你叫爸爸，我还跟你睡觉，觉得这辈分上的事，让我拧不过劲，心里老是疙疙瘩瘩的。想不明白，就是想不明白，怎么也想不明白！我不像你见过世面，能够把一些事看透。你们男人，什么事都能够看得明白。你说，我咋就那么笨呢？”

“也不是笨，是你没有从传统文化中走出来，是传统的伦理道德在约束你，懂吗?！巧巧，传统的伦理道德，那是不管用的，屁用没有的，没有什么实际意义的。我跟你说吧，传统的伦理道德应当受到颠覆，其中的部分内容可能还有点用，但也得批判着用。告诉你吧，我不相信伦理道德。你要是相信伦理道德，那就得受穷。超越了伦理道德，就有钱。比如你跟着我，你的三个女儿给我生孩子，是不是都富有了。再说，当今的社会，只有钱才顶用。在这个社会上混，有钱就行。没有钱，什么也不行，什么也玩不转。比如，有病了没钱治，你没听说有个老太太病了，送到医院没有人管了。甄巧巧，反正，我是相信钱的。当然，我也信官，当官的有地位，有地位就能搞到钱。男人嘛，就是为钱活着，包括女人，离开钱就不行。没有钱，你就得住露天地。没有钱，你的三个女儿，就得受穷，就去不了美国、加拿大、香港。不信，你试试看！你要是有钱，你就不会到我的办公室求我。你的三个女儿要是有钱，就不会给我生孩子，不是吗?！你懂吗，你！钱就是爹，爹就是钱。金钱，有时候比亲爹还重要呢！你信不信，这是最深刻的道理，也是最浅显的道理，最现实的道理。可是，这个深刻的道理，没有人敢说，只不过是我说出来而已。我做的一切，都是为了钱，都是为了爹。至于你跟我睡觉，你的三个女儿给我生孩子，你的外孙女管我叫爸爸，管你叫姥姥，你都别在意，那都不重要，那都是称谓。钱是最重要的，没钱是不行的，没钱也是不幸的。至于那些称谓，都是没有用的，真的没有用的。爸爸和姥姥，在辈分上是有点区别，那又算什么呢？在我们身上，什么也不算，都是代号。代号是什么，你知道吗？代号就是符号，没有多少实质性意义。比如，你的外孙女管你叫姥姥，管我叫爸爸，那都是符号，都不重要。你看，这个世界上到处都是符号。一个充满符号的世界，你还关心它干什么？要我说，你不要关心别的，你就关心和自己有实际意义的东西，其他的没有用。因此，你没有必要把称谓看得那么重，完全没有必要。也不要想得那么多，还没有必要认为你跟我睡觉，你女儿的女儿管你叫姥姥，管我叫爸爸，你就不高兴，心里就疙疙瘩瘩的，这没有什么。在你我之间，在我和你的三个女儿之间，什么也没有发生！一切都很平静！一切都不要在意！只要有钱，身体好，生活舒服就行！我告诉你吧，巧巧，以后不要想得那么多了，不要想那些没有用的东西了，也不要受那些传统道德约束了。我再强调一下，道德和钱，哪个重要呢？你说说，还是钱重要。没钱就没法活，懂吗？好好活着吧！有价值的生命不在于长短。活一天，少一天，快乐一天！如果你把快乐一天又一天加起来，那你就快乐一辈子。快乐一辈子，那就是你的福分！懂吗，巧巧，这就是生活。”

崔凤景的话，让甄巧巧想通了。对，“好好活着吧！有价值的生命不在于长短。活一天，就快乐一天！懂吗?”不懂，自己的确不懂，但跟上一个懂得钱就是爹的人，活一天就快乐一天的人，有价值的生命不在于长短的人，这一辈子也值了，她心里亮堂了。当晚，她特意为他说的话，说得让她茅塞顿开的话，专程去了趟滨海市。她要为他买点海参，还要拿一条活蹦乱跳的龙虾回来。她要为心爱的男人，做一顿可口的饭菜，为他补补身子。女人嘛，就得关心自己的男人。她心想，他是她的救星，也是她三个女儿的恩人。没有他，这日子没法过，说不上是怎么个情况呢，没准还得为苦日子发愁呢！她想明白了，也对他佩服得五体投地。她感到欣慰，跟上了一个让她能够明白事理的男人。

因为做了好饭菜，他给采石场的黑四打了电话，特意约他一块儿来吃饭，顺便谈谈工作上的事。

可是，他，黑四，还有甄巧巧，刚把做好的菜肴端上桌，黑四打开了一瓶法国红酒，也刚给每个人倒上。这时，门外有汽车喇叭叫门。那个门卫，通过小门看看外面。他认出来了，是马亮庄，以前来过，没有报告就把门打开了。黑四看到这个情景，立即就把门卫骂了一顿：“你他妈的，还能不能管点事。不请示，随随便便地把门打开。真他妈的蠢，猪脑子吗?!”

马亮庄从宝马车上下来，对黑四说：“黑四，怎么的，我来你不欢迎？还骂骂吵吵的，有点礼貌没有？我说，你大小也是个副总，开口大骂，这和你的身份不相称。是不是，黑四。”

“哦，欢迎，欢迎，我哪敢不欢迎您哪，您是哥们!”黑四说道，“刚才，我不是冲您的，一定不要误会，千万不要误会。我是说那个门卫哪。我和他们说过，不允许随随便便地把人放进别墅，这不安全。当然，这不是说您！再说，我要是知道您来了，会亲自给您开门的，根本用不着他给您服务，那个小子也没有资格给您服务，是不是?”黑四是个会套近乎的人。当然，马亮庄心里有数，也知道黑四的内心所想。

“哦，是吗?!”马亮庄故作不明白地说。

崔凤景见是马亮庄下了车，赶紧从凳子上站起来，热情地说道：“嗨，亮庄老弟，什么风把您给吹来了。来，快来，我就知道您要来，特意准备了些酒菜，在此恭候您哪。”

“哦，还是崔总够意思。我就知道，崔总一向是看重我的。不像黑四，他不大欢迎我到别墅来。”

“哪里，哪里，看您，又说哪去了。您是我最尊贵的客人。您的到来，别墅都蓬荜生辉了。”

“亮庄，你是稀客，有一段时间没有来了。”甄巧巧说，“亮庄，你真是好人好命。来，坐下喝杯酒吧，饭菜刚刚上桌，热乎哪，来，坐吧。”

“谢谢，谢谢您，甄阿姨。我就知道您是真心对我的，不像黑四，骂骂吵吵的，太不热情了。”马亮庄和甄巧巧说话，特意提到黑四，但没有正眼瞧他。黑四就在旁边尴尬地站着。黑四心里琢磨，马亮庄言语尖刻，说话不让人的。

“来吧，亮庄老弟，我们喝酒。”崔凤景亲自倒了一杯红酒。“喝吧，亮庄老弟。”马亮庄接过那杯酒，也没客气，干了。

“崔总，我来看看您，也是有事的。您知道嘛，我的工程，进展还是很快的。现在，遇到了一点问题，就是石砟不够，需要您的支持，为我提供些石砟，让我把那条路铺完。”

“没问题的，亮庄老弟。您的困难，就是我的困难。难得您看得起我，就凭这份感情，我也得支持您。”

“可是，”黑四说话了，“采石场的石砟不多呀，崔总。如果把石砟给他，咱们的工程就会受到影响。哥们，您看有没有别的渠道。”

“黑总，你瞧瞧，你比崔总差远了。你看崔总说的，‘您的困难，就是我的困难’，这话让我听了心暖。再看看你说的话，‘我的石砟不多了’。你的话，让我听了就觉得别扭，是心里别扭。如果我用石砟，影响你的工程进度，我就不用了，免得让你为难。来，崔总，喝酒！”

“不，不是那个意思。哥们，我是说，我也有困难，的确有困难，石砟不够的。”

“黑四，可能我的眼睛花了。刚刚去过你的采石场，那石砟像小山似的，那可不是不多，而是多得很。说到这，我想起了耿大年，不，是耿叔叔。他要是还当采石场场长的话，他会支持我的。他从来不会像黑四这么说话，‘我的石砟也不多了’。放在耿叔叔身上，他会为我想办法的。可惜，耿叔叔死了。你知道吗黑四，耿大年是怎么死的？真是好人短命啊！黑四，你看着办吧。你要是有困难，我再想别的办法。你知道的，一般情况下，我是不给人添麻烦的。我今天到别墅来，是因为崔总特别的值得我尊重。没想到的是，黑四还是个说了算的人，能当得起崔总的家，且不给我面子。”

“不，哥们。您不必想别的办法了，崔总不是说了吗，‘您的困难，就是我的困难’。我再想想办法，组织人加班加点生产就是了，优先保证您的需要。不过，您要理解，石砟的确不够。我来保证您的石砟需求，把困难留给自己。”

“是的，优先保证亮庄老弟的需要。来，吃菜，喝酒，哥们到一起就是乐和！”

“您瞧，崔总，黑四这话说出了感情，这才像兄弟嘛。崔总，您对我就是兄弟般的情意，的确够意思，我马亮庄心中有数。当然，黑四也是一样够意思，谢了！”

当晚，马亮庄喝了不少酒。他不能让崔凤景和黑四看他是个“软蛋”。他比较聪明，酒喝到一半，出去了一趟，用手指抠着嗓子眼，吐出去了，回来再战。崔凤景心眼子多一些，为了让他感受到“诚意”，酒也是不能少喝的。

黑四嘛，彻底醉酒了，醉得一塌糊涂，脚下有些飘，扶着墙说：“嗯，怎么回事，墙‘走’我不走呢！”

第七章

个性化，将决定太阳城的特色

太阳城，一个海滨之城、旅游之城、宗教艺术之城。世界各地的人们，将会来这里观看野生动物，并休闲度假。

巴迪亚是世界上著名的城市规划大师，给出的太阳城规划方案，令巴萨尔叫绝。巴迪亚教授是哈佛大学建筑学院的博士生导师，应梁良善的邀请，他来为太阳城作城市规划。

在巴萨尔看来，巴迪亚教授有一些常人所没有的极其怪异的想法。他的想法是把太阳城打造成为一个宗教艺术之城，建造三百六十九座教堂。

“形态各异的教堂，形成太阳城独有的特色。一个城市，包括城市的功能，特别是建筑风格的个性化，将决定城市的特色和活力。我之所以选择宗教艺术建筑物来打造太阳城，是因为亚洲有宗教艺术建筑的城市不多，也不够经典。您知道，宗教艺术是人类文明的宝贵财富，有助于形成太阳城独特的风格。”

“巴迪亚教授，我同意您的想法。不过，您为什么要建造三百六十九座教堂呢?”

“哦，三、六、九是佛教中的吉祥数字，也是考虑佛教在中国有着广泛的传播，在民间有着巨大的影响力。不同的是，应有各种宗教艺术的形态各异的教堂，而不是单一的佛教建筑。从功能上讲，也不一定仅限于宗教活动使用，可以使各类富有宗教艺术的建筑物，用于公共用品，成为公众活动的场所。比如博物馆、少儿活动中心、文化艺术馆、图书馆、武术馆、歌剧院、体育场馆、模特表演场，还有大型商场、医院、学校，包括市政厅，也可以用宗教建筑来表达。总之，太阳城应有世界各种宗教艺术建筑，让世界各民族文化和艺术在这里融合，使太阳城成为宗教之城、艺术之城、旅游之城、世界上著名的休闲和度假胜地。”

巴迪亚在讲述太阳城规划时，对城市功能给出了具体方案，包括通信、电力、燃气、交通、旅游、购物、就医、就学、上下水管网，以及垃圾、污水处理和城市绿化等等，其中通信、供电等全部进入地下，减少有碍观瞻的设施。

“巴迪亚教授，有宗教建筑，会有宗教活动。如果有宗教活动，会不会有危害国家、分裂民族的行为呢？您知道的，危害国家、分裂民族的行为，政府不会同意的。”

“不会的，宗教信仰、宗教文化、宗教艺术，包括宗教活动，都是人类的宝贵财富，它传承了人类文明。只有少数邪教组织，才会危害国家和分裂民族。宗教属于上层建筑，接受国家法律约束和政府引导。具体地说，任何国家都会有明确的法律规定，限制邪教组织和反动派别从事分裂国家、分裂民族的活动，这不仅仅限于中国。我作出这样的风格迥异的城市规划，是从城市特色考虑的。通过您的创造，为生活在这里的子孙后代留下一个艺术之城，这也是我渴望的。当然，您的收益问题，也已经考虑在内了。如果太阳城足够地开放，这里流淌着各种语言，活动着各种肤色的人群，各种文化和艺术在这里汇集，包括建造凝固的文化和艺术设施，您就成功了。您不仅会增加巨额财富，更重要的是您为后人留下了宝贵的凝固的文化和艺术。但是，您的收益，和您留下来的凝固文化和艺术相比，那是微不足道的。如果您想这样做，也能够这样做的话，您将名垂青史！”

“不，巴迪亚教授，我不想名垂青史。不过，我认为您的思路和规划好极了。可是，别墅群的土地预留得过大了，包括大学城的规划也过大了。为什么要搞二十平方公里的别墅区呢，还有三十平方公里的大学城。这两个项目，超出了国家已经批复的规划用地，一些复杂的问题会因此而生。”

“太阳山国家野生动物森林公园，应该成为世界、或者说成为亚洲著名的野生动植物保护基地。这里有广袤的森林和草场，有高耸的山脉和区域广大的河谷，有湛蓝的海水和天然的海滩，太阳城会成为世界著名的休闲之地。加上有特色的温泉浴场，还有野生动物，会吸引资本蜂拥而来。我相信，一些有识之士，会定居于此，并购买高档别墅。所以，别墅区的开发要着眼于世界，着眼于拥有巨额财富的高端客户。因此，漫长的阳光海滩，除了安排度假酒店外，要为建造高档别墅区预留足够的空间。再有，一个有特色的城市，应该有一个规模宏大的大学城，吸引世界各国的优秀学生，进入这所大学深造。如果没有足够的空间，或者预留不够，不利于大学的未来发展。至于别墅群和大学城的土地占用多了，超出了规划，我想，那是您的事情。不过，这个规划，不都是马上实施的，有的项目可以慢慢来。另外，您可以吸引世界上的闲置资本，加快太阳城的建设，如果您愿意的话。”

“感谢您，巴迪亚教授。您的太阳城规划远见非凡。我接受您的思路和研究的成果，并且用我的财力和生命去实践它。此外，在您回到哈佛大学时，还请您向哈佛大学教务长芬特妮女士，介绍这里的情况。我希望哈佛大学在太阳城建立分校，因为哈佛大学的师资和品牌的影响力举世瞩目。太阳城如果没有一所世界著名的大学，它的影响力就大大降低了。至于太阳城规划的实施，会更多地占用土地问题，我会解决好的。”

“我知道，以您的能力和影响力，能够把太阳城的规划实施得尽善尽美。我想，当您完美实施太阳城规划之后，我将会因为您而分享荣誉。”

“是的，这是您的创造。此外，我也相信自己，会把太阳城规划变为现实，会让太阳山野生动物国家森林公园闻名于世，包括风格迥异的太阳城的建造。到那时，我会考虑您的贡献，为您预留一幢豪华别墅。只要您愿意，您将是太阳城的永久居民！”

“谢谢您，巴萨尔先生。”这时，巴迪亚对梁良善说：“你和你的同学，要抓紧把太阳城的功能，还有各个区域的地标性的重要建筑，快速地变成具体的项目和可供实施的施工图纸。”

梁良善说："已经给出了温泉度假区、阳光海滩、蛇岛、天使岛，以及民房和公路、桥梁、管网建设图纸，并交付过了，不久就会变成产品。"

亚洲金融危机，使一些大型钢铁公司的产品严重滞销。于是，马亮庄采取市场竞争和暂时赊欠的办法，低价拿到了数量巨大的便宜货，并委托一些厂商，把钢材加工成钢网，对太阳山山谷的周边进行封闭。

封闭网为三层隔离护栏，同时还加上了脉冲式电网和监控系统。那些大型动物，别想逃离太阳山野生动物森林公园。一些想猎杀野生动物的人，也别想进入到森林公园里面来。

马亮庄要为居住在太阳山谷的二十万民众，提供商品住宅，这是一个巨大的压力。可是，他看到了商机，二十万民众蕴涵着丰富的资源。于是，打造了十幢住宅样品房。然后组织山民代表参观，他要激活他们的脑部神经，对迁移到太阳城充满幻想。

这些代表，看到样式别致、功能齐全、通透性好的商品住宅楼，个个心动不已。一个代表说："我想就业，也想搬到太阳城去!"

"这样，你们带上住宅楼的照片，回去后动员大家。想就业的，可从事太阳山谷封闭网建设，有的可从事绿化，包括复苏草场，有的可参与太阳城的城区建设。现在，正处于开发初期。不久的将来，太阳城将充满生机和活力，这里将有野生动物森林公园、阳光海滩、温泉疗养。太阳城将是世界旅游、休闲、度假的胜地。你们的子女，将在这里就业，会在太阳山谷成就梦想。"

"好，马经理，只要有就业机会，又能够脱贫致富，就听您的了!"

在滨海市的西海岸，阿顺分别建设了两个浮动码头，把黄沙装到驳船上，再运到阳光海滩。然后，分运到漫长的海岸线上。特别能吃苦的阿顺，决心要把季风形成的一个个沙丘，全都搬到海滩上来。他这样做，既造福于人民，又恢复了万亩良田，那些被黄沙侵占的土地，也得到了有效利用。

阳光海滩怪石林立，统统被阿顺炸掉了。铺了黄沙之后，在灿烂的阳光下，反射出了金灿灿的光，让人产生了一些遐想，那泛着亮光的黄沙里面，肯定有金子的颗粒。如果人能够在黄沙上走一走，或者在温暖的阳光下，躺在海滩上小憩一会儿，会是人生很美的事。不过，要不了多久，一个金色的海滩，会拥满来自世界各地的肤色不同的人群。

这期间，阿顺则对梁良善提出了要求。“你要在阳光海滩，给我安排一个世界上最为豪华的沙滩排球场。我要让世界上的沙滩排球比赛，搬到阳光海滩来。当然，这是未来的事情。此外，要有海滩戏浪的设施，让人们在这里尽情地玩水，人和自然融为一体。”

在规划岛屿开发问题上，没有人像施勒比娃小姐那样得意了。她驾驶直升机，在海面上像蜻蜓一样飞来飞去。她考察了太阳山谷，包括蛇岛、天使岛，还有鸟岛。然后，她把自己关在屋子里面，构思她的梦想，一个女人的梦想。

她要求梁良善，按照她的想法，绘就蛇岛和天使岛的蓝图。她不允许他把她的梦想说出去。再就是要了一大笔资金，然后对巴萨尔先生说：“好了，您忙吧。改造蛇岛、天使岛、鸟岛的事，和您没有关系了。我知道您还有更重要的事情要办呢，您就不要为我改造这些岛屿操心了。再说，我做事，也不喜欢别人打扰，哈哈！”她笑得很灿烂，一身轻松的样子。她是个自由人，不受巴萨尔约束，想象力更丰富一些。

这期间，乌尔其其来过电话。“巴萨尔，建立野生动植物研究中心，并使太阳山谷成为世界顶级的研究中心，未来要在国际上有重大影响力，包括对大型猫科动物的研究。这些想法，要在规划中统筹考虑，为太阳城的未来科学定位。巴萨尔，太阳山山谷，不仅要成为野生动物的天堂，也要成为野生植物研究的王国。”

第八章

情感，真是个神秘的东西

一个“您”的称呼，让他的心脏狂跳不已。情感问题，没有人能够说得清楚。

飞机在万米高空自主飞行，梁山汉闭目养了一会儿神，且不小心睡着了。此行，他要去伦敦，会见巴萨尔的儿子巴喜乐，还有乌尔其其的女儿梅斯卡娅，然后去维尔京群岛注册一家电子银行。注册一家电子银行，是巴萨尔帝国不可少的，也是必须做的项目。他知道，在巴萨尔的心中，无疆的帝国，必须要有巨额资本的支撑。

醒来的时候，他觉得蛮精神的。看看表，已经是晚上了，这是京都的时间。可是，这个时候，在伦敦应该是什么时间呢？也许是早晨，或者说是上午。临行前，他对时差问题，还没有搞得太清楚。

他想，如果要是八点钟，巴喜乐该起床了，也许还没有。对于要不要在飞机上给巴喜乐打个电话，让他到机场去接自己，他有些犹豫不决。后来他还是没有打电话，他想让巴喜乐多休息一会儿。其中一个重要的因素，他不是一个普通人，巴萨尔的儿子。如果随随便便地唤醒他，就像唤醒一个部下那样，那是不妥的。这些微小的差异，是出于对巴萨尔的尊重呢？还是出于对于巴喜乐的爱护呢？或者是心中对巴萨尔的惧怕？在他的心里，一时很难说得清楚。

他不知道，对于在维尔京群岛成立电子银行的事，巴喜乐会怎么想，梅斯卡娅会怎么想。不过，他已经带齐了在维尔京群岛注册电子银行的必要文件。这得益于梁良善从互联网上，下载了维尔京群岛注册公司的一些相关信息。

梁山汉乘坐的是中午十二点的航班，从京都直飞伦敦。东方航空公司的一架超大型客机，可承载三百多名乘客。本来，他预订的是经济舱机票。可是，巴萨尔断然不同意，硬是派人为他办理了公务舱的机票。

“没有必要，巴萨尔先生，也就是十二个小时的时间。没必要破费钱财了，经济舱就可以了嘛。”

“不，不是破费。长途飞行，还是舒服一些为好。记着，秘书长，安全和身体是最重要的。您此行的任务十分重要，事关未来发展的重大问题。”

他记得，这是巴萨尔第一次称自已为“您”。现在，一个“您”的称呼，让他的心脏狂跳不已。情感，真是个神秘的东西，没有人能够说得清楚。

机票的倒来换去，让他的心里很温暖。见情于细微之处，这是巴萨尔有别于他人的不同特点。一个富有，又有着重要地位和重大影响力的人，还如此细腻地关心部下，实属不易。这大概是成就大事的人，不可缺少的一个重要方面。

不难想象，如果林业局长常青松，也能够像巴萨尔这么做的话，他就不会离开林业企业。可惜，他待过的林场，已满目伤情，茂密的原始森林被砍伐殆尽，一个个光秃秃的山头，在大太阳的照耀下，满含着痛苦和无奈。不仅如此，常青松和田成祖合谋盗取了国有森林，当然有一部分钱会回流到林业局，这是国有林业企业的悲哀。如果上级让他来做林业局长的话，也会像常青松那么做，会有为政的短视和自己搂钱的可能，但他说不清楚应该怎么做。他这样掂量着林业局前事后情，有些伤心了。人，是有情感的动物，会向有情感的人或群体靠近。

梁山汉认识巴喜乐，那时他还小。巴喜乐不好动，常常目视远方，沉思不语，或夜望星空。翻着《十万个为什么》，会向他提出许许多多的问题，包括太阳的能量耗尽之后，是不是宇宙就没有阳光了？没有阳光的话，地球是不是就没有生命了？那人类该怎么办啊？还能繁衍吗？再有，他对数字感兴趣，对报纸上刊登的汇率变化，充满了想象力。

巴喜乐说："梁伯伯，你说这汇率里面，是不是有财富呢？"这些问题，是八九岁的孩子所没有的。有时候，他也回答不了那些稀奇古怪的问题。巴喜乐为太阳、为地球、为人类的未来，充满了忧伤，也对数字和数字的变化痴迷不已。

现在，他不知道巴喜乐会有什么变化，也许长高了，不，应该能够做事情了。自从巴喜乐去了上海的南模中学，后来又去了英国伊顿公学，就再也没有见到过他。

对于梅斯卡娅，他不认识。只是听巴萨尔说过，乌尔其其有一个女儿，叫梅斯卡娅。梁山汉知道，这两个孩子正在恋爱！

刚刚从飞机舱口走出来，梁山汉的手机就欢快地叫了起来。"梁伯伯，我是巴喜乐。"

"哦，喜乐，你在哪里？"

"梁伯伯，我在希思罗机场，来接您的。我和梅斯卡娅在出口恭候您。"

"噢，好的。"

从机场出口出来，巴喜乐，还有梅斯卡娅，为他提了包。去往伦敦市区，是梅斯卡娅开的车。进入伦敦金融城，在一座别墅门口停了下来。

"梁伯伯，我住在这里。"

"这儿的房子贵吧？"

"噢，是富人区，没有钱的人，在这儿没法活的。现在，他是富人啦！"听了梅斯卡娅的话，巴喜乐没有表情，也很难猜测出他心中在想些什么。这一点和他的父亲有些相似。做大事的人，心计会多一些。

这是一幢三层别墅。一层有大大的会客厅，一个健身房，一个卫生间，厨房和餐厅是连在一起的，此外，还有两个车库。别墅二楼是书房、办公室，三楼是卧室。

"梁叔叔，这个房子是巴喜乐的劳动成果，英格兰银行送给他的。"论年龄，乌尔其其要比梁山汉大，但梁山汉的年龄要大于巴萨尔，所以梅斯卡娅称他为叔叔，巴喜乐称他为伯伯。

"哦，英国银行也送房子给个人，福利房吗？"

“梁叔叔，不是的，他编了一个应用软件，有关金融安全的软件，获得了千万英镑的收入。于是，他购买了这幢别墅。”

“梁伯伯，这个房子有点大。我是考虑家里会有人来伦敦的，就没有必要再住宾馆了。算下来，也是值的。让我高兴的是，梁伯伯，您是来这里的第一位客人。不，不是客人，是亲人。”

他很欣赏巴喜乐刚才的话。一个能赚钱，又知道省钱的人，这是优秀品质。另外，先称他为客人，马上又改称为亲人。这瞬间的微小变化，说明他思维缜密。一个思维缜密的人，语言和行为逻辑就会周延。无疑，他做事会相当严谨。

晚上，巴喜乐请客。梅斯卡娅找了一家苏格兰餐厅，以极高的热情和女人的细腻，为梁山汉安排了菜肴。当然，也征求了他的意见。

“梁叔叔，您想吃点什么?”

“噢，随便，什么都行。”

晚餐很简单，有特色，不浪费，其中一个烤大虾，是梅斯卡娅特意请苏格兰大厨，按照中餐的做法烹制的。梅斯卡娅是一个过着简约而朴素生活的姑娘，个人的素质和品质优良。尽管富有，但生活并不奢侈，包括她身上的穿戴朴素。以她高挑的身材和美丽的脸蛋，走在模特台上，或者去好莱坞做个演员，一点都不会比那些美女明星差。

晚餐结束的时候，巴喜乐说：“梁伯伯，您还要点什么吗?”

“不了，我吃得很好。”

巴喜乐又要了咖啡，一小碟奶酪，还有水果。然后，巴喜乐让服务生清单。“先生，您消费一共是二百七十英镑。”

“好，知道了，您稍等。梁伯伯，向您提出一个问题。您是第一次来英国，是这样吗?”

“是的。”

“梁伯伯，那么，您在英国遇到问题后，会按照什么规则来处理呢?”

“显然，在英国遇到问题，那得按照这儿的法律和规则来处理，或者按照这儿的习俗和惯例来处理。否则，按照中国的方式来处理，那很难让人接受。”

“梁伯伯，您说得真好，是这么回事。在英国吃饭，实行AA制。

今晚，您要承担三分之一的费用，交付九十英镑。”

“哦，我要掏九十英镑，这应该没有问题。但我不知道什么是 AA 制？你得讲清楚！”

“承担人均费用。也就是说，今天晚餐消费了二百七十英镑，人均九十英镑。”

“啊，这么回事。不过，这个问题，可以按照中国方式来解决。”

“您的意思是，要由我来承担您的费用，是这样吗？”

“是的，真聪明。喜乐，你是东道主，你请客，当然由你买单，这是中国方式。”

“噢，梁伯伯，那我亏了。不过，我很荣幸，愿意为您付出九十英镑。谢谢您，给足了我面子。看来，在英国遇到的问题，也能够用中国方式解决。”

此刻，他真切地感受到了巴喜乐的睿智和他的幽默。这时，巴喜乐说：“梅斯卡娅，按照 AA 制的惯例，您应当付费九十英镑。掏钱吧，您哪！”

“不，我不掏钱。梁叔叔说了，用中国方式解决晚餐的费用问题。”

“不，梅斯卡娅小姐，您是俄罗斯人，出生在莫斯科的姑娘，中国方式不适合于您。您得付出九十英镑，承担晚餐的三分之一费用。不是吗，梅斯卡娅小姐，这很公平，以前也是这样做的嘛。”

“不，不，您错了。巴喜乐先生，我是俄罗斯人，但我有中国人的血统。如果您不失忆的话，我的父亲乌尔其其是中国人。他的家在中国的京都，而且和您的父亲感情很深。因此，按照中国方式处理现在的问题，我有正当理由。不是吗，巴喜乐先生。”

“您的意思是，要我承担您的费用，是这样吗？”

“为什么不呢，按照中国方式解决今天晚餐的费用问题，会使我们享受到简单的快乐，是不是梁叔叔。巴喜乐，您一个人买单吧，免得我掏腰包，那该有多费事。我看，以后都要按照中国方式处理餐费问题，我拥护您做东道主。噢，谢谢您，梁叔叔，您带来的中国方式，对我来说，真是太好了。”梅斯卡娅微笑着，笑得很是得意。

“噢，梁伯伯，我又亏了，又得多掏一份钱。看来，您带来的中国方式，会让我吃亏的。不过，我很高兴。感谢您，梁伯伯，您带来的中国方式，让我心中乐和！”然后，他掏出二百七十英镑，把餐费结了。

他心里清楚，巴喜乐在开着玩笑，智慧和幽默体现得淋漓尽致。梅斯卡娅小姐，也的确聪明。他们真是难得的一对。

晚上，就创办维尔京群岛注册电子银行问题，进行了商谈。“我此行的目的是，在维尔京群岛注册一家电子银行，同时在伦敦开办业务。你们看，是否可行呢？”

“开办电子银行，应该是没问题的。”巴喜乐说，“在维尔京群岛的罗德城注册，可以依靠低税收政策来吸引各种逃税的游资，投资于国际市场，包括太阳山谷的开发。好处嘛，维尔京群岛不对离岸投资者征税，包括企业所得税、资本利得税、外国投资税、汇出税、地产税、销售税、增值税。此外，维尔京群岛有严格的法律，禁止金融机构和咨询机构将客户资料，或有关会计资料泄露给任何第三方，包括政府。这对于吸纳国内官员的‘黑钱’有好处，可以帮助他们把来路不明的钱‘洗白’。再有，还要注册一家国际商务公司。在维尔京群岛注册公司，没有人知道注册者本人、公司董事成员、股东人员情况和公司管理人员的身份，具有高度的隐私权。”

显然，巴喜乐没有因为在英国读书，而疏于对国内情况的了解。相反，他知道一些官员有“黑钱”。对于巴喜乐比较了解国内情况这一点，梁山汉很欣赏。他认为，一个只知道读书，而不了解社情民意的人，是没有希望的。巴喜乐不属于读死书的人，用脑子思考，也用钱做事！

“可是，注册公司的事，那要巴萨尔先生批准。”

“不必，这是小事，没有必要请示他。这样的事，您作为秘书长，完全可以做主。不，我就可以做主。您说呢，梅斯卡娅小姐。”梅斯卡娅没有作出表态。显然，她是赞同的。

巴喜乐看出了梁山汉的犹豫，说道：“梁伯伯，就这样定了，在维尔京群岛注册一家公司，通过签订贸易合同，有助于国际资本间的流动，这对于未来做事有好处。”

“还有，在伦敦开办分行，需要购买房产。你们看，我在这儿期间，把购买房产的事办妥，好吗？”

“梁叔叔，先不要购买办公楼。现在，伦敦房地产价格处于高位，不久将会回落。因此，现在不是购买房产的时候，以后再说。如果开办分行，可以租赁办公地点。另外，电子银行业务主要是通过网络，不需要那么多人，有一个办公地点就行，也不需要那些传统银行的窗口。再说，电子商务的发展，为资金转移提供了新的渠道，也减少了离岸金融业的业务量。所以，可先不购买房产，等房地产市场低迷的时候再说。”梅斯卡娅说。

“那就飞维尔京群岛吧，办理注册银行等相关业务。你们看怎么样?”

“梁伯伯，您不用为这样的琐事操心了，这是我的事。您要相信，我和梅斯卡娅能够办好这些事。不过，这里的业务办妥之后，在京都和滨海市成立办事处，那是您的事了，包括开展业务，也是您的事。”

三个月后，巴喜乐完成了维尔京群岛电子银行和公司的注册。又经过了一段时间，乌巴斯乐银行，在伦敦开办了业务。

巴喜乐和梅斯卡娅，为银行取了名字：乌巴斯乐电子银行。从乌尔其其、巴萨尔、巴喜乐、梅斯卡娅的名字当中，各取了一个字，并进行了组合。同时，提出了银行的章程，即经营银行业务，也经营证券业务，以美元和英镑进行结算。但在实际经营中，吸收国外居民、银行、公司的存款，原则上不办理对外信贷担保业务，以规避经营风险。

第九章

哥们，有困难吱声，别这么整

田董事长还没有死，你他妈的就背叛了。你投靠了巴萨尔，就不怕丢了脑袋。

从伦敦回到滨海市，梁山汉决定去鹰飞崖城堡，向巴萨尔汇报伦敦之行的情况。可是，汽车刚刚拐上去往城堡的公路，他的手机响了，庞晔华的电话。

“您好，秘书长，我是庞晔华，有事向您汇报。您有时间听我讲话吗？”

“噢，我刚下飞机，另找时间吧。”

“不，秘书长，我非常想见您。”

“不，我很忙，现在没有时间。”

“那怎么办啊，上次您交办的事，我没有办好。要不，我电话里给您说说。”

“不，电话里不要说了。您的事，很着急吗？”

“是的。要是可以，我想面见您，当面汇报。”

“好吧，我现在到你那儿去，等着我。郎格，把车开到市康复中心去。”

按照秘书长的意见，庞晔华联系到了那些占用田成祖木材款的人，但杨善举并没有买他的账。

“我说庞晔华，我是占用了田董事长八百万元钱，这不假，但这钱不能给你呀。如果把钱给你，田董事长也是拿不到手的。你我知道的，他残了，脑子也没有了记忆。一个残废的人，还能花钱吗？显然，不能了。你让我把钱交给你，那你是不是要花这钱呢？哥们，有困难你吱声，别这么整。啊，你把钱拿走了，说是为了他的生活，但我凭什么相信你呢？说说吧，庞晔华。”

“不，杨经理，不是我有困难，也不是我要花那些钱，这都不是。的确是为了田董事长治病，不信，你可以到康复中心来看看。现在，他脑子出血了，需要住院治疗，已经欠了一屁股债，没有钱交纳住院费了。不信，你可以打电话问问米大江院长。”

“我说庞晔华，你能不能别装蒜。人家田董事长是有家室的，有老婆的，而且老婆很年轻，漂亮。龚冰倩是个模特，那是他精心挑选的，用直升机运过来的，这你是知道的。我说，田董事长的事，用不着你来管了。不过，你如此热心地管他的事，是不是看上他老婆了。你要是看上龚冰倩的话，你就明说，哥们帮你。别说八百万元，就是八千万元也给你张罗。说吧，庞晔华，你是不是看上他的老婆了，看上那个模特了，漂亮着呢！”

“我说杨善举，杨总。你在说些什么哪，是不是过分了。我帮他，是出于对他的尊重，不是另有所图，更不是看上他的老婆了。你以后说话注意点，不要信口雌黄好不好，小心烂了舌头。”

“庞晔华，我是不是说到你的痛处了，你受不了了？就算你不喜欢他的老婆，那你是不是看中了那八百万元钱呢？我跟你说吧，钱不咬手，但你这么弄钱，我看你这人不怎么厚道，是乘人之危，谋划他人钱财！”

“杨总，我和你说吧，不是我要弄钱，是考虑他以后的生活。杨善举，你是罗列的好朋友，田董事长的部下。现在，罗列没了，田董事长因脑出血失忆了，你凭良心看着办吧！”

“庞晔华，你我都是田成祖的部下。我是占用了八百万元，但你要是能够让他说话，或者他能够恢复记忆的话，我马上就把钱送去。”

“杨善举，你是知道的，他脑出血不能说话了。你这样说话，是不是不想还钱了？”

“不是，等他能够说话的时候，或者清醒以后再说吧。到那时，我马上把钱给他送去，亲自送去，但不能把钱交给你。钱，放到你那儿，和放到我这儿是一样的。”

过了些时日，他又给其他人打了电话，但杨善举不交款，其他人也就不再搭理他了。

梁山汉到达滨海市康复中心，看到了新建的康复楼正在施工。要不了多久，需要康复的病人就可入住了。马亮庄办事得力，真是一员虎将。

田成祖在康复中心的院子里面艰难地走着，依然没有记忆。左胳膊横在胸前，左腿还是那样僵硬，走路前仰后合的样子，不知疲倦。只是，他的老婆、那个年轻漂亮的女人，已经不在他身边了。

“秘书长，我这人笨，您上次要我清理债权问题，已经有一段时间了，我没有办好。您知道的，杨善举是罗列的朋友，一个打手。他不交款，就别指望其他人把款交上来。看来，清理债权问题，大概没有希望了。您看，我该怎么办呢？”

“哦？那你跟他提起过巴萨尔先生吗？”

“没有。因为我觉得这事和巴萨尔先生扯不上关系。”

“你再给他打电话，让他立即把钱交上来，少扯别的！还有那块土地，统统交上来，就说是巴萨尔先生的意见。”

他拨通了杨善举的电话。“杨总，您看什么时候把钱交上来呢？”

“庞晔华，你这个人真浑。我不是和你说了嘛，你让田董事长说话，或者让他恢复记忆，我马上把钱送去，但不能给你。”

“杨总，您知道的，他不能说话了。但他的朋友，让您马上把款交上来，还有那块场地。”

“朋友？哪个朋友？”

“巴萨尔，是他让您把款交上来。您知道的，他是董事长的朋友。要在康复中心新建一幢楼，供更多人来这儿康复疗养，也解决掉他的住院费用问题！”

“庞晔华，你混蛋嘛，少拿巴萨尔吓唬我。他不是田成祖的朋友，是他妈的敌人。现在，田成祖还没死，你他妈的就背叛了。你投靠巴萨尔，就不怕丢了脑袋。要是罗列还在，非得杀了你不可，包括巴萨尔，统统杀掉！”

“这样吧，杨总。现在，巴萨尔先生的秘书长在这儿，您和他说吧！”

“杨总，我是梁山汉，巴萨尔先生的秘书长。他指令我，要安排好田成祖今后的生活。因此，我责成庞晔华清理他的债权。现在，我已经知道了，您、还有其他一些人，占用了田成祖的钱，其中您占用了八百万元，还有一块场地。您看，什么时候把钱交上来哪，我好安排他的生活。”

“梁山汉，我知道你，你能够活到现在就不错了。现在，你还没有资格和我说话，这事和巴萨尔不搭边的。你少管闲事，也少拿谁吓唬我，我可不在乎你。巴萨尔能把我怎么的，如果田成祖还有实力的话，罗列还活着的话，说不定是个什么结局呢！”说后，杨善举把电话挂了。

梁山汉摇了摇头说：“好吧，这事我来处理。你现在的事，就是把这里的事安排好。康复楼建完后，给他预留一个特别大的房间，然后找一位护理员，照顾好他的生活。”

“好的。”庞晔华带着一种无奈的眼神看着秘书长，不知道该说些什么。

离开了滨海市康复中心，梁山汉直接去了“鹰巢”。在见到巴萨尔时，已星光满天了

“噢，秘书长，伦敦之行很是劳顿。”

“不，不辛苦，一切顺利。可是，我没有去维尔京群岛，这是巴喜乐和梅斯卡娅的意见。现在，他们成熟了，且很有能力。在维尔京群岛注册电子银行后，会马上反馈信息。不过，还决定，要在维尔京群岛注册一家公司，这是计划外的事情。”

听到要注册一家公司，巴萨尔的眼睛一亮。他说：“为什么？注册公司干什么？”

“这是巴喜乐和梅斯卡娅的意见，他们说，‘是为了便于资金在国际间流动’。”

“哦？好，这个意见好。不过，注册公司的事，谁提出来的呢？”

“巴喜乐，梅斯卡娅也赞同。”

“好!”巴萨尔的脸上露出了满意的神情。

“另外，梅斯卡娅说，‘开发太阳山谷，您不能投资全部项目。有关公共用品，应当由政府投资，这是国际惯例。世界上没有任何一个国家不是这样做的，原则上也不允许个人投资社会公共用品。’”

巴萨尔说：“什么是社会公共用品?”

“梅斯卡娅的意见是，公路、桥梁、隧道、医院、学校，还包括电力、供水、排水等等。社会公共用品，应当由国家投资。”

“那巴喜乐什么意见?”

“他赞同梅斯卡娅的意见。这个意见很好，转移了投资风险，又可以在工程中获利。”

“是的，他们说得对。政府投资社会公共用品，会避免投资风险，也会解决资金不足问题，又可从中获利，真是个好主意。看来，读书和不读书不一样。另外，只读一本书也是不行的。可见，教育会使人增长知识，打开眼界，还会改变人的命运。巴喜乐和梅斯卡娅如此，梁良善和巴芙琳娜·巴萨尔也是例证。我相信，年轻人能够决胜未来，他们的脑子里装满了知识。”

“是的。您看，怎样运作太阳山谷社会公共品投资问题呢?”

“这样吧，把太阳山国家野生动物森林公园内的所有社会公共品投资项目，都一一列出来，制作一个报告，争取国家批准。问题是，也应给国家一个丰厚的回报。否则，犁瓦翻土，一边倒是不行的。天下没有独享的盛宴，也没有能够独吞的利润嘛。”

“还有，乌尔其其交代的事，有关田成祖生活的事，遇到了点问题。目前，他残了，庞晔华在照料他。可是，他，还有庞晔华，都没钱了。他的小老婆龚冰倩有钱，但已经不再爱他了。她的钱，不愿意为田成祖花一分。唯有庞晔华，不离不弃。可见，这个人不错。按照您的意见，我准备支付田成祖的住院费用，但庞晔华提供了一个情况。他说，‘田成祖还是有钱的，至少，有两千万元，但不在他的手里，是积压的木材款。’于是，我决定由庞晔华清理他的债权，责成亮庄为康复中心建一栋康复楼。费用嘛，由田成祖的两千万元里面出。今天，我去了那儿，康复楼正在建设，很快会交付使用。”

“好，这件事办得好。更重要的是，我们不把事情做绝!”

“不过，有问题了，田成祖和罗列遗留的问题需要清理。比如，在滨海市、京都等地，属于田成祖的木材销售场地还没有收回。还有，罗列还有一个打手，在京都占着田成祖八百万元不还，手上还有一块好大的场地。”

“叫什么名？”

“杨善举，一个狂妄的家伙。他谴责庞晔华，‘田成祖还没死哪，你就投靠了巴萨尔。你就不怕丢了脑袋。如果罗列在，非杀死你不可，还有巴萨尔，统统杀死！’再有，我责令他马上把八百万元交上来。可是，他说，‘我谁都不在乎，要是田成祖有实力，罗列还活着，说不定是什么结局呢！’然后，他把电话挂了。”

“噢，一切了然！”

“您看，由谁办了这件事呢，阿顺可以吗？”

“不，阿顺很忙，正在组织黄沙运输。改造太阳海滩的任务很重，不能耽搁的。”

“那您的意见？”

“派张超和郎格去吧。”

梁山汉知道，杨善举有麻烦了，已经不可挽回了。如果杨善举足够聪明的话，就不会有这样的结局。也许，他不会死去，但“一切了然”的指令已经发出！

不过，梁山汉赞同巴萨尔对杨善举“一切了然”的处置。因为，他曾和罗列在原始林区重伤了自己。还有，在京都住院期间，也是他企图置自己于死地。从私仇方面讲，他希望杨善举立即死去。

可是，在巴萨尔先生对杨善举下达“一切了然”的指令之前，他不能提起这些事。人，不能将私仇与事业混淆在一起。

第十章

新坟的旁边，又挖了一个更深的坑

刚才，噼里啪啦的骤雨，淋湿了杨善举的木头，也淋湿了他的心头。

黑压压的云层，堆积在京都市的上空，尽管是大白天，京都市内也是漆黑一片。此刻，闪电一个接着一个，“咔嚓、咔嚓”的雷声，在杨善举的头顶一个劲地炸响。闪电、雷鸣，让跑向汽车的杨善举格外的心悸，担心会有落雷击中自己的脑袋。不然，这雷声怎么老是在他的头顶炸响呢，好像自己不小心触犯了天条，雷公对他紧追不放。

京都的夏季，雨水特多，两天不下雨，三天早早的。杨善举在办公室里面，看到硕大的雨点，噼里啪啦地滚落下来，赶紧收拾东西。他要趁雨下得更大之前，钻到那部心爱的美国产的福特汽车里面去。早上来的时候，妻子告诉他：“今天是夏至，中午回家吃饺子吧。”

现在，他要赶回家去，跟老婆吃顿饺子。他相信习俗，夏至吃饺子会给他带来好运。在京都，夏至吃饺子，是民间的习俗。他有点迷信，对民间的陈规习俗坚信不疑。在日常生活中，他常常向苍天祈祷好运，包括路过庙宇，都要进去上香，以求福祉降临。

他想在木材上赚点钱，可生意越来越难做了。现在，京都市木材市场，唯有俄罗斯木材销路好。尽管贵一些，人们还是愿意买那俄罗斯又粗又直的圆木。俄罗斯的木材，都是巴萨尔鼓捣来的。为此，杨善举恨巴萨尔，还有乌尔其其，是他们影响了自己的木材生意。一想到巴萨尔，他的心情就不好，就像京都这没完没了的雨水，让他心烦。刚才，噼里啪啦的骤雨，淋湿了杨善举的木头，也淋湿了他的心头。

杨善举一边启动汽车，一边骂道："他妈的，庞晔华这小子，还要从我的兜里掏钱。哼，他妈的，没门！"

这时，坐在汽车后排的郎格说话了："哎，哥们，净说些没用的话，开车吧！"

他回过头来，张着惊恐的眼睛，看到了后面坐着的两个陌生人。"哎，你们是谁？怎么坐到我的车里来了？出去！"

"搭个车，杨总。要不是因为你，我俩犯不上遭这个罪。你说，冒着雨干活，容易嘛！"

"什么事，说吧，就在这儿说。"窗外的雨像是银河决堤了，倾倒在杨善举的汽车上，噼噼啪啪的响声没完没了。

"噢，没什么，只是一点小事，我们的头儿让我俩来拜见您。"

"你们错了，搞错了，我不认识你们的头儿。滚，马上给我滚下车，免得我费事，别说我废了你们！"杨善举由惊恐变成了愤怒，想以愤怒驱逐掉心中的惊恐。

这时，张超"咚咚"敲敲车窗说："你看，汽车前是什么？"

杨善举往汽车前面看去，黑洞洞的，什么也没有。只有瓢泼的雨水，猛烈地向他的汽车上倾倒。"他妈的，你什么意思？"

在杨善举回头的瞬间，郎格麻利地将一根细细的红色尼龙绳，锁在了他的脖子上。他挣扎着，想摆脱那根尼龙绳的束缚。可是，尼龙绳越勒越紧，他怎么也挣扎不掉。

"杨总，老实点吧，否则，这条尼龙绳会使你窒息。开车吧，哥们，乖乖地开车！"无可奈何的杨善举，启动了汽车。他不知道去往什么地方，心悸得双手发抖，脚也踩不准油门了。

按照张超的指引，汽车慢慢地驶向了京都的郊区。在一个无人的处所，他命令杨善举把车停下来。张超说："杨总，事情很简单，你看那八百万元钱能还上吗？我为田成祖做个了结？如果您同意的话，今天把账单清了。"

"不，你们不知道，我手里面没有钱。你们没看到吗？我的木材卖不出去。钱，都被木材押死了。”

“不，在您的银联卡上，有一千多万呢。杨总，如果工商银行提供的记录准确，我的眼睛没有看错的话，应该是一千多万元。可是，我只要八百万元，那是田董事长的钱。”

杨善举犹豫了一下，说道：“我不能把钱付给你们，田成祖的钱，你们没有资格拿走。”

“是的，这钱，我分文不要，也的确没有资格拿走，您说得千真万确。可是，您是不是也没有资格占用他的钱呢?！现在，需要您把钱交出来。在滨海市康复中心，已经为田成祖盖了一栋康复楼，为了您的主子的晚年安生。可是，盖楼的钱已经垫付了。您把银联卡拿出来，还有密码，统统告诉我。”

“不，我没有银联卡。”张超一挥手，郎格勒紧了那根尼龙绳。他喘不过气来，脸上憋得发紫。

张超一摆手，郎格则放松了那根绳索。杨善举赶紧喘口气。“怎么样，杨总，您舒服吗？还是把银联卡和密码交出来吧。否则，你一死去，要钱还有用吗?”

“不，我的确没有钱。”

这时，郎格再次勒紧了那根红色的尼龙绳。杨善举觉得裤裆里面有点热。不一会儿，就什么也不知道了。

张超在他的钱包里，搜出了银联卡。等到杨善举从昏迷中醒来的时候，张超说：“说吧，杨总，你的密码。”他拿着银联卡在他的眼前晃动。

“你们能放过我吗?”

“那取决于你的态度。如果足够聪明的话，就能够挽救自己。说吧，说出你的密码!”

“ 我身份证的年月日，就是银联卡的密码。”

“嗨，要是早说，何必这么费事呢。好吧，取出钱之后，我会放过你的。”

汽车沿着来时的路，又向市内开去，在工商行的门口停了下来。化装后的张超，在自动取款机上，将八百万元钱，划转到了庞晔华的账号上。

回到汽车里，张超驾车驶离了工商银行，在一处没有人的地方，他拨通了秘书长的手机。"秘书长，帮个忙，看看我的手机还有钱吗？"

"稍等。"他关掉了手机。然后，给庞晔华通了话，"你看看，杨善举的欠款划转过来没有？一会儿，给我回个话。"

在得到庞晔华的准确口信之后，梁山汉给张超回了话。"有，卡上有钱。"然后，他把手机挂了。这是约定的暗语。如果说没有，那就是说欠款还没有划转过来。

张超命令杨善举："你给家里打个电话，告诉你老婆，就说你要出差，得好长时间才能回来。"他照着做了。张超驾车驶离了京都。途中，郎格勒紧了那根细细的尼龙绳。

雨，还在下着。汽车，在乡村公路上奔驰。路过一个农民家门口，张超随手将一把铁锹扔在了车上。在一座新坟旁边，挖了一个更深的坑，将杨善举的尸体埋了。

然后，汽车继续行驶。在一处悬崖边上，汽车被推进了波涛汹涌的大海。杨善举的身份证、手机卡和银联卡，被张超浇上汽油烧了，也包括刚才同秘书长通话时用的手机卡。

第十一章

只要真爱，还在乎文化和名分吗

我的生活是一个易碎的瓷瓶，敲碎了容易，再粘贴在一起很难。我的心已经碎了。

进入初冬时节，飘飘洒洒的雪花，在京都上空飞舞。雪花落在了地面上、屋檐上，也落在了树枝上，还落在了巴萨尔的头上。雪花轻盈而缓慢地在空中曼舞，让他觉得舒服。在他看来，京都就是仙界。

他在京都出生，并度过了快乐的童年和少年。可是，政治风雨摧毁了他的家，父母无辜死去，他的人生轨迹也发生丁改变。他眷恋京都，这里给他留下了美好的记忆，也留下了悲伤情结。不过，他不会在京都安度余生了。

在一个重要机关门前，有两个身材笔直、个子高高的武警在站岗。他通报了自己的姓名，那两个武警向他敬了礼。显然，他们知道他。对此，他有些得意。不过，也没有什么。他认为，他在野战部队就是营长啦！

没有怎么费事，他见到了多年的老朋友。寒暄之后，汇报了太阳山谷开发的进展情况，并递送了由政府投资太阳山国家野生动物森林公园社会公共品的报告。此外，还就乌巴斯乐银行，拟在京都和滨海市设立办事处的问题，谈了一些想法，也递送了相关文件。

从某种意义上说，太阳山谷的开发，包括蛇岛、鸟岛和天使岛的开发，也是这位老朋友极力推崇的项目。

“一个人口众多的文明古国，地大物博，物产丰富，不仅文化有着多样性，生物也应该有着多样性嘛。”他的这位高朋，曾在乘坐他的豪华游艇观光时，说了这番话。

毫无疑问，他的老朋友对于政府投资太阳山谷的社会公共品问题，持赞同意见。对乌巴斯乐银行在京都和滨海市开办银行业务，也表示支持，这有助于引进更多的外资，参与国内的经济建设，符合国家改革开放战略。

在首长那儿办完事情之后，已经是晚上了，他决定去看看乌尔其其的母亲。在那些苦难的日子里，她对他像自己的儿子一样，让他多年不忘。乌尔其其的母亲住在京都郊区一幢别墅里。当初，为防止罗列的报复，乌尔其其将母亲搬到了别墅。现在，他要动员她搬到鹰飞崖城堡去。她年岁大了，如果没有人照料，生活会有些问题的。

她头发花白了，但身板硬朗。在她的眼中，巴萨尔和自己的儿子没有什么不同。当她看到他走进别墅时，很是高兴，脸上堆满了笑容。“啊，巴萨尔，我的孩子，你什么时候到的?”

“上午。”

“哦，上午到的，怎么这么晚才来看我？瞧你这孩子!”

“‘妈妈’，我去办了一点事。”巴萨尔叫“妈妈”的声音很有磁性，让她感受到了亲情。

“今晚，你住到这儿吗？巴萨尔。”

“是的，住到这儿。只要您在这儿，我来京都，就住到家里来。儿子嘛，哪能不和妈妈住在一起呢!”

“哦，这就对了。盛杰英好吗，还有你的孩子?”

“都好，他们都好。只是盛杰英有些孤单，她要我跟您说，请您搬到我家里去住，同您做个伴。”

“哦，这个嘛，我还没有考虑过!”

“去吧，那里生活会方便些。空气嘛，要比京都好。另外，有高山、大海，有数不清的植物和花朵。到了夏天，您还会听到各种各样的鸟叫声。那可是百鸟争鸣啊，‘妈妈’您去了，肯定会开心的。再说，妈妈怎么能不和儿子住在一起呢!”

"那，这儿的别墅怎么办？"

"我安排人照料就是了。"

"好，那我去，去'儿子'家住些天。"

在京都高级法院旁边的茶楼，欧阳水荷见到了日夜想念的巴萨尔叔叔。她依然端庄秀丽，深沉睿智，眼睛里有一种特有的专注神情。在人生的经历中，巴萨尔见过许许多多的人，但没有一个人的眼睛里面，有欧阳水荷那种专注的神情。

"水荷，你好吗？我看你好像很忧伤。有什么问题吗？我的孩子！"欧阳水荷是巴萨尔出钱送到美国哈佛大学修完的法学博士，但她少年有着悲惨的经历。

"不，没什么问题，巴萨尔叔叔，我还好。上次，您让亮庄哥来京都，为我买了房子，生活就没有什么困难了。只是，我在京都常想起你们。你们总在我眼前晃动，让我无时不在思念。有时候，我会因为你们的影子，不由自主地流下眼泪。巴萨尔叔叔，不知道为什么，我老是这样！"

在巴萨尔的眼中，欧阳水荷是一个很重情义的孩子。她珍重友谊，但现在却找不到幸福，这是人生的不幸。一个漂亮的女孩子，忧伤会毁了她的容颜。

他知道，少年的经历，让她痛苦不堪。遭受强暴的影子，已经深深地印在了她的脑子里，且永拂不去。这个孩子，快乐不起来了，她的一生可能永远没有幸福了。那些强暴她的歹徒，真是可恶。他心想。不过，那些企图强暴她的歹徒们，已经作古了。可是，她却在阴霾中挣扎，那些苦难和她纠缠不休，就像魔鬼一样！

"水荷，我和亮庄不在你身边，但无时不在牵挂着你。水荷，你就像我的孩子一样，我也会想起你的，包括亮庄。你不要把我和亮庄当做恩人看，我们是心心相印的朋友，只是我的年岁要比你大些。"

"叔，我除了工作以外，就再也没有什么欢乐了。因为过去的那些经历，让我夜不能寐，又痛苦万分。我的生活是一个易碎的瓷瓶，敲碎了容易，再粘贴在一起很难了。看我的外表完整无损，可是我的心已经碎了。"

“水荷，要想开些。人不能和痛苦纠缠在一起。你要学会忘记痛苦，要从痛苦中解脱出来。水荷，生活是美好的，应该苦中有乐啊！”

“可是，我解脱痛苦的办法就是工作。疯狂工作之后，还是痛苦。痛苦是我的影子，于我如影随形。我走到哪里，痛苦就跟随到哪里。痛苦，于我不弃不离。”

“孩子，为了生活，也为了幸福，你应该成个家，找一个爱你的人。这样，你可能会忘掉痛苦的经历，开始新的生活。孩子，向前看，你的前途锃亮。现在，你已经是高级法官了。”

“是的。不过，痛苦并没有因为我是高级法官而减轻。巴萨尔叔叔，我不想成家。如果成了家，会增加更多的痛苦，也许是倍增的痛苦，或者说一个人的痛苦，演变成两个人的痛苦。何况，我未必就能找到一个爱我的人和我爱的人。痛苦不像数学，无法求解。”

“亮庄嘛，也是这样想的。他，也是不找对象，不成家。因为那个夜晚，他见到你被打、被歹徒强暴的场面，心灵受到了伤害，一见到女孩子就觉得可怜。现在，他多愁善感，缺少欢乐。因此，对结婚没了兴趣。发生在你身上的事，你是受害者，亮庄也是受害者。”

“不过，如果亮庄哥同意，我愿意和他生活在一起，这对我来说是个例外。只是，我没有问过他，也不好意思问。您要是方便，可以代我问亮庄哥。您告诉他，我爱他。”

“噢，不，亮庄与你不合适。你不应该有这样的想法，这个想法不合常理。水荷，打消这种想法吧！以后，也不要有这样的想法。”

“这，没有什么。如果亮庄哥爱我，我会嫁给他的。只是我不能提起，张不开嘴。”

“水荷，我看亮庄不合适。他是你的恩人。一个女孩子，怎么能嫁给自己的恩人呢？这不合适。再说，恩情不等于爱情。女孩子嫁人，绝对不能嫁给恩人。这是第一。第二，他没有多少文化。一个哈佛大学毕业的高材生，怎么也不能嫁给一个没有文化的人，这不合适。再者，你已经是高级法官了。而亮庄，没有什么名分。一个有名分的人，怎么能嫁给一个什么名分也没有的人呢？这其中的差异是明显的，不合适的。此外，他做了一些你知道的事情，还做了一些你不知道的事情。他做的这些事情，在我看来，那是不得已的。有的事，是我让他做的。而他做的事，对于一个法官来说，那可能是罪恶。一个法官，不能嫁给一个有罪的人。当然，我知道，他不是罪犯！只是做了应该做的事情。亮庄是我的孩子，就像我亲儿子一样。可是，你，也是我的孩子，但你不能嫁给他，绝对不可以的。对此，我明确表示反对！你不能嫁给我的‘儿子’，不能嫁给亮庄。甚至，你连这种想法都不能有，也不该有。”

欧阳水荷沉默不语，眼睛饱含泪水。那种专注的眼神，穿越了眼中的泪珠，透过茶楼的玻璃窗，看着窗外乱糟糟的景象。水荷这种专注的眼神，透露出了刚毅，也有着明确的意思表达。如果让她嫁人的话，是非马亮庄不嫁了。

“巴萨尔叔叔，如果您同意，亮庄哥愿意娶我，我嫁给亮庄哥。我想，恩人可以转化为爱人。某种程度上讲，恩人也是最好的爱人。感受恩和爱，须臾不可分开。谁能把感恩和爱区分开呢，没有人能够区分得开。而且，文化，不是爱情的条件。只要真心相爱，就是没有文化，也会真爱百年。至于名分嘛，那又有什么用呢，为爱的高级法官，可以向自己爱的人低眉哈腰。向亮庄哥求爱，这没有什么，但我一直没有勇气开口。另外，只要相爱，有没有名分都不重要。爱，比名分重要！至于亮庄哥做的事，我知道一些，但都是些皮毛。至少，我认为，他为我复仇，我是赞同的，尽管没有按法律程序来办。在我看来，他不是罪犯，而是我爱的人。问题是，他做的事不能公开，只要没有其他人知道就行了。还有，他做的一些事，我不知道，也不想知道，包括您做的事。再说，我也不认为他是罪犯。如果亮庄哥是罪犯的话，我也愿意嫁给他。可是，他没有说过爱我啊！我想，除了亮庄哥，不会嫁给任何人。我之所以向您倾诉这些话，是因为您让我成家，让我忘掉痛苦。否则，我不会向您说的。过去，他面对歹徒挺身而出，救了我；现在，如果能够娶我为妻，我会摆脱痛苦，也会幸福。不过，在这之前，我没有向任何人说过我心里的想法，从来没有。巴萨尔叔叔，您是我的恩人，也是我的‘父亲’。您的‘女儿’，向您吐露心声了。我相信，只有父亲能够理解女儿的话。除此之外，没有任何人能懂我的心。”此刻，欧阳水荷的眼睛里，流淌着不尽的泪水。

他从泪水中看到了光亮，那是希望。水荷的渴望，对爱的渴望。“孩子，别把这件事当回事。因为，我从来没有同亮庄谈过这些事。他还不知道你的想法呢，也不知道他是怎么想的。假如他说不爱你哪，那你会怎么样呢？你会增加新的痛苦吗？我想，你会的，会增加新的痛苦。孩子，我的‘女儿’，你不能再增加痛苦了，尤其不能因为亮庄说不爱你的话，增加新的痛苦了。不是吗，水荷。如果你增加新的痛苦，叔叔会追悔莫及的，不该和你讨论成家的事。孩子，生活美好，从痛苦中走出来吧，不要再让痛苦折磨自己了。”

“好的，巴萨尔叔叔。哦，对了，还有一件事。上次，亮庄哥来京都，和我谈了请求黑水滩石油城警方协助调查赵子新和赵子强的问题。这个问题，我和亮庄哥说了。那边没有发现新的线索，只是在调查柳大刚的时候，发现一个个体炼油厂十分可疑。准备收网的时候，柳大刚突然发生车祸死了，赵子新和赵子强的问题，包括那个炼油厂厂长，还有那个开油槽车的司机张令文，都没了踪影。此案不了了之了。您看，还需要做些什么吗？”

“噢，这些我知道了，亮庄跟我说了。当时，之所以调查他们，是因为生意之争。他们垄断市场，反对我搞物流平台，担心会挤垮了他们的生意。不过，他们财产来路不明的问题，肯定存在。可是，他们已经向我示好了，再调查也没有什么必要了。”

“巴萨尔叔叔，那您在京都还有什么事吗？我还能为您做些什么吗？”

“没有别的事了，水荷，你保重。我和我的‘妈妈’，明天回滨海市，上午的飞机。”

“什么，您的妈妈？我从来不知道的。”

“噢，乌尔其其的母亲，她在我小的时候，收养了我。那时，我的母亲刚刚去世。从此，我就叫她为‘妈妈’了。这次，我回滨海市，把她老人家接到鹰飞崖城堡去，盛杰英会陪伴着她。人老了，应该有人照料了。她不去莫斯科了。她喜欢待在中国。我很荣幸，能够照料她老人家！”

“噢，您是好人，上帝会保佑您一生平安，还有亮庄哥。”

“水荷，我回去后，会将你的话向亮庄说的。”

“谢谢您，巴萨尔叔叔。”

告别的时候，他看到水荷的脸上有了笑意。对爱情的憧憬和渴望，让她的眼睛里发着光亮。不过，脸上的笑意，并没有改变她眼中的那种专注的神情。

啊，他明白了，那种特有的专注神情，是她生活中不同于他人的一种定力。这种定力，不会因为其他事务的影响而改变。也许，这种定力，只有法官身上有，而普通人身上没有。不过，在所熟悉的其他法官身上，他还从没有见到过欧阳水荷眼中的这种特有的专注神情。她眼中流露出的那种特有的专注神情，足以战胜一个军团。他这样认为。

他想，如果亮庄同意，她和他结婚没有什么问题。尽管马亮庄出身卑微，没有文化，也没有什么名分，但他有智慧，有清晰的头脑，不仅会赚钱，还有一颗怜悯之心。

可是，文化、名分和爱，又有什么关系呢？没有的，真的没有关系。她说对了，爱是无条件的。只要真爱，还在乎文化和名分嘛！一个有文化、有名分的人，爱上一个没有文化、没有名分的人，也会白头偕老的。只有真爱，才会百年。他相信这一点。再说了，没有文化，没有名分，不一定就没有素质。在他离开茶楼的时候，有了对恋爱与婚姻和欧阳水荷同样的看法。他被她说服了，这是一个例外，这在他的生活中是不多的一次。他回去要和马亮庄好好谈谈，这是一个重大问题。

可是，他想到，一个共和国的高级法官，爱上了一个负罪的人，那可是另一码事了。不过，这没有什么，都是自己的人嘛！另外，没有人知道马亮庄的过去，也没有外人知道他做过的事。在他和马亮庄的生活中，有着许许多多的不为人知的秘密。可能的是，保守秘密会让一个负罪的人同样享受爱情。在普通人眼里，坏人做坏事，在不被人知的时候，那他就是一个好人。

第十二章

警方到底掌握了多少东西

儿子，你不应该同黑四说这些，会有麻烦的。以前的事，为什么要和黑四说呢？没有必要的。

张令文的母亲走了，去见上帝了。留下了一个鳏夫，还有一个孝顺的儿子。

“儿子，你妈妈走了，安拉会安排她的一切，你不必悲伤了。你对你母亲的孝顺，我做父亲的知道，我的儿子该做的都做到了。可是，让我担心的是，你以后该怎么办呢？还得逃亡吗？你逃亡的生活，真让爸爸担心。”

“爸爸，没有什么，只是您让我牵挂。您以后的生活成问题了，妈妈不在了。您能和我去滨海市吗。”

“不，儿子，我的生活没有问题。你早点走吧，离开黑水滩石油城，这里的麻烦事多着呢，警察还在找你哪！”

“是的，爸爸，我得马上离开。我的同学江洪，昨天告诉我了。他说滨海市警方责成黑水滩石油城警方，正在调查赵子新和赵子强的问题。他是听侦查员肖三和王家福说的。警察还去了芦苇荡，看了废弃的鱼塘，还有房子的原址。肖三还让江洪给我捎话，让我回来后去一趟公安局。他说，跟我没事，只是核实赵子强的一些情况，不是抓人。爸爸，你说，我还去吗？”

“不，儿子，你不能去。黑水滩石油城警方，不是不知道你回来吗?”

“是的，不知道。江洪没有告诉肖三和王家福，也没有熟悉的人见到我。”

“不去，儿子。如果你去了，会有麻烦的，可能回不来了。我不知道警方到底掌握了多少东西，以前他们调查过你的问题。谁知道呢，他们究竟掌握了你多少情况。即使不掌握你的情况，那么，也知道你和他们之间的关系。如果你去了，又不说实话，警方会认为你知情不举。如果向警方说了实话，说了他们的情况，做人不厚道。再说，谁知道警方究竟调查赵子强什么问题呢。不过，可以肯定地说，他们认为你知道一些情况。还有，警方掌握的情况，又和你有多少关系呢?因此，绝对不能去的，让他们去找吧！儿子，他们找不到你。如果找不到你，这些事，就不会再有人提起了。警方即使以后找到你了，你就说忙，也没有什么关系。不过，有一个情况需要注意。赵子强可能有新的问题，可能在滨海市又惹是生非了。也许，警方还在继续调查你们以前盗窃原油的问题。如果那样，就和你有关系了。还有，可以肯定地说，赵子新和赵子强就在滨海市。否则，黑水滩石油城警方，不会协同滨海市警方，联合调查他们的问题，而且还要找你谈谈。”

“是的，爸爸，您预测得对。赵氏兄弟的确在滨海市，买卖做得也不小，但他们不知道我在滨海市。只有一个人知道，我同他们熟悉。这个人叫黑四，采石场的场长，不，现在给崔凤景当副手了。因为采石场的汽车坏了，黑四请赵子强帮忙修车。在采石场，我认出了他，但他没有认出我来，因为我戴着墨镜。爸爸，他们真不够意思。我给他们干事，没有给我多少钱。”

“哦，儿子，你跟黑四说过你们的情况?”

“是的，说过。”

“儿子，你不应该同黑四说这些，会有麻烦的。以前的事，为什么要和黑四说呢?没有必要的。儿子，做事要用脑子，考虑周全了再迈步。否则，你用来走路的脚，会踩到泥里面去，还会越陷越深。记着我的话，儿子！人的眼睛是用来看事的，耳朵是用来听事的，脑子是用来想事的。无论做任何事，都不能盲从。蠢嘛，儿子，你怎么不想一想呢，和黑四说你们过去的那些事，有用吗？没用的。”

“爸爸，我之所以说这些事，是因为他们太贪了。偷来的石油，弄的钱，都被他们拿走了，我只得到了五十万元。爸爸，这样做不公平，我是冒着风险干的。可是，他们跟我隔着心，太不厚道了，心太黑了。另外，黑四对我不错，很讲究，很仗义，够哥们，做朋友够料。我不希望黑四像我一样，上他们的当。这次，我回来看妈妈，黑四‘哐当’一下，就砸给我一万元钱，就这么够意思，不收都不行。”

“儿子，黑四够意思，对你好。但是，那也不该将你和他们过去做的事说出去。懂吗，儿子，触犯法律的事，只能放在心中，或者带进坟墓。偷石油，弄钱，这个案子已经把你们绑在一起了。至于黑四会不会上他们的当，那是他的事，和你没有关系。你要学会保守秘密，不能把自己的秘密告诉他人。你要学会保护自己，让危险远离你。现在，你信任黑四，但信任的反面是什么？知道吗？儿子。想过没有，信任的反面就是背叛。当他背叛你的时候，你就是输家。也就是说，你要在平安无事的时候，想着有事。有事的时候，要勇敢面对，不能怕事。儿子，以后留个心眼吧，学会保守心中的秘密，包括做任何事，务必小心才是。”

“好的，爸爸，您说得对，是这么回事。看来，我和他们扯不清了。只是我心中有恨，他们吃了独食！我希望他们吃饭的时候噎死，坐汽车的时候撞死，甚至我都想投案自首，亲自把他们送进监牢。否则，难解我心头之恨！”

“儿子，记着，你应该离开滨海市。如果他们有事，会影响到你。如果你和他们都被抓了，恐怕要关进大牢。”

“爸爸，关进大牢我也不在乎。我只得了五十万元，刑罚也要轻得多。他们是盗窃原油的主谋，我只是开油槽车挣点工资而已。反正我光脚，还怕他们穿鞋的吗?!”

“儿子，不赌这个气。记着，人生不能赌气，也不能有牢狱之灾，犯不上那么傻。儿子，爸就你这么一个孩子。你要是出事了，爸爸活着还有什么意义呢，没有了。尤其是现在，你妈妈走了，唯一的指望就是你了，儿子。”

“可是，爸爸，离开滨海市，我去哪里呢？还有，我现在没有钱，只有一套房子。难啊，爸爸。再说，离开滨海市，真的没有地方可去了。还有，会有黑四这样的人照顾我吗？这都是问题。人不该犯罪，就是穷死，也不该犯罪。现在我有些后悔了。不过，唯一能够安慰我的是，搞来的钱，为妈妈治病了，就是犯罪了，那也是值的。爸爸，孝顺大于法律，我是这样认为的。”

“儿子，你是个孝子，难得的孝子。你犯罪，是因为穷，为了给你妈妈治病。对此，爸爸理解你。孩子，你走吧，连夜走，起码警方还不知道你回来，也不知道你住在滨海市。不过，要是可能的话，最好离开那儿，那儿是个风险之地！”

“好吧，我考虑一下。爸爸，您保重！”当夜，张令文顶着满天星斗，悄悄地离开了黑水滩石油城，回到了滨海市。

张令文去了采石场，他要拜见黑四，当面谢谢他的关照。走进场部，他看到黑四在一辆宝马车的底盘下，背朝下、脸朝上，不知道忙活什么。

“黑总，您在修车吗？”

“噢，不是。哟，令文，你回来了。怎么样，妈妈的病好些了吗？”他从宝马车底下钻了出来。

“咳，我妈妈走了，去见安拉了。”张令文的精神有些萎靡，脸上流露着悲伤的情绪。他是个孝子，对母亲去世，一时打不起精神。

“什么？走了，你是说你妈妈去见安拉了？是吗？不过，我不知道安拉是谁。”黑四费解地问，拍拍身上的尘土。

“安拉就是上帝，我妈妈去见上帝了。”

“哦，是这样，她老人家去见上帝了。不过，令文，不要悲伤了，生活还得继续！日子嘛，也得过下去。你回来就好了，我正缺人手呢，忙得很。哦，对了，你还有什么困难嘛。”

“没有，谢谢您，黑总。上次，您给我拿了一万元钱，我真是不知道该怎么感谢您哪。”

“不要提钱的事了，那多俗啊，你我是哥们。哥们嘛，就得一块儿享福，也能患难，甚至还得一块儿做坏事！否则，那就不是哥们。你说是吗，令文，我的话有没有道理？”

“噢，对，有道理！黑总。可是，我思来想去的，还是要跟您说说我的想法。我想离开采石场，离开滨海市。”

“什么？你为什么要离开这里呢？”黑四不解地问，“难道我对你不好吗？”

“不，不是。我是想离开采石场，离开滨海市。黑总，您对我好，我不会忘记的。可是，这里，对我来说不合适了。”

“为什么？你是嫌我给的钱少？”

“不是，不是钱少。您待我不错，我铭记在心。问题是，这里不安全了。没有办法，我得走人了。”

“令文，你在说什么？是我不安全，还是你本人不安全？”

“不，不是你不安全。是我遇到了一些问题，同赵子新、赵子强有关。”

“为什么？”

“黑总，您对我好，我不能不对您说实话。可是，您要保密。现在，警方正在调查赵氏兄弟的问题。这次，我回黑水滩石油城，听我同学说的。黑水滩石油城警方，正在配合滨海市警方调查他们的问题呢。说不准，他们是不是有什么问题呢！黑总，您再和他们打交道，要小心才是。我可不希望您和他们有什么瓜葛。”

黑四的脸上满是狐疑，不一会儿，又露出了喜色。“令文，要我说，你不能走。假如说你同他们之间的问题暴露了，即使离开了滨海市，也是跑了和尚跑不了庙。如果他们犯事，警方一个通缉令，全国通缉，你还能跑到哪里去！你到哪儿，警方都会找到你。我看哪，还是我这里安全。再说，你同他们盗窃原油是共同犯罪，一条绳上的蚂蚱，谁都跑不掉的。问题是，应该搞搞清楚，到底警方调查他们什么问题。是新问题，还是老问题？是过去的事，还是现在的事？如果是过去的事，就和你有关系；现在的事，就没有你的事了。如果没有你的事，又稀里糊涂地躲了，每天不得安宁，你说犯得着吗？要是以前的事，那就应当琢磨着，怎么把事摆平。”

“那我该怎么办呢？”

“不着急，我慢慢打听打听。必要时，我去见见他们，你也可以和他们说说情况。最重要的是，他们自己得摸摸底，到底是怎么回事？”听了黑四的话，张令文点点头，但还是满脸的忧郁。

第十三章

保密，千万不能说是我说的

一阵微风吹过，那个小男孩的“尿液”旋即飘洒开来。一些微小的水雾，落在了他脸上。“真他妈的倒霉!”

滨海市潮州大酒店的生意一直很火。小轿车进进出出，男男女女宾客熙来攘往。赵子强想想自己的生意，已经关门歇业了，和这里的生意相比，真让他的心里有气。他恨巴萨尔，恨他抢走了自己的饭碗。

走进潮州大酒店的大厅，他看见墙壁上的“小男孩”在快意地向下“撒尿”，下面池子里一个“小女孩”好奇地瞧着那个“小男孩”。那个小男孩和小女孩的雕塑，出神入化，脸上满是稚气，可爱至极。雕塑是人心灵的表达，是凝固的文化，也是人对美的追求和对生活的热爱。

可是，置于这个场景，赵子强觉得晦气。在潮州大酒店大门洞开时，一阵微风吹过，那个小男孩的“尿液”旋即飘洒开来。一些微小的水雾，落在了他的脸上，还落在了其他人身上。在路过的客人看来，那是福气，可赵子强认为那是祸水。“真他妈的倒霉。”他咕哝了一句。

他以一种不快的心情，用手抹去了头上的水珠，然后狠狠地瞪了那个“小男孩”一眼。可是，那个“小男孩”并不理睬他，依然快意地“撒尿”，脸上还有着疏朗的笑意。以现在的心情，他真想冲上去，把墙壁上的那个小男孩雕塑劈下来，以解心头恨气。

最近发生的一些事，让赵子强心烦。从红楼建成开业，到他的公司关门闭店，没有多长时间。生意萧条后，他想扭断巴萨尔的脖子。如果巴萨尔不进入汽车配件这个行业，生意就不会完蛋。他的公司，从买地皮，到盖楼，到投入设备，到开一些连锁店，整整花了五千万元。现在可倒好，全打水漂了。不过，通过走私汽车和销售汽车及配件，倒是赚回来一些钱。

另外，在巴萨尔的问题上，他一直对哥哥耿耿于怀。他认为，哥哥太软弱了。当初，就应当对巴萨尔的生意进行打击，或者对他本人进行报复。如果让他的生意胎死腹中，自己的公司就不会关门歇业。可是，赵子新的意见非常明确，“小不忍则乱大谋，我们毕竟有了两亿元财产了，万不可冲动行事”。

现在，新的问题又来了。黑四告诉他：“警方正在调查你们的问题呢，知道不?”

为此，他专门会见了张令文。尽管在这之前，不知道张令文在滨海市，也知道他对自己有些想法。不过，那些想法可以理解，无非是得钱少了一点。可是，一条线上的蚂蚱，谁又能跑得了呢！

张令文说的情况让他震惊。“黑水滩石油城警方，正在配合滨海市警方调查你的问题。警方找到了江洪，他带领侦查员肖三和王家福，还去了芦苇荡，看了‘养鱼’的那个地方。江洪还跟我说，让我去趟公安局，核实一些情况，关于你们的情况，但我没有去。我担心去了回不来，所以就没去!”

对于赵氏兄弟来说，这是一个危险的信号。如果以前的事败露了，那等待他们的将是牢狱之灾。不仅如此，他可能会走上断头台。看来，小炼油厂厂长张慧乔是个聪明人。在案子败露之初，就果断地关闭了小炼油厂，裹着钱去美国了。想想张慧乔，真是高明。当然，他弄到手的钱，要比自己多得多，尤其在国外生活，没钱是不行的。可是，现在办不了护照了，户籍在黑水滩石油城呢！如果再去办护照的话，那就等于自投罗网。

今天，他来到潮州大酒店，宴请税务局稽查大队大队长高振风，以及上次同他一块儿到公司查账的人员。他猜测，如果那些人都来，就说明上次查账不是针对他的问题，只是一般性的税务检查。如果有的人不来，则恰恰说明，那次税务检查，就是项庄舞剑意在沛公了。

为此，他感谢黑四，觉得这个人够意思，把听到张令文讲的警方调查他问题的情况告诉了他。否则，他还蒙在鼓里呢。不过，黑四把警方调查他问题的情况告诉自己，也是犯忌的事。这件事，恰恰说明，黑四这个人够朋友。在关乎个人大事的时候，宁可犯忌，也对朋友说出实情。

为了让高振风说出实情，他在一个不起眼的黑色塑料袋里面，包了十万元钱。现在，他的公司关门歇业了，不存在缴税问题了。因此，这个时候送钱给高振风，才显得哥们够意思。

另外，钱能办事，还能买路。要不是黑水滩石油城公安局里有人，他早就蹲大牢了。正是有通风报信的朋友，他才果断地金盆洗手，躲过了一劫。可是，柳大刚的死，一直让他心悸。柳大刚是哥们，也是共谋做事。但没有办法，警方盯上了他，交通事故带走了他的生命。否则，大家都得完蛋！

他要了一个单间，点了鲍鱼、海参，都是按人数要的。但在这之前，他还不知道会来几个人。他要让高大队吃好，当然也要喝好。在喝什么酒的问题上，他有些犹豫，那个小姑娘说对了他的心思。

“先生，舍得酒怎么样？”

“有没有更好的酒呢？比舍得酒更好的。”

“有，五十年陈酿茅台，一万元一瓶。不过，舍得酒客人点得多些，也是非常好的酒。”

“为什么？你该不是向我推销舍得酒，赚点回扣吧？”

“哟，先生，看您说的。您消费，和我没有关系，我不赚回扣。我是对您负责。只是这舍得酒名字好，酒也不错。您看，舍得舍得，不舍不得，这里面有哲学，有辩证法。只有舍，才能得，多舍，就多得。是吧，先生！”

“好吧，小姐，你说到我的心里了，今天喝舍得酒。”

“先生，您以后不要称我为‘小姐’，那多难听啊！您知道的，‘走台’的才叫‘小姐’，陪人睡觉。我不走台的，因此您不能称我为‘小姐’！”

“好，那就称你为姑娘吧。”

说话间，赵子新和高大队到了。“干吗，老弟，简单吃点就得了，弄这么个大馆子。破费了，您哪！"

"没关系，请铁哥们吃饭，哪能说破费呢。高大队，您是我最尊贵的客人。请您吃饭，不能低就的。"

"老弟，我可不是尊贵的人。要是尊贵，我就当副局长了。"说话时，他流露出了一种不满的情绪。

"高大队，您屈才了。要是上边有人，这次提拔一名副局长，那肯定是您的。"高振风瞧瞧赵子新，没有说什么。

"高大队，不是说好的嘛，把您上次去我公司的人员都请来嘛，一块儿吃顿饭，他们呢？"

"啊，是这样，都忙，我没有叫他们。"

"也好，那咱哥仨喝吧，还可以说点知心话。"

酒过三巡，赵子新托词走了。"高大队，您看，我这生意说完就完了，关门歇业了。不过，您也少了一块儿税收。"

"说来真是不幸，按理说，您的投资不少了。可是，没有想到巴萨尔的投资比你大得多，所以您的生意没了市场。"

"是，那是。再说，现在做生意，没有靠山不行！没有官商结合，真是玩不转的，老弟！"高振风接着说。

"这个，您算说对了。巴萨尔比我强，官路走得好。在滨海市，起码市委书记水向东支持他。"

"老弟，这是学问，不懂这门学问，做不了商人，尤其做不了成功的商人。"

说到这儿，赵子强示意那个姑娘，"你先出去一会儿，我哥俩说点私话"。那个姑娘去了。

"哥，考虑您以前对我的照顾，我也没有什么报答。现在，我给您备了一个纸包，就那点意思。"说后，赵子强把那个黑色的塑料袋交给了高振风。

"嗨，老弟，您客气了。不必要，我不能收的！"

"哥，收下吧，钱又不多。没事的时候，拿钱请领导吃点饭，省得关键时候没人说话，提拔上没份。再说，革命就是请客吃饭，你得学会送礼。知道吗，如果有人的话，那个副局长的位置不就是你的吗？"

"你看你，生意垮了，还想着我，真是的。"

“哥，您吃好了吗?”

“吃好了。”

“那好，上楼，蒸个桑拿。”

高大队有些醉酒了，走路脚下发飘。在桑拿房里，他贴着赵子强的耳朵说：“老弟，我没有叫那些人来喝酒，是因为他们不是我单位的，没法叫。”

“哦，大哥，那他们怎么有权来查我呢？这我就不明白了。”

“不，不，老弟，那是市委书记水向东的指示，调查一些问题。”

“什么问题？我能有什么问题！什么问题也没有！”

“没啥事，主要是了解你哪来那么多钱。”

“哦，那些人都是哪儿的?”

“工商局的、银行的，还有公安局的、检察院的。不过，没事，老弟！过去了，不要管它了。”

“哥，您知道的，我依法经营，照章纳税，为什么调查我呢?”

“哦，我也说不清楚怎么回事，反正有来头的，你是不是得罪了什么人。哎，对了，你要保密，千万不能说是我说的哟。不是咱哥俩好，我不会跟你说这些的。”

“那是，哥。今后，我们彼此照应。用钱的事嘛，你找我，哥们没说的。世面上的事，我找你，多个朋友多条路啊!”

当晚，赵子新告别了高振风，赵子强去了赵子新的别墅，他要将高振风的话，向他哥学学。凡大事，都是哥说了算。在他的心中，赵子新是有头脑的人。

“哥，你说，他们为什么来的，是调查资金来源?”

“我想，这里面有说道了。”

“那凭啥呀？这不是没事整事吗？另外，黑水滩石油城警方的调查，同滨海市警方有什么联系吗?”

“这个还说不准。但这是个事，会不会和巴萨尔有关呢？我想，会的。你看，在这之前，你和巴萨尔的手下人交了手。接下来，你带人揍了班输船，还有他的父亲。再后来，又放了狠话，‘如果巴萨尔不见我，就陪他玩到底!’”

“啊，对！哥，你说对了！还记得吗，那次在温莎浴场，巴萨尔说了，‘你们公司亏损，和我毫不相干。你们提出参股我的公司，参与经营，这很没道理。没有道理的问题，我难以接受，也不能接受。我的公司不缺资金，也不缺人才。另外，我不会和你们过不去，但你们也不能和我过不去！’可见，他生气了，不满意了，对我们下手了，这是我没有想到的。”

“还有，那个来这儿调查的人，不是向你问过吗，‘您在黑水滩石油城做油品生意?’这说明，他们掌握了一些情况。另外，警方已经去了芦苇荡，马上就要揭开秘密了。对此，需要高度警惕！在揭开秘密之前，必须终止他们的调查！否则，警方会把你我投入大牢，也会‘走铜’的。看来，如此下去，你我这一辈子就完蛋了！”

“怎么办呢？哥，你看。”

“现在，局面复杂。一个能否出国，或者到其他地方谋生，离开这里；另一个，趁他们还没有搞清问题之前，先采取行动，让他们的阴谋胎死腹中。”

“哥，出国恐怕难了，起码护照办不下来。张慧乔出国了，他当时多了一个心眼。现在，户籍在黑水滩石油城，警方正在调查我们，如果去办护照，那就是自投罗网！再说，离开滨海市，这里的别墅，还有固定资产，都得损失掉，那可是钱啊！”

“是的，应当机立断，再拖下去是不利的。还有，黑四不是对巴萨尔有敌意吗，你试探一下，可以利用他的力量，问题是看他的决心有多大。过去，我不理睬他，是不想和他掺和在一起。现在，需要黑四参与行动。”

让赵子强没有想到的是，哥哥竟然如此果断，就像当初果断地决定盗油，又果断地终止盗油一样。他知道，哥哥总是对的，思考问题，要比自己周到得多，这是他佩服哥哥的方面。现在，没有退路了，如果有退路的话，他不会决定出手。

在回去的路上，他自言自语地说出了一句“花开堪折直须折，莫待无花空折枝”的话。这句充满情爱的话语，此刻从他嘴里咕哝出来，别有一番快意。哥哥的指令，让他欣喜。在他看来，对巴萨尔出手，是一件非常快意的事情，也令他神往。

赵子强深深地吸了一口气，又长长地吐出了一口气，从大肠里面翻上来的那股带有恶臭的混合气体，觉得舒畅极了。就像当年用盗窃来的原油，换回大把大把钞票时的心情一样。当年，他手握大把钞票，激动难眠，整整在房间里走了一夜，是快意，也是惊喜，还有继续冒险干下去的决心。他喜欢冒险，喜欢刺激的生活，哪怕是为冒险付出生命，也会在所不辞。

一个不惧生死的人，如果生活平静了，会觉得无法忍受。

第十四章

啊，她不就是那个骗子吗

哦，头发的颜色不对。斯琴塔娜小姐的头发是棕色的，施勒比娃小姐的头发是金黄色，怎么回事呢？

亚洲金融危机导致经济萧条，但为巴萨尔开发太阳山谷带来了难得的机遇。巴萨尔有关开发太阳山野生动物森林公园的报告得到了批复，交通、电力、通信、水务，以及污水处理、学校、医院等社会公共用品，由政府直接投资。这不仅解决了太阳山谷开发的资金问题，而且规避了投资风险。

乌巴斯乐银行，在中国的业务进展顺利，分别在京都和滨海市设立了办事处，这为外资进入太阳山谷提供了方便，也为巴萨尔的资本流出国内，提供了绿色通道。很显然，巴萨尔是一个聪明人，他为自己留了一手，一旦有个风吹草动，会裹着巨额资金逃之夭夭。不过，不会发生这样的事。巴萨尔认为那是下策，一个成功的人士，应该有左右社会事务的能力。

乌巴斯乐银行，在中国市场定位是高端客户，服务的对象是官员，还有商贾。一些官员，将无法藏匿的来路不明的黑钱，秘密交给了巴萨尔，并被转移到了国外。不过，这些钱，又会秘密地从国外转移到国内，并投资到太阳山谷的一些项目上，资本不仅能够保值，甚至有了倍增的效益。不言而喻，巴萨尔先生是一个会生钱的人。一个会生钱的人，也自然会成为官员的朋友，而那些官员，也会成为他的生意代理人。谁都知道，巴萨尔聪明绝顶。他发现：在社会生活中，权力会寻觅资本，资本会向权力暗送秋波，两者会在暗地里交媾，也会有阳光下的罪恶！

现在，巴萨尔顺风顺水，春风得意，一切都在他的预期和现实的掌控之中。他垄断了木材市场，又顺利地进入了崔凤景统霸的高速公路建设市场，还打败了赵子强的汽车配件业。

太阳山谷的开发，有了许多惊人的创意，也带动了湾口镇的巨变，并更名为太阳城了。太阳城的城区规划为圆形，以太阳射线向外延展，直径为五十公里。从功能上划分为政府办公区、金融区、商业区、医疗区，还有各个旅游景区。城区内的电缆、光缆，统统进入了地下。公共照明，采用了风力和太阳能照明系统，垃圾和废水做了分类和无害化处理。巴萨尔的得力干将马亮庄，已经完成了太阳山谷的钢网封闭，保证山林里的猛兽不会伤及百姓。森林中的山民，已经搬迁到了太阳城。

太阳山谷有着丰富的地热资源。温泉水不仅可以洗浴，还可以治疗各种皮肤病。温泉湖的水温，常年不冻，为鳄鱼和水蟒的繁衍提供了可能。从俄罗斯引进的西伯利亚虎，已经落户到了太阳山谷。太阳山谷的黑熊、梅花鹿、豹子、獾、野猪、雪狼，以及野鸡、野鸭、鸳鸯等各种鸟类，迅速繁育并受到了有效保护。

另外，围绕黄金海岸线，开发了高档次的旅游度假宾馆。风格迥异的别有特色的别墅，引进了智能保安系统和温泉水。同时，每个别墅，都有天然海水游泳池。最为重要的是，别墅有独立的太阳能系统，剩余的电量并入国家电网。天长日久，会冲抵购置别墅的成本，这增加了一些官员和商贾购买高档别墅的欲望。此外，为了满足游客的猎奇心理，还建造了多条高山索道。游客在索道上，可以俯看山谷中的野生动物，别有一番情趣！

在海面和太阳山的迎风处，建造了两个巨大的风能发电厂，一个太阳能电厂，成为了太阳山谷独特的人文景观。发电厂剩余的电能，并入了国家电网。仅这一项收入，就可以满足太阳山谷野生动物森林公园的资金需求。不同于其他城市的是，太阳城的公共交通采用了电车运行，减少了城市的大气污染。市内所有商场、酒店，包括居民、游客，一律不得使用塑料袋，防止了太阳城的二次污染。

阿顺这个不为人知的杀手，不仅仅会杀戮，而且被巴萨尔先生培育成了一个像模像样的人才。他负责改造的阳光海滩，已经形成了一幅绚丽的图景，碧海、蓝天、黄沙、绿树。在阳光的映照下，那金色的沙滩，反射出了星星点点的光，让人渴望走近看一看。不过，一些少男少女已经在沙滩上玩耍嬉戏了。习习的海风，温暖而湿润，带有负氧离子的空气沁人心肺。脚下的海水，舒缓而温暖，不难想象，人在大海中会荡去一切烦恼！不言而喻，人在阳光海滩上玩沙，在大海里戏浪，躺在沙滩上享受和煦的海风和温暖的阳光，那是再美不过的事了。

施勒比娃小姐负责鸟岛、蛇岛、天使岛的开发。鸟岛没有搞大规模的土木建筑，很好地保护了原生态。唯一的大型建筑，是搞了一个地下鸟类博物馆，还有一个鸟类研究所，包括一个鸟类表演场。多种鸟的标本，均在博物馆里有所陈列。她将各种各样的鸟类的栖息地、繁衍、分布，以及进化过程，制作了一个光盘，使游人对鸟岛和鸟类的进化，有了清晰的了解。事后表明，她对鸟岛的开发是成功的，得到了联合国研究鸟类科学家的高度赞扬，也受到了游客的赞誉，成了太阳山谷旅游的一个卖点。

蛇岛的面积为三十平方公里，以蝮蛇、草蛇、水蛇居多，毒蛇种类稀少。由于没有受到破坏，蛇在岛上的密度很大，为一些食蛇鸟提供了食物来源。人们会不时地在空中，看到食蛇鹰抓着蛇向远方飞去。乌鸦也会对小蛇发起攻击。它将蛇从地面上抓起，在空中抛下，再将摔死的蛇啄食掉。

蛇岛的开发，施勒比娃进行得格外小心，修建了一个小型码头，还有一条铁丝网通道，为游人登陆蛇岛，欣赏蛇的活动，提供了便利。在蛇岛的山顶，她建了一个蛇类博物馆和研究所，为蛇类的科学研究预留了空间。此外，还从世界各地进口了一些稀有蛇类品种，增加了蛇类的多样性。其中，出售各种蛇类制品，采集蛇毒用于制药，为巴萨尔获得了巨额财富。

在蛇岛的山顶上，“龙虎斗”赛场吸引了大批游客。从国外进口了一批极具好斗性的波斯猫、狞猫和猫鼬，一见到蛇，就会扑杀，不斗出个结果，绝不罢休。猫要比蛇反应快一些，蛇的每次攻击，都会被波斯猫或狩猫躲过。如果斗累了，猫则会趴在地上休息一会儿，两只大大的眼睛，紧紧地盯着地上的蛇。一旦蛇企图溜走，它会用爪子钳制住蛇，或者用口咬住蛇的尾巴向后拖。蛇在逃脱不掉的情况下，则会再次向猫发起新的攻击。一般情况下，蛇攻击猫，猫会腾空跳一下，躲过蛇的攻击。然后，再静静地观察蛇的动静，等待下一次攻击的机会。一只波斯猫或狩猫，同一条蛇搏杀，往往会持续三四个小时，有时会达五六个小时。有时，猫因为注意力不够集中，也会被蛇咬住。但猫不会死亡，因为毒蛇的牙齿被拔掉了。然而，猫鼬对蛇的攻击，会与猫有所不同，围着蛇快速地绕圈，趁蛇放松警惕的时候，突然向蛇发起攻击，将蛇活活咬死。巴萨尔观看了“龙虎斗”之后，对施勒比娃的创意极为赞赏，但生态学家觉得过于残忍。

天使岛的开发，在巴萨尔看来，施勒比娃小姐的胆子“无法无天”了。她要使天使岛成为“裸体岛”，成为世界著名的裸体爱好者的天堂。她要让那些渴望裸体的人们，能够如愿地回归自然，回归到人类社会的原始文明，回归到那个不必“遮衣蔽体”的远古时代，或者说是亚当和夏娃在没有取食“含羞果”之前的时代。她还希望，那条曾为亚当和夏娃出主意的阴毒的蛇，能够重新得到造物主的恩宠，并自由地在天空中翱翔。为此，她在天使岛上建造了太阳能房屋，建造了可供裸体者生活需要的小型商场、饭店、酒吧、迪吧、娱乐场等等，还有天体浴场所需的必要的公共设施。

为了天使岛留下精美的艺术雕塑，她专门去了意大利，请来了著名的雕塑大师马尔赛·德克洛。马尔赛崇尚自然唯美的艺术手法，曾受到意大利美第奇家族的青睐，被送到俄罗斯列宾美术学院专门从事美学研究。回国后，在意大利佛罗伦萨从事文艺复兴时期雕塑艺术的抢救工作。因此，他对米开朗基罗的雕塑艺术有深入的研究。

经过再三考虑，巴萨尔批准了施勒比娃的请求，庞晔华为马尔赛服务。当庞晔华见到施勒比娃小姐时，惊讶得目瞪口呆。啊，天哪，她不就是那个骗子嘛！哦，不对，头发的颜色不对。斯琴塔娜小姐的头发是棕色的，而施勒比娃小姐的头发是金黄色，怎么回事呢？

“您好，施勒比娃小姐。我好像见过您，或者说您非常像一个人，一个极其精明的俄罗斯姑娘，她叫斯琴塔娜，曾经与田董事长合作经营木材。可是，很不幸，田董事长被骗了，被骗得一塌糊涂，两亿美金啊！现在，我觉得您和她长得一模一样。不同的是，您的头发是金黄色，她的头发是棕色。在我看来，真是怪了，你们竟然如此的相像。”

“哦，庞晔华翻译，有这样的事吗？我觉得，您在说一个故事，但我不知道情节。您的意思是说，有个俄罗斯姑娘长得漂亮，而且很像我，并且还是个骗子。庞晔华翻译，您的意思，是不是说我是个骗子。如果您这样认为，那您就叫我斯琴塔娜小姐好了。”

“哦，不是！您误会了，我不是那个意思。”

“那您是什么意思？”

“哦，不，是这样。我是说，您很像斯琴塔娜小姐，仅此而已。我没有别的意思，真的没有别的意思，您不是骗子。”

“那您的意思，是不是说我的父亲，或者说我的母亲，他们谁有外遇了，而且有一个私生子，一个像我一模一样的女孩子，只是和我的名字不一样喽！哦，对了，还有头发的颜色不一样。那个姑娘叫什么来着，噢，斯琴塔娜，她是个骗子，是这样吗？”

“不，不是那个意思，我不是说您的父亲或母亲有外遇了。我只是说，有一个俄罗斯姑娘像您，很像您，只是头发颜色不一样，她叫斯琴塔娜。您别多想，我没有别的意思！”

“哦，这没有什么，庞晔华翻译。我不多想，也不会多想。如果我的父亲，或者说我的母亲，在外面有一个和我一模一样的女孩子，那我不觉得是耻辱。反而，我觉得是件高兴的事情。如果真是那样的话，那说明我的父亲，或者说我的母亲有魅力。除了自己的家庭，还有自己的情人，而且生有一个同我一模一样的女孩子。这恰恰说明，他们很值得骄傲。噢，对了，您说的那个俄罗斯姑娘在经营木材，她骗了您的董事长，是这样吗？”

“噢，是的，是这样！”

“对此，我很感兴趣。现在，我不认识她，将来有机会的话，您一定会要我认识她。如果可能的话，我将和她成为朋友。现在，您给马尔赛·德克洛做翻译好了，这是您的荣幸！我希望您周到地为马尔赛大师服务，他将在天使岛雕塑一批有影响力、有震撼力的雕塑，会千古留名！”

“放心吧，施勒比娃小姐，我将尽心尽力为大师服务，也将为您服务。有事，您尽管吩咐我。施勒比娃小姐，您说话的口音和斯琴塔娜小姐极其相像，几乎没有什么差别。”

“啊，谢谢您，庞晔华翻译，将来有机会一定让我认识她。我想，我和她会成为朋友的。您说可以吗？庞晔华翻译。”

“噢，可以，斯琴塔娜小姐。啊，不，施勒比娃小姐。可惜，斯琴塔娜小姐不知去向了。她是个神秘的人，您没有机会认识她了，我去克拉斯诺亚尔斯克找过她，但杳无踪影！”

“嗯哼，真是不幸。好吧，庞晔华翻译，你我共同合作，完成天使岛的开发，让这里成为自由者的天堂，裸体者圣洁的乐场。天使岛不需要信仰，不需要宗教，也不需要约束，不需要‘遮衣蔽体’。如果你光着屁股在海滩跑步，或者光着身子晒晒太阳，裸泳，漫步，将不会有人管你，也没有人会笑话你。天使岛，是一块净土，一个自由之地！”

“啊，是吗，那政府允许吗？”

“不允许，现在不允许，但有一天会批准的。天使岛是裸体者的天堂，一个开放的自由之地，但这里不会有色情。放心吧，庞晔华翻译。您可以在这里自由而顺畅地呼吸，但满足不了您的性要求。”

施勒比娃小姐知道庞晔华在符拉迪沃斯托克，同一个俄罗斯姑娘的秘史。听了她的话，庞晔华脸红了，但没有说什么。

第十五章

天使岛，留下了不朽的雕塑艺术

“每个看到男根雕塑的人，都会得到上帝的恩宠。它，象征着人类生生不息，也会有不尽的幸福和快乐！”

施勒比娃小姐个性张扬，行为自由奔放，任其自己不受约束的思绪纵横驰骋。她有些怪诞，并渴望把想法凝固为现实，凝固为文化，在天使岛给出自然唯美的现代艺术雕塑。难能可贵的是，又很现实，她并不是一个完全不受约束的无政府主义者和自由主义者。

她想到了，政府可能对岛上的裸泳海滩进行限制。于是，准备了一个另类方案，那就是用雕塑艺术表达人体之美。雕塑大师马尔赛，给出了亚当和夏娃的裸体雕塑，也再现了人类远古时期的生殖器崇拜的图腾艺术。

她相信，在天使岛恢复生殖器崇拜的图腾艺术，会吸引人们的眼球。她要为巴萨尔负责，保证金币向他的兜里滚落。她渴望那些来自世界各地的游人，来到太阳山谷，就不能不乘船到天使岛游玩。如果不去天使岛，不欣赏裸体海滩，不欣赏生殖器图腾雕塑艺术，那将是人生遗憾！她认为，这样做没有什么，并不是宣扬低俗的文化，相反是再现了人类的远古文明，是为人类留下了历史的遗迹和珍贵的艺术雕塑。在一个理性的社会，有关生殖器图腾的艺术雕塑，应该不算什么，也应无可厚非。

生殖器崇拜，出现在人类社会的远古时期，反映了原始初民对生殖器的认识过程。施勒比娃小姐要通过生殖器图腾，展现生殖器的神秘，并为性正名。同时，她也想充分表达弗洛伊德有关人们“每五分钟就会想到性”的论断。她鄙视某些伪君子，还有那些道貌岸然的家伙。她视性为神圣，人类没有性就不能繁衍，男女有性就有愉悦。她认为，性就像生活中的盐。没有盐，做的菜就没有胃口；盐多了，菜也会咸，没法吃。很显然，她要恢复性的伟大，让性在生活中不再神秘，不要假惺惺地鄙视它，而成熟的男人或女人又离不开它。她是新生代的生殖器崇拜的门徒，而生活中的她，又恪守道德的约束从不乱性。相反，在性行为方面，她绝对检点，绝对从属于道德规范。她要做的是，把生殖器的神秘展示给世人。在裸体岛上，留下生殖器图腾的艺术雕塑，让人类远古的文明复现！

她想好了，意大利的马尔赛·德克洛雕塑大师，会把她的想法用艺术的雕塑形式表达出来。她要求他，为天使岛留下不朽的雕塑艺术，再现人体的一些神秘部件，一个能够凝固人类原始文明，也令世人震惊叫绝的雕塑。在她看来，“女阴”和“男根”的雕塑，纯属于艺术，这没有什么！

现在，巴萨尔到天使岛视察来了。他看到了马尔赛的作品已经完成了，但用黑色的帷幕遮盖着。马尔赛和他的两个助手，为了追求雕塑艺术的自然唯美，如痴如醉。在天使岛的海滩，一个侧卧的女性的雕塑，让人眼睛发亮。一个两岁多的小女孩，用手抚摸着那个侧卧女人的巨大乳房，用嘴试图吸吮乳头。但那个乳头太大了，她没有办法放到嘴里。因此，小女孩哭了。侧卧的女人裸露无遗，体态丰满，是一座唯美女性的艺术雕塑，令人赞美不已。一个青年男子，在不远处静静地欣赏着这个侧卧女性的雕塑，他久久不愿离去！

天使岛陡崖侧面的石壁上，马尔赛和他的女助手，雕刻了一个全身裸露的女像，有彩绘的乳头，而女阴部分的雕塑，极其巨大而夸张，轮廓上加了黑彩；另一个雕塑，是一个蛙形女和一个男性生殖器连在了一起。巴萨尔知道，那是内蒙古桌子山岩画中，许多男女生殖器图形的一个。雕塑已经完成了，形象逼真。有三三两两的游客，正在欣赏着雕塑。有两位模样俊俏的少妇，为蛙形女和“男根”连在一起而吸引，之后又仔细地观看了那夸张的“女阴”雕塑。“真像，太逼真了!”

马尔赛给了她们几枚硬币，说道:“您想祈福嘛，或者您想求子嘛，可以将这枚硬币投进去，投到‘女阴’里面去!”那个女人照着做了，她把硬币投了进去，然后发出了“格、格”的爽朗的笑声。她们为“女阴”的雕塑痴迷。在巴萨尔先生看来，马尔赛的雕塑，为人们带来了欢乐!

“愿你们好运!”马尔赛说。

“谢谢!”两个年轻的少妇，欢欢喜喜地走了，并向他投来了敬佩的目光。

马尔赛说:“巴萨尔先生，每个上岛的人，都会来这里祈福，不管是男人，还是女人，也包括儿童。您看这石崖上，我为游客雕刻了一个故事，一个求子和祈福的故事。这样，你需要制作专门的硬币，正面应是‘男根’的图形，背面应是‘女阴’的图案，这在中国叫阴阳结合。然后，您再安排几个人，把硬币兜售给游客。向‘女阴’里面投币，游客会求子祈福；摸摸‘男根’，会基业兴旺。不同的是，您会因此发财。现在，天使岛有了生动的艺术雕塑，我希望它能够千古不朽!”

他点点头，表示认可，天使岛有了著名的雕塑大师马尔赛的作品。唯一需要强化的是，那陡崖的过往通道，要设立游客的安全保障设施。不能因为游客欣赏“女阴”、“男根”的艺术雕塑，而让人坠入悬崖。

在天使岛的山顶，他看到了一个巨大的“男根”雕塑，形象极其逼真。“男根”是用坚硬的花岗岩制作的，并上了彩绘。它象征一个完全独立于人的东西，控制和决定人类的性行为，同天地万物一样有灵魂，有着人类和自然都无法抗拒的魔力。“男根”的下面，是男人仰卧的臀部雕塑，并配上了隽永的文字。刚才，那两个年轻的少妇，围着“男根”转圈，用手抚摸那巨大的“男根”的根基，并向上仰望!然后，请马尔赛帮忙，与“男根”雕塑合影。那个“男根”雕塑，除去基座，净高十三米，是同比例放大的男人生殖器的复制品，有着无限的魅力，令那两个年轻的少妇心迷不已。

“巴萨尔先生，每个看到‘男根’雕塑的人，都会得到上帝的恩宠。它，象征着人类生生不息，也会有不尽的幸福和快乐!”

“噢，马尔赛先生，您的想象力真丰富!”

“不，应该说，是您催生了我的艺术作品，也是您为天使岛留下了宝贵的凝固的文化和艺术。一个社会，如果没有伟大的智者，没有繁荣的经济，没有宽松自由的政治生态，就不会有繁荣的文化，也就不会有伟大的作品。巴萨尔先生，这应当感谢您，您为天使岛留下了不朽的雕塑艺术！”

在天使岛的尽头，巴萨尔看到了亚当和夏娃的雕塑，全身裸露，再现了米开朗基罗的自然唯美的艺术手法。雕塑选用的，是一种产自意大利的极其稀少的乳白色的石材。亚当的雕刻体魄健硕，夏娃的雕塑美丽丰满，两人相互倾慕，情意真切，天真无邪！显然，亚当和夏娃的组雕艺术，表达了造物主造人的情形，展现了人体之美。无疑，那条飞天的阴毒的蛇，还没有来到亚当和夏娃的面前。此时的亚当和夏娃，恪守着造物主临别前的嘱托，还没有偷食那颗“含羞”果！这一雕塑，取材于《圣经的故事》，反映了造物主用泥土缔造人类的传说！

还有一个雕塑，更具活力，基座是一个产自四川的放大的雄性熊猫。熊猫憨态可掬，仰天而卧，它的生殖器被极度夸张地放大了，疯狂地向上生长，有绿色的叶片。不同的是，马尔赛使这个雕塑生出了乐子。一个小女孩，用手触摸了熊猫的鼻子，它发出了尖叫声，随即是音乐响起，高高大大的熊猫生殖器，向天空喷射白色的体液。

“啊，妈妈，熊猫撒尿了！”那个小女孩大声叫着，还拍着手，一副高兴的样子。

“好，马尔赛先生，我欣赏您的雕塑，形象、逼真、生动，又极具活力！”

马尔赛点点头，用中文生硬地说：“噢，应该谢谢您，谢谢您赞美我的作品！”

离开天使岛，巴萨尔有些担忧，政府很难批准天使岛的天体浴场，包括那些展现人类远古文明的生殖器崇拜的图腾雕塑，也很难说没有争议，事情复杂着呢！

他想，自己是不是老了呢，思想过于保守了，跟不上时代进步了！而那些外国人的胆子，要比中国人大得多，想法和行为都有些怪诞！不过，天使岛的开发，应该说是成功的，如果政府不批准，关掉就是了！

离开了天使岛，巴萨尔去了温泉浴场。太阳山温泉浴场的所有建筑，都是相对独立的别墅式的群落。最高的建筑，也仅仅是三层小楼，而且通透性极好，门窗都是落地式的。远远望去，一幢幢红色顶棚的建筑，掩映在山坡和绿树之中，色彩分外妖娆。游客可以洗温泉浴，也可以在这里度假。

太阳山温泉浴场，开辟了九十九个温泉池，都是依山地而建的，梯次向下排列。温泉池的周边，都是花树，非常可人，草坪被修剪得整整齐齐。温泉水从山上流下来，注入温泉池，再流入温泉湖，最终流入了大海。

从地下自动流出的温泉水，可以达到七十度。然后，经过一条欢快的小溪注入了温泉湖。由于温度高，就是在严冬的时节，湖水也终年不冻，而且不会低于十五度。每到夏天，水温可升高到三十多度，成了一个地地道道的热湖。

温泉湖的周边是湿地和坡地，长满了芦苇和荻花。每到秋季，白色的荻花煞是好看。在温泉湖的外围，生长着各种各样的绿草，但更多的是牛羊喜欢吃的五叶碱草，竞相绽放的五颜六色的花朵，让人目不暇接。

从温泉湖向外拓展开去，则与山脉衔接。在陡峭的山地上，各种各样的树木繁茂，但以松树为主。在森林里面，有各种野生动物在那里游荡。

第十六章

亮庄，水荷是真心爱你的

唯有你，才能够扫掉她心中的阴霾。可是，她没有勇气，向你表白她的爱！

考察了温泉浴场之后，巴萨尔向梁山汉和马亮庄，提出了具体意见。“要把温泉浴场与温泉湖隔开，使温泉湖成为鳄鱼和水蟒生存的栖息地。另外，打造几艘豪华游船，供游人游览温泉湖的景色，以及观看湖内的鳄鱼及水蟒的生存状况。同时，增加一个公益性项目，在温泉湖旁边，建造一个疗养区，除了饮食外，免费向皮肤病患者提供康复疗养。”

马亮庄说：“这个，没有问题。有问题的是，由于人力不足，滨海市至京都的高速公路三期工程马上竞标了，腾不出人手，是不是放弃了，以免影响太阳山谷规划的落实。”

“不，如果可能，要拿到所有工程项目。我这样讲，是因为崔凤景那个小子不是个东西，对他绝对不能让步。你记着，为一个恶者提供敛财的空间，那就是对善者的犯罪！亮庄，必要时，你和交通局长乐天路谈一次，向他讲明我的意见。通过采取必要的措施，让崔凤景‘合乎情理’地退出市场。”

“哦，有问题了。如果崔凤景拿不到工程，又无事可做的话，他会发疯的。不难想象，今后，同一个疯子打交道，说不定会生出什么事！”

“不要管他，这是没有办法的事。他应该是一个聪明人，知道市场竞争的残酷性。换句话说，他应当接受这个事实，焚烧我上千万元的施工设备，就会有今天这样的结果。这么说吧，他是咎由自取，也是自酿苦酒，我没有理由对他的未来负责！亮庄，三期工程，是不是最后一期了？”

“是的。”

“好吧，亮庄，你负责做好相关工作，保证拿到所有工程项目。至于太阳山谷的规划，那是我们自己的事。我看，碗里的肉，什么时候吃都行！您看呢，秘书长。”

“我赞同！”

“哦，亮庄，有一件事。你去趟京都，去看看水荷！”

“哦，水荷，她有什么事吗？”

“有事，一件她个人生活的大事。目前，她还生活在痛苦之中。能够帮她解脱痛苦的人，就是你了，亮庄。她过去的经历，如同阴霾一样，笼罩在她的心头。时间越久，她的痛苦越深。去吧，亮庄，水荷爱你！可是，水荷是一个羞涩的姑娘。亮庄，她一直没有勇气，向你表白她的爱。在我看来，女孩子的羞涩，是世界上最为宝贵最为圣洁的东西！”

“噢，您知道，这不可以的，我对水荷不合适。再说，她不能够嫁给我。我没有理由接受她的爱。她应当找一个与之般配的人！”此刻，马亮庄完全是一副不知所措的样子。他望着梁山汉，渴望他伸出手来帮帮自己。

“亮庄，我的孩子。在你看来，爱上水荷，没有一条理由。在水荷看来，她爱你的理由，又非常充分。不过，只要水荷真心爱你，就足够了。人世间的一切爱情，只有真爱，才是最充分的理由。不受名分、财富、地位影响的爱情，才是真正的爱情。记着，亮庄，一个没有真爱的婚姻，迟早都会死亡的，就是千条万条理由，也会死亡。或者说，没有爱情的婚姻，是名存实亡。再说，你过去救过她，现在还应该救她，不能再让她生活在阴霾之中了。因此，你马上去京都，看看水荷。这是水荷的渴望，也是我的想法。”

这时，他的脸越来越红了，觉得自己正在面对一个无法接受的事实：一个京都高级法官，爱上了一个没有文化的自己，而且不知道自己的秘密。无论如何，他都不能接受一个法官爱上一个负有罪恶的人。马亮庄这样想到。“不，巴萨尔叔叔，这是绝对不能接受的事实。就是您同意，我也不能接受。您知道的，水荷怎么能嫁给我呀，那不瞎了吗，一朵鲜花可不能插在牛粪上。巴萨尔叔叔，您不该提起这件事。水荷爱我，那怎么行啊！再说，就算是我救过她，也算不了什么呀！谁在那个犯罪现场，都会救水荷的。巴萨尔叔叔，您可不能因为我救了水荷，她就得嫁给我呀！求求您了，在这个问题上，您可不能糊涂啊！”说着，他急得落泪了！

“不，亮庄，我的孩子，你和水荷都是我的孩子。刚才，在这个事上，你说我糊涂。不，我不糊涂，至少我的年龄，还没有到犯糊涂的时候！”

“噢，不，我不是说您糊涂。我是说，在这个问题上，您和我都不能糊涂。水荷不能嫁给我的，也没有理由嫁给我。您知道的，水荷嫁给我那可瞎了！”

“亮庄，你的意思是水荷不能嫁给你，或者说你配不上水荷。其实，这没有什么。问题是，水荷真心爱你。不仅如此，她始终处于痛苦之中。亮庄，我把你当儿子看，这你是知道的。我不会因为你不是我的亲生儿子，而同巴喜乐有什么不同。

“现在，秘书长在这儿，他是清楚的，也包括王道林、梁良善在内，我都当儿子看。再说，水荷也是如此，她就像我的女儿一样。我可不能看着她，长期处于痛苦之中。此外，我也知道，因为那些小流氓企图强暴她，你救了她。也正因如此，你的心灵，也受到了伤害，也处于痛苦之中。至今，你对任何女孩子都没有动过心。我说这个话，倒不是说，你对水荷有什么想法。或者说，你不对其他女孩子动心，就渴望水荷嫁给你。你没这个想法，这一点我是知道的。亮庄，这次我去京都，是我让她找一个对象，让她从痛苦中解脱出来。对此，她思虑了再三，说了一句话，‘除了亮庄哥，我谁也不嫁。你瞧瞧，她这是唯一的选择。’

“当时，我对水荷说了，亮庄不适合你。包括你没有文化、没有名分、没有地位，甚至包括恩人不适合做爱人的话，我都说了，也讲了你所做的她不知道的一些事。可是，水荷认为，那都不重要，只要真爱就足够了。

“另外，她不想知道你过去做的事，包括我做的事，她都不想知道。亮庄，我的孩子，出于水荷痛苦的情况，出于她对你的真爱，你就不要再考虑那么多了。爱上水荷，也救救她，让她回到正常人的生活中来，包括你自己，也是如此。水荷能够重新过上有爱的生活，那是她的幸福，也是我的幸福。我的女儿，也应该有幸福的生活嘛！亮庄，你配得上水荷。水荷真心爱你，你也会真心爱她的。何况，你有一颗聪明的脑袋，还有一颗善良的心，这就足够了。亮庄，我的好‘儿子’，我期待着你们幸福地走进结婚的殿堂，你们将成为世界上最恩爱的夫妻！”

马亮庄没有再说什么，但他听明白了，水荷是真心爱他的，这是巴萨尔叔叔亲口告诉他的。现在，水荷还处于痛苦之中，他需要付出爱，解救水荷走出痛苦的漩涡。更为重要的是，巴萨尔叔叔说了，自己是他最好的儿子，并且和他的儿子巴喜乐没有什么区别。事实上，也的确如此。这些年，他对自己像亲生儿子一样，没什么两样。他为巴萨尔叔叔感动，也为水荷的真爱而激动。他渴望爱情，渴望和水荷生活在一起。但他可怜她，也可怜其他女孩子，他不会去做豺狼，也不会去肉食那些羔羊！梁山汉为巴萨尔对马亮庄的爱而感动，如果血浓于水的话，那他们之间的关系则是一个例外！

第十七章

买件珠宝，我得赶快把自己嫁出去

“好妹妹，我刚刚恋爱。我要嫁给一个最爱的人。我的心中只有他。”

从京都回来，马亮庄向巴萨尔汇报了面见水荷的情况。“巴萨尔叔叔，水荷爱我，真心爱我。”

“那你的意见呢？把你的意见说给我听听。”

“嗯，我哪有不同意的理由啊，没有的。如果结婚，您的‘儿子’，可是娶了一个好姑娘！”

“噢，亮庄，我的孩子，你获得了真爱。真正的爱情是纯洁的，没有任何附加条件的。你和水荷的爱情，是两颗心的融合。如果这个世界上真有伟大的爱情，你和水荷的爱情，应归属于伟大。你们相爱，我感到特别的高兴。好吧，亮庄，近期就为你和水荷操办婚事。你哪，做些准备，看看怎么操办婚事，邀请哪些人参加。我的意见是，婚礼不在于隆重，而在于温馨和真情。”

“好的，巴萨尔叔叔，我听您的，不仅仅结婚这件事。不过，婚期我想推迟一段时间，高速公路三期工程马上就要招标了。另外，让崔凤景从公路建设市场上退出去，也不是一件容易的事。”

“工程招标的时间确定了吗？”

“乐天路说，很快，标书已经准备完了。”

“这么说，还有一段时间。我看，那就安排结婚吧。时间嘛，就定在八月二十八日，这是个双月双号的日子。结婚求个吉利，错过十月份，再求双月双号结婚，那就得两个月以后了。亮庄，你和水荷结婚不要再拖了。工程投标的事，交给阿顺好了。不过，事先你要和乐天路说好，请他关注一下。”

“那好吧。不过，阿顺还没有经验，我有些不放心。”

“我看，阿顺是可信赖的。亮庄，你得培养人才。我们的事业，没有人才不行。哦，对了，坚决封杀崔凤景的市场空间，让他退出市场。我看，他的财富越多，罪孽越大。就凭他手上几条人命，也应该魂归西天了。只是那几条人命，与我们没有关系罢了。否则，我不会放过他。”

“可是，他不会甘心退出的。我相信，他会请乐天路给予支持。另外，我担心，他会因为拿不到三期工程和您较劲，是不是会有麻烦呢？还有，乐天路也会犯难的，他毕竟是崔凤景的朋友嘛！”

“这个嘛，不要管他，那是他和崔凤景之间的事。不过，亮庄，你的脑袋要清醒，要保持足够的清醒。没有水向东书记，乐天路不会支持我们，这一点要弄清楚。”

“乐天路局长有个想法，他同我说，想见见您。他知道您创办了乌巴斯乐银行。因此，他想见您，可能会有资本转移问题。我相信，他手里会有一些来路不明的钱！”

“方便的时候，我可以见见他。只要他支持我们工程竞标，我会考虑他的利益，至少不会亏待他。我期待，他成为我的真正朋友，但交友不是一厢情愿的事情。现在，我的脑子里一直打着转转，究竟怎样看待乐天路，一时还不好作出定论。三期工程招标之后，也许会有个答案。如果他是我的朋友，我将厚重待他。反之，那会视情况而定了。”

“嘟、嘟”的电话铃声，唤醒了睡梦中的欧阳水荷，这是周六的早晨。

“嗯，哪位？”

“怎么，我的高级法官，是不是还睡呢？起来吧，上街去！”指纹技术研究所所长张潮生说后，格格地笑着。张潮生和欧阳水荷之间有着紧密的业务关系，也是她亲密的朋友。

“电话一响，我就知道是你。老是搅得我睡不好觉，捣蛋鬼!”

“哈哈，起来吧，哥们。你不能睡得太多，高级法官要是睡得太多，这个社会就没有秩序了。所以，我必须适时地唤醒你，要让你精神地瞪大眼睛看着这个社会，以保持良好的秩序!”

“坏蛋！有什么事吗?”

“有事，没事能给你打电话吗？否则，打搅高级法官睡觉，那还不得蹲笆篱子呀！对吧，哥们!”

“少贫嘴，看我不打你屁股才怪呢！说吧，吗事?”

“没什么事，请你陪我去梵克雅宝店京都分店，买一件像样的珠宝。我嘛，要好好打扮打扮自己，漂亮的，得赶快把自己嫁出去。否则，就和你一样，成老姑娘了，没人要了。”

“净说废话，捣蛋鬼！一个女博士，怎么会嫁不出去。要是女博士嫁不出去，那才怪了呢。好了，我再睡一会儿。”

“哎，别价，我说哥们，赶紧起来。你得赶快陪我去购买一件珠宝项链，我认识的那个教书匠的父母，今天晚上要见我。我得有件首饰戴在身上，否则就像你一样可悲，真的嫁不出去了。”欧阳水荷知道，张潮生正在恋爱，一个比她还小一岁的京都大学助教，正在疯狂地追着她。

“好吧，你开车来接我吧！正好，我也要到梵克雅宝珠宝店有事呢。”

她从床上起来，简单地梳洗打扮之后，穿了一身白色的套装，一副清新优雅、圣洁不俗的样子。穿戴妥当之后，她拉开了床头上的一个暗盒，拿出了亮庄哥在梵克雅宝京都分店的定单，她要把定制的珠宝取回来。

上次，马亮庄离开京都时，把定制珠宝的单子交给她了。“水荷，这是为你定制的首饰，但不是订婚信物。因为定制珠宝时，你我还没有恋爱。那次在茶楼见你之后，我就去了梵克雅宝京都分店，为你定制了首饰。倒不是因为我有预见，你会嫁给我，才这样做的。定制这些珠宝，没有目的性。你知道的，一个女孩子，就是再穷，也应该有自己的首饰。”

她看了梵克雅宝京都分店定制珠宝的时间，的确如此，他们那时还没有恋爱。她心想，亮庄哥为自己定制珠宝，那是他对自己无私的爱！她拿着定单，觉得温馨、幸福。现在，她同亮庄哥订婚了。她要戴上定制的首饰，把自己嫁给亮庄哥。

张潮生来到了楼下。她开着一辆敞篷法拉利女式轿车。这辆法拉利轿车，是她的指纹技术研究与应用成果的见证。她的成果，在银行业、国内各机要部门的安全通道，以及居民住宅的安全门，得到了广泛应用。为此，她获得了巨额收入。她爱车，喜欢开车，更喜欢飙车。因此，她购买了这辆法拉利女式跑车。没事的时候，或者工作累了之后，她会开着车四处兜风。不熟悉她的人，以为她是哪个大款包养的情人。可是，错了，她是一个有抱负的知识女性，也是一个年轻而富有的女人。她会在游玩的时候，用凝胶采集游人的指纹，拿回去研究分析。

水荷看到张潮生穿着一件紫色丝绸上衣，黑色马裤，一双精美的红色高跟鞋，脖子上还扎了一条长长的白纱巾。"哇，潮生，好漂亮啊！"

"那当然，不漂亮怎么见公婆啊。不仅如此，一会儿我开起车来，会更漂亮。你等着瞧吧，满大街的人们的眼球都会盯上我。"她说着，启动了红色的法拉利跑车。

她车技很好，车开得飞快。扎在她脖子上的那条长长的白纱巾，在跑车的后面随风飘动，成了京都大道的一道靓丽的风景。行走在大街上的人们，停下了脚步，看着两个美女消失在视线之中。可是，没有一会儿，一位年轻的交警拦截了她的车。

"小姐，您的车速需要降下来，纱巾嘛，也需要解下来。否则，很不安全。"

"没事的，我常这样开车，从来没有发生不安全的问题。"

"不，过去安全，不意味着以后安全。您应该知道，在美国的交通史上有过悲剧。一个女明星飙车，一条围在她脖子上的纱巾被缠住了，结果她失去了年轻的生命。小姐，您听我的，摘下您的纱巾，为了京都的交通安全，也为了您个人的安全。"

"噢，谢谢。"张潮生无可奈何，只好听命，摘下了纱巾，然后一脚油门快速地驶去。

梵克雅宝京都分店，地处一条繁华大街，装饰极其奢华。地面是乳白色的防滑瓷砖，墙面是金色的绸缎铺就的，还衬有百合花的图案，棚顶是一盏枝子形的柔和吊灯。一对欧式沙发，在静候尊贵客人的到来。不过，比室内装修更为华美的是那些价值连城的珠宝。主持梵克雅宝京都分店的经理人，是巴黎总店派来的格雷斯·罗兰女士。欧阳水荷和张潮生一走进珠宝店，罗兰女士眼睛一亮，觉得这两个人有着惊艳之美。"你们好，两位漂亮的小姐。"

"你好。"欧阳水荷说。

"两位小姐，您看看梵克雅宝的珠宝吧。梵克雅宝的珠宝闻名世界，雍荣华贵。从温莎公爵夫人、摩纳哥王妃，到好莱坞的著名影星，以及世界上无数名人，都佩戴梵克雅宝的珠宝。"说着，罗兰女士向她们介绍了梵克雅宝的品质。她亲自拿着那些上千万元的名贵的珠宝，让她们佩戴。还拿来一面镜子，摆在她们面前。然后，把那些名贵的珠宝让两位客人用手触摸，感受珠宝如蕾丝般的柔软。罗兰女士的确是一个市场营销大师，说动了张潮生的心。她马上购买了一款多排的名贵的珍珠项链，直接戴在脖子上就没有摘下来。

"水荷姐，我就戴着这款项链去见未来的婆婆，怎么样？高级法官。"

"很美，只是戴着这么名贵的项链，会吓坏你的婆婆。这样的儿媳，如此的奢华，谁养得起呀！"

"没关系，又不是婆婆花钱。"

罗兰女士说："小姐，您很美。梵克雅宝的珠宝会使您的美丽增色，会让您的先生心花怒放。婆婆见了您，也会为自己的儿子高兴。"

"小姐，我定制的珠宝可以取货吗？"说着，水荷掏出了定制珠宝的单据。罗兰女士看了看单据，眼睛里有了惊异的光芒。她知道，梵克雅宝京都分店迎来了最为尊贵的客人。

"小姐，您跟我进来。"水荷随着罗兰进到了一个密室。她从保险柜里面，拿出了定制珠宝的物件，一共是三件。一件是价值两千一百万元的多层彩钻项链，一件是微风拂着小仙子镶嵌九颗南非钻石的服饰，还有一件是腕饰隐藏手表的手链。

罗兰用手轻轻地将那款色彩斑斓的多层彩钻项链，戴在了欧阳水荷的脖子上，然后退后一步，反反复复地观看，又拿来一面镜子，让她欣赏。镜子中的欧阳水荷，美丽极了。

"小姐，您真美，美得成熟而深沉。我还是头一次在中国，欣赏到如此成熟而美丽的女人。小姐，您定制的珠宝，是用隐秘镶嵌法制作的。巴黎总部派专业人员，面向全球采购原料，经过专业设计，精心加工而成的。小姐，我敢肯定，您是一位身份尊贵的人，我觉得您是最适合佩戴梵克雅宝的中国女人。您要是同意的话，我可以和您签约，由您来做形象代言人。"

"噢，谢谢，谢谢您的赞誉。不过，很抱歉，我不适合做您的珠宝店形象代言人，我的身份不合适。"罗兰女士很茫然，她不理解眼前的这位女士，为什么不做她的珠宝店的代言人。这可是多少女人都渴望不及的事情，会有不菲的收入，而且不仅如此。

她离开罗兰女士的密室，来到展厅，将那件精美的隐藏手表的手链，戴在了她的朋友张潮生的手腕上。

"戴上它，去见你的婆婆，这是我送给你的。"

"谢谢！"张潮生伸出了手臂，说了一句，"哇，这件手链真美。"

罗兰说："小姐，这位女士送给您的手链，价值不菲。"

"啊！水荷姐，您还是留着吧，我有点不好意思了。"

"戴着吧，你我的友谊，要比这副手链值钱。记着，友谊不能用钱衡量的，知道不，'傻小子'！"之后，她们缓步离开了梵克雅宝京都分店。

回到法拉利跑车上，欧阳水荷拨通了一个不为人知的秘密电话，那是马亮庄别墅内的电话。"亮庄哥，定制的珠宝我已经拿到手了，不过其中一条手链已经送人了，送给了一个我最好的朋友。今晚，她要去见未来的婆婆，不久就要嫁人了。"

"哦，是吗？只要你愿意送人，我就赞同。水荷，这没有什么。不过，巴萨尔叔叔跟我说了，让你我马上结婚，时间就定在下个月的二十八号，如果你不反对的话。"

"好啊，亮庄哥，结婚吧。巴萨尔叔叔还说了些什么？"

"他说，'邀请自己的亲人和最好的朋友参加婚礼，其他人就算了。婚礼不在于隆重，而在于温馨和真情。'"

"我赞同巴萨尔叔叔的意见，只邀请最好的朋友参加婚礼。我的朋友嘛，哦，就是张潮生了，一个指纹技术专家。当然，还有几个工作同事，也会参加婚礼。”

“好吧，我也一样，请最好的朋友参加婚礼。但我想，把耿婶子请来参加婚礼。耿叔叔对我太好了，我一生都不会忘记的。好吧，你准备准备，先说到这儿，好吗？”

“好，再见，亮庄哥！”

张潮生的脸上一副惊喜的样子。“水荷姐，这怪了，没有听你说恋爱啊，怎么说嫁人就嫁人了呢？”

她用手指在张潮生的脸蛋上刮了一下。“好妹妹，我要嫁给一个最爱的人。我心中只有他。”欧阳水荷说着，眼睛望着遥远的天际。她的心，随着天空那朵白色的云彩，飘到了马亮庄的身边。

第十八章

那，您邀不邀请我去塞班岛啊

真爱的男女，还要名正言顺吗？尤其是一个寡妇，真的没有必要履行什么结婚手续了。

同水荷通话之后，马亮庄去了滨海市一家彩色印刷厂，定制了一批请柬。

“务必在请柬的封面上印上水波纹，还有白色的水荷和一对鸳鸯，并且套色华美。”他的想法有象征意义。水，象征着财富。白色的水荷，代表着纯洁，也是欧阳水荷的象征。鸳鸯嘛，是他和水荷相爱的见证。

马亮庄的前半生，没有爱情，也不懂得如何去爱一个女孩子。现在，水荷表示爱他，并且非他不嫁，让他干涸的心田里面注入了爱的暖流，也让他对爱情充满了无限的憧憬。此刻，他爱欧阳水荷，爱得极为深沉，尽管他还不知道如何去爱她。当然，过去也是爱水荷的，但那完全是两码事，是兄妹之间的爱，属于博爱的范畴，但更多的是呵护。而男女之爱，和兄妹之间的爱是不一样的，虽然他能够区分得开，但觉得为爱之后，又无所适从。

在这个世界上，他最亲的人只有两个：一个是巴萨尔，再一个是水荷。现在，他已经很有钱了。钱，对于他来说，已经不那么重要了。

他把印着水波纹、白色水荷和一对鸳鸯的请柬，摊开在桌子上，拿起了一支上海钢笔厂出产的英雄金笔，恭恭敬敬地写上了巴萨尔叔叔的名字，然后在邀请人的后面写上了马亮庄、欧阳水荷。尽管他的字写得很差，但那是他的心迹。他婚礼的请柬，不同于他人，字迹的华美，不等于真情。因此，他一个个地写好请柬。内容是：马亮庄、欧阳水荷，定于八月二十八日晚十八时二十八分结婚，地点是印上去的：滨海市世界名车与配件销售服务大楼的金色大厅。之后，又写下了梁山汉、阿顺、耿婶子、乐天路等人的名字。写完之后，又审视了一遍，觉得哪儿还有些不妥。于是，他一个个地审查。

在看到乐天路的名字后，他将请柬拿了起来，犹豫了片刻，撕掉了。还是不请乐天路为好，他心想。乐天路是交通厅的主官，参加婚礼不合适，会让其他人生出猜疑，对乐天路没好处，对工程竞标也没好处。桌子下面的事，不能摆到桌面上来。不为人知的事情，最好不要让其他人知道。

他带着写给耿婶子的请柬，开着宝马车向她的别墅驶去。在别墅大门口，按响了汽车喇叭。那个看门的看了看他，把门打开了。来过别墅，那个人认识他。

从汽车上下来，两只藏獒向他摇着尾巴，一副亲昵的样子。狗通人性，他抱来的狗崽子，到现在还认识，让他有些感动。于是，从兜里面掏出了一包牛肉干，一粒粒地向两只藏獒扔去。那两只藏獒不断地跃起，用嘴接住牛肉干，一直到喂完为止。然后，摸着一只藏獒的头，那只藏獒用舌头舔着他的手，"吧嗒"着嘴，意犹未尽的样子。马亮庄摊摊手，示意没有了。然后，反身向别墅走去。站在别墅三楼窗子后面的崔凤景，看到了眼前的一切。在他转身时，从窗前退了回去。

此刻，甄巧巧正在别墅内用刀剔去两只老黄瓜种的皮，准备给崔凤景做个汤。老黄瓜做汤，味道清香。她愿意喝，崔凤景也会愿意喝的。

耿大年死后，她才知道关心男人。不同的是，耿大年活着的时候，她基本上不会做饭。耿大年去世后，不仅会做饭了，而且乐于为崔凤景做饭。人，真是个怪物，得到的时候，并不珍惜。失去了男人，方觉得男人是个宝。她就是这样一个女人，耿大年去世后，对崔凤景特别的上心。

现在，她格外关心崔凤景，尽管他不是自己的合法男人，但她跟他睡在了一起。在她心中，这没有什么。如果说有些不同，那就是没有履行法律程序，没有结婚的证明。一对真爱的男女，还要名正言顺吗？尤其一个寡妇，真的没有必要履行什么结婚手续了。内容比形式重要。在甄巧巧看来。

她认为，他就是自己的男人了。刚才，她听到了两只藏獒的吠声，但她没有出去，因为她正忙着呢。一会儿出去看看，也是不迟的。当她拍拍手，拍掉了手上的黄瓜皮，准备去外面看看时，马亮庄来到了她的面前。

“哇，亮庄，你来了。”甄巧巧说后，赶紧用毛巾擦擦手，请马亮庄坐。

“耿婶子，我来看看您。您身体好吧？”

“嗯，身体好，身板子硬朗着呢！我一天三个饱、两个倒的，傻吃闷睡，身体哪能不好呢！只是你三个妹妹，都不在家，有时我会想起她们。”

“三个妹妹怎么样，她们可好？”

“耿茉、耿莉都在忙活着自己的生意，还不错。利用国际服装业的差价，赚了不少钱。耿花嘛，最有出息了。这个孩子得感谢你，亮庄。是你安排她在那个汽车展上演出的，然后出名了，这是没有想到的事。现在，耿花有了自己的小乐队，在香港、京都等地开办了演唱会。最近，刚刚在香港获得了紫荆花奖，因为拍了一部歌剧电影《风流寡妇》，出演了女主角汉娜。亮庄，你没看吗？《风流寡妇》的电影，正在香港热映呢，很快，也会在大陆上演。”

“哦，没有，我没看。耿婶子，我不知道有《风流寡妇》这部电影，也不知道耿花出演了汉娜。耿婶子，我从不看电影的。一般情况下，我也很少和外界交往。每天不是在施工现场，就是待在别墅不出来。社会上的事情嘛，我知道得少，也不愿意知道。不过，耿花拍的电影，还是要看的。”

“那是，亮庄。你是有情有义的人。这些年，你耿叔叔去世后，没有人再和我家来往了，只有你为我们家跑前跑后的。说心里话，我特别的感谢你，亮庄，你就像我的儿子一样。”

“耿婶子，您别客气，这是我应该做的。耿婶子，我这次来您这儿，是邀请您参加我的婚礼。”说着，他将那张写有“耿婶子”的精美的请柬，递给了甄巧巧。

“是吗，亮庄。你结婚，婶子高兴。哪家的姑娘这么有眼力，找到亮庄这么好的丈夫。”她一边说话，一边看那张华美的请柬。

“您知道的，是欧阳水荷。现在，我俩要结婚了，请您务必参加婚礼。”

“哦，水荷，那可是一个好姑娘。亮庄，我去，参加我大侄子的婚礼，是我最高兴的事情了，我说什么也得喝杯喜酒。”

“耿婶子，结婚之后，我还要去度蜜月。”

“是吗，去哪儿呀？”

“塞班岛。您去不去，我可以带上您一块儿去。耿婶子，那是旅游胜地，度假的天堂。”

“那，邀不邀请我一块儿去塞班岛呀？亮庄。我和你可是多年相识了，也是多年朋友嘛。”崔风景从楼上缓步下来。

“哟，崔总，我不敢邀请您。您是滨海市的名人，您参加我的婚礼，和您的身份不相称。”马亮庄的话中带刺，他听了心里有些不舒服。这时，甄巧巧将手中的请柬递给了他。

“你知道吗，亮庄娶了好媳妇，是欧阳水荷，一个多好的姑娘啊！”

“什么？你说什么，甄巧巧。你是说欧阳水荷，就是京都的那个高级法官！”他有些不解和狐疑，一个高级法官，怎么会嫁给一个房地产商呢？马亮庄又没有什么文化。他心中暗想。

“是的，是欧阳水荷。”

“啊，亮庄，我向你表示祝贺，最诚挚的祝贺！尽管你没有邀请我参加婚礼，但我也要去。你结婚，我不能不参加的。亮庄，你我是朋友，朋友是讲交情的。我可是个讲交情的人。不仅如此，我还要送给你一个厚重的礼物，并且马上安排。”

“噢，别，崔总，我不能让您破费！”

“亮庄，你不能拒绝我的友谊。拒绝我的友谊，那是很没有道理的。没有道理的事情，我不做，你也不能做。再说，结婚是个喜事，亲朋好友都应该参加，我也不例外。”

“哦，对不起，崔总，我欢迎您参加婚礼。当初，没有邀请您，是因为我考虑层次不够，与您的身份不相称。所以，没敢邀请您，望您谅解。现在来说，如果您参加我的婚礼，那可是蓬荜生辉了，也渴望不及的。”

“不能那么说，亮庄。你和我没说的，多少年的友谊了！”

“那是！哦，我还有些事情要办，那您忙，我该回去了。还有耿婶子，您也忙吧！”

“好，亮庄，那你走好！”

马亮庄的那辆宝马车，消失在了公路的尽头，崔凤景才转过身来，注目地看着那两只藏獒。然后，他拨通了黑四的电话。“黑四，你马上来别墅一趟，带一把猎枪。猪肥了该杀，狗肥了该烹。此外，我还有事和你说。”

甄巧巧从心里为马亮庄结婚而高兴，就像自己的孩子结婚一样。可是，她的三个姑娘，都没有明媒正娶，又都为崔凤景生了孩子，这不免让她有些伤感。现在，亮庄要结婚了，而且他在耿大年死后，为家里做了不少事情，应该祝贺！于是，她拿起了电话，拨通了耿茉的手机。对耿茉说：“耿茉，你亮庄哥要结婚了，你能回来吗，参加婚礼？”

“好的，妈妈，我肯定回去。亮庄哥结婚，我不能不回去，他是咱家的恩人。”

“你跟耿莉通个话，把亮庄结婚的事，跟她说说，如果能够回来，那再好不过了。”

“好的，妈妈，一会儿我给耿莉打电话。”

放下耿茉的电话，甄巧巧又拨通了耿花的电话。“耿花，你可有好长时间没有回滨海市了。知道吗，妈妈想你了。”

“妈妈，我知道。最近特别忙，签约的演唱会太多，演出一个接着一个。”

“耿花，你亮庄哥就要结婚了。我给你打电话的意思，看你能不能参加婚礼。”

“妈妈，我的演出日程已经排得满满的。如果影响演出，那是违约的。违约的话，是要赔钱的。”

“耿花，你知道吗，你亮庄哥结婚，可是一生的大事。要是没有你亮庄哥帮忙，咱们家的生活苦着呢。再说，没有你亮庄哥，你还不知道干什么呢！他可是你的恩人。回不回来，你自己看着办吧！”

“妈，您别生气。我只是说了我的情况，没有说不回去。亮庄哥的婚礼，我必须参加的，并且要带着小乐队回去，为亮庄哥婚礼助兴!”

“这才像我的女儿，有情有义的。好吧，耿花，你要是回来，把你儿子也带回来，我要看看宝贝外孙!”

“好的，妈妈，再见!”

“再见!”

第十九章

一位美女，很优雅地将标书投进了箱口

从崔风景那镇静的表情上看，阿顺觉得他是个赌徒，手上好像握有取胜的筹码。也许，他依然有胜算的可能。

阿顺有生以来就不喜欢约束，包括穿着。现在，他穿着西装，觉得浑身上下别扭，特别是那条系在脖子上的领带，让他喘不过气来。他认为，自己不是圈养的猪，而是散养的种，裹上西装太板人，真是不舒服。他第一次参加竞标，觉得心里没底，担心哪儿弄不好会出岔子。

他坐在竞标席上，看了看崔风景，也是一身西装行头，穿得板正，做得端正，一派正人君子、穿戴考究的样子。就凭他的做派，应该拿走全部标段。阿顺暗想。这时，崔风景抬起头来，和阿顺的目光交会在一起。然后，将目光转向了别处。有什么了不起的，我还不想瞧你哪！阿顺暗骂。

乐天路作为建设单位的负责人，坐在主席台居中的位置，脸上洋溢着微笑，一副亲和又正儿八经的样子。乐天路向崔风景笑了笑，也向阿顺点了点头，这是一个友好的示意，可谓是照顾周到了，也包括其他参与竞标的人。

乐天路是个四面见光八面玲珑的人。阿顺在心里这样评价。不过，他不会和自己过不去。在这之前，马亮庄和他谈过了，标底拿到手了。此外，他还知道，乐天路渴望当上滨海市副市长，正在通过马亮庄运作

呢。现在，他又看了看崔凤景，脸上没有表情，冷静沉着。就凭这张平和的脸，不难想象，他能够应对任何复杂的局面。不过，他一会儿就会傻眼，阿顺心想。揭标的时候，他就会气得背过气去，如果不背气的话，那才是怪事呢。阿顺知道，工程投标的胜数，已经属于巴萨尔先生了，只是时间问题，秘密还没有揭晓。一切都在有序运转，也在把握之中，就像走时准确的钟表。等着瞧吧，有你好果子吃。他在心里和崔凤景较劲。

他看了看台上坐的各位专家，有的面带微笑，有的面无表情，有的脸上冷漠，有的看上去好像无所事事，这是他们的不同点。相同的是，都戴着眼镜，看样子都是满脑子学问的人。可是，他对他们不屑一顾，尽管自己没有什么文化，但不用在乎他们。他知道，私下里，马亮庄已经分别召见了这些专家，并且都给了分量相当重的表示。现在，那些专家正襟危坐，装出好像不认识他的样子，没有一个人正眼看他一眼，这让他心里生气。

投标开始了，崔凤景派上去一个美女，很优雅地将标书投进了箱口。他这样做，符合他的身份。一个有名望的总经理，用不着事必躬亲。那个女人很年轻，眉清目秀，看样子是一个大学生，微笑时让人觉得好甜。阿顺心想，崔凤景的确老辣，总是能搞出一些吸引众人眼球的东西。不过，时过境迁了，幸运之神背弃了他，决定胜负的砝码，已经握在了巴萨尔的手中。崔凤景，等着瞧吧，您哪！

他从投标席上站了起来，拽了拽西服的下摆，拿着标书走上台去。他在投放标书的时候，向台下看了看崔凤景。他依然没有表情，但眼光并没有移开。从他那镇静的表情上看，阿顺觉得他是个赌徒，手上好像握有取胜的筹码。也许，依然有胜算的可能。

他在投完标书之后，坐在凳子上，抬头看了看乐天路。乐天路再次向他点了点头，那种含笑的样子没有什么变化，完全是肯定的意思。现在，他推测，崔凤景那镇静的表情，肯定是做给他看的。现在，他心有定数了，一切胜利在握！

滨海市至京都高速公路工程三期，总造价一百多个亿。从招标箱中取出标书的人，是现场负责监督的中共滨海市纪委和滨海市监察局的工作人员；负责唱标书的是电视台的名望很高的女主播。此外，公证处的两位女工作人员，也在现场依法公证。

电视台的女主播，以清亮的嗓音，公布了各个参与竞标公司的工程报价。从报价上看，阿顺的报价和崔凤景的报价，最接近招标单位的底价，是交通局给出的工程报价的“蓝线”。接下来的是，专家评估组将对所有参与竞标公司的资质、工程设计，以及施工组织方案和工程报价等情况，进行综合评估。一会儿，就会给出具体的意见。如果没有其他问题，专家组的意见，将决定中标公司的名单。再经过招标领导小组确认后，就可以向社会公布了。

整个招标过程，乐天路坐在主席台上一直没有离开，就是在专家组开会的时候，也是如此。阿顺在心里琢磨着，乐天路没有离开主席台，可能是一种策略。这样也好，谁也不得罪，任何人也说不出什么来。他要让与会的所有人明白，工程竞标依照法定程序运作，无论哪家公司中标，结果必然是客观而公正的。

专家组的负责人，将评估意见书报给了乐天路，他看了看。然后，将意见书递给了招标现场负责监督的同志，签署意见后，又到了公证人员手上。所有工作程序履行之后，那张写有中标公司名单的意见书，被电视台女主播正式播报了：滨海市至京都市高速公路三期工程，由飞鸿实业集团全部中标。

此刻，乐天路面无表情；阿顺心中窃喜；崔凤景一无所获，爆出了这次工程招标的最大冷门。在滨海市，谁都知道，崔凤景的公司最有实力，还有良好的市场信誉。不过，在“流标”之后，他表现出了大家风范，从投标席上站起来，向阿顺伸出了手，微笑着说道：“祝贺你，老弟，你真幸运！”

“噢，谢谢！不过，崔总，您依然是强者，这次您不够幸运，上帝同我站在了一起。”

这时，一名参与招标的工作人员过来了，对阿顺说：“招标领导小组请您过去一下，就开工事宜，要和您谈一下。”

乐天路说：“阿顺，工期很紧，你要立即开工。回去后，务必和马亮庄说清楚。”

“好的，我立即组织开工。”

第二十章

亮庄哥，有上帝作证，我一生只爱你

张超犹豫了一下，把那杯酒喝了。他不好拒绝欧阳水荷的酒，也算是他对水荷姐与亮庄哥结婚表示一种祝福。

马亮庄宣誓说："水荷，我和你，一生相守，白头偕老！"

欧阳水荷说："亮庄哥，有上帝作证，我一生只爱你！"

在一场盛大的婚礼上，马亮庄和欧阳水荷，当着众多来宾，相互许下了婚姻誓言。

八月二十八日十八时二十八分，马亮庄和欧阳水荷的婚礼，在滨海市著名的红楼金色大厅举行。主持婚礼的是滨海市市委书记水向东，巴萨尔做了证婚人，有二百多位来自社会各界的名流和亲朋好友，见证了他们的婚礼。

水向东执意主持他们的婚礼，巴萨尔开始是反对的。"您主持马亮庄和欧阳水荷的婚礼，我认为很不明智。因为您是政界人士，假如有人利用这个问题，说不定会生出一些不必要的麻烦。"

"不，巴萨尔，这没有什么。马亮庄是滨海市知名人士，为滨海市的发展作出了重大贡献。欧阳水荷是滨海市培养的干部，京都的高级法官。从某种意义上说，我主持他们的婚礼，规格已经低了。老哥，我不在乎别人怎么想，只要您满意、高兴，其他都是次要的。再说，亮庄是您的'儿子'，水荷是您的'女儿'。我能为您的孩子主持婚礼，是我一生的荣耀。”

欧阳水荷眉清目秀，唇红齿白，非常美丽。在结婚仪式上，她戴着多层彩色项链，身穿一件意大利阿玛尼露肩式婚纱，乳白色的丝绸拖裙上，装饰着瓦朗谢纳蕾丝，还有中国著名的南海产的海润珍珠，东海产的水晶颗粒刺绣。马亮庄穿的是一套手工定做的阿玛尼礼服。

在悠扬的乐曲声中，耿茉和耿莉的两个女儿手捧鲜花，陪伴在他们的左右。他们从红楼的走廊，缓缓地走向金色大厅的“圣坛”。耿花的儿子，穿着一套黑色的燕尾服，尽心尽力地跟在新郎新娘的后面，拖着欧阳水荷那条白色的长裙。这是耿花的设计，她要为亮庄哥和水荷姐的婚礼增色。

婚礼进行了二十分钟。最后，两人在甄巧巧率领的三个女儿，还有她的三个外孙、外孙女的拥抱中，结束了结婚典礼。之后，耿花靓丽登台，台下响起了欢呼声和雷鸣般的掌声。

在霓虹灯的装扮下，地处滨海大道的红楼，灯火通明，周边的树木全部用射灯照亮。红楼外面的人们，会从红楼墙上的巨大电子屏幕上，看到马亮庄和欧阳水荷结婚的盛况。

红楼外面的追星族和居民，以及住在红楼的来自世界各地的宾客，簇拥在红楼下面，渴望一睹歌星耿花的风采，并听到她那富有磁性的曼妙的歌声。

红楼的总经理班输船，率领几位清纯靓丽的小姐，将准备好的蜡烛和发光棒，分发给红楼外面的人们。随之，红楼下面出现了摇曳的浪漫的烛光和人们挥舞着的电子彩光棒的景色。人们在向马亮庄和欧阳水荷这对新婚夫妇祝福，向红歌星耿花以及齐聚在红楼金色大厅的社会各界名流祝福！

婚礼仪式过后，红歌星耿花，献上了一段小夜曲。一位随耿花来的香港女萨克斯手，身穿一套红色的套装，吹奏了一曲《茉莉花》。耿花的儿子，坐在架子鼓的后面，在小乐队的伴奏下，激情四射地表演了打击乐。宴会上的掌声，红楼外面的呼喊声，交汇在了一起。接下来，马亮庄和欧阳水荷，共同切开了白色巧克力婚礼蛋糕。

崔凤景在马亮庄和欧阳水荷的婚礼上，一直面无表情地坐着，在甄巧巧的陪伴下。在马亮庄和欧阳水荷敬酒的时候，他的脸上才堆满了笑容。这次，他送了一套景德镇产的法拉蓝瓷器，都是日常生活用的工艺品，一共二百零六件套，二十五万元，可谓是大礼了。让马亮庄觉得，崔凤景这个人是可以的，礼份太重了。昔日的对手，又这样的讲究，让他感动！

“崔总，您是滨海市有名望之人，我的贵客。我和水荷结婚，您不仅送了大礼，还亲自光临，真是不胜感激，谢谢您！”

“不能这么说，亮庄，你我是朋友，应该向老弟结婚表示祝福。噢，老弟，你和水荷真漂亮，人间绝配，只是晚了一点。祝福你，老弟！”说后，他干了一杯酒。

“崔总，爱情是神圣的。真爱不在早晚，谢谢您！”马亮庄对他的话心中不悦，但大喜的日子，不能过于计较。水荷觉得，崔凤景的话有些晦气，她没有碰杯就走开了。

崔凤景赶紧解释：“亮庄老弟，没有别的意思。你们应该早些结婚，早些享受人生幸福。”他说着，眼睛斜了一下欧阳水荷。欧阳水荷凭着自己的阅历，认定了他是一个淫邪之人。然后，不屑一顾地走开了。

马亮庄和欧阳水荷，向各位宾客敬酒，但也没有忘记向那些为他们结婚忙活的弟兄们敬酒。马亮庄给班输船倒了一杯酒。“来吧，哥们，喝杯酒吧，今晚这盛大的婚礼，可把你累坏了。我和水荷非常感谢你！”

“哎，亮庄哥，不能那么说。老弟当竭尽全力，你不能谢我，应当感谢水荷姐。水荷姐要是不爱上你，我哪有机会忙活这么盛大的婚宴呢。是吧，我的嫂子。”班输船向欧阳水荷调侃，但不乏幽默。

水荷微微一笑。“是的，因为亮庄哥爱我，才有了今晚的盛大婚礼，也才深切地感受到了各位兄弟的友谊。”说后，她给张超倒满了一杯酒。张超不喝酒，也不胜酒力。他犹豫了一下，把酒喝了。他不好拒绝水荷的酒，也算是对她与亮庄哥结婚表示一种祝福。可是，一杯烈性茅台酒，让他觉得有点烧膛，赶紧又喝了一杯果汁。

接下来，马亮庄又和张超握握手，说道：“好兄弟，你辛苦了，我也和你喝杯酒吧？”

张超有点犹豫，但还是点点头同意了。不过，马亮庄没有给他倒白酒，而是倒了一杯啤酒。“来，兄弟，喝杯啤酒吧，你给巴萨尔叔叔开车，是不能喝酒的。但今晚特殊，啤酒的劲要小一点。”

张超一饮而尽，说了一句："亮庄哥，还有嫂子，祝你们美满幸福！小弟在下，感谢哥嫂关心了。"

马亮庄拍拍张超的肩膀，说道："精神点，给巴萨尔叔叔开车，要绝对安全。"

"放心吧，亮庄哥。"

阿顺钻到马亮庄的那辆宝马车里面去了，他要把马亮庄和欧阳水荷送到别墅去。当马亮庄和欧阳水荷走出红楼时，人们拿着点燃的蜡烛，挥舞着彩光棒，为他们祝福。欧阳水荷最好的朋友张潮生，在红楼的下面拥抱了她。

张潮生说："水荷姐，你今晚特别漂亮。"说后，她将那位京都大学的年轻教授拉了过来，说道："我俩今晚就回京都了，零时的飞机。"

水荷拥抱了张潮生。"谢谢你们参加我的婚礼，也希望你们早日喜结良缘。不过，潮生，你要好好待他，我担心你会欺负他。"

"是吗。"张潮生说着，用手指在那个年轻教授的脸上拧了一下。他揉了揉脸笑了，说道："水荷姐，祝您和亮庄哥幸福！"

阿顺开着马亮庄的那辆防弹宝马车，向富都山庄驶去。临别时，阿顺悄悄地在马亮庄的耳边说："哥，不能太贪活，可别累坏了身子啊！"

"滚蛋吧，巴萨尔叔叔还找你有事呢！好好干，不要辜负巴萨尔叔叔对你的信任。"马亮庄和阿顺是一对患难兄弟，他们的友谊，就像太阳山的根基一样牢固。

"好，亮庄哥，再见！明天早上，我过来接你们，送你们去机场。"明天，按照休假计划，马亮庄和欧阳水荷将飞往塞班岛度蜜月。

婚宴结束后，崔凤景亲自开着他那辆加长的林肯大轿车，一路歌声地走了。车上载着甄巧巧、耿茉、耿莉，还有耿茉和耿莉的两个女儿。汽车离去时，在红楼下的人们，听到了从林肯车里面传出来的音乐声，《二泉映月》那凄婉的胡琴声，和盛大的婚礼极不协调。不过，马亮庄和水荷已经离开了红楼。

耿花有演出任务，她没有去别墅，在金色大厅的门口，向甄巧巧和崔凤景作了告别。然后，她带着自己的小乐队，从红楼的后门离开了。耿花将直飞香港，那儿是她成名后的腾飞之地。

这次，耿花能够回到滨海市，完全是对亮庄哥的敬重，也是对友谊的珍重。不过，她对崔凤景没有什么感情。她的任务已经完成了，给他生了一个儿子。她觉得自己糊涂，在十七岁的时候，作了一个错误的决定，给崔凤景生孩子的决定。现在，她的生活独立了，也不在乎他的钱了。可是，崔凤景依然对耿花充满了向往，但在见面的时候，崔凤景说："耿花，我爱你！"但被耿花断然地拒绝了。不过，崔凤景特喜欢他的儿子，依然向耿花表示："我的财产属于我的儿子，我会在以后将财产汇到香港去，列在我儿子的名下。"

"那是你的事，你看着办吧！我相信，你言而有信，不会亏待你的儿子。在我看来，你应该是一个负责任的男人。"

张潮生，还有京都大学那个年轻教授，以及欧阳水荷在京都工作的同事，陆续地离开了红楼。他们将赶往机场，连夜飞回京都去。只有这样，才能保证明天早上上班时不会迟到。

随着马亮庄和欧阳水荷的离去，簇拥在婚礼外面的追星族和居民，也渐渐地散去了。但有的追星族还在等候，他们渴望目睹红歌星耿花的风采，也没有看到耿花从红楼的正门离去。

第二十一章

老哥，我需要您的帮助

一个政府，必须对权力进行约束。否则，难以取信于民，它执政基础的崩塌，那是早晚的事情。

在红楼一个很小的秘密房间里，巴萨尔决定会见他的客人。这间小屋，墙体有三米厚，能够抗击特大地震，就是烈度再大的地震，也休想摧毁它。这间小屋，是按照巴萨尔的意见秘密建造的。室内有冰箱，有常备的各种饮食、水果，遇到特殊情况，在这间小屋里，生活两个月不会有问题。这间小屋，增设了能够防止一切电子信号和远红外线监视的屏蔽设施。

现在，即将来到这间小屋的客人，都渴望见到他，有的是他主动约见的人。他的秘书长梁山汉将陪同他，一块儿会见客人。尽管这些天，梁山汉有些劳累，还有些伤风，鼻子里老是流着液体，让人觉得不够体面，包括在盛大婚宴上，一个劲地用纸巾擦鼻涕！

首先，会见的是水向东。他是巴萨尔最好的朋友。

“向东书记，您是我在政界最好的朋友。有了您这样的朋友，我一生为之荣幸。”他说的是心里话，的确如此。梁山汉觉得，巴萨尔的话简洁到位，一下子就拉近了他和水向东的距离。

“是的，您说得对，你我是最好的朋友。老哥，我听说您在维尔京群岛办了一家银行，是这样吗?”

“哦，是的，乌巴斯乐电子银行，全称是维尔京群岛乌巴斯乐电子银行。在中国的京都、滨海市设有办事处。不久，还准备在美国的纽约、法国的巴黎、德国的柏林、日本的东京，还有澳大利亚的悉尼，设立办事机构，包括印度的孟买。”

“哦，运作得怎么样?”

“还不错。现在看，巴喜乐和梅斯卡娅他们有文化，懂得发达国家的做事规则，能够从伦敦吸纳资金，投资到中国赚钱。将来，也可以从纽约吸纳资金，投资到伦敦谋利。只要这个世界上哪里有投资价值，就可以在哪里赚钱。如今这个世界，真是年轻人的天下。不过，巴喜乐和梅斯卡娅原则上不做投资担保业务，以规避投资风险。”

“是吗，那么说有钱可赚。”

“赚钱，的确赚钱。巴喜乐和梅斯卡娅都是稳健的投资者，比我要好，会用钱生钱。”

“老哥，最近，我看中央的廉政要求越来越高了。不久的将来，领导干部的资产申报，恐怕是早晚的事了。”

“这是必然的。资产申报，在西方发达国家已经做了，并且对权力有明显的约束。我们国家也会用这个办法，来约束各级干部。一个政府，必须对权力进行约束，否则难以取信于民。反之，任何一个不受约束的政府，不受约束的权力，它执政基础的崩塌，那是早晚的事情。”

“从这个方面看，有问题了。您知道的，我手头有点钱。老哥，我需要您的帮助。现在，这些钱，都在家里面放着呢。每天家里不能离开人，又心神不宁的。老哥，我的资金应该安全，包括我的职务，您帮帮我!”

“老弟，不必为此分心，您的事我来做。资金安排问题，起码有两条出路：一个是把您的资金交给我，投资到太阳山谷，会有不菲的收入；再一个是存到乌巴斯乐银行。可以在国外购买房地产，会有不小的增值空间。具体操办手续，通过我的公司和巴喜乐在维尔京群岛注册的公司，签订合作合同，将资金汇到维尔京群岛。另外，乌巴斯乐银行驻国内办事处，不会有您的存款记录，但在银行总部会有您的存款记录。这样做，是为了规避有人查阅您的账目。放心吧，老弟。另外，我向您提出建议，在政界上要快速发展。如果您同意，我会全力支持您的。您应该出任政府的高官。”

“好的，老哥，听您的。”

“没问题的，老弟。我会启动政界的朋友和必要的资金，支持你快速发展。记着，老弟，我在政界有些朋友，你都可以利用，包括海外关系，都可以利用。比如，乌巴斯乐银行在世界各地的办事处，可以通过你的努力，为出国的官员，或者为他们的家属，提供必要的资金支持，包括在国外购买礼品，满足他们的各种欲望和需求。这样，你用不着在国内给他们送钱，也没有行贿的风险。总之，应该采取必要的措施，为你的未来铺平道路。当然，你的工作状态不能差，我相信也不会差。此外，民意是一股强大的力量，也会决定一个人的政治生命。李世民讲，水能载舟，也能覆舟，就是这个道理。当然，你是爱护子民的人，你有善心，不是一个专横跋扈的人。在我看来，你的前途不可限量。好好干吧，老弟，哥支持你。我相信，你是一个有出息的人，只是上层没有关系。不过，我能把这些关系接上，并让你在政治市场上纵横驰骋，也应有丰硕的收获。”

“老哥，今后政界上的事，您帮我做；商界上的事，我来支持您做。在当今的社会，走权商结合之路，也许更适合国情。”梁山汉注意到，对于巴萨尔的鼎力相助，水向东没有说一句感谢的话，说明他们之间的感情到位了。

“向东老弟，你说对了。正因为如此，我想让梁良善出任湾口镇镇长，秘书长也是这个意思。梁良善学识渊博，品行端正，一个不可多得的人才，就像他的父亲一样。不过，在梁良善担任镇长之后，还有一个问题，就是将湾口镇升格为市，正式更名为太阳城。此外，现任湾口镇镇长的安排，你应该下些工夫，最好是调到市政府机关提拔使用。这样做，有助于梁良善出任湾口镇镇长，也有助于太阳山谷的开发与建设。”

“这个事，问题不大。随着太阳山国家野生动物森林公园的建设，人口数量的增加，以及经济总量的增长，湾口镇升格为太阳城，也应该没有问题。”

梁山汉没有插话，也没有发表任何意见。他心里清楚，水向东是巴萨尔在政界的心腹，有了他的支持，梁良善会平步青云的，前途不可限量。让梁山汉佩服的是，巴萨尔在政界没有混过，竟然对政界的事情那么清楚。

第二十二章

看来，什么事都瞒不过他

他像一尊活佛，眼睛微张，看样子像睡着了，但目视着世间的一切。

阿顺把新郎新娘送到了别墅，急急忙忙地赶回来等候召见。在这之前，他接到了秘书长的通知。此刻，又有点忐忑不安。不过，也没有什么，上午高速公路工程竞标，没有什么差错，一切运作自如。但他不知道巴萨尔为什么要召见他，要和他谈些什么问题。走进那间秘密小屋，巴萨尔先生从摇曳的蜡烛那面，伸过手来，紧紧地握住了他的手，且摇了摇。两只手握在一起，又摇了摇，让阿顺惊喜，这说明绝对得到了认可，但不知为什么，只用蜡烛，不用电灯。

但此刻的阿顺，还是有些紧张，额头上有微小的汗珠冒了出来。说不上为什么，在马亮庄的身边，阿顺从不觉得紧张，包括一起把马爷儿置于死地的时候。而不同的是，见了巴萨尔，心跳会加快。也许是惧怕，也许是其他什么原因。现在，种种迹象表明，巴萨尔很信任他。一般情况下，一个人，在信任自己的上级面前，心里会很放松。但现在的他，一点也找不到那种感觉。他坐下后，悄悄在裤子上拭去了手心的汗水。

“坐吧，阿顺，工程竞标的事办得很利索，我满意。现在，我有个想法，就是把高速公路有限责任公司，从飞鸿实业集团剥离出来，成为独立的公司，但还归属亮庄领导。考虑亮庄和水荷刚刚结婚，明天去塞班岛度假，加上高速公路工程的工期非常紧，从今天起，你接任总经理。亮庄嘛，继续主理滨海市飞鸿实业集团的工作，负责滨海市和太阳城的房地产开发，但还是你的上级。按照乐天路的要求，抓紧组织开工，越快越好。”

“好的，我抓紧落实施工方案，保证不耽误工期。”阿顺心里琢磨着，自己并没有汇报过抓紧开工的事，但他什么都知道。看来，没有什么事能够瞒过他。他就像一尊活佛，眼睛微张，看样子像睡着了，但目视着世间的一切。那些做好事和做坏事的人，都逃不过他的眼睛。想到这儿，他的心脏跳动得更加快了。他猜测，巴萨尔先生了解他的一切，包括他的内心所想。

“好了，阿顺，就谈到这儿吧。”阿顺倒退着离开了那间秘密小屋。走出那间小屋之后，阿顺悔恨不已，怎么竟连一句感谢的话也没有说呢。“蠢，猪脑子嘛！”

不过，他知道，自己进入了巴萨尔帝国的核心层，把高速公路有限责任公司总经理的职务交给自己，就说明了一切。阿顺决心好好干，死心塌地地为巴萨尔卖命。当然，阿顺也会更加富有。梁山汉见证了这一切，在巴萨尔帝国这部高效运转的机器中，阿顺就像一个铆钉，被牢固地紧固好了。

接下来会见的是施勒比娃。她的那张脸棱角分明，生动可人，奶色脸蛋上透露着红润。她每次走在滨海市的大街上，都会有极高的回头率。她行动利落，快步如风，踏进那间秘密小屋时，旋起的风，差一点将桌子上的蜡烛吹灭。

“巴萨尔先生，您找我有事？”

她把自己摆在了与巴萨尔平等的位置，就像和自己的一个同事在说话。梁山汉觉得。她不像阿顺那样谨慎小心，也不像马亮庄那样，对巴萨尔特别的敬重。

不过，这没有什么，他不在乎小节，但十分在乎忠诚。只有顺从，没有忠诚，在他看来，使用价值不高。施勒比娃敢作敢为，她负担的项目会自己做主，根本不会考虑他怎么想。只要认为值得，远期会有巨大的收益，她就会大胆地去做项目，而不必征得他的意见。施勒比娃小姐通过鸟岛、蛇岛、天使岛的改造项目，取得了巴萨尔先生的信任。

唯一不同的是，雕塑大师马赛尔在天使岛的艺术雕塑，马亮庄流露出了一些不满情绪。他担心马赛尔搞的东西，可能不适应中国国情，这些想法不能说没有道理。在巴萨尔帝国，马亮庄主张做事稳妥。可是，梁山汉欣赏施勒比娃的思路，尽管也担心她不够了解国情。

“坐吧，施勒比娃小姐。我请您来，是想和您商量些事。”梁山汉惊讶地发现，具有“生杀予夺”权力的巴萨尔，很尊敬施勒比娃小姐，以平等的身份和她说话，是商量，而不是指令。

“巴萨尔先生，我接手了太阳城的教堂建筑工程，同国外一些有宗教建筑艺术施工经验的企业，签订了一批合同，有的已经破土动工了。巴萨尔先生，我是一个只会给您花钱的人，而且花出去的钱，还没有给您带来收益。可是，您知道的，有关宗教建筑艺术，都是用钱堆起来的。如果您花钱不多，太阳城就不会有真正的宗教建筑艺术。我相信，您也是这样想的。我希望，太阳城形成真正的独特的具有欧洲建筑风格的城市。因此，您当下的支出会很大。这样做，太阳城会吸引更多的游客来这里观光旅游，您的远期收益会很高，并且也会持久。对此，希望您别介意我签订的所有项目，也别在意您的支出费用过大的问题。”

“没什么，这些事您做主好了。今天，我请您来，是想商定一些事。一个是太阳城要打造世界小姐选美的平台。这里有大海、金滩、温泉、动植物公园，世界各国的人们会在这里休闲度假，吃饱喝足之后，晚上饱饱眼福，看看模特如何走秀，享受美色的人体盛宴，让那些游客乐不思蜀。因此，太阳城要成为世界各国小姐走秀的天堂，还要为模特培训提供条件。基于此，我想成立太阳城模特有限责任公司。您要是赞同的话，来做这个项目的负责人。当然，首要的是建造一座别具一格的带有宗教建筑艺术的模特走秀宫。第二件事，成立一个直升机飞行中队，便于救助那些受伤的猛兽，也可以满足旅行者需求。只要游客给足够的钱，可以提供直升机租赁业务，满足他们的一切要求，包括空中游览、俯瞰野生动物。您看呢，这样是否可行？”

“噢，我赞同您的意见，这样做下去，会有很好的前景。”

“看来，您是赞同的。那么，您来负责这两件事好不好？包括负责建造一个模特走秀宫，组建自己的模特表演队。此外，您负责购买俄罗斯直升机，用于太阳山国家野生动物森林公园的救护和旅游事业。飞行员嘛，也由您来挑选。我是说，这两个公司由您全权领导。如果您同意，您就不要再回俄罗斯了，一心一意做公司的生意。这个意见，我已经同乌尔其其商量过了。他说，由您自己决定。我想过了，这里不能没有您。森林公园建成之后，您还要出任副总经理，兼任这两个公司的经理。总经理嘛，由我的女儿担任。这样的话，我的女儿会成为您的上级。您看，这样的人事安排，可以吗，听听您的想法。”

她点点头没有说什么。从她微笑的脸上，他读懂了她的想法。这是巴萨尔帝国的重大的人事安排。

从今天开始，施勒比娃小姐将进入巴萨尔帝国的核心层。

第二十三章

乐天路，这个人有点鬼道

您帮了我不少忙，我感谢您。但是，不能因为您要跟我说事，就让我的朋友离开。

乐天路渴望与巴萨尔会面。在他还没有到来的时候，巴萨尔说："秘书长，你要和梁良善谈一次，有个思想准备，不久将接手太阳城的政务。湾口镇升格为市以后，他还要出任太阳城的市长。向东书记做事可靠，会马上作出这样的决策。他有头脑，办事稳妥。同时，你还要提示梁良善，政界上人事复杂、勾心斗角，波诡云谲，难以预测。每件事的后面，都会有耐人寻味的故事，说不上剐拉着谁。记着，从政之路并不平坦，脑子简单了肯定不行，太过复杂了也不行，这个度很难感悟又很难把握。做人不厚道不行，太厚道也不行。没有人不行，什么事都靠关系也不行。办事不公开不行，凡事都摆在桌面上也不行。做事粗放了不行，过于细致了也不行。既然从政了，对政界上的事，政界上的人事关系，都要拿捏适度，即使有失误，也不能有大的失误。从某种意义上说，从政要比经商更难。还有，为梁良善作出这样的选择，一个基本考虑是，孩子们不能走风险之路了。尽管这条路，使你和我都富有了，但孩子们不能为续。总之，我的孩子，还有你的孩子，包括好朋友的孩子，应该有平静的生活，并享受生活的美好。在这个世界上，如果孩子们有地位，有名分，体面地参与国家大事，乃至世界大事的讨论和决策，那是再好不过的了。不管怎么说，秘书长，孩子们不能去干那些有风险的事了。因此，包括梁良善在内，无论是选择从政，还是选择经商，乃至去做学问，都是很好的选择。现在，我手头上有钱，能够支持他们作出合适的人生抉择。”

梁山汉清楚，这是巴萨尔对未来生活的思考、设计和必要的安排。毋庸置疑，他不希望他的孩子，还有梁良善，步他的后尘，走他过去走过的路，这无疑是对的。孩子们应该享受生活的美好，不能去干那些杀人越货的事情了。他的想法不言而喻，社会应该和谐，生活应该清静，纷争应该平息，但钱还是要赚的。

“我赞同您的考虑和决定，这是战略性的抉择。其实，在孩子受教育的问题上，您的决定就已经着眼于未来了，并且培养他们具有世界眼光，接受东西方文化教育。您是对的，这也是我的期望。可是，他去当镇长，会不会对太阳山谷的开发有影响呢？”

“噢，不会。梁良善从政以后，对太阳山谷的开发，不但不会有害，反而会更加有利，会加速太阳山谷开发规划的落实。”

“噢，那就好？”

“还有一件事，就是我的女儿应该回国了。太阳山谷开发，她来做一些常规的管理事务，腾出你我的精力，做些别的事情。”

“好的，一会儿，让梁良善联系她，请她早点回国，参与太阳山谷的开发。”梁山汉鼻子里又流出了鼻涕，他赶紧用纸巾擦了一下。

“秘书长，您要注意身体。没有好身体，您怎么享受美好的生活啊！”

这时，班输船敲敲门进来说：“乐天路局长到了，他可以进来吗？”

“好吧。”

“乐天路想单独和你谈话，我还参加吗？”

“不要管他。”他甩了一下手，那是一种不满意的手势。乐天路走进了那间秘密小屋，紧紧地握着巴萨尔的手。他要通过那双手，传达他的友谊。“坐吧，乐局长。亮庄跟我说了，你给了不小的帮助，谢谢你！”

“不，不能谢我，这没有什么。再说，您的公司实力雄厚，中标是必然的。如果不中标的话，那才是问题呢。现在，只要抓紧开工就是了。”乐天路很低调，可能是政界历练的本事，圆滑而周密地应对着身边的一切。当然，他对水向东书记的服从，以及对巴萨尔的惧怕，都在起作用。因此，他不得不如此谦恭，不得不小心翼翼。梁山汉这样想。

“乐局长，亮庄跟我说了，你想见我。噢，你需要我帮你做些什么事吗?”乐天路瞧瞧梁山汉，有些犹豫，话到嘴边又咽了回去。乐天路是个谨慎的人。巴萨尔明白他的意思。

“说吧，乐局长。你知道的，梁山汉是我的朋友。我需要说明的是，我和朋友之间没有秘密。因为你的事，我不能得罪朋友。没准，你的事，还得由秘书长亲自办呢!”

“哦，没什么。我只想问问乌巴斯乐银行的情况。”

“乌巴斯乐银行在滨海市设立了办事处，是为了吸引资金。当然，会有更高的收益。如果你想存款在这里，不仅会有高收益，还特别的安全。”巴萨尔介绍得很简单，没有讲为什么特别的安全。显然，不仅仅指存款资金本身的安全。梁山汉看得出来，他不想对他说得太多，说明他们还没有达到完全信任的程度。如果乐天路足够聪明的话，他会感悟得到。

乐天路只是点点头，没有说什么。他在心里细品着他的话，细品着那些话的含意。他是个聪明人，感悟到了他们之间的真诚还有不小的距离。

“亮庄还跟我说了，你想做副市长，需要我帮忙，是这样吗?”

“噢，是的，我有这个想法。”

“好吧，我支持你。秘书长，你抽空拜见水向东书记，拜托他支持一下。别的，你还有什么事吗?”

“没有了，谢谢您，巴萨尔先生。”

“那好，再见!”他同巴萨尔握握手，向梁山汉点点头，然后退去了。

“秘书长，你掌握一下，这人有点鬼道，不像水向东书记那样真诚。某种时候，他在试探我。因为有向东书记的面子，他不得不支持我。想当副市长，来请我帮忙，又不直说。从工程竞标这件事上，我表示支持他，还他个情债。人不能欠情太多，有了情债一定要还。不同的是，他还不能成为我的朋友。朋友是患难与共的人，但我觉得他还不够，起码现在不是。对此，秘书长，你心中要有个数。当然，你和我有同样的看法。”

他没有直接回答问题。“那还用找向东书记吗，关于他做副市长的事?”

“这个事要办的，至少他支持了我们的工程竞标。再说，他虽然不是朋友，但也不是敌人。如果他能够当上副市长，还会支持我们的事业。要是能够成为朋友，那也不错。”

“好的，我明白。”梁山汉的鼻子又流出了鼻涕，赶忙用纸巾拭去。

“秘书长，回去休息吧，看样子你很不舒服。”

“是的，有点伤风。”他看看表，已经二十二点了。

“我一会儿要和班输船谈谈国外品牌汽车销售和配件供应情况，你先回去吧！泡泡脚、发发汗，感冒就会好些。”

“那好，我先回去。”

第二十四章

小超，一会儿离开时多留点神

“我俩是追星族，红歌星耿花的粉丝。我爱她，并渴望见到她，留下她的照片！”

梁山汉从红楼门口出来，发现聚集在楼下的人群已经散去。不过，还有一些车停在楼下。他猜测，那些停留的车辆，可能是楼上住宿客人的用车。但他还是让郎格逐一检查了那些停留车辆，为了巴萨尔的安全。

没有发现什么可疑情况，但树丛后面一辆奥迪轿车里有两个人。他敲敲车门，那个坐在司机座位上的人，将车窗玻璃下降了一点点。“你们在干吗?”郎格透过车窗缝，看了看后排座的另一个人。那个人穿着一件风衣，戴着墨镜。

“等人，没你的事。”

“哦，需要我帮忙吗，我去给你们找人。”

“不，不需要。我俩是追星族，红歌星耿花的粉丝。”那个坐在后排座的人说着，从座位上拿起了照相机，对着郎格晃了晃。“我爱她，并渴望见到她，留下她的照片!”

“我跟你们说吧，耿花走了，是从红楼的后门走的。不信，你们到楼内看看去。”

“不，耿花没有走。我没有看到她离开红楼，你用不着骗我。”司机后座那个人很气愤。

“说真的，我不骗你们。耿花真的走了，等下去没劲。我看你们俩是傻汉子，蠢嘛!”

“我信不过你。不见到耿花，我决不离开。哪怕是等到天亮，也要见到我的最爱!”

“真蠢，再没有比你们更蠢的人了。追逐耿花，可是她还不认识你们。如此等下去，还不如回家睡觉。真是自找苦吃，犯不上啊!”说后，郎格气哼哼地离开了。

“郎格，那些人在车里干些什么?”

“追星族，两个蠢货。真他妈的混蛋，怎么能不睡觉等什么歌星，我看他们是找揍！秘书长，要不是您在这儿，我非揍他们一顿不可。”说着，郎格启动了汽车，驶离了红楼。

梁山汉对刚才的情况有点疑虑。于是，拨通了张超的手机。“小超，一会儿你离开时，多留点神，瞧着点。看看红楼周边有没有可疑的情况，务必保证巴萨尔先生的安全。”

“好的，秘书长，您放心吧!”马亮庄和欧阳水荷的婚礼，隆重而热闹，张超因为喝了酒，有点吃不消。一杯茅台酒下肚，从嗓子眼到胃里面都火辣辣的。但他没有办法，情分太重了，就是“敌敌畏”，也得喝下去。

不胜酒力的张超，加上乙醇过敏，马亮庄和欧阳水荷离去后，就“迷糊”在奔驰车里面了。刚才，虽然接听了秘书长打来的电话，但酒像催眠剂一样麻醉了他，又迷迷糊糊地睡着了。

当他醒来的时候，觉得小肚子“憋挺”。他看看表，快二十三点了。他想，巴萨尔先生该走了。于是，他打开车门，向红楼走去。来到洗手间，他洗了把脸，又看看镜中的自己，脸还是红红的。然后，他去了厕所，撒了一泡尿。他想，回鹰飞崖城堡的途中，就不用再停车撒尿了。

巴萨尔对汽车与配件销售满意，对逐步扩大国内市场销售份额特别高兴。在他看来，班输船不仅忠诚，而且非常尽职，一个难得的人才，尽管他鼻孔朝天丑陋无比。

“好吧，班输船，今天就谈到这儿，你也该休息了。这几天，为操办亮庄和水荷的婚事，你累坏了。这个婚礼办得好，我得谢谢你。我相信，亮庄和水荷，也会满意的。”

“噢，您可不要谢我。作为您的部下，我感到光荣。为亮庄哥办婚礼，我特别的高兴，就像自己结婚一样。只要没有纰漏就好，您不必为此操心，我就高兴。”

“好，班输船，你说得对。你把事情做好了，我就少操心了。噢，刚才，你说亮庄结婚，就像自己结婚一样高兴。那你告诉我，你什么时候结婚呢?”

“哦，不可能的事。您瞧瞧，谁还能比我长得丑吗，没有了，不会有姑娘看上我的。如果哪个姑娘看上我，那肯定是个痴呆。一个痴呆的姑娘和我是般配的，在我看来。”说着，还用手揉了揉那鼻孔朝天的鼻子。

巴萨尔看了看班输船，真是太丑了。“不能那么讲，班输船。古人讲‘郎才女貌’。只要男人有才，女人就会嫁给你。我看，你也算是才高八斗的人了，加上总经理的身份，尽管长得丑，我相信会有姑娘看上你的。还有，你是个好人。等着吧，班输船，好事在后头呢，早一天、晚一天的事，我肯定会喝上你的喜酒!”

“谢谢您，我好好工作就是了。我不想、也不敢想那些没有边际的事。我长得丑，没有结婚生子的福分。现在，社会提倡计划生育，也叫优生优育。我这么丑，再生一个丑孩子，有碍观瞻不说，也会影响市容的。”说后，他笑了。

“班输船，工作要做好，那没说的。媳妇也会有的，这个信心必须坚定。再说，你也该享受生活的美好和快乐。这样吧，过两天，我派你去京都，去看看我的养子，他有办法让你变得美一些。”

“噢，我相信您的话，但愿变得美一些。不过，我已经是一个有福分的人了，因为上帝让我认识您，并且您还认可我。说到这儿，我要特别感谢尚无二。没有他，我不会认识您，那也就没有福分了。噢，没事的时候，我常常会想起尚无二。他改变了我的生活，才有机会让我享受到了您带给我的幸福!”

“你还会有机会见到他的，他将来也会来看你的。山不转水转嘛，人总会有机会见面的。”

“可是，我一直没有他的消息，不知道他在哪里？”巴萨尔知道尚无二在哪里，但他不能告诉他。

巴萨尔说：“好吧，班输船，我该回城堡了。你上楼，把我的老婆子叫下来。”班输船快步向楼上跑去，他没有乘电梯。

盛杰英在楼上的一个房间里。她知道丈夫很忙，也很累，虽然不能帮他做什么，但陪伴是她的义务。在马亮庄和欧阳水荷离去之后，她要和丈夫一道回到“鹰巢”去。

这时，班输船来叫她了。“盛阿姨，您下楼吧，要回城堡了。”

第二十五章

您好，巴萨尔先生，我想拜见您

他勾动了扳机，散弹打在他的头上。他摇摇晃晃地站起来，又重重地倒下了，就像装满土豆的麻袋。

巴萨尔等了一会儿，盛杰英还没有下楼。于是，他独自向红楼的门口走去。楼下灯火依然闪亮，一些射灯从树的根部射向了树梢，也射向了天空。灯光打在了树干上，也打在了树叶上，在树干和树叶上留下了缕缕清辉。这个夜晚，真美！

此刻，巴萨尔心神愉悦，为马亮庄和欧阳水荷举办了婚礼。现在，他要回到“鹰巢”去，还有他的老婆。走出红楼的大门，他看到了自己的奔驰车，缓步向停车的地方走去。一般情况下，张超看到他，会下车将车门打开，或者将汽车开过来。但这次没有，他不觉得有什么反常。他，没有向其他方向看，脑子里还想着事情。

他的坐骑是一辆德国产的奔驰车，不仅防弹，而且防爆，前俄罗斯总统的专用车。现在，这辆车，被他买来自己用了。车底盘可以升降，钢板很厚，就像一辆低矮的小型坦克。如果加上火炮，或者安上重型机枪，可以立即投入战斗，但没有履带。现在，在射灯灯光的映照下，奔驰车泛着青光，厚重、结实、凛然不可侵犯。

这时，有一个人从树后面一辆轿车里下来了，疾步向他走来。那个人身穿黑色风衣，戴着墨镜，动作疾速。他很万幸，看到那个人了。如果他选择退却，可以返回到红楼里面去，就可以保全自己了，但他没有那样做，而是快步向前走去，向自己的奔驰车走去，并且呼喊着张超的名字，“张超、张超！”

可是，汽车里面没人，红楼的周边也没有人回应他的呼喊。他的呼喊声在夜空中飘荡。有一个人听到了他的喊声，他手持照相机，目睹了眼前发生的一切，并拍下了珍贵的照片。后来查明，这个人是滨海晨报社的记者，红歌星耿花真正的“粉丝”。

他走到汽车跟前，用力拽了一下车门，但没有拉开，张超没有在汽车里面。他的手被车门拉手划了一下，指甲劈了。他回过头来，看到了班输船，还有他的老婆，正在台阶上缓步下来。“快，班输船，别过来，不要过来！”班输船听到了他的呼喊声，立即冲了过来。巴萨尔的喊声，撕心裂肺，听起来十分恐怖。

那个穿黑色风衣的人，动作迅速，三步两步就来到了他的面前，沉着、冷静地说道：“您好，巴萨尔先生，我想拜见您。”巴萨尔犹疑了一下。那个人撩开了黑色风衣的下摆，拽出一把猎枪，向他的腹部开了枪，他立刻倒地了。这时，班输船到了，用头撞翻了那个家伙，倒在了离奔驰车五米外的地上，墨镜也落到了地面上。

可是，那个家伙好像是个弹簧，背部朝地，双脚用力一蹬，人从地面上弹了起来。班输船猛冲过去，他抬起右腿，一个用力“下劈绝杀”的动作，班输船就倒地了。然后，那个人又向巴萨尔冲了过来，但班输船挡住了他的去路。没有办法，他用枪对着班输船的头，勾动了扳机，散弹打在班输船的头上。受到枪击的他，摇摇晃晃地倒下去了，就像一条装满土豆的麻袋，横卧在奔驰车的旁边一动不动了。

不远处，一辆小轿车上的人疯狂地呼喊着：“快、快！”

此刻，张超出现在红楼的门口，他看到了惨烈的场面。立刻冲了过来，还有几名保安。那个人见势不妙，转身飞逃，纵身一跃就钻进了那辆已经启动、车门打开的小轿车里面去了。旋即，小轿车疾驰而去。

张超扑到了小轿车跟前，但被甩了出去，重重地摔在了地上。

梁山汉的鼻涕还在不断地往外流着，司机郎格给他拿了一瓶水，吃了两粒感冒胶囊，在车上迷迷糊糊地睡着了。走着走着，前面一辆载重汽车挡住了去路。那个司机打开了汽车盖子，在鼓捣着什么。郎格将车停下来，等待那辆汽车修好后，动动位置，再继续前行。

“哥们，您需要帮忙吗？”

“不，不需要。马上就好，你稍等一会儿。对不起，哥们。”

不一会儿，那个人将汽车盖子合上了，启动汽车为郎格腾出了位置。

郎格继续开车向前驶去。这时，梁山汉的手机响了。“秘书长，我是张超，快，快来。巴萨尔叔叔受伤了，是被人用枪击伤的，现正送往医院。”

“伤得怎么样？很重吗？”

“重，很重，腹部被打了一枪。还有班输船的头部被打了一枪。巴萨尔叔叔意识清醒，班输船昏迷不醒。”

“知道了，张超，我马上到。你马上去市立第一医院，我现在安排人实施紧急抢救。”

“快，郎格，马上往回开，去滨海市第一医院，巴萨尔先生受伤了。”

随即，梁山汉拨通了水向东的手机。“向东书记，刚才发生了一起枪击案，巴萨尔先生腹部受伤，班输船头部受伤。拜托您，立即安排市第一医院组织抢救，送巴萨尔先生的汽车马上就到，我一会儿也到。同时，拜托您安排武警战士把门，不要其他人接近巴萨尔先生。”

“好的，秘书长，放心吧。我现在赶往第一医院，现场组织施救。”

“谢谢您，向东书记。”汽车在山路上颠簸疾驶，梁山汉想了想，拨通了王道林的电话。“道林，有一件不幸的事告诉你。你的养父，巴萨尔先生受到了枪击。现在，需要你立即回到滨海市第一医院，参与紧急抢救。”

“好的。”

“此外，带上有经验的外科专家，还有麻醉师、护士，立即赶到京都机场，和机场服务总台联系。在那里，会有人送你们乘一架商务飞机，直飞滨海市。不过，道林，要快，争抢分分秒秒。听清了吗，到市立第一医院，道林！”

“秘书长，听清了。”梁山汉感觉王道林很沉稳，没有丝毫的惊慌失措。接下来，他拨通了巴萨尔先生的一位高层朋友的电话，拜托他专门安排商务飞机和空中航道，为从京都赶来参与抢救的医生和护士提供交通支持。

施勒比娃小姐正从红楼视频监控系统上备份资料，这时她的手机响了，电话里面传来了秘书长的声音。

“施勒比娃小姐，你今晚住在红楼吗？”

“是的，秘书长。红楼这里发生了枪击案，巴萨尔先生受了重伤，班输船昏迷不醒，已经被送往医院了。”她冷静沉着，头脑清醒，语速很快，表述清晰，这让梁山汉感到欣慰。

“这样，我交办你一个任务。”

“好的，秘书长，听候您的吩咐。”

“这是一起谋杀案。你的任务是将红楼的视频监视系统的资料备份下来，然后清空数据库，并弄坏设备。我的意思你明白，不要让警方拿到相关资料。已经发生的事，我们自己解决。还有，我不想让无关的人知道这件事，更不想让无关的人得到那些监视资料。”

“是的，秘书长。我和您的想法一样，不想让任何人得到这些资料，并且已经做了备份。现在，我向班久成交代，‘在警方调查时，就说视频监视系统早就坏了’。另外，还要教会他们如何应对警方的调查。对付警方，他们还需要一点点经验。”

“谢谢你，施勒比娃小姐，你做得非常好。你还有一项任务，就是在警方没有到来之前，尽可能找到直接证据，并且保护好这些证据，便于事后我们使用这些证据。记着，这些证据不能落到警方手里。”

“是的，这件事我做过了。在现场，共找到了两颗子弹壳，是俄罗斯图拉猎枪的子弹壳，我使用过图拉猎枪。还有一个墨镜，一个镜片已经碎了，别的没有发现什么。现在，楼下聚集了一些人，有居民，也有住宿者，还有耿花的‘粉丝’。”

“好了，你不要管他们。现在，你需要离开现场了，在人们的视线中消失。你打一辆车，去往富都山庄别墅，到马亮庄家去。在你到达之前，我会和他通话。告诉他，你会去陪伴欧阳水荷。”

“不，那不合适。今晚是他们的美妙之夜，我去了不合适。我待在红楼的房间里吧，秘书长。在这儿，我听候您的吩咐。”

“不。你听我说，立即赶往富都山庄。马亮庄将担负其他任务，也就是说，他将离开富都山庄，做一些必要的事情。去吧，施勒比娃小姐，去陪伴欧阳水荷。欧阳水荷真是不幸，新婚之夜，丈夫就得离开身边，还有她敬仰的巴萨尔叔叔受伤了。”

“好吧，我听从您的吩咐，现在就前往富都山庄。秘书长，这是一个特殊时段，我听从您的一切命令，并希望多做些事情！”

“好的，我知道。谢谢你，我代表巴萨尔先生谢谢你！”

“不，秘书长，您不必客气。记着，你我是一个战壕的战友，共同忠诚于巴萨尔先生。今后，您对我不必客气，有事尽管吩咐。”

“好吧，你马上去富都山庄，去陪伴欧阳水荷。”

第二十六章

睡吧，宝贝儿，做个好梦

“从床上起来，穿好衣服……”这话再具体不过了，好像秘书长就在他的房间里，看着他和水荷做爱，然后向他发出了不可违抗的命令。

这是一个温馨之夜，马亮庄和欧阳水荷，两个饱经苦难和沧桑的人走到一起了。在阿顺离开别墅之后，他深情地拥抱了欧阳水荷，就像亲哥哥拥抱着共患难的亲妹妹一样。他们之间不仅仅是爱，更多的是情，是共同经历灾祸后还能余生的真情。此刻，他的眼睛湿润，他们之间大爱无言，他那紊乱的心曲难以言表。他和水荷早就该生活在一起了，但他不敢有这样的奢望，一个曾是街头的小混混，怎么能有讨老婆的奢望呢？何况，水荷绝顶聪明，又有惊艳之美。可是，他渴望和水荷生活在一起，不结婚也成。他和她超越了爱情，他把她当成了自己生命的一部分。不，是超越了自己的生命，比自己的生命还重要。他就像一只金雕，在精心呵护着自己的雏鹰。

他真心爱着水荷，觉得水荷的生活太不幸了。如果上帝给他机会，可以再次对职业进行选择的话，他会去做一个菩萨，一个拯救生活中所有不幸人的菩萨，拯救饱受生活不幸的欧阳水荷。因为有了水荷，他觉得精神愉悦，生活充满了希望。为了水荷，他什么事都可以做，哪怕让他去死，也会在所不辞。

水荷感恩于亮庄哥。在这个世界上，亮庄哥让她牵挂，神不守舍地牵挂，还有巴萨尔叔叔。水荷对恩人的情感，让她刻骨铭心。在这个世界上，亮庄哥就是她生活的希望，就像一个守财奴看到了金币，让她的眼睛发亮。

现在，别墅内就他们两个人，室内温馨浪漫，粉色的窗帘遮蔽了外面的一切。一盆并蒂莲花，在肆无忌惮地开放，那是她最好的朋友张潮生从京都带来的，它象征着爱情的纯洁。她想到，此刻的张潮生可能在红楼，也可能去机场了。今晚，她将和那个年轻的教授回京都去。真够意思，她放下工作，来参加婚礼，而且带来了未婚男友。

水荷帮助他脱去了衣服，自己也脱得一丝不挂。看着裸体的水荷，他有些紧张，双手颤抖不已，不知所措。她感受到了他身体颤抖。他可能过于激动了，也太紧张了。她这样想。

此刻，他眼睁睁地看着裸体的水荷，脑海中有了那个漆黑夜晚的幻觉：欧阳水荷被强暴的场景再现了。那三个小流氓，正在工地那黑洞洞的房子里，蹂躏着她。他大喊一声，冲了过去，三个小流氓跑掉了。他认出了在冰冷的水泥地上赤身裸体的女孩子，是邻居家的欧阳水荷。她一动不动地躺在地面上。她昏迷了。这是他第一次看到赤裸的女孩子，也是唯一的一次。他什么也没想，抱起了她，要把她从死神手中抢救回来。但很不幸，他却因此被劳动教养了。这是个不公正的判决，重创了他的心灵，也埋下了仇恨的种子。

“亮庄哥，上床吧。”水荷的话，把他从幻觉中拉回到了现实。但他紧张，身子抖动不已，也无法使自己安稳下来。他不敢动水荷那赤裸的身子，他怕自己成了小流氓。他的“宝贝”也萎靡不振了。她尽力地安慰着她的亮庄哥，让他放松心情。

“亮庄哥，放松，别紧张，上床吧。”可是，他无法放松，反而更加紧张了，不敢接近水荷的身体。她紧紧地抱着他，让他回到现实中来。十分钟、二十分钟，他不再那么紧张了，心理上的障碍慢慢地克服了。他的“宝贝”精神了，共同坠入了爱河。水荷发现，亮庄哥已经眼含泪水。

他们睡了一会儿。这时，保密箱里的秘密电话“嘟、嘟”地响了起来。他赶紧从床上爬起来，找到钥匙，打开保险箱，抓起了“嘟、嘟”作响的电话。

这是个秘密电话，只有三个人知道，一个是巴萨尔，另一个是秘书长，再一个是水荷。平时，这部电话总是很安静，从不打扰主人。只有在情况紧急的时候，才会“嘟、嘟”地欢叫主人。他知道，这个时候，电话铃声响起，肯定有紧急情况，尤其是在他的新婚之夜。于是，他将电话紧紧地贴在耳边，不想让床上的水荷听到。

他“嗯”了一声，然后静静地听着电话那边的人讲话。她慈爱地看着自己的亮庄哥。她不希望有什么事情发生，这是他们的新婚之夜。

“亮庄，从床上起来，穿好衣服，离开别墅，马上去滨海市第一医院。现在，你巴萨尔叔叔受伤了，正在抢救。还有，施勒比娃小姐正在坐车赶往富都山庄，她将陪伴水荷。”秘书长的指令果断、清晰，不可违抗。

“知道了。”马亮庄没有问，也无需问。秘书长的话，就是指示，更是命令，必须无条件服从，这是内部规矩。尽管是温馨之夜，他必须马上从床上起来，穿好衣服，离开别墅。这是一个突发事件，否则的话，秘书长绝不会给他打电话，也绝不会在他新婚之夜，让他离开水荷。

秘书长是个儒雅温和的人，做事一向人性化，总是为对方着想，宁可自己受苦，也不让对方过意不去。但这次，他觉得秘书长的话有点多了，让他心中不快。“从床上起来，穿好衣服……”这话实在是再具体不过了，就好像秘书长在他的房间里面，看着他和水荷做爱，然后向他发出了这不可违抗的命令。

“宝贝儿，一会儿，施勒比娃小姐会过来陪你。睡吧，做个好梦。”

“亮庄哥，你保重。在这黑夜之中，我为你担忧。”此刻，水荷神色迷离，情感难以言表。水荷知道，肯定有要紧的事。否则，亮庄哥不会离开她，尤其是新婚之夜。亮庄哥去办什么事呢？她不知道，没有问，也无需问。不过，她为丈夫忧虑，夜深了，一个人离去，实在让她担心。

她光着身子，拉开了粉色的窗帘，站在别墅二楼落地玻璃窗后面。室内的灯光明亮，将她美丽的裸体映在了玻璃窗上。她看着自己的丈夫，打开别墅的大门，又返回来走到宝马车旁边。这时，他抬起头，看到了她，挥了挥手，做了一个飞吻。然后，从衣服兜里掏出汽车钥匙，打开了车门。汽车尾灯亮了一下，随即响起了剧烈的爆炸声。

她蒙了，傻呆呆地看着眼前发生的一切。她赤身裸体地冲出了别墅，冲进了爆炸的尘雾之中。她拉开车门，摸了摸他的脉搏，还活着，但已人事不省。于是，她以惊人的力量，将他从汽车里拽出来，又背到了别墅内的床上。

她就像一个十足的疯子，撕心裂肺地喊着。“亮庄哥、亮庄哥、你醒醒，亮庄哥，你快醒醒!”泪水顺着她的脸颊，滴落在马亮庄的脸上。他“哼”了一声，又昏迷了。接下来的是她无尽的呼喊，他一口不应。在灯光下，她看到他的耳朵里流出了鲜血，但他没有死去。

她清楚，应当马上实施医疗救护。于是，她拨通了张超的手机。“张超，巴萨尔叔叔在哪儿？我要跟巴萨尔叔叔说话。”她急促地喊着，她疯了。

“水荷姐，他正在滨海市第一医院接受抢救。”

“什么？张超，你在说什么？巴萨尔叔叔正在接受抢救，是这样吗？”

“是的，水荷姐，他受伤了，正在准备接受手术。水荷姐，你还不知道，刚刚发生了枪击案，有人袭击了他，向他的腹部开了枪。”

“天哪，怎么会发生这样的事。张超，我知道了。你要好好照顾巴萨尔叔叔。”这时，他又“哼”了一声，眼睛睁开了。

“张超，你别撂电话。”然后，她对马亮庄喊着：“亮庄哥，你感觉怎么样？亮庄哥，你说话，亮庄哥。”随即是撕心裂肺的哭喊声。

他没有应声，但呼吸匀称，眼睛睁了一下，再次昏迷过去了，血，从他的右耳朵里面流了出来，是绛紫色的血液，但他还活着。“刚才，亮庄哥在爆炸中受伤了，有人想杀死他。张超，这是一起连环谋杀案。现在，你马上弄一辆急救车来，把亮庄哥送到医院去。”

“好的，水荷姐，我立即就到!”

她的心里明白了，别墅内的爆炸和巴萨尔叔叔受到枪击，这不是两个独立的偶然事件，二者必有内在的联系。无疑，这是一场有预谋的有组织的谋杀。谋杀的对象，是巴萨尔叔叔，还有亮庄哥。现在，她冷静下来了。她看看表，现在是二十三时三刻，张潮生所乘的飞机零时起飞。于是，她拨通了张潮生的手机。

第二十七章

干吗，你不好好享受这美妙的夜晚

一辆载重汽车，重重地撞在了梁山汉的奔驰汽车上，发出了剧烈的撞击声。

此刻，张潮生已在机舱内落座。她的后排是一对恋人，正在接吻呢。刚才，通过安检之后，那个男孩儿和女孩儿一路奔跑，差点把她撞倒在候机的通道上。现在，这个男人和女孩就坐在她的后面。女的俊俏，身材娇小，眼睛发亮；男的高个，奔跑时身子很轻，像个运动员，喘着粗气。不过，那个男人要比那个女孩大一些。看来，这两个人因为什么事耽误了，才着急忙慌地赶飞机。

现在，飞机开始向跑道滑行了，飞机乘务员已开始作语音播报了。“各位乘客，大家好，欢迎您乘坐本次航班旅行。现在，飞机马上就要起飞了，请您系好安全带，关闭手机和一切电子设备……”

她掏出了手机准备关闭，这是航空业的规定，她必须严格遵守。可是，在她掏出手机的时候，铃声响了。她看了看来电显示，是水荷。

“哇，水荷姐，干吗给我打电话，你不好好享受这美妙的夜晚。”

“闭上嘴，少说废话。现在，你在哪里？告诉我。”这冷冷的话语，让她感受到了水荷姐的冷酷。在她看来，水荷姐一向举止优雅，令人尊敬。可是，她刚才的话太冷酷了，朋友嘛，不能如此无情。她心里这样想。

“你知道的呀，水荷姐，我在机场，回到京都去。现在，飞机马上就要起飞了，已经开始向跑道滑行了。”

“潮生，我说你听。你把手机紧贴耳朵，别让其他人听见。现在，你从座位上站起来，和航班小姐说一声，然后走下飞机，马上打一辆车，到我的别墅来。同时，和你的那个京都大学教授说一声，你不回京都了。现在就下飞机，快，潮生，我需要你。”她说话急促，让她心中生疑。

“水荷姐，你不是在开玩笑吧？我需要马上回去，回京都上班呀！”

“不，潮生，快，我不是开玩笑。刚才，别墅发生了爆炸，亮庄哥人事不省了。潮生，我需要你，还需要你马上让你的助手从京都立刻飞过来，带上塑胶和指纹检测仪器。马上来，潮生，我现在需要你！还有，潮生，我不希望别人知道这件事，不希望别墅内的爆炸声让鬼都听到。好吧，潮生，说定了，立即走下飞机。亮庄哥需要马上抢救，我需要你帮助搞清幕后的真相。”随即，她没有等她说话，手机就挂断了。

张潮生有点丈二和尚摸不着头脑了。她看了看手机，看了看她的男朋友。她想，这个时候她来电话，不会是开玩笑。于是，她打开行李架，取出了自己随身带的旅行包。她后排座的那个男人直愣愣地瞅着她。她没有理睬他，而是和她年轻的教授说了一句：“宝贝儿，我不回去了，有点急事要处理。”说后，她便向机舱的门口走去，并向空姐出示了特别通行证。

男朋友傻愣愣地看着她，不知所以。刚才还好好的，怎么突然就不走了呢。“怎么回事，潮生，需要我留下来吗？”

“我有特殊任务，刚刚接到上级的命令。可是，宝贝儿，我还不能将具体情况告诉你，没有办法，这是秘密。哥们，你保重，京都见！”说后，她走下了飞机。然后，张潮生小姐给她的助手吴亮子打了电话。

“亮子，你带上指纹采集和生物分子识别设备，立即起程，速来滨海市，有重大任务！”

“好的，头儿！”吴亮子，一位京都大学生物化学专业的高才生，同张潮生共事多年，在破案方面已经很有建树了。

这突然的事件，让梁山汉感到震惊，那个使他感冒的魔鬼也好像溜走了。现在，他头脑清晰，知道自己应该做些什么，尽管身体有些虚弱。他在安排一件件事情，不断地打出一个个电话。他还在想着，目前还应该做些什么呢？这突发的事件，还是头一次遇到。哦，对了，应该给巴喜乐打个电话。血浓于水，没有任何人的感情，可以替代父子情深，尤其在巴萨尔先生患难的时候。巴喜乐应该回来，他的父亲受到了枪击，正在抢救，而且生死不明。

道路起伏不定，夜色漆黑一片。他的汽车在崎岖不平的山路上颠簸，他的头不时地撞在汽车的顶棚上。头撞得有些疼，但他还是一再催促郎格加快速度、再加快速度。他看了看路况，前边不远就是弯道了。过了弯道，再走一段路，就可以上滨海大道了。

他拨通了巴喜乐的手机。“喜乐，你现在立即飞回京都，然后转机滨海市。”他不想把巴萨尔受到枪击的事，直接告诉他，也没这个必要。

“梁叔叔，您让我回去，有事吗？”

“哦，有事，有要紧的事。”他不想说得过于具体，担心巴喜乐知道了巴萨尔受到枪击的情况，会受不了。

“梁叔叔，我回滨海市是您的意思，还是我爸爸的意思，我想知道具体些。”

“不，不是他的意思，是我让你回来的，而且得马上回来。我需要你马上回来！”

“梁叔叔，那您能请我爸爸说句话吗？如果可以的话，我想直接和他通个话，再说点别的事。可以吗？梁叔叔，您会赞同我的，如果他在您身边的话。”

他的确精明，在梁山汉看来，这有点像他的父亲。无疑，只要是巴萨尔的意见，他就不会说这么多话。他想搞清楚要他回滨海市的意图。他的话，还有另一层意思，那就是确认让他回到滨海市的指令，到底是谁发出的。如果不是，他很难说能够马上回来，也不会绝对服从自己的指令。

“喜乐，立即飞回来！现在，他不能说话，也说不了话。你按我的意见办，马上飞回京都，然后转机滨海市。喜乐，要你回来，不是你爸爸的意思，但你得马上回来。没有办法，你爸爸需要你，还有你的妈妈需要安慰！”

“好的，梁伯伯，我懂了。我现在订机票，从希思罗机场直飞京都。然后，转机到滨海市。您能安排人接我吗？梁伯伯。”

“好的，我安排人接你。不过，喜乐，要快，不要耽搁行程！”

同巴喜乐通话之后，梁山汉想给乌尔其其通个话。滨海市发生这么大的事，他有义务汇报。他低着头，借着手机的光亮，前前后后地翻着电话号码簿，查找他的电话。

汽车在飞快地行驶，坑坑洼洼的路面颠簸不止。这时，有电话打了进来。他看看手机来电显示，是欧阳水荷。

“你好，水荷。”

“秘书长，您知道吗？别墅内刚刚发生了爆炸，亮庄哥被炸得人事不省。知道吗，秘书长，我需要您紧急帮助。快，秘书长，您要救救亮庄哥！”

“什么？你说什么？水荷。”

“爆炸了，刚刚发生的爆炸，别墅内汽车发生了爆炸。亮庄哥人事不省，我需要您的帮助啊！”他真切地感受到了她的处境，水荷好像疯了，撕心裂肺地呼喊着，震得他的耳膜作响。

“是吗，水荷。我马上派人去……”

这时，一辆产自俄罗斯的卡马斯载重汽车，重重地撞在了梁山汉的奔驰汽车上，发出了剧烈的撞击声。欧阳水荷听到了响声，傻愣愣地看着手机，对方已无人和她通话。合上手机，她看看手机上的时间：23 时 48 分。然后，她再次拨通了梁山汉的手机，已经没有人接听电话了。

第二十八章

无疑，这里发生了令人心悸的爆炸

郎格停止了呼吸，眼睛还睁着。他用手将他的眼睛合上了。

施勒比娃小姐走进别墅院子的时候，场景是一片狼藉。透过别墅内的灯光，能够看到水荷在别墅内对着手机拼命地呼喊着，且裸着身子。

眼前的一切，让她惊呆了。宝马车被尘土遮蔽了，别墅窗户的玻璃破碎了，粉色的窗帘在随风舞动。无疑，这里刚刚发生了令人心悸的爆炸。

她快速跑到别墅的二楼，看到马亮庄躺在床上昏迷不醒，欧阳水荷一丝不挂，浑身沾满了灰尘。她的肩上、乳房上，沾上了血迹。她猜想，那些血，肯定是马亮庄的血。床上凌乱不堪，床边有一块块染血的纸巾，这可能是他流血染的！不，是欧阳水荷的血。她看到了欧阳水荷两腿之间也有血迹，这让她肃然起敬。在如此开放的年代，欧阳水荷竟然是个处女！

她看看马亮庄，昏迷不醒；看看欧阳水荷，还在疯狂地呼喊。“秘书长，我需要您的帮助。”不一会儿，通话莫名其妙地中断了。此刻，水荷疯了，一个十足的疯子！

她找来一套衣服，请水荷穿上。她照着做了。“您知道吗，施勒比娃小姐，刚才发生了爆炸，亮庄哥昏迷不醒了。还有，巴萨尔叔叔受到了枪击，正在抢救。再有，秘书长可能出了车祸。在刚才通话的时候，我听到了剧烈的撞击声。然后，秘书长的手机就没有人接听了，刚才我在和他通话。”

“什么，你说什么？秘书长发生了车祸？就在刚才？”

“是的，就在刚才。我判断，就在刚才发生了车祸，秘书长发生了车祸。”她看到她恢复了常态，思维清晰，处变不惊的样子。

她想试试看，能否接通秘书长的电话。拨了一次，又拨了一次，再拨一次，都没有人接听。马亮庄被炸是意料之外，秘书长的车祸，也是不可预测。她需要马上采取措施，尽可能地挽救局势。

“水荷姐，救人要紧。我马上找人来，把亮庄哥送到医院去。”

“一会儿，张超就到。救助亮庄哥已经没有问题了，只是秘书长需要救护。”说到这儿，她拨通了梁良善的手机。

“你知道吗，刚才我在和秘书长通话，然后发生了汽车的碰撞声，现在已无法和秘书长通话了。良善，我怀疑发生了车祸。你给郎格去个电话，如果联系不上，立即带人沿路寻找，马上救助秘书长。快，一定要快！”

这时，张超带领救护车到了。他们共同把马亮庄抬上了车，救护车呼啸而去。临走时，水荷对她说：“你在这儿守候，一会儿我的朋友就到。她是个指纹专家，需要她搞清爆炸的真相。谢谢你，施勒比娃小姐！”

“好的，水荷姐，放心吧，我在这儿守候。不过，你应该马上联系医院，派一辆救护车抢救秘书长。如果是车祸的话，救护到得越及时就越重要。另外，专业人士参与救护，会避免因救护不当而引发的次生问题。”

“好的，你说得对。我现在就联系救护车，让医院再派人参与救护。”

梁良善接到欧阳水荷的电话，感到难以置信。刚才，还和爸爸通了电话，怎么出事了呢？

于是，他拨通了郎格的手机，接通了，这是个好消息。可是，电话提示：“您的电话无人接听，请稍后再拨。”再次呼叫，还是一个女的提示音。

他呼叫父亲的手机，也是无人接听。

此前不久，梁山汉给他打了电话。“良善，刚才你‘爹’跟我谈了，他想让你从政。你愿意吗？良善。”梁山汉所说的爹，是指巴萨尔先生。

“哦，我还没有想过。不过，‘爹’的意见是有道理的，应当尊重才是，但我还是要考虑考虑。”

“好吧，有机会咱爷俩再谈。

“好！”

“噢，对了，还有一件事，你‘爹’让你和巴芙琳娜·巴萨尔联系，请她回国出任太阳山国家野生动物森林公园的总经理。良善，你现在联系一下，这儿需要人手。”

“好的，爸爸，我现在就联系。”梁良善知道，爸爸今晚要回家的，是途中给他打的电话。爸爸早就该到家了，但他迟迟没有到家。

回想刚才的事，应该不会有什么问题，怎么说出事就出事了呢。他驾驶汽车，风驰电掣地向滨海市的方向开进。当他赶到出事现场的时候，医院的急救车已经开走了，载着梁山汉开走了。只有张超留在了事故现场，他在想方设法把已经死亡的司机郎格，从汽车里面拉出来。

郎格被方向盘挤压在椅子上，无法把他拖出来。只有把座椅卸下来，才能把他拉出来。现在，郎格已停止了呼吸，眼睛还大大地睁着。梁良善用手将他的眼睛合上了。然后，将座椅卸下，才把他拉了出来，平放在路面上。眼前的一切，让他触目惊心。他很难想象，刚才还是好好的，厄运怎么会突然发生在他亲人的身上呢？

张超说：“良善，今晚接连发生了一系列案件。先是巴萨尔先生被枪击，然后是亮庄哥被炸，现在是秘书长受伤，郎格死去。真是天有不测风云，人有旦夕祸福。”

“太突然了，太突然了，我很难接受眼前的现实。”

“还好，梁伯伯还活着。只是脑袋磕出血了，不过，已经苏醒了，但没有记忆。”

梁良善察看车祸的现场，奔驰车有三十多米的刹车距离，然后和一辆大车相撞。不过，发生交通事故的那辆大车已经逃逸，不知去向。大车没有刹车的痕迹，但公路上散落了一些碎石。他猜测，这些碎石可能和那辆肇事车有关。于是，他捡起几块碎石，扔在了自己的汽车里。接着，继续勘察现场，他看到附近有一摊尿迹。这些尿迹，会是谁的呢?显然，不是梁山汉的，也不是郎格的。可能是救护人员撒的尿。不过，如果是救护人员撒的尿，张超应该知道。

于是，梁良善问张超："张哥，你刚才撒尿了吗?"

张超有些不解，想了想说："没有，我没有撒尿。你问这个干什么?"

"不，不干什么?那么，刚才参与救护的人员撒尿了吗?"

"没有，没有人撒尿。参与救护的是一位医生，两位护士，没有人撒尿，还有一位司机。"

"哦，好了，没事了。"张超感到莫名其妙，不知所云。

回到车上，梁良善取下来一个塑料袋，用树棍将湿漉漉的泥土装进了塑料袋里面。然后，他说："可能是那个肇事司机撒的尿。我采集一些标本，也许有用。"

"你是说，通过采集的标本，能够找到那个肇事司机，是吗?"

"是的，我希望是这样。但是，如果的确是那个肇事司机撒的尿，说明那个司机很冷静。按常理，司机肇事后，会及时救助，但这个司机没有。如果肇事后逃逸，那他不应该下车撒尿，或者说顾不上撒尿。这件事，令人匪夷所思。不过，还是采集一些标本为好，说不定会有用处。张哥，把郎格的尸体抬上车，拉到殡仪馆去。"

张超开着梁良善的车，向滨海市的方向驶去。梁良善拨通了欧阳水荷的电话。"水荷姐，我到事故现场时，我爸爸已经被救护车送医院了，他还活着。可是郎格死了，被方向盘活活地挤压致死。现在，我和张超正在路上，将他的尸体送往殡仪馆。"

"好，良善，我正在医院。只要抢救及时，秘书长的生命就不会有问题。现在，医院已经安排了人员，只要伤员送到，就马上抢救。"

"水荷姐，需要报案吗?"

"不，不报案，我们自己解决。过一会儿，我会安排专业人士，对事故现场作进一步勘察。"

第二十九章

不报案，这会改变我做事的准则

我为您感到高兴。水荷姐在极度悲伤的情况下，向您伸出了求助之手，而她没有找别人。

张潮生赶到马亮庄的别墅，没有见到欧阳水荷，一位俄罗斯姑娘在等着她。在婚礼上，她见过这个俄罗斯姑娘，并且知道她的名字叫施勒比娃。

“您好，张潮生小姐。现在，欧阳水荷去医院了，她让我在这儿恭候您。”

“哦，是吗。这里发生了爆炸案，您知道什么情况吗？马亮庄受伤了吗？他怎么样？”

“我看到的他昏迷了，但有时会醒来。不过，他没有记忆。送他去医院时，还处在昏迷状态，其中一个耳朵里还向外面流着血。张潮生小姐，水荷姐说您是她的朋友，还是指纹专家，她请您帮助搞清别墅汽车爆炸的真相。”

“是的，她是这样和我说的。现在，你我勘察现场吧，看看能否找到什么爆炸的证据。”

从爆炸现场的外围开始勘察，她看得很认真，很仔细，很细腻，可谓疏而不漏。她找到了一个黑色的硬塑碎片，还有一个弯曲的指针，两节炸毁的电池。无疑，这是电子引爆装置上的零件，说明是一起人为爆炸案。

她认真察看了宝马车的周边，没有什么可疑的东西。然后，她拿着手电筒钻到了汽车底下。她发现，汽车下面炸出了一个坑，但汽车底盘和汽车轮胎却受损不大。她用手敲敲汽车底部的钢板，很厚，非常结实。这辆车是特殊钢材制成的，具有防弹防爆功能。在汽车底盘上，满是尘土。她用嘴吹了一下，张潮生惊讶地发现，在司机座椅下面的钢板上，有两块胶带还残留在那里。可是，她手中没有塑胶，因此她不能动。她希望在那儿能够找到指纹的痕迹。不过，她需要助手到来之后，再作技术处理。

她从汽车底下爬出来，又察看了大门的把手，小心翼翼地察看，但没有触动它。在门把手上，她发现了指纹，也必须等她的助手来，用塑胶把它取下来。在勘察结束后，她对施勒比娃小姐说："这是一辆防爆车，否则，亮庄哥可能活不成了，真是不幸中的万幸!"

"您的意思是说，亮庄哥不会有生命危险，是这样吗?"

"我想是的，他只是被震昏了，脑子的运转程序乱了，就像计算机染上了病毒，只要用杀毒软件杀杀毒，或者重新调试一下应用程序，就没有问题了。不过，医学可能不那么简单，他需要接受治疗和休息。"

"哇，您不仅是个指纹专家，还懂得医学。"她为张潮生小姐的说法惊叹不已。

"准确地说，亮庄哥是被震昏的，是那辆宝马车救了他。那是一辆货真价实的防弹防爆车，德国的产品真是过硬，值得信赖。我相信，他不会有大的问题。如果有车钥匙，这辆车可能会继续运行。"

"是吗?"

"我相信是这样，这辆车应该没有问题，可以启动运行。"

"张潮生小姐，除了这起爆炸案，还有情况需要您的关注。就在这起爆炸案发生之前，红楼那里发生了枪击案。当时，我住在红楼，听到了枪声。我赶到楼下，看到巴萨尔先生受伤了，还有班输船也受伤了。我在现场找到了两颗子弹壳，还有一个破碎的墨镜。"施勒比娃小姐带领张潮生来到了别墅屋里，拿出来一个塑料袋，里面装着两颗子弹壳和一个墨镜。"这是在红楼找到的证据。"

"哦，您是说红楼那里发生了枪击案，巴萨尔先生受伤了?"

“是的，还有班输船。现在，他们正在医院接受抢救，班输船昏迷不醒。另外，在您到来之前，梁山汉秘书长发生了交通事故。这起交通事故，不知是意外，还是他人所致，案子接连发生，让人不明就里。张潮生小姐，您看这三起案件，是否有内在联系呢？还是各自独立的案件呢？据我看，至少前两起案件，都是谋杀，二者之间可能有密切联系。可见，案件极其复杂，需要您作出科学鉴定，找出实施谋杀的真正元凶。”

“报案了吗？这三起案件都报案了吗？应该马上报案的，施勒比娃小姐。”

“没有，秘书长说，自己解决遇到的问题。水荷姐也不希望更多的人知道这些事。因此，是否报案，您要等候水荷姐的意见。”

“是吗，但我希望立即报案，由警方介入调查，也会迅速破案。您知道的，中国警察的破案能力是毋庸置疑的。不过，在没有报警之前，我想知道，您是否同意我的意见？这些问题，自己怎么解决？也就是说，您知道自己解决问题的内涵，是这样吗，包括解决问题的方式。”

“啊，不，不是。我不知道怎么解决，也不知道解决问题的具体方式。我想，没有您的帮助，这个问题很难解决，至少不会知道谁是这起阴谋的策划者和实施者。张潮生小姐，您真幸运，您深得水荷姐的信赖。您知道的，今晚是她的新婚之夜，该是多么美妙的时光。可是，一切突变，变得杂乱无序，变得如此令人心惊！一个深爱她的人，竟在新婚之夜被炸昏了，而且差点被炸死。还有她无比敬仰的巴萨尔叔叔，也被人重伤了。水荷，真是不幸！她本该有美妙幸福的生活，但她的幸福被人搅局了，而且在她的新婚之夜。作为她的朋友，我无比愤恨，胸中堆满了困惑。如果是我，也会选择自己的方式解决问题。张潮生小姐，您是她的朋友，应该理解她的想法。现在，我要说的是，水荷姐选择用自己的方式解决问题是可以理解的。对此，您应该理解我的话，理解她用自己的方式解决问题，这是不得已而为之啊，张潮生小姐！现在，我为您感到高兴，在她极度悲伤的情况下，她向您伸出了求助之手，而她没有找别人。她把信任交给了您，她把您看做自己最好的朋友，等同于自己的亲人。在我看来，没有比朋友更重要的了，也没有比信任更重要的了。您真是荣幸，有了这样的朋友。我想，在您坚持报案之前，应该认真听听她的意见。我相信，您听了她的意见之后，也许会赞同她的想法：赞同她自己解决遇到的问题，并且用自己的方式。”施勒比娃意愿坚定，语气不容置疑。

“噢，我听懂了您的意思。您赞同用自己的方式，解决遇到的问题，而且包括水荷姐在内。不过，我想确认她的想法，而不是听你说，她想用自己的方式解决问题。还有，如果不报案，这会改变我做事的准则，也是我从事案件侦破以来的头一次。您知道的，这个问题会让我难以选择，这不是个技术问题。如果水荷姐选择用自己的方式解决问题，也会使我裹挟其中的。话说回来，水荷姐真是太不幸了。少年时代，差点被小流氓强暴；而今，又遇到了如此大的不幸。对于枪击案和爆炸案，二者是否有内在的联系，我不能推论，我是靠实证说话的人。现在，我能做的就是等待我的助手快快来到这里!”

第三十章

犯倔的人，在政界不会走得太远

“你他妈的少威胁我，我不吃你那一套。你当我是个烟蒂，随随便便地用脚在地上踉一下就完事了。”

林森由滨海市公安局刑侦支队长，提拔为市公安局副局长，是市委书记水向东亲自在公安机关干部大会上宣布的，并作了重要讲话。

向东书记从改革开放，讲到滨海市经济发展战略，讲到市政建设，讲到治安环境，讲到公安局的地位、作用、影响，讲到人民群众的期待。无疑，他要求公安局，要为经济发展保驾护航。他这意味深长的讲话，都是缘于林森任职副局长，为林森铺平政界之路。不言而喻，林森任副局长，深得他的青睐，也有巴萨尔先生的情面，但后者不为人知。

他听得很认真，用本子记得更认真。在领导面前，林森不仅谦虚，而且温顺，上下左右把握得十分得体。在政界，领导者喜欢温顺的干部。林森特别会来事这一特长，颇为巴萨尔所看重。他认为，会来事的干部，在领导面前能说上话，或者说在某些关键时候，能够左右领导者的决策。这是巴萨尔为放大自身利益，而对政情潜心研究的结果。为商的离不开政界的关照，资本必须和权力通婚，否则商机到来时，也会机缘不遇，或者到手的利润，也会丧失殆尽。

在巴萨尔看来，一个和领导犯倔的人，不是不明白社会政情，就是不懂人情事理。尽管有时你是对的，但凡是和领导者犯倔的人，一般也不会有多大出息。另外，和领导者犯倔的人，也没有什么可利用的价值。在政界，在政府机构的关键岗位，巴萨尔帝国不能培育一个常和领导者犯倔的人做心腹。犯倔的人，在政界上不会走得太远。这一切，都缘于人治的社会和领导者的自主意识，我当官就说了算，谁说也不好使。再有，当下的社会，一些腐败分子，都巧妙利用了手中的权力，安排了自己的人。巴萨尔认为，领导者握有实权的时候，如果没有严厉的督察，走向专断那是必然的事情，哪怕一个庸人掌权也会如此。如果干部通过公开选举产生，那则是另一回事了，当权者会在老百姓面前规矩点。巴萨尔看中了林森为人做事圆滑的特点，也看中了他圆滑的后面还很忠诚。他具有巴萨尔帝国潜在的可使用的价值。因此，鼎力支持林森出任滨海市公安局副局长。

林森记忆最深的是，向东书记讲的和他有关的话语："经滨海市市委常委会认真讨论并作出决定，林森任职滨海市公安局副局长、党委委员、常委，兼任滨海市公安局刑侦支队长。应该说，林森任职副局长，能力、水平、素质都够，早就该提拔了。"

会后，人们对他有了不一样的看法，大加赞赏不说，就连公安局长也对他另眼看待了。在滨海市，向东书记的话一言九鼎，况且他又不是一个四处树敌的人。因此，水向东书记的话令人信服，至少不会有人公开反对。再说，向东书记的肯定，绝不是一个人的肯定，那是代表市委的意见。

林森心里清楚，自己的提拔应该感谢马亮庄，是他帮助说的话，巴萨尔指令秘书长具体运作。欠谁的情，就应该感谢谁，总不能因为马拉车而感谢"磨道驴"吧！他暗想。

现在，马亮庄结婚了，已经有了"意思"表示，一份大礼的表示。可是，他渴望能够参加朋友的结婚典礼。欧阳水荷是高级法官，是有身份的人，作为公安局副局长，有必要结识京都的高级法官，这有利于工作的开展。况且，他是负责刑侦工作的副局长。因此，参加马亮庄和欧阳水荷的婚礼，不仅是感情的需要，也是开展工作的必要。马亮庄是自己的朋友，没有他说话，是虎也得趴着，是龙也得卧着。关键的时候，得有朋友为你说话，并且说话好使，那说明你在政界混得比较成功。其实，这也是当下为政的秘密。除非你心态平和，不求所有了。

可是，渴望参加马亮庄婚礼的他，名字被巴萨尔断然地勾掉了，同时被勾掉的还有反贪局局长秦浩然。马亮庄告诉他：“原因很简单，‘政界的事，不像澡堂子，不能让人看得一清二楚’。”没有参加马亮庄的婚礼，这是个遗憾。但从另一方面看，也是巴萨尔先生对他的信任。

马亮庄结婚的当晚，林森在公安局负责带班。红楼发生枪击案。一个警官告诉他：林副局长，红楼发生了枪击案，滨海市著名的民营企业家巴萨尔先生身受重伤，红楼的总经理班输船受到枪击后昏迷不醒。这是一名住店的客人打电话报的警。

林森在去往红楼的路上想，应该告诉马亮庄。转而一想，这个时候，马亮庄不会像他一样贪睡，肯定在床上反复折腾呢！还是不告诉他为好。他想，这个世界上，真是怪了，有人欢乐有人愁啊，有人生来，有人死去！此刻，巴萨尔先生受到枪击，而马亮庄还在享受生理上的快乐。他觉得自己怪怪的，怎么想到了这些。“纯属瞎扯！”在去往红楼的路上，他自言自语地嘀咕了一句。

林森带领干警赶到现场时，巴萨尔和班输船已经被人送往医院了。这是个遗憾，对于他来说，要是能够亲自解救巴萨尔先生，那该有多好啊！他对于自己来说太重要了，而自己今后的政治生涯不能没有他，也离不开他的支持。在勘察现场的时候，他下决心要把这起案件弄个水落石出，要把凶手绳之以法。侦破这起案件，对他刚刚就任公安局副局长是个现实考验，也是对巴萨尔先生的回报。无疑，滨海市市委书记水向东，也会对他特别的看重。

可是，现场已经受到了破坏，红楼下面聚集的一些人，把现场踩了个乱七八糟。现场有一摊血迹，颜色已经变暗，其他的什么也没有，子弹壳也不翼而飞了。他派人对现场进行了拍照，采集了标本，作为后续惩罚罪犯的证据。在现场调查的时候，滨海晨报的一位记者，向他陈述了枪杀现场的惊险一幕。

这名记者叫翁见其，二十四五岁的年龄，是一个刚刚出道的记者，没有什么历练。“我见证了枪杀巴萨尔先生的全过程，你要是给我钱，我会向你提供证据。现在，我跟你们说吧，现场所有的人，都不如我掌握的证据充分。警官，我这儿有充分的证据，只要你们给我钱，给我足够的钱，我就把证据交给你们。”翁见其说后，还拍了拍自己的数码照相机。

“说吧，翁见其，我没有钱给你。向公安部门提供现场情况，是你的义务，公民的义务，懂吗，年轻人。”

“不、不，我不能向你们无偿提供证据。我辛苦得到的证据，应该有个补偿，也应该卖个好价钱！”

“不可能，翁见其。提供证据是公民的义务，任何人都必须依法负责向公安部门提供现场证据。当然，协助破案有功，国家也会有表彰，但延误案件侦破，你要负责任的，触犯法律的还会受到严惩。说吧，翁见其，将你知道的情况，全部说给我。现在，我需要你的协助。”

“不。你只有给我一个好价钱，我才会将证据交给你们，这在国外是有惯例的。你们给我一个合适的价格，我将掌握的证据交给你们。否则，我会说，什么也不知道。”

“那么，你在现场干什么？我怀疑你也参与了犯罪。现在，我就可以开个单子，传唤你，信不信，翁见其，亏你还是个记者，狗屁不懂！”翁见其是个毛头小子，软硬不吃。

“你他妈的少威胁我，我不吃你那一套。你是不是当我是个烟蒂，随随便便地用脚在地上蹍一下就完事了。如果你随便开单子，我就告你滥用职权。跟你说吧，你今后少给我来这一套。罪犯怕你警察，记者可不在乎你们。”说后，他转身要走出房间。

林森揪住了翁见其的脖领子，把他弄个趔趄。“我他妈的还从来没有见过你这么个犟种，还敢跟我‘玩轮子’，他妈的！”随手给了他一个响亮的耳光。然后，将他的数码照相机下了，交给身边的一个警察。

“把它给我调出来，我看看都有什么证据。还他妈的要钱，老子没有，我看你说不说？来人，把他给我扣了。”于是，过来两个警察，用手铐将翁见其铐在了桌子腿上。

“讲吧，翁见其。否则，我以干扰警方办案拘留你。在案子查明之后，我再放了你。到那时，随你到哪里去告我，但你到哪儿告我都赢不了。我现在的任务是，尽快查明这起枪击案。可是，你延误了警方调查。说吧，你不能一错再错了。”

翁见其挨了一个耳光，又被林森大声训斥，才觉得自己向警方要钱是不合时宜的。于是，他讲述了见证的过程。最后，翁见其说：“现在，这些照片，已经上传滨海晨报社了。今天滨海晨报会有图片和新闻刊出，也会有更多的人知道这起枪击案。”

得知这些情况，林森马上拨通了水向东的手机。“向东书记，我是公安局林森，有重要事情向您汇报。在这之前，红楼发生了枪击案，巴萨尔先生受伤，班输船昏迷不醒。现在，伤者已经送往医院抢救了。”

“林森，我已经知道了。你在现场调查，都了解到了什么情况？”

“现场聚集的人较多，虽然清理了，但现场已经受到了破坏。没有找到子弹壳，也没有其他证据。不过，有一位滨海晨报的记者，见证了事发过程。开始，这名记者不予合作，向警方要钱，给个好价钱才会把证据交给警方。”林森说到这儿，特意把手机远离耳朵，好让翁见其听到。

“你告诉他，不配合警方进行案件调查，就立即拘留他。然后，晨报开除他。这样的人，怎么能在报社混饭吃呢，一点法律常识也不懂！”翁见其听到了市委书记对林森副局长的指令。

“水书记，翁见其已经被我扣了，是否拘留他我在考虑。现在，他已经开口说话了，并提供了一些证据。这些证据表明，有两个人实施了谋杀，一个身穿黑色风衣，戴着墨镜；另一个人开着一辆奥迪牌小轿车接应，牌号是零五六七八，京都市的车牌照。这是记者翁见其讲的情况。”

“好，林森，要一查到底。还有什么情况，你随时给我打电话，直接向我报告。”

“好的，书记。不过，还有一个情况，翁见其已经将枪击现场的照片，传给了滨海晨报社。我觉得在案件没有查明之前，不宜见报。”

“哦，翁见其这个小子简直是胡来，毛毛愣愣的。好吧，我让市委宣传部通知晨报，撤销有关报道。滨海市没有宽松的投资环境，谁还会来这儿投资。”

“是的，书记。”

“林森，红楼枪击案，是一场有组织的犯罪。对外要封锁消息，对内要加紧工作，抓紧破案，尽快把罪犯绳之以法。你还要对现场作进一步调查，尽可能获得更多的证据。”

“放心吧，书记，我要竭尽全力破案，查出元凶，向您有一个满意的交代。”

接下来，翁见其谈了他的所见所闻。向警方提供了一个外国女人，在现场捡走了子弹壳，别的就什么也不知道了。

然后，他命令下属，到通信基站去，把所有在红楼区域通话的手机电话和座机电话记录统统锁定，并逐一排查分析，看看能否找出有价值的线索。

这些事做完之后，他觉得有必要通知马亮庄。于是，他呼叫了阿顺的手机号码。他想通过阿顺找到马亮庄，会比自己直接找要好些。

第三十一章

求求医生，让我的孩子活着

就是末日审判，她也不会离开他。她会闭嘴，保守丈夫的秘密和她所知道的一切。

巴萨尔先生的腹部好像有小虫子在爬，肚皮上有凉凉的感觉。他被送到滨海市第一医院的时候，感觉非常疲惫，脑子也有些发昏。他想睡觉，困意不断地向他袭来。他看到医生、护士忙忙碌碌地进进出出，为他做着术前的准备。

他的老伴在陪伴着他，握着他的手说："老东西，你不要睡觉，不会有事的。放心吧，菩萨保佑你，我在给你祈祷呢！一会儿，医院的检验数据出来了，医生就给你做手术了。现在，正在检验你的血型，要给你输血呢。你别着急，耐心等一会儿，马上就好的。"

"老婆子，班输船怎么样了？他是不是醒过来了？"

"没有，他还在昏迷，我刚刚看过他。他要比你重些。有没有生命危险，医生还不好说呢。老东西，你为什么自己一个人就出楼了呢，怎么不小心点呢？我知道你做的一些事，危险着呢！每天，我都提心吊胆的，你知道吗？为此，我偷偷地去太阳寺，求上帝保佑你平安。"巴萨尔知道，太阳寺是天主教堂，她信仰上帝。

"哦？"巴萨尔眼睛发亮，他发现老婆子读懂了他。在过去的岁月中，他瞒着老婆做了许多事，不为人知的事。可是，他明白了，她什么都知道，没有什么秘密能够瞒过她的眼睛。巴萨尔看了看盛杰英，她老了，头发中有了白发。现在，他的老婆眼睛里满是忧伤，并含着泪水，但泪珠没有滴落。她在为自己的丈夫担忧。她很在乎自己的男人。就是末日审判，她也不会离开他。她会闭嘴，保守丈夫的秘密和她所知道的一切。她会和她的男人一生相守。如果他死去，她也不会活着。

“你再去看看班输船吧，你陪着他，我的心情会好些。老婆子，是班输船救了我。没有他，我早去天堂了。你再和医生说说，一定要把班输船抢救过来。他是个好孩子，就像亮庄和水荷一样，都是我的孩子。关键时刻，他不怕死，冲上去了。如果巴喜乐、巴芙琳娜·巴萨尔、梁良善要是在场的话，会怎么样呢？也不过如此。老婆子，去看看班输船，代表我看看他，看看我的孩子！你去为他祈祷吧，让上帝保佑他安生！”

“好吧，我去，我去看班输船。”盛杰英转身离去的时候，已经有泪珠滴落，他还是第一次看到他的老婆如此的忧伤。他的心有些酸。可是，他想睡，他慢慢地闭上了眼睛，在他老婆离开的时候。

盛杰英刚刚走开，市委书记水向东到了，还有医院的院长。“老哥，您醒醒，我，还有医院的院长来看您了。现在，您的检验数据出来了，一会儿就可以手术了。”

他点点头，说道：“向东书记，这大半夜的折腾你，添麻烦了，还有医院的领导，不好意思。”

“没关系，只要你没事就好。现在，医院组织了一些专家实施抢救，只是经验还比不了京都大医院的专家，但保全你的生命应该没有问题。”

“我现在感觉疲惫，脑子有些发昏，我想睡一会儿。向东，我睡一会儿，让我睡一会儿。”

“哦，你不能睡，绝对不能睡，你要坚持，不能睡觉。你可能失血过多了。不过，一会儿就好了，护士马上就给你输血了。”这时，水向东低下头悄悄地对他说：“你放心吧，我安排了武警战士把着门，无关的人员绝对进不来的，这里很安全，放心吧。”

巴萨尔伸出手来，水向东握着他的手。但他的手没有力量，水向东感觉到了。“向东书记，班输船伤得很重，您代表我求求医生，一定要把他抢救过来，让‘我的孩子’活着！另外，他有一个慈祥的父亲，他的父亲不能失去儿子。”

“好的，我安排一下。老哥，我在这儿为你守候，一直到你手术成功。老哥，祝你平安！”水向东深情地握了握他的手，为他祝福。这时，两个年轻的女护士过来了，为他挂上了血浆。

接受了巴萨尔先生的召见，阿顺的心情愉悦，精神振奋，在回去的路上，把汽车开得飞快，嘴里还哼着《泉水叮咚响》的小调。阿顺要回到办公室去，进入总经理的角色。拿巴萨尔帝国的俸禄，就要为巴萨尔先生效忠，阿顺是这样想的。在汽车开进办公大院的时候，一个躲在大门旁边暗处的人，偷偷地往他的汽车里面看。

阿顺很是来气，他把汽车停了下来，落下了车窗玻璃，骂了一句："妈的，你瞅什么，瞅，你是找爹呢，还是找爷呢！”尽管当上了总经理，他好斗的性格没有什么改变。好斗的偏好就是动粗和骂人，他不能允许那个人无缘无故地往他的汽车里面瞧。

那个人咕哝了一句："没事，先生，我在等我的朋友。夜太深了，我有点看不清楚，以为您是我的朋友呢！”阿顺没有在意，驾车往办公楼开去。

现在，阿顺正式接任了高速公路有限责任公司的总经理，觉得人生光彩，不言而喻，未来生活会更加富有。没有人不为做官和发财会心静如水的，阿顺为自己高兴。过去，他好斗，也好胜，生出不少事。现在，他踌躇满志。

在迈步上楼的时候，阿顺手上提着一袋喜糖，脸上荡漾着喜色。门卫的老张头看到了他，和他打了招呼："哎，经理，看你美的。什么事呀，让你这么高兴?”

“哎，老张头，亮庄哥结婚了。怎么，老张头，今晚你值班?”

“是啊，我值班。”

“老张头，我今晚要加班，没准要搞个通宵，可能让你不得消停。”

“忙吧，经理，没关系的。一会儿我给你烧壶开水，泡杯茶，今晚喝酒了吧?”

“噢，喝了，谢谢！哎，老张头，给，这是喜糖，亮庄哥和水荷姐的喜糖，让你也沾点喜庆。”阿顺将那袋喜糖，扔给了老张头。

"噢，好！你看看，你看看，喜糖经理不吃，还送给我，谢谢啊！"

阿顺上楼去了。今晚，他要干一个通宵。做总经理了嘛，就要干像样的事。他要制订一个具体的开工方案，这是巴萨尔先生的期待。

出任总经理的阿顺心想，可不能辜负巴萨尔先生的信任，还有马亮庄。亮庄哥是他的患难弟兄，给了他兄长般的关照。在他浪迹街头的时候，呵护他、照顾他，也点化他，给了他许许多多的重要启示，带他走上了正确的人生之路。现在，机会来了，无论如何要干出个样来。

眼下最重要的是，给出四个标段的可行性的开工方案，以加快施工进度。就开工来说，从人员选用，到工程机械安排，到施工材料采购，以及资金筹措，需要他拿出具体思路，形成规范性的文件。然后，呈报给秘书长审核，再由巴萨尔先生批准。这是一套严密的程序，尽管是民营企业，都必须规范运作。其中用人、质量、成本、进度、安全，是巴萨尔先生最为关心的事情。细节决定成败。他必须反复推算，把开工方案做得更加周密，不能有一点疏漏。一个低水平的人，别说担任总经理，就是做一名普通工作人员，在巴萨尔帝国也是混不下去的。他从不容忍低能的庸人混饭吃，别说在领导岗位上混事了。

过去，马亮庄做高速公路工程时，阿顺参与过具体方案的制订。因此，对于他来说，制订开工方案并不难。现在，他下决心要把工作干得更加漂亮，向巴萨尔先生有个满意的交代。另外，做好这些事，也会使他兜里的金币叮当作响。一个让人体现才干、又会富有的事业，也会让人像牛一样不知疲倦地劳作。阿顺受升迁的动力影响，浑身是劲，也会如牛负重般地干活。

可是，突然而来的消息，让他惊愕不已，血直往上涌，差点晕过去。"阿顺，我是林森。"

"哦，林副局长，您好。这么晚了，您还没有休息，真是够辛苦的。"

"阿顺，告诉你一个震惊的消息。刚才，红楼发生了枪击案。巴萨尔先生受了重伤，班输船头部也挨了一枪，现在昏迷不醒。"

"什么，林森，你是说巴萨尔先生昏迷不醒，还是班输船昏迷不醒？林森，我想知道巴萨尔先生受伤的具体情况，包括受伤的部位，现在有没有生命危险，是不是得到了医疗救助，我应该怎么办？"他焦急地对手机喊着，希望林森把话讲得更具体些。此刻，他头发竖起，精神高度紧张。

“阿顺，是这样的。巴萨尔先生腹部中了一枪，是猎枪子弹。现在，已经被送往市第一医院抢救了。不过，头脑清醒，应该没有什么生命危险。水向东书记得知消息后，已经赶到医院组织抢救了。阿顺，我向你提出建议，是不是通知亮庄哥，以便对当下的危机采取必要的措施。包括秘书长的安全，还有你。”林森压低了声音，以免旁边的人听到。

“好的，林森，我代表巴萨尔先生感谢您。会在合适的时候，向他汇报您在他遇险时所做的一切。当然，您也会得到一笔合适的费用。好了，林副局长，我现在赶往医院，顺道通知亮庄哥。”

第三十二章

特殊时段，友谊经受考验

这起谋杀，会是谁干的呢？阿顺相信自己的推断，就凭崔凤景那不屑一顾的眼神，就知道肯定是他干的。

放下电话之后，阿顺觉得脑子发木。用手掐了掐自己的脑门，一直到麻木的脑袋有了明显的疼痛为止。他想了想，这是一起谋杀，一起残忍的谋杀。这起谋杀，会是谁干的呢？阿顺想到了赵子新和赵子强，还有黑四，以及崔凤景。他相信自己的推断，就凭崔凤景在工程竞标时那不屑一顾的眼神，就知道肯定是他干的。阿顺想，自己应该怎么办？不过，首要的是，抢救巴萨尔先生的生命。

“他妈的，这帮杂种！”

那么，他们下一个追杀目标会是谁呢？应该是马亮庄，阿顺在心中猜测。如果有人要干掉巴萨尔，肯定会干掉马亮庄。他如同巴萨尔的儿子，绝对忠诚于他。如果不干掉马亮庄，就是杀掉了巴萨尔，他也会疯狂地进行复仇，不管对手是谁。在阿顺看来，马亮庄是巴萨尔帝国的二号人物，而秘书长只能排在第三位。

谁都知道，血浓于水。可是，马亮庄是个血浓于水的例外。巴萨尔和亮庄哥之间虽然没有血缘关系，但他们情同父子，其亲情绝对不会淡于血的。既然这帮混蛋向巴萨尔开了枪，也会在适当时机向亮庄哥瞄准，并置他于死地。不言而喻，杀戮已经开始了，亮庄哥危在旦夕。阿顺这样认为。

此外，他们还会追杀谁呢？应该是秘书长。梁山汉是巴萨尔帝国的核心人物，总理帝国的日常事务。一个帝国的衰落，它的核心人物不死去的话，这个帝国就会复苏复活。阿顺相信，这些杂种在枪杀巴萨尔的同时，也必须除掉秘书长。现在，梁山汉也处在危险之中。

于是，他拨通了马亮庄家里的公开电话。电话那头是个女的，但不是水荷姐，阿顺从声音上判断出来了。阿顺在电话里什么也没说，就把电话挂了。阿顺想，他家里没有别人嘛，只有亮庄哥和水荷姐，怎么会有一个女的呢？怎么回事？今晚，真是怪怪的。在他们的浪漫之夜，别墅里又多出了一个女人。怎么办？阿顺想了想，拨通了水荷姐的手机，先是占线，好不容易拨通了，但她说话的声音沙哑，情绪有点失控。

“水荷姐，我是阿顺。亮庄哥在吗？”

“阿顺，你在哪里？”

“我在办公室。”

“什么？你在办公室？你真的在办公室？是这样吗？发生了这么多事，你还在办公室？”欧阳水荷一系列的问题，让他感觉话说得有些不对劲。水荷姐为什么会提出这么多问题呢？而且对他是一个个疑问。难道这里面会有什么问题吗？阿顺断定水荷姐的话里面肯定有问题。

“是的，水荷姐，我在办公室？刚才，我接到了林森副局长的电话，知道了一些情况，然后给别墅打电话。可是，您的家里接听电话的是个女人，但不是您。所以，我决定给您打电话，就这样。”阿顺不能在电话里面说得更多了，也不能说得太具体了，防止电话被人窃听。为了不产生新问题，他力求把话说得简洁、清晰、准确。现在，他做到了。

“好吧，就算我相信你在办公室。现在，我告诉你，在这之前，我家里发生了一起突发事件，亮庄哥正接受抢救。好了，就说到这吧。”她把手机关了。阿顺难以理解水荷姐说的突发事件是什么？她的话里面好像有什么问题，也好像对他有些不满。那么，到底是什么问题，让水荷姐不满意呢？阿顺有些匪夷所思。也许，她因为一些突发事件弄昏了头。一个男人或女人，要是遇到一点事就昏了头，言行患得患失的，那就是精神病。他按照自己的逻辑这样推断。

好了，先不管她了。接着，阿顺拨叫了梁山汉的手机电话，但无法接通。阿顺想，秘书长可能太忙。于是，他接着拨叫了司机郎格的电话，接通了，但没有人接听。再拨，还是没有人接听。阿顺想了想，拨通了他家里的电话，是秘书长的老伴接听的。“你梁叔叔今晚没有回家来，也没有来过电话。不过，我的儿子在这之前，接了电话之后，着急忙慌地开车走了，不知道为什么。是不是有什么急事？要不，你再问问别人，阿顺。”

“好了，阿姨，先说到这儿。”阿顺知道，的确有急事，今晚的坏消息，一个接着一个，真是糟糕透了。眼前的事，让他的心里有些抽搐。难道秘书长也出了事，他不敢这样想下去。

这时，阿顺听到走廊里好像有些动静，极其轻微的声音传到了他的耳朵里。是不是门卫的老张头，给他送水来了呢？他向门口走去，把门打开。可是，走廊里什么人也没有，只有微弱的暗暗的灯光，不死不活的。在走廊里，什么也没有，但楼梯拐角处是不是有人呢？他留了一个心眼，没有走过去，那里可能会有危险。不过，他相信自己的耳朵是听到了什么，楼内肯定有情况，必须小心才是。

于是，他把办公室的门合上，接着拨通了门卫的电话。门卫的电话只有铃声，没有人接听。他了解门卫老张头，是个尽责的人，从不误事的。水没有送来，电话也不接听，真是蹊跷，到底发生了什么问题呢？不过，他不能出去。他觉得自己可能也是被追杀的目标之一，正处于危险之中。他想到了在大门口，那个向他车里面偷窥的人。

想到这儿，他的头上冒出了冷汗，有些紧张。现在，需要冷静、沉着、稳妥地处置楼内的事情，然后才是救助巴萨尔、马亮庄。他不能无谓地被杀，至少应该保全自己。他这样想。他将门反锁上，用办公桌把门顶住。然后，在门口静听，没有动静，再悄悄地走到窗口，向外看看，院子内一片漆黑，什么也看不见。门口有一辆车，那是他自己的。

他拉开抽屉，那里面有一把刀，握在手上。不过，这没有什么用，除非交手时才会派上用场。马亮庄不允许他的部下携带枪支，“理由很简单，不同于外国。如果你携带枪支，被警察捉住，无论如何都说不清楚，至少也是个私藏枪支罪”。他认可马亮庄的话：“徒手的才是英雄，拿枪的都是暴徒。用脑袋做事，胜过要蛮，智慧胜于武力过人，懂不?”

“懂!”

他想离开办公室，外面发生的事需要他。怎么离开这里呢？走廊里很不安全。从窗户跳下去，这是三楼，有点高，也不安全。于是，他想起了林森，拨通了他的手机。

“林副局长，我在办公室。听到了楼内有些动静，可能有点危险，需要你马上过来。不过，你最好带两个人来。”

从红楼到阿顺的办公室，汽车行驶不到二十分钟。在门卫室，林森发现了问题。老张头被捆了，嘴里塞着毛巾。据老张头说：“一共两个人，他们戴着口罩，用一把枪顶住我，然后把我捆了。看样子，他们不是抢劫，也没有说干什么。然后，上楼去了。”

林森带领人搜遍了楼内，没有见到人影。不言自明，这些人可能是奔阿顺来的，由于林森的到来，现在逃掉了。

“阿顺，你现在处于危险之中。”

“知道。不过危险解除了，因为你的到来。”

阿顺会同林森一块儿来到了滨海市第一医院，见到了欧阳水荷、梁良善，还有张超。巴萨尔、梁山汉、马亮庄、班输船等人受伤，加上郎格的死，让他吃惊不小。

“水荷姐，这是林森，公安局副局长，自己人，深得巴萨尔先生的信赖。”

“哦，是吗。”但她的面孔很冷。林森能够理解她在新婚之夜遇到这样的突发事件，丈夫被炸昏了，谁受得了呢！这事，放在谁的身上，还能微笑地应酬他人呢？欧阳水荷不会，其他人也不会。

林森悄悄地对她说：“嫂子，您不了解我。我是亮庄哥的老弟，亮庄哥是我的恩人。”

“既然这样，那我说些意见，兄弟。现在，最重要的是全力抢救巴萨尔叔叔、梁山汉、亮庄哥、班输船的生命。对于这些突发事件，我不希望警方介入得太深，并降低对外的影响。林森，你是亮庄哥的老弟，希望你能理解我的话。”她语气坚定，意志不可动摇。

“嫂子，我正在想办法降低这件事对外部的影响，包括请求水向东书记，撤销即将刊发在滨海晨报的有关巴萨尔先生被枪击的消息。”说到这儿，他想起了水向东书记的话。“滨海市应该有一个宽松的投资环境，不能让这些事件产生负面影响。”

“重要的是，不要把亮庄哥、秘书长的事件，和巴萨尔叔叔受到枪击的事件弄到一起。记着，亮庄哥，他只是不小心摔伤了；而秘书长发生了一起交通事故。仅此而已，三者之间没有联系。我同医院的人，也是这么说的。他们只是知道了今晚发生了枪击案，还发生了交通事故，以及摔伤事故，情况就是这样。就算医院的医护人员能够想到，受到枪击的人员，和交通事故受伤以及致死的人员，包括亮庄哥摔伤，都隶属于一个商业集团，但这些事件之间没有因果关系。懂吗，林森老弟，还有阿顺，情况就是这样。”

“是的，这三者之间没有联系。至少我负责刑侦案件，不会让我的干警把这三件事联系到一起。我现在要做的是，千方百计找到红楼枪击案谁是真凶，我要把他投入死牢。”

“好的，谢谢你，林森。在亮庄哥苏醒过来的时候，我会向亮庄哥说的，你的友谊非常真诚。同时，我本人很在意你的友谊。不管以后怎么样，我都会记住你的友谊。这是一个特殊的时段，也不会马上过去。因此，友谊非常珍贵，也经受考验。”林森感受到了，欧阳水荷脑子清醒，见证问题入木三分。他认可她对友谊的观点，也知道三起案件之间没有必然联系的含意，更深知不需要警方介入太深的重要性。

“嫂子，您保重。不过，危机还没有过去，您的安全也要注意。”

“好的，再次谢谢你，兄弟。噢，你在红楼枪击案现场都找到了些什么？”

“没有什么，只是一摊血迹，现场受到了严重破坏。红楼的监视系统没有现场录像。哦，对了，我拿到了滨海晨报记者翁见其现场抓拍的一些照片，枪杀现场的照片。”

“好了，林森，我俩先谈到这儿。我再和阿顺说几句话。”欧阳水荷说：“阿顺，接二连三发生的这些事，你还在办公室，为什么？”

“水荷姐，我不知道发生的这些事，真的不知道，因为没有人告诉我。我得到这些消息，是林森副局长跟我说的。”

“嫂子，您不知道。刚才，阿顺的门卫老张头被人捆了，两个人带着枪要袭击他。他正处在危险之中。”

她点点头，又问了一个问题。“阿顺，你离开别墅的时候，别墅的大门是不是合上了？”

“合上了，水荷姐。合上了，我还反推了一下。”

“我想，是不是因为你的疏忽，导致了这起爆炸案的发生。”

“水荷姐，您不会是说我参与了谋杀吧，是我引爆了那颗炸弹，炸昏了亮庄哥。”

“不，不能那么说，我不会说没有证据的话。我是一个法官，只会说有法律结论的话。不过，警方则不同，可能会怀疑每一个人，然后再做无罪推断。刚才，我只是想到了这个问题，那个安装炸弹的人，肯定是从别墅大门进来的。所以，我想到了你是最后一个离开别墅的人，因此想到了那个大门，你可能没有合上。阿顺，换位思考一下，如果你是我，会不会想到别墅大门没有合上的问题呢？我想，你会的，阿顺。这只是一个问题，但不构成你参与了犯罪。”

“谢谢您，水荷姐，谢谢您的直率。如果我是您的话，也的确会这么想。不过，就我分析，那个人肯定是从别墅的大门进入别墅的。我知道，别墅的高墙，没有人可以跨越过去，且上面还有脉冲电网。”

“阿顺，我信任你。只是向你提出了别墅的大门合没合上这样一个问题。如果你没有合上大门，那将是一条顺利的通道，也是一个和犯罪有关的通道。不过，如果警方参与调查的话，你将受到警方怀疑。我想，这是肯定的。但我不希望警方介入得太深。记着，一定要记住，别墅内的突发事件，和红楼的枪击案没有联系。”

林森说：“嫂子，我需要去别墅看一下吗，不以警方的名义。”

“不，不需要了。我已经安排了调查人员，你不需要去了。你的任务是侦破红楼的枪击案，也许会找到凶手。我不怀疑您的能力，我想您有这个能力。必要时，需要理清案件线索时，我会找你，共同找到那个搞‘恶作剧’的人。”林森脸上的狐疑，他不知道欧阳水荷安排了什么人去了别墅调查，那么在自己之外，还有京都高级法官更信任的人？

第三十三章

爱，会不会超越法律呢

别墅内的爆炸声，让她作出了非常规的选择，那就是复仇，为丈夫复仇，加入了战斗的序列！

面对这一系列的枪声、爆炸声、汽车的撞击声，施勒比娃小姐极为震惊，知道发生了什么。

现在，巴萨尔帝国遭受了重创，岌岌可危。巴萨尔、班输船，已经身受重伤；马亮庄、梁山汉秘书长，生死难料。面对这一个个突发事件，她应该有个应对，正确的应对。在克格勃受训的经历，使她在突发事件面前头脑清醒。她相信，自己能够经受得住考验，并有能力应对这个复杂局面。

她知道自己肩负的责任，不能辜负乌尔其其的信任。现在，巴萨尔等核心人物，均已丧失了战斗力。但她相信，还有雄厚的组织资源可以动员。

现在，别墅内又来了一个女人，一个很漂亮的有着学术气息的女人。但看得出来，张潮生很开朗，性格外向。还好，她是欧阳水荷的朋友。在他们的婚礼上，她见到过张潮生，但还不够了解她。而且，张潮生建议，马上报警，由警察介入调查。理由很简单，警方介入调查，有助于破案，能够快速地将实施爆炸的罪犯逮捕归案。无疑，她的意见是对的，在处置一般性案件的时候，应该这么做。

可是，张潮生的意思不符合秘书长的意见，也和欧阳水荷小姐的意思相悖。巴萨尔帝国的意见很明确：用自己的方式处理遇到的问题，不要警方参与。她虽然巧妙地说出了自己的意见，那意思就是不能报警。但她不能说得太多，她无法知道张潮生是不是巴萨尔帝国内部的人，也不能问她："你是谁？你是谁的人？"

她在心里琢磨，欧阳水荷为什么要请张潮生小姐参与爆炸案的调查。对于张潮生的底细，到底是怎么回事，她不清楚，暂时也无法搞得清楚。在这之前，没有人和她说过张潮生的情况。她觉得，有必要请欧阳水荷马上回来，说服她不要报警，因为这个女人坚持报警。

可是，在爆炸案发生之后，就是朋友也未必就同意不报警。作为公民来说，这是个重大的涉法问题。国家要求每个公民履行责任，尽到义务，遵守法律。如果张潮生同情欧阳水荷，同情她的遭遇，欧阳水荷就能够说服她。如果她是巴萨尔帝国的人，也就没有必要说服她了。不过，在没有搞清张潮生的底细之前，应该请水荷姐回到别墅来。她相信，这个分寸的拿捏，应该由她来把握，这不是自己需要做的事。但在没有搞清张潮生的底细之前，她不想再和她讨论与此相关的任何问题了，但绝不允许她报警。

她清楚，欧阳水荷是巴萨尔帝国核心成员马亮庄的老婆。她会站在巴萨尔帝国的立场上，来处理别墅内的爆炸案：不报案，不要警方参与，用自己的方式解决遇到的问题。但她知道，欧阳水荷没有参与过巴萨尔帝国的"任何事务"。如果水荷坚持不报警，那她的立场就站在了巴萨尔帝国这一边；如果水荷说服了张潮生小姐不报警，那张潮生也就成了巴萨尔帝国的"同盟者"。

现在，她最大的底数是，欧阳水荷不会甘于自己的丈夫被人谋杀而无动于衷。如果她甘于自己的丈夫被人谋杀，那她就没有人性，也不是一个合格的老婆，巴萨尔先生会另眼看待他的养女。

她相信，欧阳水荷感恩于巴萨尔先生，也相信她对亮庄哥的真爱。爱是伟大的。爱会不会超越法律呢？也许某个特定条件下，爱情会战胜法律，在京都高级法官面前。不仅如此，别墅内的爆炸声，会使水荷姐更爱她的丈夫，也会让她作出非常规的选择：那就是复仇，为丈夫复仇，加入战斗的序列！

想到这儿，她说："张潮生小姐，您看这样好吗，我给水荷姐打个电话，看她能不能回来。因为您的到来，她需要向您介绍些情况。"

"可以，她如果能够回来的话。哦，不，她不要回来了，亮庄哥需要她。他不能没有人照顾，毕竟抢救亮庄哥的生命，要高于案件的真相大白。您知道的，她深爱着他，她不能没有他。如果他在爆炸中死去，她也会在悲伤中死去。没有人知道水荷姐是多么爱亮庄哥的，包括您在内，也包括我，都不知道。我很荣幸，她竟然让我参与破案。噢，您不知道，水荷姐对我像自己的妹妹，从来没有发过脾气。但别墅内发生爆炸案，她失去了冷静，命令我走下飞机，说话的口气冷冷的，我当时真切地感受到了寒意，一股从来没有过的寒意。但我为她的寒意而高兴，她是信任我，才跟我发火的呀！因此，您不必打电话了，一会儿我的助手到了，我就可以工作了。"

"这样吧，张潮生小姐，我给水荷姐打个电话，看看抢救亮庄哥的情况，如果她能够脱得身，还是请她回来为好。如果那里需要她，她就不要回来了。"张潮生点点头，她拨通了欧阳水荷的手机。

"水荷姐，我是施勒比娃。您那儿情况怎么样，我想知道医疗救助的情况，对巴萨尔先生，还有亮庄哥？"

"现在抢救正在进行。巴萨尔叔叔已经推进手术室了；班输船也在接受医生抢救；亮庄哥一会儿醒来，一会儿又昏迷，大夫给他输液，用的是甘露醇，减轻他的颅压；秘书长伤势很重，昏迷不醒，刚刚送到，马上就要推进手术室了，情况就是这样。另外，我知道了，秘书长在没有发生交通事故之前，安排了王道林博士，组织专家组来滨海市抢救巴萨尔先生。"

"水荷姐，可能的话，您能不能回到别墅来。张潮生小姐到了，现场已经勘察过了，正在等待她的助手。另外，还有事，需要您同她商量，毕竟破案也是很重要的问题。水荷姐，我说的事很重要，您明白我的意思吗？"

"明白，您稍等一会儿，我马上就到。告诉她，就说我的意思，用自己的方式处理遇到的问题，我不希望把事情搞得过于复杂。"

"好的，水荷姐，我等您回来。水荷姐，您保重，一切都会好的！"

"谢谢，我同意您的看法，一切都会好的！"

"张潮生小姐，水荷姐说一会儿回来。"但没有将水荷姐的话说给她。她知道，由水荷姐向张潮生讲清她的意思，比自己转达要好。这是处理问题的技巧，也是避免不必要的疑问。没有必要因为操作不当，而生出新的歧异，凡事都是如此。

张潮生开始做自己的事了。她做事神情专注，仔细地看着那两颗子弹壳，可那上面看不出什么。接着，又仔细地检查了那个墨镜，她发现了墨镜架上、镜片上均有指纹，不排除这些指纹是罪犯留下的。只要有指纹，找到向巴萨尔先生开枪的罪犯就有希望。现在，她完全进入了采集证据的境界，极其专注，就像欣赏一件深爱的艺术品。

现在，施勒比娃小姐拨通了远在莫斯科的乌尔其其的电话，用俄语向他作了汇报："您好，我有重要事汇报。刚刚在滨海市，发生了一系列的枪击案、爆炸案，还有'交通事故'。现在，巴萨尔先生腹部中了一枪，是图拉猎枪，正在抢救；班输船头部中了一枪，昏迷不醒，也在抢救；马亮庄别墅内发生了爆炸，右耳膜穿孔，时而昏迷，时而醒来，已经送往滨海市第一医院了；梁山汉发生了交通事故，昏迷不醒，他在医院，他的司机郎格死了。这一系列的枪击案、爆炸案、'交通事故'，均是一个小时左右发生的。肯定地说，预谋周密，手段残暴，且重创了巴萨尔先生等核心人物。"

"哦，这太突然了。施勒比娃小姐，你看，怎么会突然发生这么多的惨烈案件呢？现在，巴萨尔的生命有危险吗？"

"噢，还很难说，我没有在医院。在这之前，秘书长得知他被枪击之后，要我赶往马亮庄的别墅，陪伴欧阳水荷。可是，这期间，别墅发生了爆炸，而后又发生了秘书长的'交通事故'。现在，我在马亮庄别墅，对于医院的情况不甚清楚。我知道的情况就这些。"

"好的，我马上作出安排。你把握一下，这是我们自己的事，不需要别人知道与此有关的情况，尽力躲开那些热衷于此事的人们的眼睛，我们自己处理这些问题。另外，我马上飞往京都，然后转机滨海市。如果有其他事要做，我会通知你的。"

"好的。如果可能的话，您看尚无二先生是否可以回来，由他陪同您。"

"可以，施勒比娃小姐。"

第三十四章

找到罪证，我当然是为了复仇

好妹妹，姐求你了。我身体无力，也非常无助，我的精神快垮了，唯有你可以依靠。

欧阳水荷走进别墅的那一刻，张潮生小姐惊呆了，这是她先前没有想到的。她断定，因为别墅的爆炸案，水荷姐疯了，已经成了一个十足的疯子。

昨夜的新娘风采已经不再，她面容憔悴，头发蓬乱，衣着不整，头发上沾满了灰尘，眼睛红红的。在她的颈部，还有凝固的血迹。眼睛里射出了冷冷的光，让她感到心悸。

不过，她眼珠转动了一下，张潮生认定水荷姐还有理智余存。她握着手机，且握得很紧，说明她还有一定的把持力。不过，透过水荷姐那发直的目光，张潮生认为水荷姐的神经马上就要绷断了。她极度的愤怒，又极度的紧张，要不了多久，垮掉是早晚的事情。不难想象，在新婚之夜，水荷姐经历了炼狱般的生活，准确地说是从天堂跌落到了地狱，在爱与恨的交织中变换了角色，在欢乐与悲伤中有了轮回。她能够挺得住吗？挺不住的，换一个人也是一样。张潮生为她担心，担心她承受不住这突然的巨大的惊变！

“潮生，我的妹妹，你是我的亲人，我需要依靠的亲人。现在，你帮帮我的忙，运用你的专业，找到罪犯的证据，进而锁定罪犯。求你了，姐求你了，帮帮我，找到追踪罪犯的证据。”

“水荷姐，这个没有问题。但你要保重，还有好多事需要处理呢！水荷姐，我为你担心。”

“是的，我知道。你要抓紧，找到证据。”

“我已经找到了罪犯的指纹，包括红楼枪击案的罪犯的指纹，可以从墨镜上、别墅的门把手上，还有汽车底盘上面，都有罪犯的指纹，用凝胶都可以采集下来。一会儿，我的助手一到，就可以立即采集标本了，并进行指纹比对和生物学分析。时间不会超过一个小时，就可以得到罪犯的指纹。水荷姐，你马上报案吧！一旦采集到罪犯的指纹，应该由警方立即进行追捕！你和我都不知道罪犯在哪里，也无法找到凶手。”

“不，不需要警方介入。采集到罪犯的指纹之后，你就不要管了，我自己处理遇到的问题。潮生，我不想使问题复杂化。就像家里被盗，不想让无关的人知道丢了什么东西。潮生，这起爆炸案是我的私事。你帮姐一把，按照我的意见办，姐会报答你的，下辈子为你做牛做马都行。好妹妹，姐求你了，我现在身体无力，也非常无助。我的精神快垮了，唯有你可以依靠，你不能让我失望啊！如果你认可我的友谊，就帮姐一把！”

她摇摇头，觉得不可思议。“水荷姐，你自己怎么处理呢？再说，你怎么能够找到凶犯呢？水荷姐，你知道的，法官和警官是不同的，虽然都共同效力于国家，共同忠诚于法律。水荷姐，你无法替代警官的职责。警官参与破案，会更有效率，也极富经验；法官坐堂，定罪量刑，那才是你要做的。水荷姐，你是懂我的意思的，你不能替代警官要做的事情。”

“潮生，我懂你的意思。不过，你按照我的意见办。你的任务是锁定证据，进而锁定罪犯。其他的事，我自己来做。潮生，姐求你了，我是为了找到罪犯，请你帮忙找到证据。我这样做，当然是为了复仇，为我的丈夫复仇。如果你认可我的话，认可我的友谊，你就帮我这个忙。如果你懂得爱的话，我这就是爱。我不会报案，也反对你报案。为了我的丈夫，也为了我尊敬的巴萨尔叔叔，我将舍去一切，也愿意舍去一切。我要为爱活一回，也要为爱而复仇。潮生，我的妹妹，你不要以为我的脑子乱了。不，我的头脑清醒。我这是‘理智的选择’，但不是法官的选择，更不是高级法官的选择，而是我自主意志的选择。你知道的，潮生，我和你说过的，亮庄哥救了我。因为救我，他蒙受了不白之冤，被劳教了啊！你知道的呀！亮庄哥为我失去的太多了，甚至因为看见歹徒企图强暴我的场面，都不想结婚了。还有巴萨尔叔叔，他给予了我许许多多的爱，父亲般的爱。潮生，我和你说吧，我的丈夫，还有巴萨尔叔叔，他们都是好人。只是因为经商，得罪了一些人。比如，滨海市至京都高速公路工程的竞标，可能得罪了一些竞争对手。因此，那些人对亮庄哥，对巴萨尔叔叔下了毒手。那些人，都是些杀人不眨眼的家伙，心黑手毒。如果不把这些歹徒置于死地，这个国家不会安宁，亮庄哥、巴萨尔叔叔也不会安全。我要找到他们，并且杀死他们。不杀死他们，我死不瞑目！”她疯了，一片胡言乱语，眼睛里射出凶狠的光。在施勒比娃和张潮生小姐看来。

“好吧，水荷姐，我懂你的意思。按照你的意思，我只是参与案件的专业调查。仅仅是专业调查，是这样吗？水荷姐。”

“是的，例行的专业调查之后，你就没有事了，立即回京都。再说，你不必要知道得太多，以后的事，你也无需知道。那都是我自己的事，包括我刚才说过的话，你什么也没有听见。只是帮我找到证据，其他的什么都不知道。听清了吗，什么都不知道！”

施勒比娃觉得欧阳水荷讲得真好，头脑清醒，思路清晰，情感真挚，话语不遮不掩。一个讲真话的人，总会打动他人的心，哪怕是块顽石，或者说她要干点违法的事。现在，欧阳水荷表情凝重，意志坚强，直抒胸臆，有血有肉，再现了人性真实，毫不忌讳地向张潮生小姐讲述了自己的内心所想，但未必符合国家法律要求。她要找到罪犯，并且为自己的丈夫复仇，也为巴萨尔先生复仇。甚至她还讲到了“我不会报案，也反对你报案”的话。

但张潮生如果选择报案的话，那将失去她的友谊。此刻，她不能原谅违背她意志的人所作的理性选择。她的目的只有一个，为亮庄哥复仇！

无疑，她已经沦为了情和爱的奴隶，被肝肠寸断的悲伤和愤怒的情绪使然，完全不考虑法律的指向和严密的程序。她要为自己的爱人和恩人付出一切！现在就是让她去死，也会面无惧色。

她知道，这样做为法律所不容，但为了复仇，宁可舍去一切。此刻，她并不顾忌张潮生小姐会怎么想，只是想借助于她的专业知识，找到证据，进而找到罪犯。施勒比娃小姐担心，如果张潮生小姐找不出罪犯，欧阳水荷根据自己的推断而会滥杀无辜。

无疑，她是为了复仇，但不能把朋友卷进去，或者说不能把朋友卷进去得太多。她是个法官，知道处置这个事的其中利害。请朋友帮助做事，必须要考虑到朋友的安全。人不能为了自身利益，而牺牲朋友，或者牺牲他人的利益、乃至生命。凡事都有个度，否则会因为量的积累而发生质的变化。如果不加区分的话，张潮生会因为参与得过多，生出一些不该有的麻烦，那是不划算的，也是没有必要的。欧阳水荷不想这样做。

不过，张潮生小姐遵从了她的意见，这是施勒比娃小姐没有想到的。现在，她被高级法官说服了。不，是她认可了欧阳水荷的友谊，或者说，她同情了欧阳水荷的爱恨情仇。但她也有分界，只是有限参与，帮朋友一把，仅此而已。

张潮生认为，欧阳水荷为了复仇的想法，有些不可理喻了，但有限度地为朋友做些事，也没有什么。何况，一个新娘的丈夫惨遭黑手，那么这个新娘的朋友如果袖手旁观的话，那也是不地道的。如果能够斩断罪犯黑手的话，那是必要的。既然不能失去朋友，既然不能说服朋友去报案，既然朋友为了找到罪犯，要求她利用专业技术帮助找到证据，那最好的选择是服从！

张潮生不想失去欧阳水荷的友谊，也对欧阳水荷的爱有深切的认同，还有她复仇的指向！

第三十五章

阿顺，犯下了严重的错误

正是他的建议，导致了巴萨尔帝国的核心人物惨遭杀戮。

林森副局长离开医院了。滨海市第一医院，在紧张而有序地实施对巴萨尔帝国核心人物的抢救。此刻，阿顺感受到了孤独，内心寒冷，就像赤裸着的身体待在寒冷的严冬里。

那些人还再追杀他，但他不能将这个情况向欧阳水荷说，也不能和张超说。那些人追杀他，是自己的事，但也不都是自己的事，和巴萨尔帝国密切相关。他是巴萨尔帝国的杀手，只接受马亮庄一个人的指令，包括巴萨尔先生，从没有对他下达过任何杀戮的指令。

现在，亮庄哥没有记忆了，在死亡线上苦苦挣扎，阿顺的心如刀绞般疼痛。人真是太脆弱了，不堪一击。汽车没有怎么样，亮庄哥却被震昏了，人也没了记忆。

还有，自己刚刚被任命为总经理，而任命他的人却倒在了血泊中，几乎毙命。对于他来说，真是喜悲交加。如果这个晚上，要是不找他谈话的话，或者不任命他为总经理的话，可能就不会发生这样不幸的事。至少，巴萨尔先生可以早一点离开红楼。那个想枪杀他的人，可能就没有下手的机会了。巴萨尔先生被枪击，和自己有关系，是自己给他带来了灾难。他内心这样想着，宁可自己死去，也不应该让巴萨尔先生遭此不幸。

此刻，他觉得心脏和肺部，好像被什么东西塞住了，无比的难受、“憋挺”，上不来气。他深吸了一口气，使劲地咳嗽了一下，吐了一口痰。不，那是鲜血，特别鲜亮的血，那口鲜血就在滨海市第一医院走廊的痰盂里面漂着。还好，水荷姐没有看见，张超也没有看见。吐出了一口血，他感觉好受了一些，肺部不那么“憋挺”了，呼吸也顺畅了。

梁山汉对他不错，很看重他的能力。可是，秘书长在交通事故中受了重伤，难说他能不能从阎王爷手里挣扎出来。梁山汉这一生真是不幸，阿顺心想。在原始林区，他被打瘫了；在医院，又差点被置于死地；现在，又发生了交通事故，命悬一线。他能逃过这一劫吗？为此揪心不已。

郎格的车技非同寻常，能把汽车开得飞快而又安全，从没有发生过事故。不仅如此，郎格是他最要好的朋友，共同为巴萨尔帝国效力。可是，郎格死了，死得蹊跷。他满腹狐疑，为朋友的死而悲伤不已。

这起“交通事故”有些离奇，让他生出种种疑问，会不会是和红楼的枪击案、别墅的爆炸案，有着紧密的联系呢？他认为是有联系的。不过，走进他办公楼的那两个人，捆绑了门卫，背后肯定有悬念的故事，指向非常明确：那就是杀死他！此刻，巴萨尔帝国遭受了灭顶之灾，连他也不放过。

今夜漆黑一片，阿顺看不到一点光亮。需要小心做事才是，如果粗心了，自己也会生出麻烦。阿顺不是个怕死的人。他知道自己肩负着重大责任。他要为巴萨尔帝国而战。他看看高级法官欧阳水荷，眼睛通红，胸中的愤怒，使她的眼睛里放射出极端仇恨的光芒。他看看巴萨尔先生的保镖张超，眼睛含着泪水，但意志坚定。不消说了，如果射杀巴萨尔先生的人就在眼前，张超会马上冲上去开始杀戮。他是忠诚于巴萨尔帝国的战士，一个出身特种部队而作战勇猛的战士。但他因为生活的不幸，才受到了巴萨尔先生的恩泽，最终成为保镖。阿顺想，如果可能的话，能够为巴萨尔帝国冲锋陷阵的将士，眼下只有他和张超了，目前就是这样。巴萨尔帝国危机四伏，需要给出摆脱困境的路径。

阿顺感到身单力孤，且敌人随时都会在暗地里向他瞄准，然后扣动扳机。现在，就连在医院抢救的巴萨尔帝国的核心人物的安全都成了问题。好在水向东书记采取的措施得力，几个武警部队的官兵，严密地把守着急救中心的门口。进出急救室的人，都要经过武警战士特别审查。那些进出急救中心的医护人员，都持有自动识别的特别的通行证。水向东书记采取的措施，确保了巴萨尔等人的安全。

孤独让人难以忍受，就像毒蛇一样缠在阿顺的脖子上。他感到窒息，喘不过气来。令他匪夷所思的是，从水荷姐的话中，觉得她对自己有了想法。“发生了枪击案、爆炸案，你还在办公室？你真的在办公室？”不过，还好，水荷姐把话说开了，“亮庄哥和你情同手足，我还是信任你的。”我还是信任你的话，让阿顺感觉温暖。这个世界上，没有比信任更重要的了，阿顺要为信任而战。回想前前后后发生的事，他觉得自己犯了严重的错误，不可饶恕的错误。正是他的错误，才让巴萨尔帝国大厦几乎倾覆。

那是过去的事了。班输船告诉他：赵子新和赵子强已经向巴萨尔先生示好，并想和巴萨尔先生成为朋友。既然他们表示了恭敬，因此他向马亮庄提出了建议：可以取消对赵子新和赵子强的监视了，包括对崔凤景、黑四的监视。

这个建议，经过马亮庄向秘书长汇报，并得到了批准。正是这个建议，导致了巴萨尔帝国的核心人物惨遭杀戮。阿顺认为。巴萨尔等人，尽管没有当即毙命，但危在旦夕。现在看来，刚刚发生的这一系列的枪击案、爆炸案和“交通事故”，都是因为他犯下的重大的不可饶恕的错误！

在阿顺看来，这些“麻烦”制造者，应该是崔凤景、黑四、赵子新和赵子强的阴谋所为，不会是别人。但阿顺手中没有证据，纯属自己无端猜测。可是，他有决心找到证据，并且通过证据，能够找到罪犯。他决定主动出击，不能坐以待毙。可是，他孤立无援。

他认为，崔凤景、黑四、赵子新和赵子强，都是心狠手辣的家伙。各自有独立作案的条件，也不排除联手作案的可能。否则，这事真是蹊跷了，怎么会在一个小时左右的时间内发生了这一连串的恶性案件呢？而且都是针对巴萨尔帝国的案件。如果说，这些案件有内在联系的话，那可谓是设计精巧，安排缜密，又手段残忍。但自己还没有被杀，那算是万幸了。不过，巴萨尔帝国的核心成员都受到了重创，而自己却置身于事外，无论如何都不是件好事，也让巴萨尔帝国的人无法想象，包括欧阳水荷说的话。既然已经效忠于巴萨尔先生了，如果巴萨尔帝国倾覆，那自己也应该一块倒下。作为战士，应该死在冲锋的战场，而不是临阵脱逃，苟且偷生。

他反反复复地思考着，在滨海市，巴萨尔先生有很高的声望，没有人不表示尊敬。他是一个慈祥儒雅的老人。从政界官员，到商贾人士，以及熟悉他的人，都对他特别的敬重。唯一不同的是，在商海竞争中，可能会树敌。他占有了全国大量的木材市场，初步垄断了木材市场价格；还有，滨海市的汽车销售与配件供应市场，也几乎被他垄断了；滨海市高速公路建设市场，他也获得了最大的市场份额，而崔凤景无可奈何地退出市场。

商业竞争会影响其他人的经济利益，也会埋下仇恨的种子。对，这些仇恨的种子，会缓慢地发芽、生长，由此发生了一系列的枪击案、爆炸案、“交通事故”案，也绝非偶然。钱，会引发仇恨，经济利益之争会升格为暴力，阿顺坚定了自己的想法和推断，尽管他手中没有“大前提”和“小前提”，但他坚定自己的论断，就是他们干的。

绝对不排除这种可能，因为市场竞争，巴萨尔得罪了一些人。没说的，崔凤景的心中会有怨气。他之所以表面老实，那是因为马爷儿死了，他丧失了战斗力。

但现在看，巴萨尔帝国犯了一个错误。当初，就应该除掉崔凤景。现在看来，手太软了，为他留下了喘息之机！

如此看来，受到重创之后，崔凤景并没有就此罢手，而是微笑着面对危机。正是他那迷人的微笑，蒙骗了巴萨尔帝国的核心人物。准确地说，是自己扩大了这种蒙骗的效果。阿顺这样想。经过休养生息的崔凤景，这次伺机重创了巴萨尔帝国的核心人物，取得了暂时的胜利，几乎是绝对性的胜利！

阿顺觉得自己在医院里帮不上什么忙。于是，他对欧阳水荷说：“水荷姐，我在这儿插不上手，还不如去做点别的事。”

“去吧。不过，你也要注意安全。”阿顺觉得，欧阳水荷知道他处在危险之中。她，好像了解巴萨尔帝国的情况，否则不会说“你也要注意安全”的话。水荷姐的话，让他的内心温热。

“水荷姐，我想去红楼，看看能否找到什么，比如视频系统会不会看到什么可疑的东西！我想，水荷姐，现在正处于战时状态，必须有应对复杂局面的预案。”

“是的，我们遇到了棘手的问题。你去看看吧，包括婚礼直播视频影像，都应该看一看。去吧，这是必要的。”

张超说：“水荷姐，我也想去，跟阿顺哥一块儿去！”

“这里的安全怎么办？我看你还是别去了。”

“眼下，这里的安全没有问题。医院的周边，都安排了自己的人，一般人进不来的。此外，向东书记安排了武警战士把门，没有特别的通行证，谁都进不了急救中心。”

“好吧，那你去吧，有什么情况立即告诉我。”

第三十六章

她不了解“二手刀”的杀伤力

以她的阅历而言，不会考虑到嫁给有钱人会有风险。再有，她不了解“二手刀”的杀伤力。

王道林得知养父被枪击之后，心惊肉跳。他不知道自己的养父，为什么会有这么大的失误，会遭人如此暗算。这是不应该发生的事情，他为他的伤情担心。按照秘书长的指令，他要组织几位顶尖临床医学专家，立即奔赴滨海市，抢救养父的生命。

他找到了留学日本的脑外科专家范子帝，这是他的朋友，属于脑外科超一流的高手，切开人的脑袋，就像切开西瓜一样娴熟。范子帝在京都部队总院担任脑外科主任，如果有抢救价值的话，他能够保证昏迷的班输船活着。此刻，他还不知道，秘书长，还有马亮庄，均已受到重创。范子帝的到来，对于巴萨尔帝国的核心人物的抢救，有着不可估量的重大作用。

此外，他还请了京都大学附属医院的教授、腹腔专家雷诺宜。一个心灵遭受重创的女人，三十七岁，离婚后没有再婚。理由很简单，她认为在男人腹部下面的“那个东西”很不安分，常常离开家四处游荡。她在京都大学医学院读到大四的时候，她的父亲去世了，她的母亲没有工作，学费成了问题。于是，在一个女同学的带领下，她偷偷摸摸地去娱乐城做了舞娘，由此认识了田成祖。当时，田成祖离婚不久，并且向她表示："非她不娶，如果不嫁给他，那就自杀。"她为此感激涕零，遇到了一个为爱情不要命的男人。但她涉世不深，不知道男人并不可靠。

雷诺宜各个学科的成绩始终名列前茅，但贫困让她心焦。在大学毕业的时候，导师建议她读研究生。可是，她谢绝了导师的建议，甚至都没有来得及参加同学告别晚会，就把自己"搬"到了半山别墅，嫁给了已经离婚的田成祖。尽管他岁数比她大了很多，但他爱她。女人不能没有爱。为爱的女人，可以抛弃一切。再说，女人找一个好工作，不如嫁一个好老公，这是响彻京都的口号，她同意这样的观点。于是，她决定和他泡在一起。她不想再有什么追求了。贫困让她的心里灰暗，并遮蔽了她的心灵。田成祖的钱够了，足可以打发她一辈子了。

以她的阅历而言，不会考虑到嫁给有钱人会有风险，更没有想到富人不爱她了，就得净身出户的惨淡结局。再有，她也不了解"二手刀"的杀伤力。她以为，自己成了那座三千多平方米的半山别墅的主人。然而，她错了。一年后，她生了一个儿子。可是，在她怀孕后，田成祖就再也没有碰过她的身子，常常夜不归宿，在外面找乐子。晚上回来之后，也是醉卧他床，没有甘霖给她。为此，她悄悄地跟踪他，发现了他的秘密。他的身边又有了新的女人。那女孩年轻、靓丽、高挑，身体该大的地方大、该"瘦"的地方瘦，是一个走秀的模特，叫龚冰倩。为此，她痛苦万分，但没有用。她还心存幻想，他是个"二手男"，不会抛弃她的，浪荡一段时间，还会回到她的身边来。可是，他给她的手机发了一条短信："我一想到你就恶心，你应该有自知之明，知道该做什么了！"

她不甘如此，想得到孩子，并且也想获得应有的补偿，但她什么也没有得到。一天午后，她和她的母亲以及儿子听到了猛烈的撞击声。最后，门被撞开了，几个保镖闯了进来。她永远都不会忘记那个噩梦的瞬间：一个保镖抓住了她，她给了那个保镖一个耳光。可是，那个保镖不到一秒钟，就还了她两个响彻云天的耳光。过去，那些女用人，还有保姆、保镖，对她毕恭毕敬，甚至怕她。可现在不同了，他不爱她了，她丈夫的保镖揍了她。她希望他们放了自己，可是，没有用，一切都无济于事了。雷诺宜看见，田成祖乘坐一架直升机降落在别墅的绿色草坪上，还有一个高出他一头的令人惊艳的模特，走在他的身后。

那些保镖将她双手捆住，塞进了一辆小轿车里。她的母亲被扔到了一辆小货车上，用篷布盖上了。在车上，她狂喊着：“你们这帮杂种，放了我！”但没有声音传出来，因为她的嘴被塑胶封了。

可是，他们没有放了她。其中一个保镖说：“你他妈的一个穷鬼，还想成为富婆，真是让人恶心。你当初为什么不撒泡尿，照一照自己呢。像你这样的人，怎么能有资格嫁给有钱人呢？”

被逐出家门的雷诺宜，找到了法官。法官说：“你很难得到什么，因为在你们结婚之前，他的资产全部进行了公证。不过，你应该感谢他，他给了你自由。另外，我觉得你离开有钱人，可能是个好事，至少不是什么坏事。万幸的是，你还年轻，有希望走向光明。”

可是，她不甘心，去找律师，想要回孩子。律师给他打电话，然后转告她：“他说了，‘孩子是我的精子，主权问题不能谈判。’”雷诺宜认为，纯属一派胡言。

她的母亲怪罪她。“当初，就不该嫁给一个有钱人，更不该嫁给一个离了婚的男人，一个比你大那么多的男人。跟你说吧，有钱人没有不‘花心’的，而离过婚的‘二手刀’，又能有什么‘好货’呢！现在，摆在你面前就两条路：要么自强，要么沉沦。前者用脑袋，后者用身子，你看着办吧！”

雷诺宜的母亲是一个有文化的人，尽管没有工作，但以她能够看破天命的年龄，知道这个时候不是安慰女儿，而应该对她的心灵进行重击，促她猛醒。她了解自己的女儿，天赋极高，就读书而言，自小学、初中，乃至大学，始终名列前茅，没有人能超过她。可是，自己，还有她的父亲，也是有责任的，没有赚足够的钱，保证她读完大学。她知道自己的女儿，犯了人穷志短的错，就像井底之蛙一样，只能看到巴掌大的天。不过，她的女儿可以挽救，遮蔽她心灵的只不过是贫困，还有钱财。贫困和钱财遮蔽了她那美丽的双眼，使她作了短视和功利的取舍。她相信自己的女儿，能够知耻而后勇，这个孩子是行的，一旦猛醒就会自强不息。就像托尔斯泰说的，人类被赋予了一种工作，那就是精神的生长。她相信自己的女儿会在挫折之后，生长出精神来，自强不息的精神。

那个时候，她想死掉算了，但挺过来了。她红肿着双眼，去见导师，“我想读书!”她不甘沉沦，要活出个样来，证明自己，同时安慰她那望眼欲穿的母亲。

她的导师看了看她，犹豫了一会儿说：“去吧，换件衣服。白天你做我的助手，割开一个个肚皮；晚上你读书，头悬梁锥刺股，自强不息。”她博士毕业时，成了知名的腹外科专家，后来又找了王道林，为自己做了隆胸术。她之所以这样做，是因为田成祖的一句话：“我跟你离婚，是你他妈的乳房太小!”

“那我做隆胸术行吗，我可以让乳房变大。”

“你他妈的，在结婚之前，就以次充好了。现在，又他妈的要给我来个弄虚作假。滚开吧，×养的，好姑娘有的是!”

按照她的请求，王道林还在她的脸上做了一些“手脚”，让她变得更漂亮了。为此，通过她，又有不少女人找到王道林，捅咕捅咕乳房，摆弄摆弄屁股，或者在眼睛上、鼻子上、眉毛上以及脸蛋的骨骼上鼓捣鼓捣，那些女人都快活地离去了。因此，雷诺宜欠下了王道林不少人情。

现在，她又有了生活自信，身边有不少男人可供她作出新的选择。不过，她希望有一个安分的男人，走入她的内心世界。在选择第二个男人的时候，她非常慎重，凡是看到眼睛游移的男人，她的喉咙就作呕。她认为，一个盯着女人眼睛的男人，肯定是“色棍”，或者是采花大盗；而那些盯着男人眼睛的女人，也都不是什么“好东西”，即使不是“骚货”，也肯定不是“好货”，包括那些神不守舍、行为浮浪、心已飘荡和貌似忠贞、行踪诡秘、把灵魂出卖给魔鬼的男人或女人。

为此，她悔不当初。她认可母亲的话：“田成祖那个‘二手刀’能是什么‘好货’。”有别于他人的是，雷诺宜做事专注，“针线活”特别好。请她到滨海市，有助于王道林报答他的养父，会实施有效的医疗救助。

王道林请的第三个人是麻醉师布台中，生于台湾，就读于美国加州大学，主攻麻醉专业，对各种麻醉药品有深入的研究。患者在接受他的麻醉后，外科手术时，绝对感觉不到疼痛。此外，他对针灸有独到的研究，能用几根银针让患者清醒或者沉睡。

不过，布台中喜欢女人，会在漂亮的女患者身上动些手脚。在进行麻醉的时候，常常会用手抚摸女患者的乳房。有的女患者告发了他，布台中供认不讳。“女人的乳房神经丰富，最能够感受麻醉的效果。如果一个麻醉师不去体验麻醉效果，那患者就很难享受到麻醉之美。”无疑，这是他妈的无理狡辩。为此，京都医院要开除他，王道林博士出面说情才得以挽留。

他看重布台中的专业技能。对此，布台中对他不但没有什么意思表示，反而领着自己的两个情人，让他使她们的乳房变大，还要坚挺。当然，他会有不菲的收入。可是，隆胸过后，布台中连句谢谢的话也没有说，反而从他手中拿走了收入的一半。理由很简单，“这都是我给她们的钱，你能变着法收回来，我当然有收回的理由。不过，道林，你早晚有一天会求我帮忙的”。这话让他说中了。

这次，他请布台中来滨海市，立即应允，这对他来说是无条件的。“你看，求我的时候到了吧，我无条件为你效劳，哥们，铁着呢!”

他不希望养父用麻醉药品过多，也不希望他在麻醉药的作用下，没完没了地沉睡。他渴望的是，布台中的银针能够发挥作用。养父的大脑太重要了，他的大脑不能受药物的影响，那是巴萨尔帝国的中枢机关，他知道这一点。

此外，他还请了两个护士，一个外科护士长。她们经验丰富，知道手术过程中会遇到什么问题。甚至看外科医生的一个眼神，就知道需要些什么。另外，她们还熟悉各种抢救用的医疗仪器的使用，并携带了脑外科、腹外科一些手术器具，以及便携式监护仪器。这些监护仪器绝对先进，都是从美国和日本进口的。

可是，在京都机场安检的时候遇到了问题。机场保安人员不准许他们将这些医疗器具带上飞机。为此，他十分着急。这时，公务专机的小姐来接他们了。她认识他，是雷诺宜教授请他为她做了隆胸术。她的一个主意解决了问题：把医疗器具打包，由机组人员带上飞机。这个意见很好，得到了机场保安人员的认可，使他悬着的心放了下来。

不过，机场总服务台的值班经理向他提出了一个问题，指纹研究所的一位工作人员，可否同机前往，这个人有特别的通行证，可以乘坐任何交通工具。他当然同意。但他有理由不同意，因为这是趟公务专机。他希望飞机立即起飞，养父生命垂危。

从接到秘书长的电话，用了不到三个小时就到达滨海市。可是，在到达目的地后，就无法联系秘书长了，他神情十分焦急。当那名空姐了解到情况后，马上联系了滨海市机场，由他们安排汽车前往滨海市第一医院。

第三十七章

幻觉，老想把男人的“那个东西”割去

“输我的血吧，我和巴萨尔叔叔同属于一个血型。”

经过临床检查，范子帝教授同意了滨海市第一医院有关马亮庄的治疗方案：“给他注射甘露醇，以减轻颅内压力。但需适量加入一点补脑安神的中药制剂。”同时，建议麻醉师布台中，实施针灸麻醉，让患者通过熟睡，恢复紊乱的脑部程序，进而达到恢复记忆的目的。除严重脑震荡外，马亮庄的一个耳膜穿孔，其他没有问题。

梁山汉头部的颞骨处，有两个出血点，不时的昏迷，偶尔也会醒来，更多的是长时间昏睡。医院给出的方案是：保守治疗。但他反对，必须立即手术。他的意见是在头部打两个洞，把血引出来。如果出血吸收不好，或者继续出血的话，不排除终身瘫痪的可能。梁良善在手术治疗方案上签了字。

范子帝为班输船做了脑部开颅术，小心翼翼地取出了颅内的枪砂。还好，猎枪的子弹没有击中脑部神经，但造成了颅内大面积出血。现在，已经没有生命危险了。

巴萨尔先生的手术总体上进展顺利，从腹部取出的十六粒枪砂，其中一粒枪砂洞穿了他的胃部，腹腔内大量积血。滨海市市立第一医院的医生，为他做了胃部缝合术。

可是，他们的“活”过于粗糙了。他的脾脏有个微小的伤口，在实施手术的时候没有发现，术后还在缓慢地渗血。雷诺宜教授对他进行了检查，发现血压不稳。不得已，她重新打开了已经缝合的腹部，发现了脾脏出血，并做了脾脏摘除术。

在滨海市第一医院准备再次为他输血的时候，王道林没有同意，他脱掉了上衣，“输我的血吧，我和巴萨尔叔叔同属于一个血型”。布台中为巴萨尔做了针灸麻醉，如果他醒来感到疼痛的话，还会用银针做些调整，保证他不至于疼痛。尽管布台中喜欢女人，但对朋友还是够意思的。他知道床上这个男人，是王道林博士的养父。因此，用银针调整他的麻醉时格外的细心。

不同的是，雷诺宜觉得熟睡中的男人像一个慈父。这个人养育了王道林，而且给了他特别的影响力。自从她和田成祖离婚之后，她就埋头于学术了，专业有了突飞猛进的进展，成了京都市腹部外科的名人。为此，她感谢导师，也感谢王道林博士，感谢他对她的开导。那个时候，她的心情坏极了，在给病人做手术的时候，常常有一种幻觉，老是想把男人的“那个东西”割去，或者是切断他们的性神经。特别是那些有钱人，更使她嫉恨。但她没有这样做，是因为王道林给了她正面的影响。“男人不都是坏人，有钱的男人，也不都是坏人。田成祖只是一个例外!”

她觉得他这话说得对。在他说这个话之后，她仔细观察了他的表情，事后还详细了解了那些通过她请他做手术的姑娘。调查的结果让她吃惊，他的确没有非分之想。他为她们做美容整形手术，从来没有向她们任何人提出“过格的要求”。甚至有的姑娘，因为没钱承付高昂的整形美容的费用，想委身于他换得自身的美丽，但他不为所动。

现在，躺在床上这个老人很儒雅，面容和善。因此，她认为是他培养了王道林。她在为他做手术时，非常精心，所有缝合术都是小心翼翼的，采用的都是眼科的细线。她相信，他好了以后，肚皮不会留下明显的疤痕，腹腔里面也没有问题。

她没有让他的朋友失望，也不会失望。她想，他真是幸运，一个慈祥的人收养了他，而且使他有着严格的道德操守。他每天摆弄姑娘的乳房，干的就是这么个活，但不为任何女人心动。可惜，她太不幸了，遇上了“二手刀”，毁了她的青春不说，也毁了她的心态。好在有了王道林的劝导，她的精神才没有垮掉。

“您可以回京都了，雷诺宜老师，如果我的养父没有危险的话。”

“不，道林，我不能回去。我要观察两天，等到巴萨尔先生危险期过后，再回京都。”

“好吧，雷老师，我也是这样想的。有您在，我心里有底。说句实话，我不想让您走，我希望我的养父安全。可是，我担心您的工作离不开，还有那么多患者在等着您。”

“啊，是的，但我不能回京都。您的养父还没有脱离危险，还需要观察。为了友谊，也为了您的孝顺，也为了我们不能失去的一个慈祥的老人。”

“噢，好吧，谢谢您，雷老师，您让我敬重。”

“王大夫，您去休息一会儿吧。我在这儿盯着，替您照顾您的养父。”

“不，雷老师，您去休息。照料我的养父，不是您可以替代的。我是他的‘儿子’，我要为我的养父守候。当然，没有您，我的养父会有生命之虞。”

“好吧，我先去休息了。一会儿，我再来替换您。王老师，您保重!”

“谢谢您，雷老师，待会儿见。”巴萨尔先生醒来的时候，已经是第二天的午后了。有阳光照进了病房，他先是感到室内有些温热，然后缓慢地睁开了眼睛。

“阿姨，巴萨尔先生醒了。”他看到了张超脸上的笑意，眼睛里含着泪珠。他是个好孩子，为自己服务挺辛苦的。尽管发生枪击案的时候不在现场。但他不怪张超，其他人也不能怪他。巴萨尔知道，张超很忠诚。

“嘘，小声。”盛杰英用手指指着自己的嘴，然后又指了指床边熟睡的王道林，示意他别吵醒了养子。他为他输了四百毫升鲜血，但没有回去休息。

他看了看老伴盛杰英，她面容憔悴。他觉得自己对不起老婆，让她受惊了。“老东西，我说你没事就没事。怎么样，我说对了吧?”他点点头，但无力开口说话，身上插满了管子。

他轻轻地转过头，看看身边熟睡的王道林。他的养子睡得很沉，呼吸均匀，轻轻地吐气，只是脸色有些苍白。这是他最为器重的“儿子”，绝不会亚于巴喜乐。他眼睛离开了王道林，看着盛杰英，用下颏示意了一下。

“老东西，你需要什么?”他皱了一下眉头。这时，张超用毛巾被盖在了王道林身上，巴萨尔眼角有了笑意。他可不希望养子着凉。

过一会儿，雷诺宜教授进来了。她看到巴萨尔先生醒来，俯下身躯问道：“巴萨尔先生，您感觉怎么样?”他点点头。她知道他的意思，感觉良好。

“老头子，多亏了雷诺宜教授，她给你做了第二次手术。要不是雷教授，你可能完蛋了。”他再次点点头，那是谢意!

雷诺宜看看王道林博士，她捅醒了他。“王老师，巴萨尔先生醒了，一切安好!”

“哦，是吗。巴萨尔叔叔，您看我竟然睡着了。”王道林站了起来，他把自己的脸贴在他的脸上，眼角流出了泪水，说道：“巴萨尔叔叔，雷诺宜教授救了您，还有布台中麻醉师，还有第一医院的医生和护士，还有向东书记。向东书记在您没有生命危险的时候，才离开了这里。”

他点点头，喉咙里面发出了难以听清的声音，但王道林明白他的意思。尽管没有血缘关系，但“儿子”毕竟能够比常人更了解他的父亲。“巴萨尔叔叔，是秘书长告诉我的，他说您负伤了。不过，现在您没事了。不久，您就可以下地行走。再过一段时日，就彻底康复了。”

他的喉咙再次发出了嘶嘶啦啦的响声，王道林知道他的意思。“您放心吧，班输船做了开颅术，也没有生命危险了。他的身体像头牛，健壮得很。我相信，会比您康复得快呢。”巴萨尔笑了。他用眼角扫视房间里面的人，想看到谁呢？王道林知道，他在找梁山汉。

“秘书长有些事脱不开身，他会来看您的，巴萨尔叔叔。”他点点头。

“这样吧，王老师，您回去休息吧，我在这儿照看您的养父。”

“不，我不能回去。我要在这里守候我的养父，他不能没有我的陪伴。再说，我的养父离不开我。”他语气坚定，巴萨尔的脸上露出了微笑。

雷诺宜很看重王道林知恩图报这一点。她想起了在东晋时期，一只白鹤“衔明珠以报德”的故事。在雷诺宜的眼中，王道林就是一只白鹤，知恩图报的白鹤，品性高雅，有着圣洁之美。她希望自己能够找到一个像他这样的男人，渴望自己的未来生活美满。

第三十八章

马铁，他向巴萨尔先生开了枪

再次确认，那人高抬腿“下劈绝杀”的动作，绝对经典。他确信，无疑，那个人就是马铁。

阿顺和张超开着车离开了医院，在公路上绕了两圈，看看后面没有人跟踪，才去了红楼。在红楼，他见到了班输船的父亲班久成。班久成神情沮丧，不知所措，为儿子的生命担心。

“班叔叔，您都看到了什么？在巴萨尔先生受到枪击的时候。”

“我看到那个人，就是上次打了班输船的人。不同的是，他穿了一件黑色的风衣，还戴了墨镜。”

“班叔叔，您这样肯定，有什么凭据吗？”

“有的，那个人腿脚灵活，特别是那条腿高高抬起，然后快速下劈的动作，我是看清楚了，和上次一模一样的动作。”

“哦，您看得真切吗？班叔叔。”

“真切，绝对真切！”

“班叔叔，那个高抬腿，然后落下的动作，是跆拳道的一个经典动作，叫‘下劈绝杀’！阿顺哥，不仅如此，我当时在现场，也看到了那个标准的‘下劈绝杀’的动作。看来，这个人会跆拳道，并向巴萨尔叔叔开了枪。”

“张超，你还看到了什么？”

“一辆奥迪车，车里面还有一个人。也就是说，枪击巴萨尔叔叔的案件，至少有两个人参与，其中一个人接应。”

“班叔叔，您还看到了什么？”

“没有了，阿顺。”

“班叔叔，我要看看红楼的视频录像。看看能否发现什么，但愿能够有所发现。”

“噢，坏了，视频被那个俄罗斯姑娘弄坏了。也许，那些东西可能在她手里。你要是看的话，找她去吧！不过，她已经离开这儿了，没有说去哪里？”

“那么说，上次袭击班输船的人，这次向巴萨尔先生开了枪。那么，这个人应该是马铁。班叔叔，马铁是赵子新和赵子强的一个打手，我们和他交过手的。”

在马亮庄的别墅，阿顺见到了施勒比娃小姐，还见到了张潮生小姐。阿顺知道，张潮生小姐是水荷姐的朋友。此时，欧阳水荷从医院回到了别墅。

他悄悄地对欧阳水荷说：“水荷姐，我可能找到了罪犯。一个会跆拳道的人，向巴萨尔先生和班输船开了枪。据班久成介绍，那个人就是早期在红楼袭击过班输船的人。他叫马铁，是赵子新和赵子强的保镖。此外，张超也看清了，那个人会跆拳道。现在，我来找施勒比娃小姐，想看看红楼的视频影像。这些资料，可能在她的手上。也许，她为了避免警方拿到这份资料，弄坏了红楼的视频系统。”

“好吧，施勒比娃小姐，阿顺想和你共同看看红楼的视频影像。你们到小屋去吧，那儿有台计算机。”

可是，红楼的视频影像不够清晰，已经录下的枪击现场的视频资料，让阿顺无法看清楚那个开枪人就是马铁。视频中，的确有一个“下劈绝杀”的经典动作，但无法确认他就是马铁。为此，阿顺感到沮丧。他不能根据班久成和张超所看到的情景，来决定自己的下一步行动。

“施勒比娃小姐，红楼的视频系统不够先进，我们让那个电子产品供应商糊弄了。他妈的，这根本不是什么当代最先进的视频系统。”

“是的，你说得对，这个视频系统有些落后了，但还是可以的。只要费点事，也许，能够找到一个会使模糊的视频影像，变得清晰一些的办法。”

他觉得不可思议，一脸的困惑。“这怎么可能，到哪儿去找让视频影像清晰的办法？”

“有的，我来想想办法。你稍等，一会儿就好。”她在计算机上下载了一个软件，那些下载的程序都是些外文，阿顺看了之后眼睛迷糊。他不相信会有什么办法，能够让模糊的影像资料变得清晰。就像班输船，一生下来就是丑陋的，怎么会变得英俊呢？

过了一个小时，也许时间更长些，施勒比娃将处理过的红楼影像资料，让阿顺和张超看了。红楼的影像资料清晰多了，他看清了，一个穿黑色风衣的人，快步向巴萨尔先生走来，并且在说着什么；巴萨尔先生在喊着什么；接着那个人和巴萨尔先生说话。然后，那个人撩开了风衣，抽出一把枪，一团火光，巴萨尔倒地。接下来的录像是，那个人被班输船用脑袋重重地撞倒了；那个人仰面倒地之后，背顶在地上，双脚一蹬弹了起来。他看清了，啊，他就是马铁，赵子新和赵子强的打手；再次确认，那个高抬腿“下劈绝杀”的动作，就是马铁的功夫。

“好啦，施勒比娃小姐，那个向巴萨尔先生开枪的人，我认识他。他叫马铁，赵子新和赵子强的保镖，也是杀手。”

“你确信吗？阿顺。”

“我确信。毫无疑问，就是马铁，就是他向巴萨尔先生开了枪。我和这个人交过手的，就在红楼的下面。当时，班输船挨了打，班输船的父亲在场。如果班输船醒来，他也会认出是马铁。不过，我不知道接应他的人是谁？我想，应该是赵子新或赵子强。如果加上别墅内的爆炸，还会有其他人一道参与了谋杀；再加上秘书长的‘交通事故’，参与的人会更多。”

“阿顺，现在就去找马铁，抓到他。我相信，抓到他之后，真相会大白天下。”

“是的，我能够找到他，但不是现在。不难想象，马铁，还有参与作案的其他人，已经躲避了。如果现在去找他，那会事倍功半。”

“保密，注意保密。不能将掌握的情况发布出去。在没有找到他之前，你们什么都不知道。”欧阳水荷说。

阿顺看看欧阳水荷，心中升起敬意。那句“在没有找到马铁之前，你们什么都不知道”的话，让他心里折服。不仅如此，施勒比娃鼓捣的那个怪怪的计算机程序，也令他吃惊。阿顺不懂外文，也不懂计算机，更不懂计算机程序。可是，眼前这个女人，让他看得眼花缭乱，真是身怀绝技。他不知道她是怎么鼓捣的，红楼那个视频影像竟然变得清晰了，让他看清了那个向巴萨尔先生开枪的人就是马铁。

过去，在阿顺的眼中，只知道施勒比娃小姐美丽，应该是个花瓶，一个精美绝伦的人样子。但他错了，她不仅美丽，而且超凡脱俗，且身怀绝技。

第三十九章

“阿嚏”，那个女人就神附其体了

跳萨满教的女人，身子前仰后合地抖动，屁股在凳子上颠来颠去的，几近疯狂，嘴里不停“嘘、嘘”地吐着气。

张潮生小姐的助手，是一个聪明的小伙子，叫吴亮子，二十八岁，毕业于京都大学生物医学系，一个典型的女真人的后裔。吴亮子的家，住在历史上女真人的重要聚居地上京，今黑龙江省境内的阿城市。

吴亮子之所以选择读生物医学专业，是因为他的母亲患了一种瘪病，看了好多医生，也都没有什么效果。最后，吴亮子的父亲，一个老实巴交的农民，选择了萨满教为妻子治病。

跳萨满教的那个女人，快六十岁了，身上挂着“腰串子”。给吴亮子母亲看病的时候，身子前仰后合地抖动，屁股在凳子上颠来颠去的，几近疯狂，嘴里不停“嘘、嘘”地吐着气。吐气的时候，一声比一声长，有时像小孩子打了一个极其响亮的口哨。

她在“跳神”的时候，有两个助手，为其疯狂地敲打着锣鼓。在屋内的山墙处，供奉了一个“神案”。屋内香火缭绕，乌烟瘴气，不时还夹杂着看热闹人的放屁声。那个“跳神”的女人，嘴里念念有词地叨咕着什么？当时他太小了，听不清楚她叨咕些什么？就算听清楚了，他也搞不明白是怎么回事。不过，他觉得那个跳萨满教的女人好玩，蛮有意思的，特别是那几近疯狂的姿态很值得看。那个跳萨满教的女人，“嘘”

了一会儿之后，拿过一个瓶子喝了点什么，然后身体更加剧烈地抖动，头摇晃得更厉害了，就像一个拨浪鼓。

这时，她的助手划了一根火柴，在她的眼前比划了一下。那个女人闭着眼睛，快速地晃荡着脑袋。突然嘴巴一张向外喷射，立刻形成了一条长长的火龙。那条火龙向前奔腾着、翻滚着，周边的人们吓得躲开了。那个"跳神"的女人闭上嘴，火龙消失了。

接着，只听"阿嚏"一声，那女人神附其体了，身子还是颤抖不已，嘴里念念有词地说道："你的老婆精神恍惚，是因为你们家的男孩，惊扰了我'黄大仙'。"

吴亮子的父亲跪在地上说："那我给'大仙'谢罪了，求求'大仙'，饶过我的老婆吧！我今后家里供奉'大仙'，每年给'大仙'上香，也不再让孩子惹'大仙'生气了。"

那个女人说："'黄大仙'说了，你儿子也要请罪！"然后，嘴里又"嘘"了一声，声音特别的响亮，接下来是锣鼓敲打得震天响！

于是，那个跳萨满教女人的助手，将吴亮子捉来，强迫他跪在"神案"前。吴亮子不从，被那个巫婆的助手狠狠地扇了一个耳光。在那个跳萨满教女人的指令下，吴亮子向"黄大仙"请了罪，也是为了母亲治病。他还记得，向那个"神案"磕了三个头。

再后来，"大神"说了："'黄大仙'就在你们家附近，要送'黄大仙'启程。"人们按照"大神"的指令，到外面去为"黄大仙"送行了。

人们在屋前屋后、犄角旮旯、柴火垛里面，找来找去，真的有一条黄鼠狼从柴火垛里面跑掉了，跑向了茫茫的黑夜之中。人们回到屋子之后，告诉那个跳萨满教的女人："'黄大仙'送走了！"

那个女人安静了下来，身体不像刚才那么有劲了，也不再那么剧烈地抖动了。然后，那个跳萨满教的女人，用酒和上朱砂，再写了一个"神符"。将"神符"点燃之后，将纸灰、朱砂用碗和了，吴亮子的母亲喝了下去。

再后来，那个巫婆对吴亮子的父亲说："好了，'黄大仙'放过你的老婆了，她很快就会好的。"

那个"大神"的助手，将吴亮子拽了起来。吴亮子的父亲又点燃了一捆黄纸，算是对“黄大仙”的感谢和敬奉。

吴亮子看那个女人的身体还在抖动，脑袋还在绕着圈地晃动，腰上的铜串也响个不停。被打的他，心中有气，到外面找了一个铁钉，用手拿着放在了那个婆子的屁股和凳子之间。待那个女人收功之后，屁股往凳子上一坐，只听“啊”的一声跳了起来，屁股扎破了。他随即逃出了家门，向同学家跑去。

吴亮子搞不明白，那个跳萨满教的女人，为什么有那么大的神力。没有几天，他母亲的病还真的好了，不再胡言乱语了。后来，吴亮子查明：黄鼠狼的确会从肛腺里面放出臊气，体质差的人，会受到黄鼠狼臊气的麻醉。于是，神经上产生了一些稀奇古怪的幻觉。正是幼年的这些经历，使他痴迷于生物化学，并试图解析黄鼠狼迷人神经的现象。

从京都大学生物医学院毕业后，他进入了京都一家生物医学研究所。在看到张潮生指纹研究所招聘生物医学专业人员的告示后，就应聘到了她的门下。指纹的独特性和生物的科学性都让他痴迷。张潮生教会了他如何识别指纹，以及它的独特性，并使指纹的独特性和残留的有机物，成为生物识别和刑事侦查的有力手段。现在，他是指纹鉴识和指纹残留有机生物分析的不可多得的专业人才，但理论研究的功底，还远不如张潮生小姐那么深厚。

接到张潮生的电话时，他在所内值班。带着凝胶胶带和一台红外光辐射仪器，立即赶到了机场。他有特别的通行证，可以乘坐任何交通工具到达案发目的地。京都机场，为他提供的是一架公务机。在飞机上，他听到那几个人在讨论如何抢救两个被猎枪子弹击中的人的生命问题。他猜想，自己去滨海市可能和这起案件有关，但他没有参与讨论，而是闭上眼睛休息了。他知道，这个夜晚会很忙，不会有时间睡觉了。

走下飞机，滨海市公安局的一个搞技术的工作人员，为他提供了汽车。然后，那个人就回去了，这是他下飞机接到的张潮生小姐的指令。吴亮子为此生疑，侦破案件地方公安机关一向是密切配合的。但他不怀疑，张潮生特别的正直，做人做事都有原则性。

在去往富都山庄别墅区的路上，再次跟张潮生小姐通了电话。“头儿，我到了，马上到富都山庄了，向您报到。”

“好，你辛苦了。”

吴亮子用塑胶胶带，分别从别墅的铁门把手上，取下来一些指纹。然后又用X光照射汗液的方法，在别墅铁门的内侧、外侧，获得了更为清晰的指纹，特别是铁门锁孔周边的指纹非常清晰。为此，他非常兴奋，采集到的指纹中肯定沉积着重要的信息。

之后，他钻到了宝马车的下面。在汽车底盘的钢板上，发现了有一条捆绑炸药的胶带还粘在底盘上，胶带里面、外面，都有指纹痕迹。于是，他将粘在胶带上的指纹取了下来，其中一个是拇指指纹，另一个是食指指纹。只是车底盘下的指纹，不如别墅铁门上的指纹清晰，有的指纹受到爆炸物的冲击破损了。但不要紧，他带来了一台手提电脑，可以对破损的指纹进行有限度的修复。一切进展顺利，他相信，采集到的指纹中，至少有罪犯的指纹。这是证据，追踪罪犯的证据。

他将用塑胶胶带采集的指纹，通过红外光辐射到了一台高度敏感的仪器内，现场进行化学分析。这种仪器能够获得一种“化学相片”，在三十秒内就给出了识别指纹中的生物分子。经过指纹比对、鉴识，采集到的指纹是五个人的。

“水荷姐，现场采集到的指纹是五个人的。其中有两个人在进到别墅前喝过酒，含有酒精生物分子；另一个人在进到别墅前抽过烟。抽烟人的指纹，和汽车底盘钢板上的指纹是一个人的，仪器给出的生物分子是哈瓦那雪茄。无疑，那个抽哈瓦那雪茄的人，安上了炸弹，这个人是别墅爆炸案的元凶。问题是另四个人的指纹是谁的呢，需要搞清楚。”

“我想，另四个人的指纹肯定是亮庄哥的，还有我的。”阿顺说，“来，把我的指纹采集下来，为排除另四个人的指纹提供依据。”吴亮子采集了阿顺的全部指纹。之后，张潮生小姐进行了指纹比对。无疑，其中一个人的指纹是欧阳水荷的，另一个人的指纹是阿顺的，还有一个人的指纹是施勒比娃小姐的。采集到阿顺的指纹，是在门把手上，还有门的外侧。阿顺留在别墅门外的指纹，是他离开别墅前向内推门时留下的。他在来别墅前，在马亮庄的婚礼上喝过酒，但他不会吸烟。

“这样吧，采集亮庄哥的指纹。我想，另一个人的指纹，应该是亮庄哥的。”经过比对，吴亮子认定了另一个人的指纹的确是马亮庄的。

经过指纹比对之后，张潮生小姐得出了结论：别墅内的爆炸案是一个人所为。

这个人会吸烟，一种高档的产自古巴的哈瓦那雪茄；引爆炸弹用的是一种电子装置。那么，这个人是怎么进入别墅的呢？她给出了答案：从大门进入别墅。考察别墅周边，都是高墙和脉冲电网，没有翻越的痕迹；别墅的大门也没有撬、压的痕迹。因此，安装炸弹的人，是用钥匙打开别墅的大门，然后安装了炸弹，又悄悄地离开了。那么，这个实施别墅汽车爆炸案的人会是谁呢？这个人又在哪里呢？欧阳水荷疑窦丛生。

不过，阿顺知道这个人是谁，且这个人喜欢抽哈瓦那雪茄。他叫黑四，崔凤景的助手。黑四喜欢女人，也喜欢赌，还喜欢哈瓦那雪茄，这是他的嗜好。就目前调查的情况而言，阿顺认为，黑四有重大作案嫌疑。不过，调查必须继续进行。阿顺不能因为黑四抽烟，抽哈瓦那雪茄而作出断定：马亮庄别墅内的汽车爆炸案就是黑四所为！如果因此断定，未免太牵强了。他必须采集到黑四的指纹，经过比对之后才能得出结论。此外，还要找到打开别墅大门的那把钥匙！

“水荷姐，我知道一个人抽烟，抽哈瓦那雪茄。”阿顺贴着欧阳水荷的耳朵小声说，“他叫黑四，崔凤景的助手。需要采集黑四的指纹，与别墅大门和汽车底盘的指纹进行比对！”

“是的，想想办法，秘密采集到黑四的指纹，再请吴亮子进行指纹比对。如果指纹比对无误的话，那我们就搞清楚了谁是别墅内汽车爆炸案的实施者，并设法抓到他。”

在采集到别墅内汽车爆炸案指纹的基础上，张潮生仔细看了看施勒比娃小姐提供的两颗子弹壳，没有看出什么。不过，她在墨镜上采集到了指纹，并进行了化学分析。墨镜上的指纹一共有三个，分别在眼镜框和镜片上，有拇指、食指和中指指纹。

“水荷姐，这三个指纹是一个人的，均是右手指纹。这个人的指纹纹路较粗，应该是男性；指纹上有烈性酒成分，说明这个人在实施谋杀前喝了酒；指纹上含有螃蟹的蛋白分子，说明他吃了海鲜；还有，这个人的指纹中盐分较多，说明他口重；另外，这个人的拇指为斗形，中指和食指为箕形。”

阿顺悄悄地对欧阳水荷说：“水荷姐，毫无疑问，这个人叫马铁。我从红楼的影像资料里面已经认出他了，无需再做指纹比对了。”

“不，需要指纹比对，这是科学。从影像资料中识别案犯是一回事，而通过指纹鉴识则又是一回事。能够用多种证据证明罪犯枪杀了巴萨尔先生，那不更好吗?!”

施勒比娃说：“水荷姐，张潮生小姐功不可没，名副其实的指纹专家，人才难得，使扑朔迷离的别墅汽车爆炸案、红楼枪击案，有了突破性线索。”

“过奖了，不是人才难得，而是现代科技进步。新的指纹提取方法和分析技术有了巨大进步，特别是凝胶胶带提取指纹技术，适宜于分析指纹上的有机沉积物。过去，收集犯罪现场指纹的方法是用粉末、油墨、蒸汽、液体，但这些方法会使指纹变形，也会丢失一些重要的案件线索，比如指纹中的生物分子，或者是化学物质。现在有了生物识别系统，加上塑胶胶带采集指纹，和X光采集指纹，不仅获得了指纹的形状，便于指纹比对，而且可以获得指纹中遗留的生物信息，更有助于案件的侦破。”

施勒比娃说：“水荷姐，有了张潮生小姐帮忙，我们采集到了红楼枪击案、别墅汽车爆炸案的指纹。现在，能不能请她再辛苦一下，对那起交通事故，也进行指纹提取和生物识别。我相信，这起交通事故的背后肯定有故事。凭我的直觉认为：红楼枪击案、别墅汽车爆炸案，还有‘交通事故’案件，三者之间会有某种联系。否则，怎么会在一个小时左右的时间内，接二连三地发生谋杀案，而且，暗杀的目标指向明确，是巴萨尔先生、亮庄哥、梁山汉秘书长!”

“你看可以吗？潮生。”欧阳水荷说。

“可以，没有问题。有的时候，一起案件是独立的，也有多起案件之间是有内在联系的。我觉得她说得对，在一个小时左右的时间内，三起案件，都是围绕一个经济集团的核心人物，显然，图谋不轨。”

张超说：“交通事故的标本采集工作，梁良善已经做了。他在现场采集了一个尿样标本，还拿到了石砟的样本。在交通事故现场，有散落的石砟。他怀疑，这些散落的石砟，是从那辆车上掉下来的。现在，要不要把他找到这里来，请他把现场采集到的标本拿过来。”

吴亮子说：“不，直接去交通事故现场。在那辆奔驰车上，会有更多的信息。”

欧阳水荷说："阿顺，你们一同去事故现场吧。我要去医院，看看抢救情况。"

"好的，水荷姐。"阿顺说，"由张超送你去医院吧。"

欧阳水荷说："那你们去事故现场用车怎么办？哦，对了，阿顺，你去试一下亮庄哥那辆车，看看还能不能启动。"

阿顺试了一下，汽车启动了，宝马车的马达发出了欢快的声响。受到爆炸冲击之后，马亮庄的宝马车，仍然完好无损。也许，别墅内爆炸案的实施者，没有想到这辆宝马车会是一台防弹防爆车。显然，炸弹的威力还不足以摧毁它。

第四十章

喜乐，你爸爸需要你

巴萨尔帝国不在危机中重生，就在漩涡中沉没。

巴喜乐乘坐的是英国皇家航空公司的班机，从伦敦希思罗机场起飞，到京都机场用了十个小时。在这十个小时中，他神情忧郁，为自己的爸爸担心。

梁山汉秘书长的话，让他心神不宁。“喜乐，立即飞回京都。现在，巴萨尔先生不能说话，也说不了话……你爸爸需要你，还有你妈妈需要安慰。”

“你爸爸需要你，你妈妈也需要安慰”的话，加重了他的忧虑。爸爸会有什么事吗？应该不会有什么事。昨天，他还和妈妈通了电话，每周一次，这是例行电话，一般情况下是向家里报个平安。

“喜乐，家里没有什么事。你爸爸挺好的，他为你的学业和工作成就高兴着呢！”

巴喜乐还记得，妈妈还问了“梅斯卡娅的情况怎么样？”他清楚，爸爸和妈妈渴望他和梅斯卡娅小姐早点结婚。但他和梅斯卡娅都不着急结婚，他们已经适应了西方社会的生活。晚婚，未必有什么不妥。

现在，家里到底发生了什么事呢？巴喜乐猜测，爸爸病了，也许有什么不测。他胡思乱想了一阵，觉得老是坏的方面，有些不吉利，索性就不再想了。

航空小姐两次为乘客送饭，他什么也没吃。他想休息一会儿，可是心里有事睡不着。在上飞机之前，他给家里去了电话，但没有人接听，也给张超去了电话。张超说：“待你回到滨海市再说吧，这里需要你！”

“先生，您喝杯水吧。”一个脸色红润、蓝眼睛的航空小姐递给了他一小杯水。

“不，小姐，谢谢，我不渴。”巴喜乐用英语说。

“先生，您喝下去吧！您两顿饭都没有吃东西了，这样的话，您的身体会有不适的。”

“哦，好吧，小姐，我喝。”他很感动，英国皇家航空公司的服务真好，对乘客真情关怀。乌巴斯乐银行的服务，也应该如此，一切为客户着想。

现在，乌巴斯乐电子银行运作良好，已经有两亿英镑的资金可以支配了。这些资金，大部分投入了收益较高的实业，尽管收益比资本市场略低一些，但绝对安全。金融安全，是金融机构的重大问题，然后才是流动性，再次是收益，这是乌尔其其和巴萨尔的共同意见。乌巴斯乐银行不能急功近利，要着眼长远，必须保证资金绝对安全，如果想做大做强的话。

想到爸爸，巴喜乐心中充满了敬畏。现在，他到底发生了什么事呢？真让人揪心。在飞机即将到达京都机场的时候，他迷迷糊糊地睡着了。这时，那位金发碧眼的航空小姐叫醒了他：“先生，对不起，您醒醒，中国的京都到了。飞机马上着陆，请您系好安全带。”

“谢谢您，小姐，您的服务真好！”他表达了自己的谢意。

“先生，欢迎您再次乘坐英国皇家航空公司的航班旅行。”

“会的，我会乘坐英国皇家航空公司的飞机的，往返于京都和伦敦之间。再次谢谢您，小姐。”

他每次走出机场，秘书长都会安排人接机。可是，这次没有。怎么搞的，秘书长从来没有这么粗心的。可是，自己也忘了和张超说一声，安排人帮他办理转机事宜。办理航班转签手续之后，他拨通了秘书长的电话，可是没有接通。秘书长是从来不关手机的，这次怎么了，接连出错，他心中有些不快。于是，他拨叫了张超的电话。“在滨海市机场接我！”

“张哥，我爸爸怎么样？有什么问题吗？梁山汉秘书长要我回来，有什么事吗？”

“是这样的，巴萨尔先生遇到了一点麻烦。在红楼楼下，受到了枪击。他的腹部中了一枪，是猎枪打中的。现在，他接受了抢救，已经没有生命危险了。”

“凶手抓到了吗？是谁干的？”

“没有，没有抓到凶手。不过，案件侦破有了一点进展，以后会抓到凶手的。”

“张哥，怎么会出现这样的错误，我爸爸怎么会犯如此低级的错误呢，这是不应该发生的错误！何况，张哥，你是特种部队出身的军人，应该是没有什么问题的。”

“你说得对，应该没有问题，也不该发生问题。只是那天晚上，亮庄哥和水荷姐结婚，我喝了一点酒。先是睡着了，后来又去红楼里撒尿。这个时候，巴萨尔叔叔走出了红楼。待我撒完尿从红楼走出来的时候，那个人向他开了枪，并击中了腹部。此外，班输船因为救巴萨尔叔叔，也受到了枪击，现在仍昏迷不醒。”

“班输船怎么样，有什么危险吗？”

“据抢救医生讲，班输船已经没有生命危险了。可是，我觉得很重，还在昏迷。”

“我妈妈怎么样？没有什么事吧？”

“盛阿姨没有事。不过，这两天很难熬，她为巴萨尔叔叔忧虑，也没怎么休息。你到达之后，要劝劝她，让她老人家保重。”

“张哥，还有人受伤吗？”

“此外，亮庄哥别墅内发生了爆炸案，秘书长发生了交通事故。现在，亮庄哥已经醒来，但记忆力尚未完全恢复；秘书长脑袋钻了两个孔，颅内出血已经做了引流，人已经苏醒了。”

神情专注地听张超介绍情况，他陷入了沉默。他感到情况复杂，自己的父亲仍然处在外力威胁之中，还有梁山汉、马亮庄也是如此。他无法想象，会有接二连三的恶性案件发生，他将面对的是极为复杂的尚需小心应对的局面。

“你爸爸需要你，你妈妈也需要安慰。”看来，秘书长这个话说得还不够全面，还有更为复杂的问题需要他来处理。巴萨尔帝国需要他总理事务。

他直接去了滨海市第一医院，看到急救中心门口有两个武警战士。当他迈步上楼的时候，那两个武警战士拦截了他。其中一个人说："先生，请您出示证件。"

"同志，这位是巴萨尔先生的儿子，您让他上楼去吧！"

"不，请出示证件。再说，我也无法相信你。"不得已，张超出示了通行证。"您让他上楼吧，他刚刚从英国回来，去看看他的父亲，看看巴萨尔先生。"

"不，那也不行。您有通行证，只能说明您可以上楼，但这位先生不可以。您知道的，我的职责是保证这里的安全，没有特别通行证，不管是谁，都不能通过。谢谢您的理解，这都是没有办法的事。"一个武警战士说。

张超只好给武警战士的上级打电话，才得以放行。他为父亲的安保工作很放心，否则，那些袭击他的人，会冲进急救中心杀死他。不过，他觉得这不是长事，应该由自己来解决父亲的安全问题。但他心里明白，由武警战士实施安全保卫，肯定是水向东书记的安排。他是爸爸的朋友，既然如此，有机会应当向他当面致谢。

走进病房，他看到了妈妈，还有王道林，爸爸睡着了。他拥抱了妈妈，也拥抱了王道林。

"儿子，你怎么回来的，我没有让你回来呀！"

"妈妈，秘书长指令我回来的，爸爸需要我，还有您也需要我。"他走出了病房，他的妈妈，还有王道林博士跟了出来。

"喜乐，你爸爸受到枪击，这是没有想到的事。这个'老东西'脑子昏了，怎么能那么不小心呢？一个人从红楼里面出来了，也巧，张超没有在汽车里，结果受伤了。还好，'老东西'挺幸运的，没有死去。不过，多亏了道林，还有那个雷诺宜教授，救活了'老东西'。"

"谢谢你，道林，谢谢你救了我的父亲。"

"喜乐，你回来我特别的高兴。但你不该这样说话，不应该说'谢谢你救了我的父亲'。这话，说得让我太伤心。喜乐，你是巴萨尔叔叔的儿子；可是，我是谁，养子呀！难道养子就不如儿子吗？"他转过身去，对盛杰英说：“妈妈，儿子和养子有什么两样吗？您在对待儿子和养子的问题上，有什么区别吗？还有我的养父，有什么区别吗？”

“道林，没有。在我看来，儿子和养子都是一样的，至少在我和你叔叔来说是一样的。”

“是的，妈妈，我作为养子没有感到什么两样。您和巴萨尔叔叔对我和巴喜乐没有什么两样，我和巴喜乐都是您的儿子。我在美国读书的时候，您寄给我的钱比寄给他的钱还多呢！可是，现在他竟然说感谢我的话：‘谢谢你救了我的父亲！’喜乐，你以后不能这样说话，巴萨尔也是我的‘父亲’。你我兄弟之间不要用感谢的话说事，也没有必要。你真让我生气，喜乐，但你能回来让我高兴。”

“道林说得对，儿子和养子都是一样的。那个‘老东西’和我还有所不同，他对道林还有点偏心，对养子比对儿子还要好呢！”

“道林，我的哥哥，你说得对，我的话让你伤心了。不过，我不会向你道歉。在这个世界上，弟弟错了，那也是哥哥的错。弟弟向哥哥道歉，那就等于哥哥向自己道歉。自己向自己道歉，那又有什么意义呢？”王道林拥抱了他，一种亲情在他们的血脉中流淌。他和他是最好的朋友，虽然不是一母所生，没有血缘关系，但绝对是生死兄弟。

这时，护士叫他们了。“巴萨尔先生醒了。不过，你们不能多说话。”

巴喜乐握着父亲的手说：“爸爸，你感觉好吗，还疼吗？”

“我感觉好，不疼。道林请来的专家有本事，雷诺宜教授给我做了二次手术，布台中这个人用几根银针就解除了我的痛苦。儿子，你是办银行的，请道林、范子帝、雷诺宜、布台中这样的专家办个医院，肯定会解除很多人的痛苦。爸爸现在想的是，应该解除更多人的痛苦，这个事要做的。不仅如此，还要多做。办个医院，喜乐，要让那些在痛苦中煎熬的人们摆脱痛苦！如果可能的话，在太阳城办一家综合性医院。请他们这样的专家，为那些患病的人们解除痛苦。不过，道林解除的往往是那些女孩子心灵上的痛苦。哦，对了，道林，你要给班输船做个整形手术，让他变得漂亮些，好娶个媳妇。”

“好的，爸爸！”

“爸爸，您的想法很好，能够实现的。班输船也会变漂亮的，包括兴办一家医院。可以从国外引进先进的医疗设备，为那些患病的人们解除痛苦，这些想法都会实现的。您的意思是，让您的养子来创办这个医院，是吧？肯定不是我吧？”巴萨尔笑了。

接着，巴喜乐一本正经地说：“不过，医院的产权应归属于乌巴斯乐银行。还有，应该有收益，既有利于医院的未来发展，也回报那些投资乌巴斯乐银行的客户。当然，这个收益不能过多，如果多了那就等于剥夺了那些身患疾病的患者，也不符合您的初衷。此外，收费也不能过高，否则会影响医院患者的流量。再有，这个医院的专家的收入不能低就，否则没有知名的专家来这里操刀。您说呢，道林，我父亲的儿子。”

“说得对，喜乐。我赞同‘爸爸’的意见，可以在太阳城兴办一家医院。兴办一家股份制医院，有利于大众的医院。不同的是，要从医院的收益中，按照百分之三或者比例更高一点，建立一笔医院未来发展基金。这笔基金可以交付乌巴斯乐银行管理，必须保值增值。这笔基金用于医院的未来发展，包括购买最为先进的设备和引进高级专家和培训人才。”

“你们的意见很好。兴办医院的事，现在就告诉梁良善，列在太阳城规划之中，但必须建一座国内一流的医院。”

“喜乐，我和‘妈妈’休息一会儿。你和‘爸爸’单独待一会儿，没准爸爸会跟你说点什么。”王道林知道，巴萨尔帝国正面临危机，巴萨尔叔叔会有些应对危机的想法和自己的儿子讨论，这是必须的。

此刻，巴萨尔帝国不在危机中重生，就在漩涡中沉没。

第四十一章

您的吩咐，就是不可违抗的指令

犯罪嫌疑人很从容，在撞击之后，还撒了一泡尿，尿液流在了手上，也留在了汽车的手抠上和车门的外侧。

离开爸爸的病房，巴喜乐去看望了梁山汉。他已经清醒了，但还不能说话。医生不允许他会见客人，说患者还处在危险期。于是，他写了一张字条：秘书长，我回来了，爸爸让我来看望您，并向您问好！

之后，他又看望了班输船。班输船还处在昏迷之中，他没有脱离危险。巴喜乐来到马亮庄的病房，欧阳水荷守护着他。马亮庄办醒了，他的眼睛在不停地寻找什么。当他看到巴喜乐时，脸上露出了笑容。

“哦，喜乐，亮庄哥认出你了，这是个好兆头。喜乐，你给我带来了惊喜！”她在喜乐的脸上亲了一下。此刻，她异常的兴奋。马亮庄在恢复记忆。

巴喜乐走到他床边说：“亮庄哥，你好些吗？”

可是，他好像没有能听清他在说些什么。他嘴微动了一下。他不知道他想说些什么。欧阳水荷说：“喜乐，亮庄哥的一个耳朵失聪，可能听不清你说什么。”

“哦，是这样，给我拿张纸来，我给亮庄哥写几个字。”一个护士递给他一张纸。“爸爸没有生命危险，他让我来看看你。”

他的眼角滚出了一滴泪水，欧阳水荷用纸巾为他拭去。然后，巴喜乐用那张纸的背面写上了："亮庄哥，你保重，一切都会好的！"

他的嘴张了一下，说出了一句话："会好的。"但声音微弱。旁边的医生、护士，见证了马亮庄恢复记忆的情况，都为之特别的高兴。要不了多久，他就可以投入战斗。巴喜乐心想。

离开马亮庄的病房，巴喜乐和欧阳水荷来到了医院提供的休息室。"水荷姐，发生的枪击案、爆炸案，还有'交通事故'，您怎么看？我想知道您的想法和您了解到的情况。"

"应该说，这是三起谋杀案，目标是巴萨尔叔叔、梁山汉秘书长，还有亮庄哥。在刑法上，这叫有组织犯罪，带有黑社会性质的有组织犯罪。毫无疑问，三起谋杀案的背后，是经济利益之争。比如，汽车销售与配件供应的市场争夺，高速公路建设市场的竞标。为了争夺市场，而发生了刑事案件，这也是利益争夺极端化的表现。应该说，我们在市场竞争中的力量过于强大了，因此可能得罪了一些人。这次公路工程的竞标，崔凤景什么也没有得到。可见，他心中会有不快。"

"水荷姐，您看我们内部会不会有问题呢？比如张超！"

"现在看，还没有发现内部有问题，包括张超也没有什么异常情况。这期间，我的朋友参与了案件调查。她是著名的指纹鉴定专家，已经锁定了一些证据。从她调查的情况看，红楼的枪击案、别墅的爆炸案，无疑都是谋杀。秘书长的'交通事故'也应该是谋杀。犯罪嫌疑人很从容，用载重汽车撞击之后，还撒了一泡尿，尿液流在了手上。这个人，在打开奔驰车车门的时候，将含有尿液的指纹，留在了汽车的手抠上和车门的外侧。从打开车门这个细节看，应属于谋杀。如果发生了交通事故，肇事者想逃之夭夭的话，一般情况下，不会打开车门。但这个人，之所以打开车门，是想看看撞击的效果。比如，确认被撞击的人是否死亡。再有，采集到的指纹上，有遗留的有机物沉积，这个人是素食主义者。因为吃素和吃荤的人，氨基酸的成分和含量是不同的。这个人的氨基酸成分较低，应该是素食主义者。对这个人的尿液进行分析，其尿素含量偏高。一般情况下，尿液中的尿素含量较高的话，应属于男性。"

"那么会是谁干的呢？"

"已经有线索了，阿顺从红楼影像资料中认出了红楼枪击案的嫌疑人。这个人叫马铁，赵子新和赵子强的保镖，会跆拳道。在别墅汽车爆炸案中，实施爆炸的人，留有指纹，遗留的有机物为哈瓦那雪茄。据阿顺讲，崔凤景的助手叫黑四，他习惯吸哈瓦那雪茄。那么，是不是黑四，还有待于进一步调查，需要采集黑四的指纹。”

“红楼枪击案有指纹痕迹吗?”

“有的，这个人留下了三个指纹，拇指、食指和中指，均是右手指纹。问题是需要采集到马铁的指纹进行验证。”

“水荷姐，这三起案件都报警了吗?我的意思是说，您看怎么处理这些问题?”

“没有，我不同意报警。这是我们自己的事，用自己的方式处理这些问题。既然这些人如此狠毒，应还以重拳。我不允许他们肆意杀戮巴萨尔叔叔，还有亮庄哥、梁山汉秘书长，为此我愿意付出一切!”他看到，欧阳水荷的眼睛里面放射出仇恨的光芒。一个新娘，因为丈夫和恩人遭遇不测，而燃起了仇恨之火。他知道，巴萨尔、马亮庄是她的恩人。恩泽之重，也会导致当事人患得患失，为了感恩而走上险路，这就是生活。尽管她是京都的高级法官，也选择加入了向自己丈夫的敌人进行战斗的序列。对此，他感到欣喜，渴望她有这样的立场。

之后，巴喜乐秘密会见了林森副局长。林森副局长向他提供了一些重要信息，爆炸发生后，对所有在红楼附近区域通话信息分析情况。

林森说：“崔凤景在参加亮庄哥和欧阳水荷婚礼的时候，向一个‘无主’的手机发送了一条信息，但这条信息没有文字。接收信息的手机，是新启用的。这条信息可能是一个信号，预谋的信号。这条没有文字的信息，只有当事人知道是怎么回事，其他人无法猜测。但我对此生疑，为什么要发一条没有文字的信息呢?而且，是在亮庄哥和水荷姐结婚的盛宴上。喜乐，我感谢您的父亲，还有亮庄哥，感谢他们对我的关照。也就是说，您在此刻，需要我做些什么，尽管吩咐，但愿您对我有所要求。”

“哦，是吗?不过，您别太在意。他们为您做了些事，那是应该的，您大可不必记在心上。再说，帮帮别人的忙，也是应该的。简单地说，您不也是帮了很多人的忙吗，您也不会在意别人都记得这些事。”

“是的，我不在意别人记得我帮他们做过的事。可是，我不会忘记巴萨尔先生对我的恩泽，还有亮庄哥。在我的人生之中，他们是我的恩人，但这不能摆到桌面上去说。喜乐，我跟您说这事，是希望您安排我做些什么，尤其是在如此危急的时刻。我的意思您明白，这是个特殊时段，我应该做点什么！”

“噢，谢谢您，林森，看来您是一个情义很重的人。也许，我的父亲正是看重您这一点。好吧，今后有什么事，我会和您说的。现在，我想问一个问题，就是崔凤景手机信息发出的时间。”

“二十时十分，这个信息是从通信基站获得的。不过，我无法确认，他当时为什么会在这个时间发出信息。其内含的意思是什么，我也无法搞清楚。”

“哦，那您再调查一下，那个无主手机还和哪些人通过话，或者他向哪些人发出了同样的信息。”

“好的，搞清之后，我们再见面。”

巴喜乐告别林森之后，拜见了市委书记水向东。

“水向东书记，您为我父亲操心了。我作为他的儿子，向您表示无限的谢意！我知道，您支持了我父亲的事业。这次，又是您组织医护人员，挽救了我父亲的生命。我的父亲给我有明确的指示，那就是报答您的恩泽，做什么事都行，只要您吩咐。”

“不，不能那么讲。喜乐，你的话说重了。你父亲是我的朋友，一生的朋友，彼此的支持也是相互的。能够有机会为朋友做些事，那是我的渴望，其他没有什么。”

“可是，我为我的父亲骄傲，为他有您这样的朋友而骄傲。按照我父亲的指令，乌巴斯乐银行将为您提供必要的服务。或者说，您对乌巴斯乐银行的吩咐，就是不可违抗的指令。现在，乌巴斯乐银行注册地在维尔京群岛。在发达国家吸纳资本，投入到发展较快的国家和地区，进而获得更高的收益。与其他银行不同的是，乌巴斯乐银行没有参与金融衍生品的业务，都是一对一地与客户接触，尽可能地规避投资风险。”

“喜乐，你的父亲，是我非常好的朋友。上次我同他说了，手头有一笔资金，想找个出路。否则，放在家里很不安全。”

“这件事，我爸爸已经有了交代。您的资本，可以参股乌巴斯乐银行，获得固定的收益；也可以单独为您开展独立的投资渠道，让您的资本增值得更快一些。此外，我爸爸还指示我，乌巴斯乐银行在世界发达国家有办事机构，要为您提供支持。我要说的是，乌巴斯乐银行是您的资源，可以为您提供资金或者其他方面的支持。我父亲的意思很明确，那就是延长您的羽翼，让您在政界飞得更快更高。这是他的希望，您朋友的渴望。”

“是的，他和我说了，希望我在政界有更好的发展。为此，我很感谢他。我看，喜乐，你不仅会使资本增值，还很懂政治，这一点很像你的父亲，有思想，而且眼界高远，又如此的年轻。”

“现在，我要向您转达我父亲的意思：为了应对眼前的危机，他决定退休了。现在，由我主理巴萨尔实业集团的事务。不久，我会向外部发布这个信息，如果您赞同的话。”

“我理解他的意图，退是为了进。有关战略和战术的摆布，他是高明的。因此，不管他怎样决定巴萨尔实业集团的事务，我都坚定地支持他，也支持你。”

“此外，有关太阳山谷的开发，将由巴芙琳娜·巴萨尔主理，他的女儿主理。再有，梁良善从政的方案，我父亲的意思没有改变，还望您继续关照。”

“梁良善现在就可以到湾口镇报到了，先任职副镇长；过几天湾口镇镇长提拔到滨海市土地局任副局长，然后梁良善就可以主持湾口镇的工作了。有关湾口镇升格为太阳城的方案，是在巴萨尔先生受伤的第二天形成的。现在，这个方案已经上报了。省政府的工作，我已经作了沟通，目前看问题不大。不过，最终由高层批准，还要等一段时间。必要时，巴萨尔先生可以和他高层的朋友说一声，进展可能会更快些。”

“谢谢您，水向东书记。如果可以的话，就让梁良善近日报到吧。当然，他还会参与巴萨尔实业集团的事务。我的父亲是这样想的，走‘政商结合’的路子，才会适应当下社会的现实，并走向美好的未来。”

“他是对的，准确地把脉了当下社会的现实。你也的确精明，和你爸爸一样优秀，尽管你现在还很年轻。”

“噢，您过奖了。某些方面，我爸爸远远超越于我；而某些方面，他和我又有所不同。我爸爸走的是实业发展的路子，在房地产等行业，也包括大宗商品上赚钱，但主要是做实业；而我不同，用资本赚钱。我感谢我的爸爸，他给了我生命，又让我受到了良好的东西方文化教育。

此外，他还有一些可靠的朋友，包括您在内，使我的生活丰富多彩。”

“喜乐，你的父亲是我的朋友。我希望你也成为我的朋友，一个年轻的朋友。”

“你我已经是朋友了，这是友谊的传承，形同血脉的传承。另外，您的吩咐，就如同我父亲的指令。今后的每时每刻，我将恭候您的吩咐，包括在世界各地！”

“噢，谢谢！谢谢喜乐，我年轻的朋友！”旋即，水向东拥抱了他。

第四十二章

给，这是最新版的手机监听器

在这个世界上，你我是最好的兄弟了。没有什么东西，比你我的情分更重要了。

在滨海市机场出口，施勒比娃看到了乌尔其其，他正向出口走来。他的后面是尚无二，两人之间保持着距离。外人看来，他们俩不熟悉，也不会是同伙。这个距离是安全的，遇有突发事件，也来得及作出反应。走到机场出口，尚无二看到了她，但他没有和她打招呼，直接从她身边走过去了。他打出租车走了，去了什么地方，她不知道，但以后会知道。

她开着车，载着乌尔其其，向滨海市第一医院疾驶而去。“巴萨尔怎么样，有生命危险吗?”

“还好，已经脱离危险了。他的养子王道林从京都市请来了专家，发挥了至关重要的作用。这几天，他一直守候着巴萨尔先生，是个难得的孝子。现在，巴萨尔先生头脑清醒，但身体虚弱，康复尚需时日。”

“梁山汉呢？现在他怎么样？伤得重吗?”

“伤得很重，当时昏迷不醒，马亮庄也是一样。不过，秘书长，还有马亮庄，没有生命危险了。班输船也从昏迷之中苏醒了。这次，巴萨尔实业集团的核心人物，均遭受了重创。还好，最严重的危机已经过去了，但潜伏的危机还在。我想，那些谋杀他的人，不会就此善罢甘休的。他们的目标，是杀死巴萨尔、梁山汉，还有马亮庄。那么，这些人还活着。因此，杀戮不会停止。另外，阿顺也处在被追杀之列。是否还有其他人，我不甚清楚。”

“这么说，巴萨尔、梁山汉、马亮庄，还有阿顺仍有危险，是这样吗？”

“是的，应该是，我这样认为。在那些杀手没有根除之前，他们仍有被杀戮的可能。”

“现在，是否有了一些线索？也就是说，会是谁干的呢？你知道吗？巴萨尔知道吗？”

“有了一点线索，在红楼枪击案的影像资料中，阿顺认出了那个开枪的人；此外，欧阳水荷有个朋友，采集到了嫌疑人的指纹，并且从指纹中解读出了一些重要的信息，这对以后找到凶手，可能会有帮助。”

“给。”乌尔其其递给了她一个精致的小盒子。“这是俄罗斯情报机构最新科研成果，最新版的手机监听器，可以对各种形式的通话进行同步录音，并可进行全球定位，还可以拦截短信。如同计算机连接起来，不管通话的人在哪里，均可以进行监听！你下一步的任务是，负责对那些犯罪嫌疑人的通话进行监听，找到他们实施阴谋的证据，为下一步采取行动做必要的准备。与你不同的是，尚无二的任务是直接追踪犯罪嫌疑人，尽快斩断他们的黑手，保证我们的人绝对安全。”

“是，我要努力找到那些家伙。不过，我能向您提出一些建议吗？”

“说吧，可以。”

“我要说的是，应该采取特别的措施，以应对当前的危机，包括成立必要的组织，抽调专门人员，对付那些实施谋杀的家伙，一直追杀到底。”

“说得对。我这次来，准备采取进一步行动，保证我们的人安全，也让那些人为此付出代价。”

她把汽车开进了滨海市第一医院。巴喜乐在楼下迎接他。巴喜乐知道，他是梅斯卡娅小姐的父亲，自己父亲的恩人。同时，对自己也充满了期待。其中一个重要原因，是梅斯卡娅对自己有了良好的感觉。

“伯伯，我不知道您会来。否则，我会建议梅斯卡娅回来，看看她的父亲，我的伯伯。可是，很遗憾，在回国的时候，我不知道秘书长要我回国的意图，也不知道您会来滨海市。”

“喜乐，你是前天到的吧？”

“是的，前天晚上抵达滨海市。伯伯，上楼吧，我爸爸在等着您。”

乌尔其其走进病房，巴萨尔的眼睛里满是喜悦。他俯下高大的身躯，脸贴在了巴萨尔的耳朵上。“老弟，你好些了吗？”他表情凝重，看得出来，他对他充满了关切。

“好些了，感觉好多了。上帝还拒绝接收我，它还没有给我去天堂的通行证。大哥，是梁山汉告诉你的吗？”

“哦，不是，他可能还没有来得及告诉我有关你的情况，就发生了‘交通事故’。施勒比娃在你被枪击之后，给我打了电话。她说你遇到了麻烦，生命危在旦夕。于是，我就赶来了。”

“哦？你说什么？秘书长也受伤了？这些，孩子们没有告诉我。怎么样，他伤得怎么样？我想知道情况。”

“还好，他没有生命危险了。一会儿，我代表你去看看他，还有马亮庄、班输船。”

“什么？你说什么？去看马亮庄？他怎么了？”巴萨尔一脸的错愕，他怀疑自己的耳朵听错了什么，但他听清了，他说到了马亮庄，去看马亮庄。

乌尔其其明白了，巴萨尔在受到枪击之后，不知道后续发生的情况。既然说到这儿了，那就没有必要再对他隐瞒什么了。于是，他说：“巴萨尔，看来有些情况你不知道。在你受到枪击之后，马亮庄别墅内发生了汽车爆炸案；之后，又发生了秘书长的‘交通事故’。不过，他们已经没有生命危险了。一会儿，我代表你去看看他们。”

听了乌尔其其讲的情况，巴萨尔沉默不语，眼睛里有了愤怒的光。他安慰着他。“老弟，最严重的危机已经过去了。你、梁山汉、马亮庄都没有生命危险了，还有班输船。这是可喜可贺的事，放心吧，一切都会好的。”

“大哥，你来看我，我特别的高兴。可是，这一路的劳顿，让你辛苦了，老弟心里不好受的。”

“老弟，就是再辛苦我也必须来的。在这个世界上，你我是最好的兄弟，没有什么东西比你我的情分更重要了。我这次来，除了看看你，还要做一些安排，对一些事做个了结。”

乌尔其其接着说：“巴萨尔，这次你受到了枪击，还有其他人也受到了重创，非常危险啊！这样的事，不能再发生了，一次也不能再发生了。可是，你知道的，这种危机还没有解除，我们的人，还必须小心才是。不过，你知道是谁干的吗？为什么出手这么重？”

“知道，应该说知道一些。我猜，崔凤景的可能性很大，还有赵子新和赵子强。也许，他们联手实施了谋杀。过去，我有些警觉，但后来放松警惕了。现在看来，这是个错误。不过，是不是他们干的，还有待于找到证据，不能凭猜测行事，更不能因为猜测而滥杀无辜。我想，之所以发生这样的暴力事件，说到底还是商业竞争和利益问题。他和我在高速公路建设市场上有竞争，赵子新、赵子强与我在汽车销售和汽车配件市场上有争夺。不过，我赢了，他们输了。因此，可能产生了嫉恨，进而发展到向我开枪，对梁山汉和马亮庄实施谋杀。他们这样做，真是没道理，如果这些谋杀的确是他们干的话！”

“不能说没有道理，分怎么看。在这个世界上，没有道理的事多着呢？这些人，对你下此毒手，的确没有道理，但却可以消灭一个竞争对手。因此，可以长期获利。在他们看来，只要能够获得最大的自身利益，消灭竞争对手，就是最大的道理。不是吗，巴萨尔！”

“哦，不能说没有道理，但这样做过于野蛮和残忍了，他们不该如此。可以坐下来谈嘛，达成某种共识。其实，相互让让步，也没有什么嘛。”

“可是，他们开始杀戮了，尽管这样做没有道理，但他们向你开枪了。巴萨尔，你不能劝恶人发慈悲，也不能劝狼不要吃羊。好了，不谈这些了。现在，我需要做一些安排，一些应急的安排，让那些实施谋杀的人，为此付出必要的代价。这次，尚无二也随我回来了，但他不能来看你。在这些问题没有了结之前，他还不宜露面。”

“对如何处置这些问题，我有了一些想法，并且在你没有到来之前，已经和巴喜乐说了。现在，需要韬光养晦，以退为进，巴喜乐将会对外宣布我退休。不仅如此，梁山汉、马亮庄也一起退休。这样做，是为了获得一个喘息的机会，但会有些经济损失，包括从某些市场上退出。显然，这是不得已的选择。一旦时机成熟，在这个世界上，我就不想再看到那些人的影子。”

“你的意思是，由巴喜乐接任你的工作，主理巴萨尔实业集团的工作，是这样吗?”

“是的，但这是暂时的。从长远来看，这里的事务要交给巴芙琳娜·巴萨尔打理。我想，他和梅斯卡娅，还要在金融业上发展，这是他们的专长。另外，他们两人相处得很好，如果您同意的话，适当的时候，是不是可以结婚了。”巴喜乐听了父亲的话，脸上有些羞涩。

“巴萨尔，你知道的，孩子们的婚事我是不管的，一切由巴芙琳娜做主。不过，我的妻子巴芙琳娜会赞同的。如果盛杰英同意，这件事就这样定了。你说哪，喜乐。我知道的，梅斯卡娅是同意的，她很欣赏你的。”

“我同意，伯伯。我愿意和梅斯卡娅在一起。现在，乌巴斯乐银行的业务，主要由梅斯卡娅打理，一切运作良好。梅斯卡娅很优秀，她有点像您，伯伯。”

“好吧，就这样定了。喜乐，你要好好地待梅斯卡娅，也要好好地孝敬伯伯和伯母。”

“放心吧，爸爸，我会像孝敬您一样，孝敬伯伯和伯母。”

离开巴萨尔的病房，乌尔其其去看了梁山汉和马亮庄。走进班输船的病房，负责为他治疗的主治医生告诉他：“班输船已经苏醒，但恢复还要时日。”

王道林博士说：“为班输船做手术的是范子帝教授，已经返回京都了。他说他的康复没有问题!”

“道林，你真是个孝子!”乌尔其其拍了拍王道林的肩膀说。

第四十三章

一共四个人，参与了“没有文字”的短信游戏

没有文字的信息，接收了又发出去，这难道是游戏？玩“没有文字”的短信游戏？这真是怪了。

同巴喜乐告别之后，林森指派他的技术人员，对接收崔凤景发出信息的“无主”手机的通信情况进行了分析。令人奇怪的是，这个“无主”手机没有通话记录，没有电话拨出，也没有电话打入。通信部门给出的情况是，“无主”手机卡，已经售出一个月了，一直没有使用。那个出售手机卡的小姐，尽管脸蛋漂亮，但一脑子糨糊，什么也不记得了。她回忆不起来那个购买手机卡的人的具体相貌特征。可见，上帝也有公平的一面，让女孩脸蛋漂亮的同时，也悄悄地降低了她的智商。

然而，林森是从案件堆里爬出来的“虫”，对“无主”手机接收和发出的均没有文字的短信生出了疑问，对手机的主人到底是谁疑窦丛生。一个没有文字的信息，到底承载了多少信息含量，表达了什么内容呢？令人匪夷所思。

可是，这个“无主”手机在这个神秘的夜晚，还接收到了其他人发来的信息，也没有文字。此外，“无主”手机，在接收到信息之后，还向其他手机发出了没有文字的信息。没有文字的信息，接收了又发出

去，这难道是游戏？玩“没有文字”的短信游戏？这真是怪了。

于是，细心的林森，对所有参与接转“没有文字”信息的参与者进行了分析。“哇，一共四部手机，包括崔凤景的手机在内。”林森不由自主地咕哝了一句。

四部手机的主人，在这个夜晚参与了“没有文字”的短信游戏。可是，除了崔凤景的手机有注册，另三部手机都没有注册。那么，这三部手机的主人会是谁呢？为什么在这个夜晚接发没有文字的短信呢？深更半夜的不睡觉，他们想干什么？林森在心里琢磨着。

在掌握了参与“没有文字”信息游戏的手机数量的基础上，林森决定，对信息接收和发出的时间进行分析，并且绘制了一张路线图。四部手机信息传递的时间是这样的：

20 时 10 分，第一部“无主”手机接到了第一个没有文字的信息。经查明，这个没有文字的信息，源自于崔凤景的手机。

22 时 20 分，第一部“无主”手机又接收到了一条“没有文字”的信息。经查，发送信息的手机，在电信部门没有登记。就是说，第二部“无主”手机，加入了“没有文字”信息的游戏。

在林森看来，这真是怪了：一部“无主”手机，接收了另一部“无主”手机的没有文字的短信。为什么“无主”手机要做“没有文字”信息的游戏呢？

接续的分析，让林森更加迷惑不解。第一部“无主”手机，在接到第二部“无主”手机发来的“没有文字”的信息之后，立即向第三部“无主”手机发出了没有文字的信息，时间是 22 时 25 分。

从短信数量上看，第一部“无主”手机接收了两条信息，发出了一条信息；第二部手机发送了一条信息，是发给第一部“无主”手机的；第三部“无主”手机接收了一条短信，是第一部“无主”手机发来的。

23 时，第一部“无主”手机又接收到了第二部“无主”手机发送来的第二条短信，仍然没有文字。几乎就在接收这条短信的同时，第一部“无主”手机立即向崔凤景发出了没有文字的信息。这是第一部“无主”手机发出的第二条没有文字的信息，也是崔凤景接收到的第一条没有文字的手机信息。

23 时 40 分，第一部“无主”手机，再次向崔凤景发出了没有文字的信息。这是第一部“无主”手机发出的第三条短信。

23时55分，第一部“无主”手机，接收到了第三部“无主”手机发来的没有文字的信息。这是第三部无主手机发出的第一条短信，也是唯一的一条信息，是第一部“无主”手机接收到的第四条短信。

24时，第一部“无主”手机，向崔凤景发出了没有文字的短信。也就是说，崔凤景当夜接收到了第一部“无主”手机发来的第三条没有文字的信息。

综合分析来看：

在这个夜晚，第一部“无主”手机一共接收了四条信息，均没有文字；发出的信息也是四条，也没有文字。接收的信息有崔凤景发来的，也有第二部和第三部“无主”手机发来的信息。接收第一部“无主”手机信息的有崔凤景，还有第三部“无主”手机。

第二部“无主”手机发出了两条短信，均没有文字，但没有收到其他手机发来的信息。第二部“无主”手机，只是在不同时段向第一部手机发送了两条信息，没有向第三部“无主”手机发送信息，也没有向崔凤景发送信息。可见，第二部“无主”手机的主人，只和第一部无主手机的人进行联系，是在向第一部“无主”手机的主人传达某种信息。会是什么信息呢？这些信息到底表达了什么意思呢？林森陷入了思考。

分析第三部“无主”手机的信息，一共两条：其中接收一条，发出一条。接收和发出的信息，均没有文字。另外，发出的信息，由第一部“无主”手机的主人收到了；而接收的信息，是第一部“无主”手机的主人发来的。也就是说，第三部“无主”手机的主人，只和第一部“无主”手机的主人在打交道，没有和崔凤景和第二部“无主”手机的主人打交道。不同的是，接收信息在前，发出信息在后，也是“没有文字”，又时段不同。

崔凤景手机接收信息的情况是这样的：接收和发送信息，一共有四条。其中发出一条信息，收到三条信息。无论发出的信息，还是接收的信息，都没有文字。发出的信息，接收人是第一部“无主”手机的主人；收到的信息，也都是第一部“无主”手机的主人发给他的。也就是说，崔凤景只和第一部“无主”手机的主人打交道。不同的是，发出信息在前，而后陆陆续续接收了第一部“无主”手机的信息，也是时段不同。

可见，第一部“无主”手机的主人，既受理信息，也转达某种信息。如果红楼的枪击案、马亮庄别墅内的汽车爆炸案，还有秘书长的“交通事故”，都和第一部“无主”手机的主人有关，那么第一部“无主”手机的主人，就居于重要位置，而崔凤景则可能是幕后人。可是，他走到前台来了，首先发出了一条没有文字的信息。一个“幕后人”走到前台来，参与某种活动表演，无论从哪个角度讲，对他来说，可能都不是好事。

林森暗想，如果没有崔凤景，他不可能发现那三部“无主”手机，也不可能发现崔凤景和那三部“无主”手机的主人共同参与了这“没有文字”的短信游戏。林森为这个发现匪夷所思，又惊讶不已！可是，他立即又陷入了困惑。如果崔凤景以及那三部“无主”手机的主人，同这三起案件没有关系的话，就没有任何意义了，但也不排除这里面还有其他什么奥秘。那么，究竟里面有什么不可告人的秘密呢？

然而，不管如何，这毕竟是一个发现，尽管无法根据这个发现得出什么结论，但林森认为还是有了不小的收获。如果崔凤景，还有那三个人，和这三起案件有关系的话，就有破案的可能。可是，这毕竟是推论，而不是结论。推论只是想象，人的想象不是结论的依据。而要得出结论，则需要法律事实。科学是发现规律，结论要有实证。现在，还没有证据证明，“无主”手机的主人和这三起案件有关；也没有证据表明，这三起案件和崔凤景有关。一切都虚无缥缈，调查还需继续进行。

不过，林森是个绝顶聪明的人，他知道从哪里下手：三起案件发生的时间，可能会和这“没有文字”的短信游戏有着密切的关系。如果三起案件的时间，能够和这些短信发出的时间一一对应起来的话，就会发现那些“没有文字”短信的后面隐藏着的秘密。

林森猜想，这些“没有文字”的短信，可能是某种信号，表达某种信息。这些信号，崔凤景应该知道，第一部“无主”手机的主人也会知道，也许其他两个“无主”手机的主人，也没有理由不知道。无疑，应该核对三起案件发生的时间。其中红楼枪击案发生的时间已经清楚了，需要核对的是马亮庄别墅内汽车爆炸案发生的时间，还有“交通事故”发生的时间。

于是，林森拨通了阿顺的手机。“阿顺，你在哪儿？我想见你。”

“我在第一医院，和喜乐、水荷姐在一起，还有施勒比娃小姐和张超。”

“好，我去你那儿一趟。你和喜乐、水荷姐说一声，我马上就到。”

“喜乐、水荷姐，一会儿林森副局长过来，可能有事商量。”

第四十四章

眼下，山雨还没有到来

崔凤景发出“没有文字”短信的时间，与亮庄哥和水荷姐离开红楼的时间是吻合的。

滨海市第一医院的一间小会议室，巴喜乐、欧阳水荷、阿顺、张超、施勒比娃正在召开一个秘密的内部会议。

“水荷姐、施勒比娃小姐、阿顺，还有张超，我们开个会，共同商量一些事。眼下，巴萨尔实业集团处在非常时期，集团的核心人物均受到了重创。万幸的是，他们已经没有生命危险了，这多亏了道林哥哥请来的专家，也应当感谢向东书记，还有第一医院的医护人员，包括你们及时的救助。现在，他们在日渐康复，只有班输船的危险期还没有过去。再过一周左右，我的父亲将离开医院；尽管秘书长、亮庄哥身体还有些虚弱，但也要搬离医院。离开医院之后，巴萨尔先生将回到鹰飞崖城堡去；秘书长回到自己的别墅去。这两处，均安排了自己的人昼夜把守，不会有问题的。亮庄哥将离开滨海市，住到巴萨尔实业集团在京都郊区的别墅去。二十四小时都会有人严密地保卫，也不会有问题的。不过，虽然巴萨尔实业集团最为严重的危机过去了，但潜伏的危险并没有解除。既然有人开了枪、对巴萨尔实业集团核心人物实施了一系列的杀戮，他们就不会罢手了。现在，那些人肯定知道，巴萨尔先生还活着，包括梁山汉和马亮庄。因此，杀戮还会继续。眼下要做的是，尽快找到他们，千方百计地阻止他们实施新的杀戮。大家知道，巴萨尔先生不会和任何人作对，但也绝不会向任何人低头。找到他们，并阻止他们实施新的杀戮，则是当前最为重要的任务。”

欧阳水荷说：“现在，阿顺已经认出了开枪人，他叫马铁，擅长跆拳道，一直追随赵子新和赵子强；还有一个人也参与了谋杀，并负责开车，为马铁实施杀戮和安全撤离提供支持。此外，我的朋友张潮生小姐，已经采集到了罪犯的指纹，包括罪犯留在梁山汉车上的指纹，这对于找到犯罪嫌疑人有帮助。还有，施勒比娃小姐通过子弹壳认出了实施谋杀的枪具，是俄罗斯图拉城出产的图拉猎枪。我相信，找到犯罪嫌疑人，只是时间问题了。”

巴喜乐说：“现在，如何处置后续的事情，乌尔其其先生已经有了一些意见。最为重要的是，巴萨尔先生决定，由我主持巴萨尔实业集团的工作。这件事，你们先知道一下，不久就要对外宣布了。此外，他还有一个意见，就是水荷姐马上回到京都去，休整一段时间之后，立即上班。不要因为这件事，而影响未来更重要的事。何况，眼下还没有进一步行动的方案，山雨还没有到来。”

这时，阿顺的手机铃声响了。阿顺看了看手机来电显示，是林森的电话。“喜乐，林森副局长到了。”

“好了，我们共同与林森副局长见面，可能会讨论一些问题。”

林森带来了的信息，让巴喜乐、欧阳水荷着迷，也让施勒比娃小姐兴致勃勃，阿顺则洞穿了其中的秘密，张超从旁提供了佐证。

“经过对红楼枪击案的调查，我发现了一些问题。特别是锁定了红楼及其附近这一时段的所有通话信息，并进行了分析，发现了一些疑点。在这个夜晚，有四部手机参与了‘没有文字’的短信游戏。其中一个人是崔凤景，他发出的短信‘没有文字’，但接收了三条短信，也是‘没有文字’。不仅如此，同时还有三部没有注册的手机，共同参与了‘没有文字’短信的游戏。”林森说后，将崔凤景和三部“无主”手机的接收和发出短信的时间图表，分发给了在座的所有人。

巴喜乐和欧阳水荷仔细地看着这四部手机接收和发出短信的次数和时间图表。欧阳水荷说：“林森副局长，您的发现非常重要。依我看来，您可能找到了实施谋杀的策划者、实施者。也就是说，那些参与‘没有文字’短信游戏的人，都可能参与了谋杀。也许，崔凤景是主谋。”

“水荷姐，您为什么这么肯定呢？您的凭据是什么？”巴喜乐说，“仅仅凭几条‘没有文字’的短信，且发来发去的，就断定这些人参与了谋杀？水荷姐，我觉得有问题，听听您的推断。”

“第一，这些信息的发出时间，都和巴萨尔实业集团的核心人物有关；第二，这些‘没有文字’的短信，既是传达巴萨尔实业集团核心人物的动向，也是通报他们实施谋杀的结果；第三，崔凤景走向了前台，他是谋杀的策划者，且主导了这一系列的谋杀，而且还参加了我和亮庄哥的婚礼。”

施勒比娃说：“我特别同意水荷姐的推断，这些人用‘没有文字’的短信，相互通报情况，当然也向崔凤景报告实施杀戮的结果。比如，崔凤景发出的‘没有文字’的短信，那是提示某个人注意什么；而接收到的三条‘没有文字’的短信，那是得到某种计划实施的结果，是他属下人向他传递某种信息，或者是某种结果。三起案件，三条‘没有文字’的短信，时间点是吻合的。”

阿顺说：“这样说来，崔凤景第一次发出‘没有文字’短信的时间，同亮庄哥和水荷姐乘宝马车离开红楼去别墅的时间是吻合的。因为送亮庄哥和水荷姐回别墅，是我开的车。我看表了，是二十点整。也就是说，他在这个时段内，向某个人通报了亮庄哥和水荷姐离开红楼的动向。我想是这样的。”

巴喜乐说：“那么，阿顺，收到崔凤景那条‘没有文字’短信的人会是谁呢？”

阿顺想了一会儿说道：“我还说不准，但按照推测，应该是黑四，崔凤景的助手。为什么这么说呢？第一，他和黑四对巴萨尔先生，还有亮庄哥，早就心生嫉恨，特别是马爷儿死后，他感受到了危机，有实施谋杀的主观故意。第二，如果崔凤景策划了当晚的谋杀计划，那么他只会向黑四下达指令，不会向其他人下达指令，包括赵子新和赵子强。崔凤景是一个狡猾的人。第三，黑四与赵子新和赵子强走动密切，经常在一起聚会、喝酒、赌钱、到娱乐场所找小姐，相互之间保持了‘良好’的互动关系。第四，我认出了在红楼枪击案中实施谋杀的人，马铁。这小子是赵子新和赵子强的杀手，会跆拳道。那个‘下劈绝杀’的动作，可谓绝对经典。从他发出的‘没有文字’的短信，到马铁在红楼对巴萨尔先生的杀戮，我推断第一部‘无主’手机的主人应该是黑四。或者说，黑四在这三起案件中居于比较重要的位置。”

林森说：“阿顺，你的分析真是精到，你可以到公安部门当一名侦探了。阿顺，我赞同你的分析。”阿顺听了林森的表扬，脸红了一下，笑得很美。让他最为高兴的是，巴喜乐专注地看着他。无需言明，巴喜乐很欣赏他，这让阿顺高兴，就像巴萨尔先生任命他为总经理一样。他也去掉了一块心病，作为巴萨尔帝国的战士，他不应该受到怀疑，也没有置身事外。欧阳水荷错了，错怪了他。

张超说：“喜乐、水荷姐，我能说一句话吗?”

“说吧，张超，我们只是共同讨论些问题，可以随便发表意见，包括插话。”

“我记得，在那个夜晚，因为喝了水荷姐和亮庄哥给我倒的酒，在奔驰车内睡着了。秘书长在离开红楼的时候，给我打来电话，提示我留心一点，注意巴萨尔叔叔离开红楼时的安全。现在回忆看来，秘书长这个提示太重要了。他是在检查红楼楼下的一些汽车之后，给我打的电话，时间是22时，我看了手机来电显示。如果从第二部‘无主’手机发出的‘没有文字’短信的时间看，这个信息是提示某个人注意，梁山汉离开了红楼。那么，这个被提示的人就是直接参与谋杀巴萨尔先生的人，可能是马铁，但更可能是那个给马铁开车的人。接收‘没有文字’短信的人，我猜测，就是阿顺哥说的黑四。于是，黑四在接收了秘书长离开红楼的信息之后，又马上向另外一个人转达了这个信息。以此推断，接收黑四发出短信的那个人，就是用载重汽车撞击秘书长奔驰车的人。这个人，在撞击奔驰车之后，在23时55分向黑四发出了‘没有文字’的短信。这个‘没有文字’的短信，实际上是在向黑四报告，谋杀已经完成。但他没有想到的是，秘书长会从死亡线上被抢救过来。”

巴喜乐瞧着张超，眼睛发亮。他认为张超的智商很高，脑子是“不糠”的，人也的确聪明，但他犯了几乎是致命的错误。可是，在这之前，巴喜乐对张超一直耿耿于怀，内心十分不满。当时，他无法理解张超不胜酒力，又给巴萨尔先生开车，为什么喝酒？真是没有道理！此外，还无法理解张超的是，为什么关键的时候不在汽车里，而去红楼里面撒尿？完全可以不用那么讲究嘛。巴喜乐相信，张超在汽车旁、或者在某棵树下撒尿，就不会发生巴萨尔被枪击的案件，但不排除以后会发生。

巴喜乐甚至怀疑，张超是不是也参与了对巴萨尔先生的暗杀，做了某些人的内线，并且故意以醉酒之后，以撒尿为由躲开了。否则，怎么会那么巧，就在撒尿的时候，发生了枪击案。然而，当巴喜乐私下里和他的父亲说到这些想法时，巴萨尔先生愤怒了，且断然否认了他的推断。

此刻，他看着张超，耳边却响起了巴萨尔先生愤怒的声音："儿子，不要胡思乱想。你听清楚，张超是你母亲朋友的儿子。他在银行门前实施了抢劫，为了救治那被撞之后、瘫在床上的母亲。可见，这个孩子孝顺。如果换作你，为了母亲治病，也没有钱，又搞不到钱的话，你会去抢劫吗？我怀疑！正因如此，我看中了张超这一点，他的孝顺。记着，一个孝顺的人，其忠诚的品质应该没有问题。另外，张超这个孩子犯了抢劫罪，他瘫痪在床的母亲求到了她的朋友、你的妈妈。强烈地呼唤：'救救我的儿子'。你想想，一个瘫痪在床的母亲，该有多难啊！如果你的母亲拒绝她的请求，张超会被处以重刑，而他瘫痪在床的母亲，则会死去。为此，你的母亲和我说了，让我救救她朋友的儿子。你知道的，这些年，你母亲什么事都没有和我说过，我不能拒绝你母亲的请求！可是，儿子，张超犯的是抢劫罪，法律上绝不会宽恕他的。但是，我安排人减轻了他的罪行。想想这些事吧，孩子，换作你是张超，会背叛我吗？不会的。儿子，我相信张超这个孩子的忠诚度。他只是因为喝了酒，去红楼里面撒泡尿而已，其他的什么也没有。不巧的是，当晚发生了枪杀案。"

欧阳水荷说："阿顺和张超的分析有道理，第一部'无主'手机的主人应该是黑四，是他向第三部'无主'手机的主人转达了秘书长离开红楼的信息。此外，我同意张超的推断，持有第三部'无主'手机的那个人，对秘书长实施了撞击。之后，向黑四发送了'没有文字'的短信，是报告杀戮的结果。于是，黑四在接到信息之后，立即向崔凤景发送了'没有文字'的短信。谋杀的时间与发送'没有文字'的短信时间是吻合的。还有，当晚因为别墅内发生汽车爆炸案，我正在和秘书长通电话，时间是23时48分。因此，在撞击之后，第三部‘无主’手机的主人，在23时55分发送了‘没有文字’的短信。”

巴喜乐说：“如此看来，红楼枪击案有了眉目，因为阿顺已经认出了射杀巴萨尔先生的那个人，他就是马铁；而梁山汉的‘交通事故’的秘密，也渐次露出了端倪，就是第三部‘无主’手机的机主实施了撞击，导致司机郎格死亡。那么，谁是凶手呢？还有，别墅内汽车爆炸案的凶手，会是谁呢？林森副局长，您看呢？”

“从推论上看，应该是第二部‘无主’手机的机主，实施了别墅汽车爆炸案。按照阿顺的推论，应该是黑四，崔凤景的助手。我也是这样认为的。”

欧阳水荷说：“我认为阿顺和林森的推论有道理。如果崔凤景及三部‘无主’手机的机主都参与了谋杀，那么，第一部‘无主’手机的主人，应该是别墅爆炸案的凶手。别墅汽车爆炸案，发生的时间大约在23时30分左右，而23时40分，第一部‘无主’手机的机主，向崔凤景发送了‘没有文字’的短信，这个时间也是吻合的。这个‘没有文字’的短信，是向崔凤景报告情况，‘别墅内发生了爆炸’。”

巴喜乐说：“那么，给马铁开车的人会是谁呢？现在看，赵子新和赵子强好像没有直接参与谋杀。”

阿顺说：“喜乐董事长，我想，那个给马铁开车的人，可能就是赵子新，或者是赵子强。从我过去了解到的情况看，开车人应该是赵子强。赵子强脾气暴躁，会直接参与谋杀。此外，我还要补充的是，黑四抽哈瓦那雪茄。在别墅爆炸案中，水荷姐的那个朋友张潮生小姐采集到了他的指纹。指纹中的沉积物中，有哈瓦那雪茄的生物分子残留。如果上述推论成立的话，第一部‘无主’手机的主人，应该是黑四。”

巴喜乐说：“现在看，第二部‘无主’手机的主人，应该是马铁，或者是赵子新，也可能是赵子强。可是，那第三部‘无主’手机的机主会是谁呢？这个人很神秘，不在我们掌握的范围，但他实施了‘交通事故’，导致了秘书长的昏迷和郎格的死亡。”

欧阳水荷说：“不过，第三部‘无主’手机的主人，也有了线索，他在秘书长的奔驰车旁撒了一泡尿，手上沾有尿液，且将含有尿液的指纹，留在了奔驰车的侧门上。从生物学分析上看，这个人尿素含量较大，应该是个男性；会开车；还应该是个素食主义者，因为他的氨基酸含量较低，缺少动物性蛋白。此外，梁良善还拿到了那辆载重汽车在撞击奔驰车时，掉落下来的石砟，张潮生小姐对石砟也进行了生物学分析。看来，那辆车来自某个矿山，运过石砟。”

阿顺说：“这辆车，可能是黑四所属的采石场的载重汽车。”

巴喜乐说：“好吧，我们就讨论到这儿。一会儿，我还有些事要分别和各位商量。现在，我先和林森副局长商量一些事，大家不要走远。”于是，大家出去了。

第四十五章

孩子，完全是那个“老东西”不注意

从今天起，你在隐蔽战线上作战，更有效地对付那些企图谋杀巴萨尔先生的人。

“林森副局长，谢谢你。你带来的信息太重要了，为我提供了行动方向：那就是对崔凤景、黑四、赵子新和赵子强、马铁进行调查，包括找到那个素食主义者，氨基酸含量偏低、尿素含量偏高的家伙。”

“是的，我知道应该做些什么。”

在林森离开之后，巴喜乐同欧阳水荷谈了话。巴喜乐说：“水荷姐，按照我父亲的意见，你可以回京都了。不能因为眼前的事，影响未来的事，这是他的意见。再有，后续的事，还会麻烦张潮生小姐。你看好吗，水荷姐？”

“喜乐，必须找到那些人，让他们为此付出代价。我不这样做，连上帝都不会饶恕我。你和我，要为巴萨尔叔叔，还有亮庄哥复仇。这样做，也是为了社会的长久安宁，尽管不符合法律程序。”

“我知道。水荷姐，为了亮庄哥，也为了我的父亲，你保重。”

欧阳水荷离开了。巴喜乐会见了阿顺；之后，又会见了张超。至于说了些什么，无人知晓。

巴喜乐最后会见的是施勒比娃小姐。“噢，施勒比娃小姐，您知道下一步该做些什么吗？”

“知道，我的董事长，协同尚无二先生、阿顺，找到您关心的人，那些‘没有文字’短信的‘玩家’。”乌尔其其对巴喜乐、尚无二、施勒比娃小姐分别交代了一些事项，然后回莫斯科了。他知道，找到并处理掉那些谋杀巴萨尔的人，不会是件容易的事情。如果有必要，他还会再来滨海市，解决掉敢于同巴萨尔作对的人。

巴萨尔帝国这艘航船在经历惊涛骇浪之后，好像只在大海中颠簸了一下，依然平稳前行了。不过，“舰长”位置，迎来了一位新的指挥长。巴喜乐能否挽救这艘航船，并且正确把握航向，经受得住狂风巨浪的袭击，依然是个问题！

透过这件事，巴萨尔看到了问题的另一面，那就是不管你在社会上多么强大，多么有钱，多么不可一世，只要有一个人敢于动你，并向你勾动扳机的话，那你就有危险了。充满智慧的脑袋，绝对抵不住一颗子弹的冲击力。但最好的办法是，不要用脑袋去抵挡射过来的子弹。巴喜乐知道，自己的父亲是一个善心的老头，不是到处树敌的人，但还是遭遇了不测。对此，他十分愤怒，并知道应该怎么办。

市场是残酷的，不规则的市场竞争会导致不公，也会导致某些暴力事件的发生。在杀戮已经开始的情况下，如何有效应对，并保证巴萨尔帝国这艘航船不会沉没？这让巴喜乐几天来彻夜难眠。

“不要警方参与，自己解决遇到的问题。”这是巴萨尔帝国内部的共识。不过，在外人看来，巴萨尔实业集团新上任的董事长还有些稚嫩，一个“毛头小子”往往不被人信服。何况，主理巴萨尔实业集团的事务，其市场规模之大难以计量。如此规模宏大的实业集团，交给一个初出茅庐的年轻人，真是让人不可思议。在巴萨尔实业集团举办新闻酒会上，他就遇到了挑战！

巴萨尔实业集团的新闻酒会在红楼的金色大厅举行，并邀请了滨海市电视台、广播电台、交通台、滨海市日报、滨海晨报等多家媒体，还有滨海市市委宣传部、滨海市交通局的有关工作人员，以及许许多多滨海市大型企业的老总。

在这之前，巴喜乐自己开车，拜见了赵子新和赵子强。在见到他们时，巴喜乐说：“两位大哥，我是巴萨尔先生的儿子，巴喜乐。现在，我的父亲年事已高，由我主理巴萨尔实业集团的事务。今天来您这儿，是特意拜见二位长兄，渴望得到你们的支持。我的父亲向我说过，你们在以往的业务中，给予了许多关照。我嘛，不会忘记你们的友谊。不过，现在的巴萨尔实业集团，将有一个新的开始。我今天来这儿，是邀请二位参加巴萨尔实业集团的一个新闻酒会，一定给个面子。”

赵子强说：“看来，你要比你的父亲更懂得一些事理，‘老家伙’过时了，这说明受教育和不受教育是不一样的。在这个世界上，只有和气才能生财，他对这个问题的理解有不小的距离。现在，我听说他出事了。可见，搞市场垄断会有问题，人也不安全。赚钱是大家共同的愿景，但不能因为自己赚钱而独断专行。你说是吗，年轻人？哦，对了，他是不是伤得很重，已经难以出山了？”

“是的，他的身体难以履行董事长的职务了，恐怕他这一生难以再做些什么了。现在，他正式退休了。因此，我来主理巴萨尔实业集团的事务。巴萨尔实业集团将有新的开始，还望你们多多关照啊！”

赵子强说：“那是，没说的。不过，我的公司和巴萨尔实业集团的部分业务属于同质，都做进口汽车和汽车配件供应的买卖。现在，你的父亲垄断了进口汽车和配件供应市场，他大把大把地赚钱，可别人休想得利。巴喜乐，你该不会是不让别人得利的人吧。如果可以的话，你让我有个出路，可不可以呢？如果你同意的话，我们将会有一个新的开始。”如果不同意呢，那就会有麻烦，巴喜乐猜测他的心里是这样想的。

“这没有问题，我可以在进口汽车业务，或者汽车配件业务上让利于你。市场经济条件下，彼此合作，利益共享。只要双方获利，我会协同做事。我不同于我的父亲，他自己富有了，忘记了让别人发财。”

“哦，巴喜乐董事长，你真是开明，比你的父亲开明多了。看来，巴萨尔先生有了一个好儿子！”赵子新说，“可喜的是，我们有合作的可能，这一点你不同于你的父亲。他拒绝了我的友谊，垄断了进口汽车和汽车配件供应市场不说，在半岛温泉浴场差点把我气个半死。不过，现在他退休了，这可能对巴萨尔实业集团是个好事。巴喜乐，你还是够开明的。由此看来，这个社会进步了，年轻人要比老一代人看得远。噢，对了，郭沫若是怎么说的，‘雏凤清于老凤声’，看来，你比你父亲强！”

“明天晚上，巴萨尔实业集团的新闻酒会将在红楼的金色大厅举行，届时请两位老兄务必光临！”

赵子新瞧瞧赵子强说："子强，我去吧，你在家。"赵子新眨了一下眼睛，被巴喜乐眼睛的余光看到了。

"好的，哥。"他们弟兄两个，赵子新是主事的人，巴喜乐这样认为。

之后，巴喜乐直接去了耿大年的别墅，准确地说是甄巧巧的别墅。别墅门口的两只藏獒，眼睛放射着凶光。巴喜乐越是盯着藏獒的眼睛，那两只藏獒就越是狂吠不止。巴喜乐心想，这两只藏獒可惜了，不能为一个善良的人看家护院。他看看别墅的院墙，是后加高的，上面安装了脉冲电网，没有人能够翻墙而入。

"您找谁？先生。"

"这是甄巧巧的别墅吗？我想见见崔总。"

"您叫什么名字？我想知道您的名字。"

"巴喜乐，巴萨尔先生的儿子。有事要面见崔总，您马上通报一声。"

"哦，好，我去看看崔总有没有时间，您少候。"

不一会儿，门卫对巴喜乐说："您请，先生。"

在一楼的会客厅，崔凤景与巴喜乐见了面。"崔总，您好！"

"哦，巴萨尔先生的公子，难得您有时间来我这儿坐坐。巧巧，赶紧上茶，上好茶！您坐，请上座！"

"崔总，明天晚上，我要在红楼金色大厅举办个新闻酒会，想请您参加，不知可否？"

"哦，举办新闻酒会？这是个新名词。你办新闻酒会，做什么呢？"

"噢，是这样，我的父亲已经不能工作了。现在，我担任了巴萨尔实业集团董事长。借此机会，要和大家见见面，便于业务联系，今后好有个照应。同时，集团内部的人事也发生了变化，对外宣布一下。"

"哦，是这样，那看来这个新闻酒会还是必要的。"

"因此，我想请您捧捧场。"

"好吧，只要有时间我就去，放心吧！"

第四十六章

你记着，现在我说了算

一个喝过洋墨水的人，未必就适应国情。你看，那水中的鸭子自由自在，但到了岸上会左右摇摆。

巴萨尔实业集团的新闻酒会隆重而热烈，整个红楼的金色大厅坐满了来自滨海市社会各界的嘉宾。如果说，巴萨尔实业集团在社会上有实力，不如说巴萨尔先生有影响力。很多人都知道，他受到了枪击，现在难以履行集团董事长的职务了，但不知道他的“后时代”会有什么变化。赵子新参加了酒会，崔凤景没有来，派黑四出席了晚宴。

巴喜乐穿着黑色西服，白色衬衣，红色领带，戴着一副精美的金边眼镜，完全是一副学者派头。巴喜乐走上台去，人们开始窃窃私语。“哦，巴喜乐蛮洋气的，不像巴萨尔那么土嘛。”

“他虽然儒雅，但缺少霸气。很难想象，他能够统治得了巴萨尔实业集团。一个喝过洋墨水的人，未必就适应国情。你看，那水中的鸭子，在水里面游得自由自在，但到了岸上就会左右摇摆。”

“还有，巴萨尔被枪击，马亮庄被炸，梁山汉发生交通事故，如此复杂的局面，他能收拾得了吗？另外，射杀巴萨尔的人，也不会是一般人！”

这时，巴喜乐一身正装走到一个立着的麦克风前面，大家注视着他。

“各位女士、先生们，各位来宾，大家好：

我叫巴喜乐，巴萨尔先生的儿子。因为有好多人不够了解我，所以我把自己介绍给大家。

首先，感谢各位给我面子，接受我的邀请，并来到这里参加巴萨尔实业集团的新闻酒会。对此，我特别珍重你们各位的友谊。

其次，在座的每一个人，几乎都是我爸爸的朋友、同事、合作伙伴。我很看重你们同我父亲的友情。在此，我要代表巴萨尔先生，向你们表示特别的感谢！

大家知道，巴萨尔先生因为健康问题，不能参加这个新闻酒会了。他责成我，向你们每一个人表达一种祝福，美好的祝福！

现在，巴萨尔实业集团遇到了一些问题。不过，这是暂时的，绝不会停下发展的脚步。

由于某些原因，巴萨尔先生决定，由我接任董事长。我的妹妹巴芙琳娜·巴萨尔，将主理太阳山谷的开发。

巴萨尔先生、梁山汉秘书长，还有马亮庄，因为健康原因，从今天起，他们正式退休了。

梁良善将离开巴萨尔实业集团，另谋职业。这不是我不尊重父辈之间的友情，而是我觉得他离开巴萨尔实业集团，会更有前景。一个更有前途的人离开公司，对于巴萨尔实业集团是个损失，但对他自己则是个天大的好事！

鉴于班输船的身体尚处在康复之中，红楼总经理的职务，暂由班久成代理。（这时，班久成站起来挥了挥手。谁都知道，班久成没有文化，只是一个汽车修理工，现是红楼的看门人。）

阿顺嘛，不再担任总经理职务了，张超也不再给巴萨尔先生开车了。这两个人的离开，准确地说，是巴萨尔实业集团开除了他们。他们对某些事负有不可推卸的责任。巴萨尔实业集团崇尚从严治理企业，不能宽容那些有严重过失的人在集团中混日子。另外，高速公路工程业务，由我直接负责。

巴萨尔实业集团木业有限责任公司总经理，由庞晔华担任。

作出如上决定，完全是为了适应巴萨尔实业集团的情况变化。借此机会，我将负责任地理清公司的债权债务，同时将一如既往地与社会各界、各个公司搞好协作，共谋滨海市又好又快发展的大业，并造福滨海人民！

谢谢各位！”

与会的人们清楚，新任董事长很干练，说话不多，但语意表达准确，特别是“感谢各位给我面子”的话讲得非常好，很有分寸。还有，“看重你们同我父亲的感情”的话，也讲得非常得体，特别是“巴萨尔实业集团还要发展，绝不会停下发展的脚步”的话内涵丰富。无疑，尽管巴萨尔先生受到了枪击，巴萨尔集团核心人物受到重创，但“脚步不会停下来”的话很有力量，任何人都不能阻止巴萨尔实业集团前行的脚步，这话似乎是一种挑战，暗藏某种杀机。可见，新任董事长不仅有思想，而且意志坚定，不惧怕任何压力，尽管他看上去如此羸弱，不像巴萨尔先生那么强壮。

不过，这次巴萨尔实业集团高层重大人事变动，引起了人们的关注。一个年轻人，担纲了高管。这说明，巴萨尔受到枪击，已难以主理事务了。巴萨尔实业集团，将开始巴萨尔先生的“后时代”。

梁山汉的退休，说明他被“交通事故”毁掉了，也不得不退休了。他是巴萨尔的政治盟友，但退休后，他的儿子梁良善，也被逐出集团了，这让人难以理解。这样做，太不讲人情了，无论是从巴萨尔先生来讲，还是巴喜乐出任董事长，这都是说不过去的事情。梁山汉是巴萨尔集团的干将，但退休了，儿子被一脚踢开。这就是现实，巴萨尔实业集团的现实。没有办法，巴萨尔实业集团新来了董事长，且独断专行，还是个读书人。

庞晔华出任木业公司的总经理，让人们大吃一惊。这个曾效力于田成祖的人，竟然成了国内最大的木材商。没有人知道，是什么原因导致他被重用了。可见，巴萨尔实业集团新任董事长用人怪异，又别具一格。

阿顺被开除，还有张超。在座的人知道，阿顺和张超的解职，和巴萨尔先生受到枪击与马亮庄别墅爆炸案有关，因此不被新的董事长信任。不言而喻，新任董事长，正在强力进行内部整顿，但不排除倒掉脏水的同时，也把孩子倒掉了。

此刻，阿顺、张超正与赵子新和黑四在一个餐桌上吃酒。刚刚听到被解除职务的阿顺，很气愤地把酒瓶往桌子上一蹾，拿起那满满的一大杯酒，咕嘟、咕嘟地喝了下去；张超尽管不胜酒力，也将那一大杯酒喝了。黑四看在眼里，心中窃喜。赵子新不露声色，但暗自高兴。他为了不使自己笑出声来，狠狠地在自己的大腿内侧掐了一下。

现在，巴喜乐正在逐桌敬酒，每到一处，都会飘起一片欢笑声、祝贺声。当他来到黑四这一桌敬酒时，阿顺站了起来。

"董事长，您是我的兄弟，我是巴萨尔先生亲自任命的总经理。现在，您刚刚上任就解除了我的职务。这个事，说不通的，您要不要再和巴萨尔先生商量一下。我想，他会建议您慎重考虑有关我的决定。还有，张超是他的司机，跟随您父亲多年。我想，张超没有功劳，也是有苦劳的。而且，张超的母亲还瘫在床上，今后的日子怎么过呀！"

巴喜乐冷静地听着阿顺讲话，面无表情，平心静气。当阿顺说过之后，巴喜乐说道："阿顺，有赵子新和黑四两位大哥在此，我先敬一杯酒，然后再谈你们的事。"

敬酒之后，巴喜乐说："阿顺，你要我和巴萨尔先生商量你的职务问题，有这个必要吗？没有的。阿顺，你记着，巴萨尔先生退休了，现在我说了算。我没有必要和一个退休的老头再商量什么集团内部人事问题。就像我的嘴，喜欢吃什么，自己知道。房子的主人安排室内的家具，难道还要和别人商量吗！阿顺，你的建议一文不值。不是吗，阿顺！还有，你是最后一个离开马亮庄别墅的人，我不能说是你安放了炸弹，但随后那里发生了剧烈的爆炸，你会不会是重要的嫌疑人呢？我想，就是一个愚钝的人，也会想到这个问题。不是吗，阿顺！现在看，别墅内的汽车爆炸案，未必就能够搞得清楚，但对与此有关人员进行清理，我看是必要的。张超嘛，给我父亲开车，也的确辛苦，但在红楼发生枪击案的时候，不管什么原因，他不在现场就是他的错。还有，为什么不能喝酒又喝酒呢？为什么在一个关键时段，又去撒尿了呢？为什么不在汽车旁、树根下，随随便便地撒尿呢？说白一点吧，我怀疑他做了某些人的卧底！但现在我手中没有证据。如果有证据，就自有说法，而不是除名的问题。阿顺，还有张超，如果事后查明巴萨尔实业集团发生的案件和你们有关，我也绝不会放过你们！如果你们没有什么问题，但愿你们把今后的路走好。可是，不排除这些案件如泥牛入海，或者说无法搞清了。”

赵子新心里清楚，阿顺在巴萨尔实业集团彻底“灭火”了，没了生存空间。至少，受到别墅汽车爆炸案的牵连就毁了他。就凭巴喜乐“你要我和一个退休老头商量你的职务问题，有这个必要吗?”这话说来，阿顺已经没有希望了。还有，“我的嘴，喜欢吃什么，我自己知道。”由此看来，阿顺已不被新任董事长所信任了。

让黑四心里最为快活的是，“阿顺，你是最后一个离开马亮庄别墅的人，但随后那里发生了剧烈的爆炸”！无疑，阿顺成了别墅汽车爆炸案的嫌疑人，这是最大的好事。还有，红楼枪击案，“张超，不管什么原因，不在现场就是他的错”。这一系列的信息说明，巴萨尔实业集团在应对发生的案件上，思维混乱，指向不明，“不排除这些案件，如泥牛入海无法搞清了”。

“来，子新，敬董事长一杯酒吧！如此盛大的新闻酒会，让我们见识了新任董事长的非凡能力。我相信，巴萨尔实业集团有了新生代，会比巴萨尔先生干得更为出色。是吧，子新，来，祝贺，祝贺！喝酒，喝酒！”黑四也端起一大杯酒干了。

“黑总，赵总，我们今后要加强合作，共同发财，把事业做大!”

赵子新说：“好，发财、发财、共同发财!”

黑四说：“放心吧，喜乐董事长，没说的!”巴喜乐同赵子新和黑四握握手，头也没有回地走人了，甚至连阿顺、张超都没有再看一眼。

愤怒的阿顺，瞧着巴喜乐渐渐远去，然后将酒杯摔了，随即是一个清脆的声响。他骂了一句：“妈的!”

黑四说：“阿顺，别他妈的生气。以后有难处，你找哥们，我来帮你!”阿顺没有瞧他，拽起身边已经醉酒的张超，气哼哼地把酒桌掀翻了，愤然地离开了红楼的金色大厅。

人们为阿顺的愤怒而惊诧不已，新闻酒会也就不欢而散了！这时，一个身穿领班服装的姑娘，收拾了散落在地面上的餐具，并小心翼翼地将赵子新和黑四用过的餐具，装在了一个事先准备好的塑料袋里面，然后急匆匆地乘车走了。

第四十七章

莎莎去塞班岛了

莎莎相信，有了钱，就是马铁不爱她，也会有新的男人仰卧在她的床上。

在新闻酒会之后，阿顺接受了新的指令，必须尽快找到马铁！阿顺知道在哪儿能够找到他，也知道他会在什么时间，出现在什么地方。可是，马铁不知去向了，杳无踪影。为此，阿顺的内心十分焦急。作为巴萨尔帝国的战士，他一时找不到对手。

马铁到底去了哪里？阿顺没有一丝信息。不过，他知道马铁喜欢什么，会有一些蛛丝马迹留下来，就像狗走到哪，都往一些标记上撒尿一样。马铁喜欢跆拳道，是一家跆拳道俱乐部的会员。在这个俱乐部旁边，阿顺已经守候多日了，但还是没有他的踪影。马铁在运动场馆里面，与对方徒手格斗时，会激情四射，精神抖擞，信心百倍。他出拳极快，一拳就可以击倒对方，甚至一个优雅的“下劈绝杀”的动作，就能够彻底制服对手。凭借发达的四肢，他成了赵氏兄弟的贴身保镖，从此生活无忧了。

有了钱的他，加上健壮的体格，给他带来了一些新的问题。马铁离不开女人，但女人也是祸水。他那像“熊”一般健壮的体格，会产生好多好多的“废物”，这些“废物”如果不定时地排泄掉，就会觉得身体极不舒爽。在荷尔蒙的作用下，他常常彻夜难眠。每当赵子强在夜晚休息之后，他会去酒吧、或者歌厅，要不就去洗浴中心和一些小姐鬼混。他是个性虐待狂，做爱的时候，会猛击女人的身体，或者用枕头捂住女人的嘴，然后实施强暴，偶尔还会发生咬伤女人乳头的事件。不过，狂泄之后的他，也颇讲究，在离开性伴侣之前，将大把大把的钱摔在床上。那些和他做过爱的女人，对他既怕又爱。怕他虐待，爱他狂野，更爱他兜里的钱财。因此，他能够赚钱，但没有多少积累。他离不开赵子强的“施舍”，会像看家护院的狗一样，随时随地听候他的呵斥，并渴望得到一根根骨头。

人，不能让自己难受，应该让自己的身心舒服些，再舒服些。马铁就是这样想的。他每次和女人发生性关系之后，会花去很多钱，但他毫不在乎。在经济学上有这样一个定理，就是收入决定消费。马铁的职业决定了他收入稳定性，也能让他有了肆意狂泄的经济支撑。

马铁年轻，凭借健硕的身体就能赚到很多钱。正是这样的能力，使他有了钱，又对女人格外的向往。他对身体舒服的渴望，对女人的追逐，要比正常男人强烈得多。他渴望身体舒服的秘密，被颇有心思的阿顺惊讶地发现了。那么，循着他舒服的路线图，就能找到他的踪迹。阿顺相信，马铁离不开女人，肯定在某个女人的身旁，或者在某个女人的深闺之处。

可是，在马铁的住处，阿顺没有发现他的影子。一连几天，也没有他的踪影。在一个他非常喜欢的唱情歌的歌女住处，也没有发现他的踪影。马铁的“女相好”，是九重天娱乐城的歌女，艺名叫莎莎，身材矮小，但脸蛋漂亮，她特喜欢高大健硕的男人。尽管马铁在做爱的过程中也会攻击她，但莎莎愿意和他泡在一起。同马铁在一起，她可以淫荡和疯狂。

每当夜深的时候，赵子新和赵子强休息了，马铁会开车去九重天娱乐城听莎莎唱歌。有时候，赵子新和赵子强、黑四，也会同马铁一块儿去看莎莎表演。在莎莎的情歌唱到高潮或者极其淫荡的时候，马铁会兴奋不已，起劲地为莎莎拍巴掌，或者站起来大呼小叫。马铁是一个毫不掩饰性情的人。莎莎演出结束后，他会开车将莎莎送回家。如果没有什么事，他会睡在莎莎的床上。莎莎的家，也是马铁花钱为她买的房子。然而，五天过去了，一周过去了，莎莎的住处没有马铁的踪影，连莎莎也不知道飘荡到哪去了。难道马铁在射杀巴萨尔之后，同莎莎一块儿消失了。阿顺相信，莎莎一定会回到她的家，只要守株就会待兔。

阿顺相信自己的直觉，马铁不会消失，一定是躲在了某个地方。没准，此刻的莎莎正在马铁的身边起腻呢！另外，尽管莎莎爱着马铁，但更爱唱歌。莎莎不会因为一时身体的快乐，而放弃金光四射的歌坛。一个令她激情四射的歌坛，会让她魅力四射！何况，九重天娱乐城给莎莎的收入，绝对"够磅"。喜欢钱的莎莎，肯定为钱心动。一个歌女，久经情场的歌女，不会太重视情感，而会把钱看得更实际和更重一些。莎莎不像其他女人，把爱看得高于一切。莎莎相信，有了钱，就是马铁不爱她了，也会有新的男人仰卧在她的床上。莎莎是个功利的女人，钱会让她心迷！没有女人不为钱心迷的。阿顺这样想。

马铁这个人去哪儿了呢？找不到马铁和莎莎，让阿顺心里发焦，自我责备的想法也会袭上心头。真是不该放松对赵子新和赵子强的警惕，也不该解除对崔凤景、黑四等人的监视，阿顺一直谴责自己。可是，这些建议是自己提出来的。结果怎么样，巴萨尔先生差点被一枪毙命，梁山汉发生了"交通事故"，马亮庄差点被炸死！发生这样的事，都是自己的错，难以纠正的错。犯这样的错，对恩人来说，无论如何是交代不过去的，对自己的良心来说也是如此。千不该，万不该，不该放松对他们的警惕。

现在看，大错已经酿成了，无颜以对自己的恩人了。眼下，如果找不到马铁，就没有回报恩人的机会了。你瞧瞧，亮庄哥、水荷姐，在这新婚之夜摊上爆炸这件事，真是人生不幸！心里想着想着，阿顺不由自主地给了自己一个极其响亮的耳光，打得脸上火辣辣地疼，不一会儿脸就肿胀了。他的手劲太大了，就连武艺高强的马铁也不是对手！

在一个漆黑的夜晚，阿顺决定去九重天娱乐城，拜访方欣总经理。阿顺相信，方欣总经理会知道莎莎的去向，也会知道莎莎的手机号码。如果能够找到莎莎，就有可能找到马铁。阿顺相信自己的推断。他穿了一件高领子的风衣，下车前为了防止别人认出自己，他把风衣领子竖了起来，戴上一副宽大的墨镜，走进了方欣的办公室。

方欣是个二十三四岁的女人，代表巴萨尔先生管理九重天娱乐城。名义上，九重天娱乐城是方欣的产业，但实际投资人是巴萨尔先生。不过，九重天娱乐城与田成祖的桂树宫娱乐中心，曾在争夺客源上发生了争执。此后，巴萨尔决定从前台退出，将九重天娱乐城“卖”给了方欣，但实际资产还是他的。巴萨尔认为，在前台张罗娱乐业的生意，还不如在暗地里操纵为好。

方欣可靠、忠诚，能力非凡，把九重天娱乐城的生意搞得红红火火。此刻，她正在办公室，处理一位小姐和客人发生争执的问题，并严厉地训斥着当晚的领班。“知道吗，客人就是上帝。小姐被客人摸了一下又有什么呢？早晚还不是被男人摸的。你当领班的应该告诉她，如果不愿意让客人摸，那就别来这儿当什么小姐！去吧，再发生这样的问题，我看你这个领班就别干啦！还有，你要在小姐出台之前，就告诉她们，客人的一些不规矩的动作，那都是取乐。取乐是人的本性，否则生活还有什么意义呢？问题是，小姐要学会让客人乐意出钱，摸了之后能够得到大钱，那才是本事。滚吧，如果再发生这样的事，我还让你回去当鸡！”

那个领班的姑娘说：“是，总经理。我一会儿就把那位小姐赶走，不能让她影响了娱乐城的生意。”

“不，不要赶走她，做事不能那么绝情。一个刚刚出道的姑娘不容易的，哪能说撵走就撵走呢！这样吧，如果那个姑娘能够微笑地巧妙地应对所遇到的问题，既不使客人生气，又能很好地保护自己的话，也可以在这儿干嘛！”

见阿顺哥来了，她一脸的惊喜。“阿顺哥，什么风把您给吹来的呀！也不提早通报我一声，我好为您摆个场子，让我的女儿们列队为您拍拍巴掌！”

“方欣，哥是来麻烦你的。现在，你帮哥一个忙。事后，我定会重谢你！”

“那是，我可不能白帮你忙。哥，你是名人了，都当总经理了，应该好好请我撮一顿。”

“唉，你在说什么呀，我这个总经理只当了一个晚上，现在已经被撤职好多天了，而且是被开除了！”

“哦，那又有什么呀，毕竟当过总经理了嘛。不要紧，哥，你在我心中就是总经理，尽管你现在已经不是了。”

“看不出，方欣，你还真把哥当回事，谢谢！不过，我的那个总经理，只当了一天的时间，准确地说，是一个晚上，实际情况是没有上任，就掉蛋了。所以，不能算数的。不过，你帮我的忙，我就是不当总经理了，哥还是要请你客的。”

“哥，你吩咐，我肯定帮忙的。”

“有一个事情要办，帮我安排几个俄罗斯姑娘，在你这儿做‘舞娘’，你看可不可以呀？”

“噢，哥，这事我已经知道了。可以的，这是‘上级’的命令。”方欣没有说是怎么知道的。阿顺清楚，这是乌尔其其走前特别交代，巴喜乐也肯定知道这件事。因为乌尔其其掌握了黑四和赵子强的嗜好，那就是喜欢到歌厅、舞厅找乐子。如果有俄罗斯姑娘来九重天娱乐城，会使黑四和赵子强早一点上钩。俄罗斯姑娘是钓鱼的诱饵！

“不仅如此，张超也需要安排到九重天娱乐城做点事。”按照巴喜乐董事长的指令，张超在九重天娱乐城要扮演一个失意的男人，配合俄罗斯姑娘，捕捉黑四等人的讯息，但不允许张超与黑四等人走得过近，以免发生不测事件。

“好的，哥，没问题。”

“不过，还有一件事要办，你知道吗？

“不知道，阿顺哥，你说吧。”

“你这儿的歌女去哪了？”

“我这儿的歌女好几位哪，你说的是哪一位呀？”

“莎莎，唱情歌的莎莎。”

“哦，莎莎呀，出国了，去西太平洋的塞班岛了。”

“莎莎和谁走的？不会是她一个人吧？”

“不知道，莎莎没说。不过，我这儿有莎莎的手机号，可以拨通她的手机问一问。”

“哦，不必了。你把莎莎的手机号给我，但要保密。”

“这我知道，哥，你还用跟我强调这个吗！”方欣埋怨阿顺对她有些不信任。方欣猜测，莎莎可能有什么问题了，或者有其他什么事。不过，方欣是见过世面的人，只要阿顺哥不说，她就不会问。于是，她把莎莎的手机号写在了一张纸条上，递给了阿顺。

阿顺吹着小调离开了九重天娱乐城。他决定去找施勒比娃小姐，请她帮忙，监听莎莎的手机。

第四十八章

小姐，您是相思过重所致

她知道，尚无二对女人不感兴趣，包括美女在内，也包括自己在内。

近来，施勒比娃小姐的心情有些烦。乌尔其其回莫斯科了，她烦躁的心情也日渐加重。到底是什么使自己的心情焦虑呢？她似乎说不清楚。不过，这种烦躁的心情，令她茶饭不香，吃什么也没胃口，但没有躲过欧阳水荷的眼睛。水荷在离开滨海市的前一天，带领她去瞧了医生。

“走，施勒比娃，我们去看个医生。”

水荷同她去了一家中医诊所。一个坐堂白胡子穿着白大褂的老人，看过了她的舌苔，又切了脉，说道：“小姐，您是相思过重所致，没有大碍。”

医生的话，让她吃惊。她没有同那个医生进行交谈，可那个老中医看透了自己的心思。她觉得中医真是神奇，没有什么技术手段，就能搞清人的心思。的确，她有好长时间没有同尚无二在一起了，她为他牵肠挂肚。现在，尚无二回滨海市已经多日了，始终没有信息。她渴望见到他，觉得他很神秘，又很有吸引力。

她知道，尚无二对女人不感兴趣，包括美女在内，也应该包括自己在内。她是个“犯拧”的姑娘，从来对男人都不屑一顾。每次走到街上，都会看到一些男人的眼球围着她飞转。可是，尚无二与众不同，为什么对她没有兴趣呢？为此，她一时想不明白。她从没有遇到过对自己不感兴趣的男人，尤其那些年轻的男人。可是，在她奉命训练尚无二的时候，他倒是特别的谦虚。不过，虽然他对女人不感兴趣，但对她特别的尊重。让她着迷的是，尚无二在索契，竟然拒绝了经她秘密安排的一个美丽的白俄罗斯姑娘的勾引。

在滨海市机场出口，尚无二没有和她打招呼，至今也没有任何音讯。这些天，他在干吗呢？她很想知道。可是，她没有他的消息，也没有他的联系方式，甚至连他的手机号码也不知道，不过，她知道他在莫斯科的手机号码，但已经关掉了。无法联系到尚无二，让她心焦。

乌尔其其先生交代过："尚无二会主动和你联系的。"可是，他没有同她联系，也没有通过间接渠道得知他的消息。她心想，自己毕竟是尚无二的"老师"嘛，可现在，看不出他对自己有什么敬意了，没有主动同她联系就是个明证。

她做事执著，且训练有素。尽管他让她分心，但她还是能够安心做事的。她按照巴喜乐的指令，跟踪崔凤景的手机已经多日了，但没有监听到什么，至少通话中，也包括拦截的短信，没有发现什么有用的东西。他和美国、加拿大通过话，都是儿女情长的事，也有生意上的事，但没有自己关心的事。此外，她还对那三部"无主"手机，也一直在进行监听，但没有一个开机的。黑四的手机几乎没有通过话。赵子新和赵子强的手机，也在监听之列。可是，也没有什么有价值的信息。崔凤景同赵子新和赵子强之间，从没有通过话。难道，巴萨尔被枪击等一系列案件同他们没有关系。监听还在继续，但一无所获。尚无二没有和她联系，让她心烦！

巴萨尔在受伤之前，给她安排了大量的工作。这些工作必须继续推进，不能耽误。她要认真履行副总经理的职务，还要推进太阳城大大小小的教堂施工，还有直升机飞行中队的组建工作。现在，监听那些可能袭击巴萨尔实业集团核心人物手机的任务，也是十分繁重的。这些工作，是具体的大量的，令她忙得不可开交。不过，她精力充沛，有超强的工作能力，也能够区分开轻重缓急。

为了不影响其他工作，她将手机监听器和电脑主机连接在了一起，还专门编了一个应用软件。这个应用软件，能够将通话的内容，立即转变为文字，并通过电脑备份和打印机打印出来。此外，通过无线转换技术，手机监听器和她的手机，也连在了一起。只要受监听的手机或者座机通话，手机就会有提示。如果她有事不能及时监听，那个应用软件会将受监听手机的通话内容，发送到她的邮箱里，只要查一查就知道具体内容了。可是，技术上的准备，并没有给她带来惊喜，他们没有一个在通话中涉及到与案件有关的情况，甚至相互之间都没有热线联系。她感到，自己的技术和受训于克格勃的专业，一时派不上用场。

夜深了，她看看时间，已经是零点了。忙活一天的工作，她感到有些疲惫，刚想上床休息，手机欢快地叫了起来，阿顺来电话了。“喂，阿顺，你还没有休息？”

“施勒比娃小姐，您好，休息了吗？”

“啊，还没呢。”

“我就在您的楼下，有重要事情想面见您，可以吗？”

“哦，您上来吧！”

阿顺走进她的房间，递上了一张纸条，上面写着一个手机号码。阿顺说：“麻烦您，需要对这个手机号码进行监听。如果足够幸运的话，我就能找到马铁了。这是一个歌女的手机号码，马铁可能和这个女人在一起。这个人叫莎莎，马铁的情人。我刚刚得到的讯息，他去了塞班岛。”

“噢，那我得把监听的技术条件重做一下，使它能够监听到莎莎在塞班岛的通话。不过，马铁为什么去塞班岛？是游玩，还是另有目的？如果另有目的，就说明他知道亮庄哥和水荷姐的行踪，知道他们会在婚后去塞班岛。阿顺，你调查了吗，马铁是什么时间去的塞班岛，哪个航班？”

“在来您这儿之前，我去了机场，调查了马铁和莎莎乘坐的航班。京都机场海关给出的时间是：十六点的航班。也就是说，在亮庄哥和水荷姐结婚的第二天午后，马铁和莎莎从京都直飞塞班岛。而他们离开滨海市机场的时间，是在亮庄哥和水荷姐结婚当天的晚上，零时的飞机，去了京都。”

“那么说，马铁在红楼枪击巴萨尔先生之后，从犯罪现场立即赶往了滨海市机场。是这样吗，阿顺?”

“是的，应该是。我测算过了，从红楼到机场不到五分钟的车程。”

“阿顺，那他来不及办理登机手续，时间不够。”

“不，他向巴萨尔先生开枪之后，时间还来得及，至少还有将近一个小时的时间。”

“马铁这样做，是为了排除自己在现场的嫌疑，还是另有目的? 可是，阿顺，你在红楼影像资料中认出了他。”

“是的，是他枪击了巴萨尔先生。”

“阿顺，亮庄哥和水荷姐，也是准备去塞班岛度蜜月的，他们的航班是什么时间?”

“第二天上午十时的航班，由滨海市去往京都。然后，十六时在京都转机去往塞班岛。”

“那么说，马铁知道他们去塞班岛。很显然，如果不能在别墅谋杀马亮庄，也会在塞班岛完成杀戮。”

“是的，在塞班岛谋杀马亮庄，可能是他们谋划中的一个环节。可是，他们的谋杀方案，已经尽善尽美地实施了，但马铁还是去了塞班岛。”

“他去塞班岛旅游了，这是他的主子的奖赏，我相信。”说着，她将莎莎的手机号码输入了手机监听器，并对相关的软件程序进行了调整。

“也许，在红楼枪击巴萨尔先生如果不能取得成功，那么也会在塞班岛谋杀马亮庄。然后，再接续谋杀巴萨尔和梁山汉。这就是说，枪击巴萨尔先生在前，谋杀马亮庄在后；不过，方案的前后顺序可以转换，我分析是这样的。”

“有这种可能，阿顺。谋杀巴萨尔先生和谋杀马亮庄，对于他们来说同等重要。目标只有一个，那就是摧毁巴萨尔实业集团。”

“好吧，施勒比娃小姐，今天就说到这儿。一旦监听到什么情况，您要立即告诉我。”阿顺相信，她的推论是有道理的，马铁去塞班岛的目的，不仅仅是旅游，而真正的目的是谋杀。不过，对于这样的推论，他认为需要小心地求证。从现实来看，那些家伙制订的谋杀方案，可谓是安排周密，没有疏漏，也几乎大获全胜。可是，上帝保佑，“天不灭曹”，巴萨尔先生大难不死!

第四十九章

尚无二，将决定这场战争的胜数

鹰飞崖城堡的主人，正在书写新的历史，但没有人知道会从何处下笔。

今夜，太阳山山谷的月亮又大又圆，皎洁明亮，悬挂在高高的太阳峰的上空。一颗颗亮晶晶的星星，也在天上散发着微弱的光。月亮将自己的清辉，洒向了无垠的大地，也洒在了太阳峰上，还洒在了曲曲弯弯的山路上。太阳山山谷的夜色很美，宁静，幽远，梦幻。

尚无二乘着月色，开着车，在弯弯曲曲的山路上疾驰。他在赶往鹰飞崖城堡，接受巴喜乐董事长的召见。

尚无二在距离鹰飞崖城堡很远的地方，就看到了城堡那耀眼的灯火，充满希望的灯火。在他的心中，那灯火阑珊处，是他心中的圣殿，有他仰望的人在那里等候着他。他，也渴望见到巴萨尔先生，自己的恩人。

现在，鹰飞崖城堡被数十架射灯、彩灯照亮了，在充满神秘的黑黝黝的太阳山山谷中是那样的耀眼。远远望去，城堡就像天地之间一个绝美的珠宝，在插向大海的太阳山黑黝黝的山脊上闪亮。此刻，鹰飞崖城堡的主人巴萨尔先生，还有他的儿子巴喜乐，正在酝酿着一个重大的复苏计划，且责令他付诸实施。

鹰飞崖城堡戒备森严，除了天上月亮的清辉和满天星斗的光，可以肆无忌惮地飘进城堡里面来，其他什么也别想钻到城堡中去。在城堡的周围，布满了脉冲式电网，加上陡崖的天然屏障，休想跨越它。城堡内灯火通明，如果有可疑的人走进城堡的院落，会在灯光下暴露无遗。此外，城堡内还布满了高低错落的密密麻麻的红外线安保装置，如果有人碰上它，就会响声一片。

在城堡的高墙里面，有流动岗哨昼夜不停地巡视。城堡门口的警卫，始终睁大着眼睛，向城堡外张望着，警惕目力所及的一切。如果有人，或者汽车接近城堡，一律会遭到拦截，或者被断喝离开城堡。只有受到城堡主人邀请的客人，才会走进来，并会受到热情招待。现在，城堡的主人，巴萨尔先生，受到了最高规格的安全保卫。谋杀他的人，再也不能接近他。

红楼的枪击案已经过去，那一幕不会再重演了。鹰巢的主人，将书写新的历史，但没有人知道会从何处开始新的篇章。

尚无二通报了自己的姓名，警卫经过反复核实、确认，才被放进了城堡。但他必须走下汽车，由两个警卫一前一后“押送”到城堡主人指定的一间秘密小屋。得到主人点头示意之后，警卫才会离去。尽管巴萨尔和他的儿子，对尚无二充满了信任，但警卫履行职责一丝不苟。

“无二兄，我了解到的情况是这样的。这次，针对巴萨尔实业集团核心人物的谋杀，是一场有组织有预谋的行为。密谋的计划周密，指向明确，可谓殚精竭虑。这些人的目的，就是从肉体上，彻底消灭巴萨尔先生等关键人物。对此，我的父亲已经有了明确的意见，‘我们自己解决遇到的问题，用自己的方式！’”尚无二点点头，表示理解。

“现在看，犯罪嫌疑人是崔凤景、黑四、赵子新和赵子强，还有马铁。其中在红楼枪击案中，阿顺从监视系统的影像资料中，认出了那个勾动扳机的人，他叫马铁。马铁是赵子新和赵子强的私人保镖，具体说是一个杀手，一个还不够合格的杀手。此外，还有一个神秘的人物尚不确定。这个人用载重汽车撞击了梁山汉，然后逃之夭夭。但他在奔驰车的车门上，留下了指纹，含有尿液的指纹。经过生物学检测分析，这个人是素食主义者，男性，会开车，其他没有任何消息。

“现在，你的任务是找到这个人，采集到他的指纹。必要时可以将其秘密捕获，但捕获他的同时，也应秘密抓获黑四，如果这个人就是罪犯的话。不过，现在最好先不要动他，时机尚不成熟。从各种因素上看，这个人应该是黑四的下属。具体说，这个人应该在采石场，或者说是个开车的，因为撞击梁山汉的坐骑是辆载重汽车，且有石砟从载重汽车上掉落下来。因此，你要设法打进采石场，接近这个人。当然，首先应当接近黑四，千方百计地取得黑四的信任。黑四这个人很狡猾，要小心应对才是。

“另外，我们通过指纹比对，确认了黑四的指纹与别墅汽车爆炸案采集到的指纹一致。此外，他抽哈瓦那雪茄，在他的指纹中检测到了雪茄的生物分子。因此，在确认撞击梁山汉秘书长汽车的人之后，立即抓捕黑四。在抓获黑四的同时，也应该抓获马铁、赵子新和赵子强等人。总之，应无一疏漏，务求一网打尽。”

尚无二点点头说：“我明白。”

“你再想想，还有其他问题没有，或者说还需要我做些什么？还有，你一个人能够对付得了他们吗？要不要我再派个助手给你，以便有个接应。此外，什么时候需要武器，我为你安排。”

“不，不要，暂时都不需要。我考虑一下，如何打进去黑四集团的内部。在可能的情况下，我会秘密地向您报告。现在，我可以见见您的父亲吗？我多年没有见到他老家人了，很想念的。”

“去吧，他正在房间里等着你哪。”

此刻，巴萨尔先生正在按照医生制订的康复计划进行健身。他发现，经历浩劫之后，巴萨尔清瘦了许多，但精神蛮好。“噢，无二，我好长时间没有见到你了，你可好？”

“好，很好。有您的关照，我的生活越来越好了。现在想来，我十五岁时得到您的赏识，竟成就了一番事业。谢谢您，巴萨尔叔叔。”

“无二，你的感觉就像我当年的感觉一样。那时，乌尔其其带着我，走南闯北，改变了我的生活。不，是改变了我的命运。无二，你还没有安家吗，岁数不小了，该成个家了。”

“不，以后再说吧。您知道的，我的想法是先立业，再成家。眼下，我还没有考虑成家问题。巴萨尔叔叔，我做的事，可能不适宜成家，这您是知道的。如果成家的话，可能不利于做事，也会生出好多问题。所以，再说吧。”

“这个问题，留待我和乌尔其其商量吧！我想，你事做得好，但也要有个家。如果有合适的人，可以成家。我和乌尔其其，不能光指望你做事，也要考虑你的个人大事嘛。好吧，以后再说。”

“巴萨尔叔叔，您好些了吗？我是说您受伤之后。”

“噢，好些了，应该说，上帝还没有招我去！不过，他们出手有些重了，不应该的！”

“他们为什么这么干，这帮杂种！”

“我想，这一系列案件的发生，都缘于商业竞争，无非是谁得多少、或者占有市场份额大小的问题。无论是高速公路建设市场的竞争，还是国外进口汽车和汽车配件销售市场的竞争，都是如此。可是，我低估了他们，不该放松警惕。”

“应对他们的方案，乌尔其其先生有了一些想法。现在，喜乐董事长又对我有了明确的交代，我会做好的。您放心吧，巴萨尔叔叔。”

“我想过了，无二。你打进他们的内部很难，取得黑四的信任会更难。还有，这件事不能拖得太久。我采取韬光养晦的策略，但不会有更多的时间。崔凤景等人，也不会给我更多的时间。也就是说，必须尽快除掉他们，一切了然！因此，你要打进他们的内部，要在短时间取得他们的信任。否则，我们的人还会有危险。如此看来，应该有一个机遇，使你能够得到黑四的赏识，而不是得到赵子新和赵子强的赏识，让黑四认为你是他梦寐以求的不可多得的人才。我知道，他需要一个杀手！”

巴喜乐说：“这个机会可以创造，让黑四主动上钩。在黑四吞钩之后，再将线拉紧。只要他吞钩了，就别想把钩再吐出来。”

“我了解到的情况是，发生枪击案、爆炸案、‘交通事故’之后，崔凤景、黑四，还有赵子新和赵子强，几乎没有出过门。无疑，他们龟缩在房间里，是为了防范什么，防范可能遭到的报复。从这个现象看，最为重要的是引蛇出洞，然后打它的七寸。”

“现在，我、梁山汉、马亮庄，正式对外宣布退休了，这是一个示弱的信号。我要他们相信，巴萨尔实业集团陷入了危机。这样，他们可能会肆无忌惮，也会放松警惕。我想，不要很久，他们就会出洞的。如果要引诱他们出洞，最好的办法是顺应他们的习性。以前，阿顺跟踪过他们，对这些人的习性有所了解。黑四、赵子新和赵子强都嗜赌，且赌资很大；再就是喜欢到娱乐场所找些‘乐子’。赌是为了钱，找‘乐子’是为了性的发泄。赌是罪恶的种子，性得不到合理的控制，也是酿成罪恶的根源。一旦罪恶的种子，在人的内心发芽、膨大、无限的膨大，那这个人离毁灭就不远了。上帝让其死亡，必先让其疯狂。从古至今，人的欲望不加遏制，最终会铸成大错，甚至输掉财富，也包括身家性命。如果黑四等人嗜赌成性，或者食色难遏，机会就属于我们。无论他们的势力多么强大，或者多么残暴，哪怕他们联合在一起，也会输掉大局。现在，战胜他们的砝码，就握在我们的手上。不良的嗜好，赌和性，是他们灭亡的因由。喜乐、无二，通过不良的嗜好，来设计诱捕他们的方案，包括打入他们内部的方案。在适当的时候，再拉紧网纲，把他们像鱼一样晾在岸上。”

第五十章

不讲交情的人，成不了大事

“乐天路，你可要保重，小心为官，小心做事，小心走路，别什么时候摊点事。”

乐天路在巴萨尔受到枪击后，曾提心吊胆了一阵子。他担心自己与巴萨尔走动得过近了，恐怕生命不保。想着想着，黑四到了，走进了他的办公室。

“哦，黑总，您什么时候到的？”

“我说，乐天路，你怎么搞的，是不是官当糊涂了，我这不刚到嘛。”

“啊，是啊！刚到。可是，怎么没有通报一声呢，我好迎接您。您看，我的秘书也是嘛，应该事先通知我的，不该让我失礼。”

“乐天路，还有这个必要吗。那滨海市至京都高速公路招标的事，崔总不已经和你打过招呼了吗，可是，不也没有办吗。可见，不请自到，是个来法；事先打招呼，也是个来法。其实，打不打招呼，也是来；朋友见不见面，能够办事就是好朋友。乐天路，你要是觉得我来没有打过招呼，那我就退到门外，再敲敲门进来。”

“哪里，哪里。我们是老朋友了，不必说得那么多嘛。”乐天路觉得，黑四的话，就像一根根芒刺扎在他的后背上，让他的周身抽搐，一股寒意从脑袋一直凉到脚底。“黑总，您来有什么吩咐吗？”

“哟，我哪有吩咐呀，崔总说的事都不办，我还哪敢吩咐您哪！乐天路，你在官场混得久了，虚虚假假的话说起来还是蛮溜的！不过，朋友之间用不着虚假，来点实的算了！”

“不能那么说，黑总。有些事不都是我说了算。有的要请示，有的事要履行程序，有的事要集体讨论。上次招标的事，也都是公开竞标的嘛，崔总也在场的。可惜，您不够幸运！”

“乐天路，你真是个‘滑头’。我今天来你这儿，还是听你说这个吗。看来，你这个人没有指望了。我不知道崔总是眼睛花了，还是脑子昏了，派我来竟然要听你说这些屁话。好了，乐天路，你忙吧，我走了。”说后，黑四站起身来，乐天路赶紧起身，将他按在沙发上。

“有事好说嘛，黑总，有事好说。您说吧，对我有什么吩咐。是崔总让您来我这儿的吗？”

“哦，不是。崔总只记得他说的话，在你这儿还不如放屁。噢，你知道他的性格，既然他说的事你不办，他不会再求你了，更不会让我来你这儿了。乐天路，你记着，崔总不会再求你了。这对你来说，可能是好事，省去了好多麻烦！”

“黑总，您来我这儿，不仅仅是告诉我这个吧，是不是还有什么吩咐？”

“如果说有事，也没有什么大事。我想知道，滨海市至京都高速公路为什么没有开工？我那里的石砟应该卖个好价钱。如果巴萨尔手下那帮小子干不了，就别占着茅坑不拉屎。”

“哦，我明白了，这是崔总的意思吗？我想知道。”

“不，不是崔总的意思，崔总不会再求你什么事了。既然说话还不如放屁，那还有什么味道呢？我只是闲着没事，顺便问问。你知道的，我也是懒得问。好了，走了，乐天路，你保重吧，做什么事都不容易。”说后，黑四站起身走了。

乐天路执意挽留，但黑四断然地拒绝了。送到电梯间，乐天路悄悄地对黑四说：“告诉崔总，我摸摸底，看看有没有机会。”

“不消说了，那是你的事了。不过，乐天路，你可要保重，小心为官，小心做事，小心走路，别什么时候摊点事！”黑四下楼之后，乐天路看见一辆墨绿色的英国产的路虎汽车开到了楼下，车上下来两个保镖。在路虎车开走之后，乐天路还傻呆呆地站在交通局大楼的楼下，是秘书叫了他之后，才如梦方醒。他知道应该做些什么了。他是一个脑子不糠的人。

回到办公室，乐天路想着黑四的话。“乐天路，你可要保重，小心为官，小心做事，小心走路，别什么时候摊点事!”他不知不觉地浑身上下出了一身冷汗。乐天路心想，崔凤景会不会派人也向他勾动扳机呢？这让他害怕。他知道，巴萨尔与崔凤景在高速公路建设市场的争夺很激烈。可是，巴萨尔胜出了，这要得益于市委书记水向东的支持。毫无疑问，自己卷进去了，有着巨大的风险，不仅仅是政治风险。

他后悔，自己和巴萨尔走动得过近了，但想来想去，也是没有办法的事。市委书记水向东的话，他不能不听，没有权力不听，也没有胆量不听。一个交通局长，要是不听市委书记的话，那就是不讲政治，把“盐卤当水喝了”，活腻味了。再说，他要是不听水向东书记的话，交通局长的职务肯定不保。交通局长是个肥缺，好多人都想干，乐天路也舍不得离开这个岗位，不用要太多的手腕，就能获得叮当作响的“硬通货”。难啊，真是难，在政府里为官是累心，但也有许许多多好处。他这样认为。

崔凤景一直为滨海市至京都高速公路工程没有中标，而对他气哼哼的，这让他的心里有些害怕。乐天路害怕崔凤景，是因为收过他的钱财，而且数额不小。还有，崔凤景手黑，特别是马爷儿在的时候，更是“邪霸”。

乐天路知道，崔凤景和巴萨尔先生是有矛盾的，但有水向东书记做底，他不敢得罪巴萨尔，尽管他满心向着崔凤景。乐天路渴望四面圆滑，但生出了许多烦恼。现在，巴萨尔受到了枪击，还有马亮庄别墅汽车爆炸，梁山汉发生“交通事故”，自己会不会有这样的结局呢？也是难说的事。他心里琢磨着，这些案子可能和崔凤景有关，但只是暗中猜测而已。如果马爷儿还在的话，对巴萨尔实业集团可能早就出手了。也正因如此，在巴萨尔受到枪击之后，乐天路每天提心吊胆地上班，也提心吊胆地下班。他担心，崔凤景不会放过他。每当需要乘坐汽车出行的时候，他要派秘书提前对汽车进行安全检查，防止谁在汽车上安装了什么东西。

当他得知巴萨尔、马亮庄、梁山汉退休了，觉得巴萨尔实业集团是彻底完蛋了，尽管巴萨尔没有死去。现在，巴喜乐担任了董事长，有文化，喝过洋墨水，但未必适应国情。乐天路心想，国内的事复杂着呢。如果没了巴萨尔主事，会有人支持巴喜乐吗？恐怕未必。还有，巴喜乐未必了解国内的民情：靠钱办事，靠钱推动鬼神！不过，巴萨尔实业集团有的是钱，巴喜乐要是会花钱的话，那也是了不得的。可是，巴喜乐是棵嫩葱，能够支撑得住巴萨尔实业集团这幢过去曾经辉煌的大厦吗？如果挺不起来，那巴萨尔实业集团的垮掉就是早晚的事了。

巴喜乐在巴萨尔实业集团新闻酒会的讲话，看来像那么回事，但宣布解除的管理人员，又让人觉得过于草率。阿顺被革了职，张超也被开除了，这可能与案件有关，人们都这么传说。但乐天路知道，阿顺可是马亮庄的得力干将，而张超是巴萨尔的心腹。可见，他虽然当了董事长，但嫩了点。此外，班久成还能代理什么总经理，真是开玩笑；巴喜乐最为败笔的是，梁山汉发生了车祸，但梁良善立即走人了，这件事让人看了心寒。一个不讲交情的人，在社会上成不了大事。

巴喜乐做事不讲人情，不如巴萨尔那样通情达理。一个不通情达理的人，担任了董事长，本身就会毁掉他所主理的事业。如果是一个国家，那会亡国的。这一切的一切，说明巴萨尔实业集团完蛋了，这都缘于巴萨尔先生退休了。可是，自己没有看到这一步，真是错了。现在，黑四的到来，就说明自己已经危机四伏了。他为自己担心。

那么，市委书记水向东会对巴萨尔实业集团的新任董事长怎么看呢？需要探听虚实。至少，阿顺被解除职务，会影响到滨海市至京都高速公路工程施工。这是上级看得很紧的工程，如果因阿顺去职，影响工程进度，需要向水向东书记汇报。不过，在同水向东书记汇报之前，应该把巴萨尔实业集团的情况摸摸清楚。

乐天路单独约见了巴喜乐，在潮州大酒店。潮州大酒店是巴萨尔先生喜欢的酒店，在这里宴请巴喜乐，也有传承友谊的意味。巴喜乐儒雅，谦虚，精明，这是乐天路的印象。

“乐天路叔叔，您喜欢喝点什么？”

“随便您，我请客。”

“不，我请客。乐天路叔叔，您是官员，赚钱不多的，不能让您请客。”乐天路心想，看来他涉世不深，还不知道交通局长有多少钱。在这之前，他曾想把钱交付给巴萨尔先生，由巴喜乐来打理。现在看，多亏没有成行。如今的事，真是一日三变，很难拿捏得准。天要下雨，谁能知道呢！

“喜乐，看得出，蛮讲究的，这和您的父亲是一样的。哦，对了，您的父亲巴萨尔先生怎么样了？我一直没有时间去看看他。你看我，一天忙的，连朋友受伤都没有时间去看，真是抱歉！”

“还好，恢复得还可以。不过，毕竟年龄大了，身体大不如以前了。现在，只能颐养天年了，不适合主事了，也没有能力主事了。没办法，只好由我接任了董事长。今后，您有什么事尽管教导，我办好就是了。不过，就是没有什么事，有时间出来坐坐，放慢生活节奏，放松心情，也是好的嘛。”

“祝贺您，巴萨尔实业集团有了新的掌门人。我相信，您受过西方高等教育，集团会有更快的发展。”

“不能那么说，我是受过西方高等教育，但可能水土不服。不过，不管谁当董事长，巴萨尔实业集团发展的脚步不能停下来，也不会停下来。”

“我听说，集团内发生了不小的人事变动，阿顺也被开除了，是这样吗？”

“是的，阿顺被开除了。”

“可是，阿顺是高速公路工程的经理人啊，如果他被解职，那会不会影响工程进度呢？这个工程，上边可是盯得很紧的呀！”

“上边盯得紧的事，我不知道，阿顺交接工作时也没有说。不过，我想，不会因为人事变动，使工程建设受到影响。放心吧，乐局长。”

“喜乐，滨海市至京都高速公路工程，应该开工了，再拖下去就有问题了。”

“我想，再放一放。现在，我还没有心思做这件事。您知道的，我的事多着呢！”

“哦，知道！不过，这项工程的工期，上边要求得很紧，耽搁不得的，务必如期开工才是。如果您不能如期开工的话，可以转包出去。否则，影响工期会受到处罚，上级也会不满意的，包括向东书记，也是吃不消的！这件事，巴萨尔先生是知道的呀！”

“那您的意思是?”

“把工程转包出去，省心，只是少赚点钱。另外，你也有时间安排其他事!”

“能包出去吗?我在滨海市谁也不熟悉，不知道有谁能干得了这么大的工程。”

“喜乐，您要是有这个意思，那我来帮您做。不过，要价不能过高，否则，工程转包不出去的。”

“噢，那谢谢您。如果可能的话，工程往后拖一拖，我现在真是没有心思做工程上的事。如果不可以的话，那您为我做主，只要价钱合适，您就全权办理此事吧!”

“好吧，喜乐。您放心，我会像支持巴萨尔先生一样，支持您，支持巴萨尔实业集团的。”

“谢谢您，乐局长，我不胜感激。过去，您支持了巴萨尔实业集团;现在，仍然需要您的关照。我会记住您和我父亲的友谊，也会开始新的友谊。”酒足饭饱之后，巴喜乐向乐天路告辞。

第二天，乐天路面见了水向东书记。“尊敬的向东书记，现在遇到一个棘手的问题，就是巴萨尔先生投标高速公路工程的事。现在，他退休了，巴喜乐董事长又不想干了，新任的总经理也被开除了，您看怎么办好呢?”

“哦，有这样的事?这可是他渴望获得的项目呀!你的意思怎么办?”

“只能将工程转包，但转包要价不能过高。如果要价过高，工程也是转包不出去的。”

“是的，我知道。转包的话，巴喜乐同意吗?”

“同意，您看转包可以吗?”

“既然他同意，那我没说的，转包吧!”

“向东书记，您有下家嘛，可以接手这个工程?”

“没有，你看着决定吧。”

“好吧，向东书记，那我就按照您的意见，寻找能够承包的公司。不过，您要不要征求一下巴萨尔先生的意见?”

“还有这个必要吗，不用了。既然巴喜乐同意，那你就做主好了，抓紧把工程转包出去，不要延误了工期，对上级也有个交代。”

第五十一章

塔拉，你迷上翻译官了

真爱不是财富问题，不是黄金能够度量的。懂吗，娜娅，真爱在于情感，两个人真爱就足够了。

坐落在阿穆尔斯基半岛的符拉迪沃斯托克远东美术学院，面向海洋，环境优雅。瓦尔勒尼·塔拉和娜娅在这个学院读书已经三年了，现在她们要离开学院去外地写生。瓦尔勒尼·塔拉正在床上清理物品，为马上离校做准备。这时，娜娅走了进来。

“我说，塔拉，你忙活什么呢？是准备到外地写生吗？不知道你想去哪儿？”

“是的，可是我还没有想好到哪儿去写生。不过，我最想去的地方嘛，哦，去意大利的佛罗伦萨。佛罗伦萨是文艺复兴时期的名城，没准在那儿会有灵感闪现呢。你去吗？娜娅，去意大利的佛罗伦萨。”

“我看你是想去找意大利男人吧？听说意大利男人很性感，也很有品位。你要是在佛罗伦萨被电击中的话，再和意大利男人睡上一觉，没准灵感真的就出现了，一个有名的大画家就诞生了。”

“滚蛋，我对意大利男人可没有什么感觉。不过，中国的男人蛮有味道的。跟你说吧，那个庞晔华翻译让我心动，他对我也有好感，还一直想着我呢。也许，我将自己的初夜给了他以后，觉得有缘分了，离不开他了。不过，嫁给一个中国男人不能说最优，但起码也不会低于次优。中国男人还是蛮好的，待老婆不错的。可惜，我去不了中国，也看不到庞晔华。如果能够有机会去中国，我会去找他。苦啊，爱上了一个中国男人。”

“那个翻译官，要比你的岁数大些吧，你不觉得亏吗？你要比他年轻。一个年轻美丽的姑娘，就是财富，要比黄金的价值更高。你嫁给大了十岁的中国男人，恐怕不合适吧。”

“噢，我说娜娅，真爱不是财富的问题，不是黄金能够度量的。娜娅，真爱在于情感。爱是情感的寄托。爱不在乎国籍，也不在乎岁数大小嘛。没有关系的，我爱庞晔华，他也爱我，这就足够了。懂吗，娜娅，两个人真爱就足够了。自从我把自己的身子交给了他以后，就觉得他就是我的男人了，尽管我当时为了一点钱，为了赚点学费。”

“也是，塔拉，说得对，爱不在乎年龄。可惜，爱我的那个中国男人死了，罗列掉到冰窟窿里去了。为这件事，我让警察折腾了一宿，差点被学院知道了。你说，要是学院知道了，会不会开除我呢？包括你。”

“不会吧，这是人的自由，学院应该没有权力干预个人的自由。马克思说过，社会发展的终极目标，是人的自由和全面发展。不过，学院可能会谴责我们，在道德上谴责你我。好了，不说这些了。娜娅，我问你，如果罗列活着，那个中国人活着，你会嫁给他吗？你会像我爱上庞晔华一样吗？”

“塔拉，我想不会。罗列是在外面找刺激，就像动物一样，他和我上床是为了发泄，他怎么会娶我哪。不过，他就是不找乐子，我也不会嫁给他。他和庞晔华是不同的。罗列的身上有一种匪气，好像黑道上的。令我难忘的是，他床上的功夫蛮好的。可惜，他死了。我应该感谢罗列，他给了我不少钱，让我的生活滋润了，可以继续求学了。你看我身上的衣服，还有这文身，都是他给钱买的。”娜娅说着，将自己的上衣解开了，请塔拉看她的文身，一个绿色的绣着金边丝线的乳罩。

“说到钱，庞晔华翻译可没有给我多少，但我不觉得亏，因为他爱我。尽管时间短暂，我对他有了感觉。我感觉到了，翻译官爱我，且没有成家。一个没有家室的男人，爱上一个没有结婚的女人，这应该是合适的。尽管我和他是两个国家，还有种族不同。”

“塔拉，你是迷上翻译官了。现在，你们还有联系吗？他还想着你吗？如果还有联系，又没有成家，那就说明他是真爱你了。哦，要不，你去中国写生多好呀！还可以见到你的翻译官。”

“是的，有联系。只是通通话，甜巴甜巴嘴，远水解绝不了近渴。不过，他现在生意做得不错了，不在原来的公司了，被聘到一个更大的木材公司做生意了，好像这个公司给的钱更多。我记得，他当时来符拉迪沃斯托克时，没有多少钱。在宾馆向我付钱的时候，还得和罗列商量。再后来，他的老板得病了，照顾老板了，有一阵子穷了。可是，现在好了，去了一家大公司，当大老板了。中国真是怪，头一天的穷光蛋，马上就富有了。娜娅，什么时候我也能够富有啊！包括你。”

“不着急，马上也会有钱的。你瞧瞧我这身段，千金不换。不过，我问你，庞晔华有没有邀请你去中国呀？该不会没有邀请吧？如果邀请了，会不会带上我呀？”

“邀请了，可是我去不了。书没有读完不说，好像签证也不好办。再说，我没有钱去中国。”

“哦，可惜，一对鸳鸯，两个国家，相爱不能见面。想不到，塔拉，你对爱情还是蛮认真的，不仅仅是用身子挣点学费的问题。”

“娜娅，我说娜娅。爱是神圣的，爱要认真对待。看来，你还不懂得爱。爱让你魂牵梦绕，美好而又苦涩，渴望而又苛求。爱还是折磨人的魔鬼！娜娅，你要好好想想爱的问题。人不能白活，不懂得爱，那就是白活呀！”

“哦，塔拉，你有真爱了，我祝贺你！”

“好了，不说这些了。娜娅，你准备到哪里去写生，回萨哈林群岛吗？那是你的家乡。”

“不，我想去圣彼得堡，去列宾美术学院，找个教授指导我对光线和色彩的运用。将来有机会，我想去列宾美术学院读书，没准会有更大的长进呢。”

“你的想法真好。我想，你是未来俄罗斯的画家，一个女画家。我很荣幸，曾和俄罗斯的女画家在一个宿舍里睡过觉。到时候，我会写一部回忆录的。娜娅，一个俄罗斯伟大的女画家，曾和中国商人罗列睡过觉。”

“塔拉，你这个混蛋，别说我的坏话，看我不揍你才是。”塔拉格格地笑了。这时，她的手机铃声响了。

塔拉看看手机说：“娜娅，卡佳来电话了。”

“喂，卡佳，我是塔拉。”自从塔拉和娜娅陪伴罗列和庞晔华睡觉之后，海天旅行社总经理王子月的夫人卡佳，就和她们建立了联系。只要没事，卡佳、塔拉、娜娅就会在一起坐坐，或者去海边嬉戏，再不就上街溜达。

“塔拉，你和娜娅在一起吗？”

“哦，在一起，你找娜娅吗？”

“塔拉，你问问娜娅，今天晚上在一起坐坐，好吗，如果你们有时间的话。”

“好啊！你稍等，卡佳，我问问娜娅，看她是什么意思。”

塔拉说：“娜娅，卡佳邀请我们吃饭，你有时间吗，能去吗？”

“哦，可以呀，为什么不去呢？去，吃顿大餐。你告诉卡佳，找个大饭店，王子月经理有的是钱，我们花点不为过吧！”

“卡佳，娜娅说了，接受你的邀请。不过，她嘴馋了，要你找个大饭店，说王子月经理有钱。你瞧瞧，娜娅花别人钱不心疼。卡佳，娜娅是个实在人。”

“知道，你也是个实在人。那好，说定了。就定在斯韦特兰娜大街的万豪大酒店，美国人开的大酒店，十八点到，好吗？我和王子月在楼下等你们。”

“好，就这样。”塔拉高兴地用手指打了一个响声；娜娅赶紧行动，略施粉黛，渴望早一点吃顿大餐。其实，娜娅和塔拉，谁都不用打扮，一个美人不是粉黛能够打扮出来的。化妆出来的美女，就难说是真正的美人了。不过，美人化妆之后会更好看的。

十八点了，斯韦特兰娜大街车水马龙，人头攒动。王子月经理站在万豪大酒店的外面，迎候着塔拉和娜娅。

王子月在想，塔拉和娜娅会去中国吗？自从乌尔其其和他说了之后就一直在考虑，物色什么样的人有助于钓大鱼呢？不过，物色的人一定要美，要使黑四、赵子新和赵子强心动，最好能够让他们来俄罗斯游览风光，并梦想着赚到大钱。王子月抬起头，看到了塔拉和娜娅，兴致勃勃地走来。这两个美丽的姑娘，身材修长，步履极快地向万豪大酒店奔来。

卡佳迎了上去。“啊，塔拉、娜娅，看你们有多美！走到哪儿都是一道靓丽的风景。走，上楼吧！”

塔拉看到万豪大酒店装修精美，还有陆陆续续上桌的龙虾、螃蟹等海鲜，乐呵呵地说道：“卡佳，你真是舍得花钱，找这么个大酒店。”

“噢，这是子月的意思，他听说你们要去写生了，特意为你们送行。”

王子月说：“你们想去哪儿呀？要不要我来给你们做些安排。”

“我想去圣彼得堡，找个教授求教；塔拉要去意大利的佛罗伦萨，在那儿她会有灵感闪现。”

“好啊，我来为你们安排吧，包括去意大利的签证，都没有问题的。无论是圣彼得堡，还是佛罗伦萨，都可以安排。”

“要是签证没有问题，我可不可以换个地方，比如去中国？你要是能够办到的话。”塔拉说。

“噢，塔拉想去中国，她为那个庞晔华翻译动心了。卡佳，塔拉为爱魂牵梦绕，彻底掉进爱的漩涡了。”

“那又怎么样，我爱他，庞晔华也爱我嘛。如果可以的话，我改变主意了，去中国，去看看庞晔华，看看我爱的人。”说后，塔拉甜美地笑了。人的心中荡漾着喜悦，脸上就会笑得甜美。

“没问题的，我给你安排就是了，去中国吃住都没有问题。白天嘛，可以写生，晚上可以到我朋友的九重天娱乐城跳跳舞，赚点钱。中国的男人讲究，为女人出手大方。如果遇到一位大款爷，会赚够你们一年的学费还绰绰有余。”

“哦，如果那样，我也去，可以吗？只要能赚到钱就行，中国人有钱，我需要钱。”娜娅说。

卡佳说：“塔拉，你们还可以去几个人。白天写生，晚上做个‘舞娘’，学业和收入两不耽误。再说，那个九重天娱乐城蛮大的，是子月朋友开的，会对你们有所照顾的。”

“如果你们去的话，我给你们找个代理人，她叫施勒比娃。施勒比娃小姐在中国的滨海市做事，你们听她的，既保证你们的安全，也保证你们的收入，她还会安排好你们吃住，你们不用花一分钱的，包括画画的模特，都可以由她作出安排。”

塔拉说：“那就说定了，我去中国。不，是我们去中国。”塔拉和娜娅端起杯，同王子月、卡佳喝了酒。

第五十二章

有钱的男人，会糟蹋那些贫苦无助的女孩

黑四、赵子新和赵子强一块儿来，也会一块儿走，但从不在一个包间里面泡妞。

九重天娱乐城的夜晚，色彩斑斓，五光十色，霓虹灯闪烁着梦幻之光。这里是有成就的男人纵情之地，也是美貌贫穷而无助的女孩含泪装笑的魔窟。

没有办法，世上的人各有各的活法，也各有各的快活和苦难。苦难的姑娘，往往会跟上快活的男人，但不是神圣的爱情。有钱的男人，会糟蹋那些贫苦无助的女孩，就像狼吃羔羊一样！

九重天娱乐城从十九点开门营业，到凌晨两点钟关门闭店，整个晚上人来人往，包括一些达官显贵，也会光顾于此。门前的停车位十分紧俏，来晚的要把车停到远一点的地方，再步行走到娱乐城。大厅，会有四个靓丽高挑的姑娘，应接不暇地照顾着客人。她们脸上写满了笑意，又哈腰无数。

九重天娱乐城的总经理方欣很会做生意，自从远东美术学院来了一批女大学生，立即推出了俄罗斯民族舞，俄罗斯时装秀，还在一些单间秘密安排了钢管舞表演。每个晚上，九重天娱乐城都座无虚席。不过，

那些俄罗斯姑娘更愿意做舞娘，到包房做脱衣舞表演，每次会有大笔真金白银落进腰包。

为此，方欣按照巴喜乐的指令，特意去了黑四的办公室，还有赵子新和赵子强的公司，邀请他们光顾九重天娱乐城，享受俄罗斯的美女盛宴。他们好长时间没有到外面找乐子了。于是，欣然地接受了方欣小姐的邀请。

黑四等人来到九重天娱乐城，已经是晚上十点了，大厅正在表演俄罗斯嘉年华。不过，他们都是有身份的人，消费讲究档次，各自要了一个包间。每次都是如此，一块儿来，也会一块儿走，但从不在一个包间里面泡妞。泡小姐是一个人的秘密，不能让其他人知道，尽管他们都在黑道上混。

方欣说："黑哥，您稍等，一会儿就给您派来一位俄罗斯姑娘陪着您。"随即，方欣命令负责包间的小姐："去，马上给黑哥上水果。"

那个服务小姐给黑四上了一盘水果，还有各式各样的坚果，又倒了一杯茶。在包间墙上，有一面玻璃镜子，一双神秘的眼睛在看着黑四。看到黑四端起杯，喝了一口茶。没有一会儿，又端起杯喝茶。不过，这次是用了另一只手。于是，这个人责令身边的一位小姐，送上一杯橘汁。将先前的茶杯撤了下来，交给了镜子后面的人。

这时，方欣小姐又来到了黑四的包间。"黑哥，您还要稍等。现在，俄罗斯女孩特别抢手，都在'坐台'哪，暂时没有姑娘了。不巧的是，有一个家伙，因为请不到俄罗斯姑娘陪着，把包房给砸了。"

"哦，你需要我安排人，教训教训那个混蛋吗？"

"不，不需要。这一点小事，哪能劳您大驾呢！"

"方总，"一个服务小姐走进来说，"那个人不同意，不同意匀出俄罗斯小姐。"

"黑哥，您还得稍等。有个小子真可恨，一个人在包间里，花大钱包了五个俄罗斯姑娘。我安排人和他协商，让他匀出三个姑娘给你们，那小子硬是不同意。黑哥，你看我这个总经理，也是不好当的呀！"

"他妈的，反了，你去跟他说，让他立即把俄罗斯姑娘放出来，我出大钱。干吗呀，真是，他是花魁呀！"

方欣出去了一会儿，又回来了，说道："那个小子不同意，还让你滚蛋!”这时，门外响起了打斗的声音。黑四走出门去，赵子新和赵子强也出现在了门口，看到两个男人正在交手。

黑四认出来了，巴萨尔的司机张超，可能醉酒了；另一个人他不认识。张超摆脱了那个人的纠缠，一个腾跃，空中用腿劈杀那个人。那个人一个下蹲，躲过去了。反过来，那个人一个侧向上踢，踢在了张超的肋部。张超顺势一个翻滚，腾空而起，随即一个横向踢腿，击中了那个人的后背。那个人倒地之后，双手撑地，迅速来了一个“扫堂腿”，将张超扫了一个趔趄。

这时，一个服务小姐端着一盘坚果走来，那个人起身将几个瓷盘拿在手中，然后以极快的速度连续地将瓷盘一个个射向张超。可是，那些盘子被张超用手指一次次地托起飞向了空中，瓷盘碰在了天花板上、墙上，一个个清脆的响声之后，瓷盘成了碎片。其中一块碎片划破了黑四的脸，顿时有血渗出了。方欣赶紧用餐巾纸为黑四擦血，被他用胳膊挡住了。黑四好斗，也愿意看别人打斗。

这时，张超从裤腿抽出一把刀，向那个人投去。那个人立即侧身，用手顺势抓住了飞刀的刀柄。这时，只听一声断喝：“且慢，大哥息怒，在下给您赔不是了。张超，住手！你好不懂事，惹大哥生气了，赶紧谢罪!”

那个人愤愤地将刀子关在了天花板上，说道：“你回去教训他，凭什么一个人占了五个俄罗斯姑娘。”

“噢，大哥，我叫阿顺，有事您跟我说!”

张超气呼呼的，想说什么，被阿顺大喝一声：“你给我住嘴!”然后又对那个人说：“大哥，您别生气。到这儿来玩，都是求个乐和。好了，您的事我来安排好了。”

阿顺对方欣说：“方总，你安排好客人，快，让那五个俄罗斯姑娘陪好这位大哥。”

这时，黑四说话了。“阿顺老弟，你可好？要不要到我那儿谋生？我不会亏待你的!”

“噢，谢谢，我再考虑一下！黑哥，你玩好，我先去了!”阿顺和张超离开了九重天娱乐城。

这时，那个和张超打斗的男人，走到五个俄罗斯姑娘的身边，用俄语交谈了一会儿。那五个俄罗斯姑娘，立即像喜鹊一样“喳”、“喳”叫着，高兴地手舞足蹈，她们遇到了会说俄语的人。于是，都跟着那个男人，去了他的包间。不一会儿，方欣走了进去。出来时，方欣和那个人，一起来到了黑四的包间。

“先生，这位是黑哥，他想见见您。”

“哇，兄弟，我刚才看到了，您身手不凡，真是幸会，让我看到了您身怀绝技的表演。来，倒满酒，交个朋友。方小姐，你把赵子新和赵子强给我叫来。”说后，黑四点燃了一支哈瓦那雪茄，抽出了一支，递给了那个人。黑四说：“来，兄弟抽一支，这是哈瓦那雪茄。您叫什么名字?”

“噢，尚无二，哥，我不吸烟，从不吸烟。”

“哦，兄弟，你可知道，这牌子硬着呢！这叫哈瓦那雪茄，一支就是一百五十美金。”尚无二接过了雪茄，不能再推托了。他想，在马亮庄别墅的汽车爆炸案中，罪犯的指纹中留下了含有哈瓦那雪茄的生物分子沉积。

这时，方欣带领赵子新和赵子强走进了包间。黑四提议：“来，兄弟，我给你介绍一下，这哥俩叫赵子新和赵子强，我最好的朋友。咱们一块儿喝杯酒，交个朋友，他叫尚无二!”

赵子新说：“噢，您在哪儿做事?”

“刚刚回国，还没什么事可做。”

“您从哪儿回国?”

“俄罗斯。不瞒您说，我因为脾气不好，在俄罗斯打架了，把人打残了，不得不回国躲一躲。”

“哦，怪不得呢。我刚才看你揍那个小子，我也想上手了。那小子真是可恶，怎么能一个人要五个俄罗斯姑娘陪着呢!”赵子强说。

尚无二说：“欠揍！那小子欠揍!”

黑四说：“我看了，您身手不凡，武艺高强，绝对不在那小子之下。就凭您徒手接刀，那就了得。如果你不嫌弃，可不可以跟我干呢？到我那儿做事。”

“噢，不，不去，我不会做事，只会动动拳脚。再说，我还是要回俄罗斯的。”

“哦，不，在你没有回俄罗斯之前，完全可以和黑总经理干嘛。你不知道，黑哥是个讲究人。”赵子新说。

“黑哥，您在哪儿发财?”

“说得明白一点，我是副总经理，为崔凤景老板做事。你知道崔凤景吗，他是滨海市的名人。你考虑一下，可不可以跟我干。你要没有什么事可做的话，可以先到我那儿屈尊一下。再说，我不需要你去做什么事儿。没事，你跟我溜达就行。”

尚无二说：“我嘛，会开车，也会点拳脚。此外，除了能吃，就是贪睡，其他什么都不会了。”

黑四说：“我要的就是你这身武艺，完全可以做个保镖嘛！而且，钱不会少的。”

赵子新说：“我看，你能打过那个小子。只是没有下手那么重。”

尚无二说：“不能那么说，那个人也没有真下手。不过，到这儿来，都是找姑娘玩玩，也没必要真动肝火!”

赵子强说：“可是，那小子动刀子了。我看，你要是动手，还不把那个小子宰了。”

“好吧，哥们，你跟我干吧，不会亏待你的。”黑四说，“来，三国有桃园结义，今天九重天娱乐城四个爷们拜把子。斟满酒，来，哥四个，干杯!”说后，黑四、赵子新和赵子强把酒干了，尚无二也喝了那杯酒。

尚无二说：“小姐，你，过来，将酒杯撤下去。然后，请方总过来。”酒杯撤下去了，方欣走了进来。“方总，你去我的包间，将那五个俄罗斯姑娘叫来，我有话和她们说。”

五个美丽的俄罗斯姑娘过来了。尚无二用俄语同她们说了一会儿，那几个俄罗斯姑娘立即围拢在黑四、赵子新和赵子强的周围。

尚无二说：“娜娅，你陪陪子强。去吧，照顾好这位哥，好吗?”

娜娅说：“放心吧，尚无二先生，听您的。”

这时，一位服务小姐走了过来说道：“塔拉小姐，有一位先生找您，他叫庞晔华。”

“啊，娜娅，爱我的人来了。娜娅，我去了。”

尚无二说：“娜娅，你们陪伴各位哥哥的时候，介绍一下俄罗斯的风情，我给你们当翻译。今后，有机会请各位哥哥去俄罗斯旅游，或者发财，我在俄罗斯就不孤单了。”

娜娅站起来说道：“我的家在萨哈林群岛，与日本隔海相望。物产嘛，有木材、石油、天然气；还有火山，一百六十多座火山呢！那儿有大马哈鱼，在河沟子里面，大马哈鱼一条挨着一条，用脚就能把鱼踢上岸。”尚无二为她做了翻译。

赵子强说：“还有什么可玩的吗？”

娜娅一时没有回答，尚无二接过话说：“可以开着快艇，在海面上钓鱼；还可以到森林里面打猎，各种动物都有。不过，会有危险。”

赵子强说：“哦，是吗？看来，俄罗斯还是蛮有意思的。”

娜娅说：“最有意思的是，那儿的螃蟹特别的大。你们猜猜，那儿的螃蟹有多大？但尚无二先生不可以猜，他在俄罗斯待过。”

黑四说：“有一斤重？”

娜娅说：“不对。”

赵子强说：“有五斤重？”

娜娅说：“不对，再猜。”

赵子新说：“有十斤重？”

“错了，你们真笨。告诉你们吧，一辆平板汽车只能拉一只螃蟹，蟹腿都要用电锯割开。那深海的螃蟹，好大好大的。”

赵子强说：“尚无二，娜娅说的是真的吗？”

“是真的，这种特大螃蟹生活在深海里面。不过，很少，要用军舰，或者特别大的渔船才能捕获得到。一年也就能够捕到几只吧，很稀少的，不是常能碰到的。有机会，你们可以去萨哈林群岛，只是夏天短暂，但物产丰富。”

赵子强说：“我能去吗？”

娜娅说：“只要愿意，就可以去。我有朋友可以帮你。我的朋友是符拉迪沃斯托克市海天旅行社的总经理，他叫王子月，也是你们中国人，生意做得蛮大的。如果有幸的话，我可以陪你去萨哈林群岛，那是我的家乡。不过，你要付费给我，我要挣钱读完大学的。”

“哦，可以呀！不过，尚无二先生，他说的王子月你认识吗？”

“噢，认识。他是海天旅行社的总经理，人蛮讲究的。你要是去俄罗斯，他能够帮上你的忙。不过，你要是不着急的话，待我回俄罗斯再去也不迟，我陪你玩玩!”

“娜娅，去萨哈林群岛，或者去符拉迪沃斯托克，可以发财吗？我的意思是说，能够做什么生意吗？”赵子强说。

“木材、石油、石油制品、野生动物皮毛、有色金属、煤炭，这些生意都可以做。实在不行，组织一些人种地，也会发财的。种地这活，俄罗斯人很少做的。”

赵子新说：“娜娅，那你为什么还到中国来呢？既然钱那么好赚。”

“哦，我是来中国写生的，也顺便赚点钱。另外，做大生意的没有大钱不行，我没有钱!”

“哦。”黑四似乎明白了，这些俄罗斯姑娘来中国的意图是为了写生，不是卖身。如果有足够的钱，她们也会将身体交给你。离开九重天娱乐城的时候，赵子强付了费用，但表现粗俗，他不是将钱塞进俄罗斯姑娘的手里，而是塞进了那些姑娘的乳罩里面。当着大家的面，他还亲吻了娜娅。娜娅没有拒绝。她记得施勒比娃小姐的话：“你要让他们感兴趣，我会给你们足够的钱!”

第五十三章

小心求证，务必找出其中的因果关系

送达的指纹标本，与别墅大门和宝马车底盘上的指纹一致，残留的有机物为哈瓦那雪茄。

第二天，尚无二去了黑四的办公室。

“哦，尚无二老弟，欢迎你的到来。我想过了，从今天起，你做采石场的场长助理，替我分管采石场、运输队，我将集中精力做高速公路工程。不过，运输队队长是张令文，一个回民，刚刚接任队长，还没有什么管理经验，你要特别留心一点。”

“好吧，我听从你的指挥，让我揍谁就揍谁，反正你这个人不会错。”

“不，不能老是揍人。不过，有机会，我带你去拜见崔总。好好干，如果你不去俄罗斯，他又看上你的话，说不定会提拔你做副总哪。到那时，可别忘了你我之间的友情。”

“哥，我不会在这儿干长的，顶多一年，我就回俄罗斯了。要不是在那儿把人伤了，我就不会回来，或者早就回去了。哥，人为什么有脾气哪，干吗老发火呢？要不是因为脾气不好，就不会发火；不发火，就不会动手；不动手，就不会伤人；不伤人，就没有必要东躲西藏的。你瞧瞧，我这人就是控制不了自己。不过，昨天我控制得还算可以，是不是？哥，要是控制得不好，那小子我肯定废了他。”

“那小子是巴萨尔的司机，也是有本事的人。不能说武艺高强，但也绝对不糠。不过，现在他被巴萨尔实业集团开除了，非常失意，没事可干。还有那个阿顺，也是被革职了。现在，巴萨尔开始走下坡路了！”

“巴萨尔是谁？我从没有听说过这个人。”

“噢，一位民营企业家，已经废了。好吧，不说他了。你哪，好好管理采石场、运输队，别出什么安全事故。死一个人，要花费十多万呢！”

“好的，哥，你放心吧。谁要是不听我的，我就揍他。只是打坏了，你得费点银子，我不能掏钱的。”

“看来，你小子得注点意，比我还好干仗。尚无二，人得善于控制自己，不能靠打打杀杀过活。我以前和你一样，现在要比过去懂事了，知道吗？好了，不说过去的事了。一会儿，你哪，下去熟悉熟悉人。如果有人不听你的，一般情况下，不要揍他。告诉我，我来收拾他们。需要动手的时候，我会告诉你的。可是，我要是让你打谁，你会出手吗？”

“这个没问题，哥，我就听你的。你指的是不是昨天晚上那个小子，需要打他吗？没问题的！”

“应该说，包括那个小子。不过，他不是主要的，到时候再说吧！”

“好，哥。”尚无二离开黑四办公室，已近中午了。他买了一个面包，又买了两根火腿肠，还有一瓶可口可乐，用塑料袋装着，步行去了采石场。

他要解开心中的疑问。但他不能打听谁是回民，也不能去问谁是素食主义者。他要尽快查明，谁是撞击梁山汉的凶手。“这个人，素食主义者，男性，会开车。”巴喜乐的话，在他的耳旁嗡嗡作响。

来到采石场的工地，大家正在吃饭。天有些凉，饭菜倒是蛮热乎的。对他的到来，人们很热情。他心想，黑四在他早上没来时，可能对下面有了交代，那些人都在瞧着他。“来，”他吩咐一个小伙子，“你小子去给我弄盘菜来，多放点肉。要现炒的，放点辣椒我去去寒气，身子有点凉。”

小伙子将炒肉送来了，辣椒芹菜炒肉。尚无二看看采石场和运输队的伙计们，都在忙活着吃饭。在一辆载重汽车旁边，有个人独自在闷头吃着。他猜想，这个人可能就是他要找的人。“来，小伙子，端到这儿来，我和他一块儿吃。”

“哎，您和张令文吃不到一块儿的。”尚无二瞧瞧那个小伙子，没有说什么。

“来，咱们一块儿吃，现炒的菜。”他夹起菜就往张令文的碗里送。张令文用胳膊挡了回去。“不，我不吃这个。尚场长，您吃吧。”

“给，这是我刚在小卖店买的火腿肠，你来一根。”

“场长，您不知道，我是回民，有民族习惯。不过，就是牛羊肉，我也是不吃的。我喜欢吃菜，不喜欢吃肉。”

“哦，对不起，我不知道你是回民。不过，这瓶可口可乐还是可以喝的吧。来，哥们，喝了它。”张令文觉得不好拒绝了，于是，接过可乐，一口气喝了半瓶。他的指纹留在了可乐瓶子上。

“张令文，你在这儿干多长时间了。”

“有几年了。”

“家在滨海市？”

“是的。”

“孩子多大了？”

“您不知道，我还没有结婚。”

“哦，那你还挑啥呢？是不是找媳妇的标准高了，要不就是挑花眼了。不过，咱俩一样，我也是个光棍。不同的是，你是挑花眼了，我是没有人跟我。张令文，你的父母可好？”

“我的母亲去世了，只剩下父亲一个人。”

“哦，那他老人家应该是鳏夫了，在哪儿呢？”

“黑水滩石油城，一个人住那儿！哦，对了，场长，我要看看我的父亲了。他老了，生活的事多了，挺难的。”

“没说的，咱哥们一起共事，有困难吱声。你尽管回去，看看他老人家。不过，走时，你要提前告诉我，我得考虑安排人，代你管理运输队。哦，对了，他老人家叫什么？我有哥们在那儿，可以让朋友代你照顾一下老人家。”

“我爸爸叫张到度，快七十岁了。谢谢您，场长，不麻烦别人了。”

“这，还客气什么哪，我们在一块儿做事就是缘分，没说的。不过，我也不会在这儿干久的，还得去俄罗斯，那儿的钱好赚。”说后，尚无二又将刚才那个小子喊了过来，“来，你过来，将菜盘子拿回去。你顺便通知大家，现在石砟需求量很大，要铆足劲干活，多多赚钱，谁多干了谁就多得。”

“哥们，把可乐给我，我渴了。”尚无二拿过可乐喝了，站起身，拍拍屁股说：“令文，你在现场，要替我看着那帮小子。谁他妈的不干活，告诉我，我他妈的收拾他。现在，工程吃紧，要抓紧才是。”尚无二将可乐的空瓶子，装在了塑料袋里面，晃晃悠悠地走了。

离开了采石场，尚无二将黑四、张令文的指纹标本，做了标记，派人连夜送往京都。张潮生将这些指纹与先前采集到的指纹进行了比对。同时，对指纹残留的有机物，进行了生物学分析。

第二天，欧阳水荷与巴喜乐通了电话。“喜乐，送达的指纹标本，经过比对，与别墅大门上和宝马车底盘留上的指纹是一致的；经生物学分析，指纹残留的有机物为哈瓦那雪茄。

“另一个人的指纹比对和生物学分析，与梁山汉车上的指纹一致；其汗液和盐分残留，也与交通事故采集的标本一致；氨基酸含量偏低；只是没有尿素含量，这是个缺陷。现在看，可以得出结论了。别墅发生的爆炸案，是黑四的‘杰作’；那起交通事故嘛，无疑，是您关心的那个人精心所为。”

“水荷姐，您辛苦了。感谢上帝，我找到了所关心的人。只是，还有另一个人去塞班岛旅游了，无法得知他与之相关的另外两个人的情况。不过，从别墅发生的事，到梁山汉发生的事，可以得出结论了：我们的‘朋友’之间是有着密切联系的。在已经发生的事件中，各自都扮演了重要角色。可是，还必须耐心一点。水荷姐，等去塞班岛的那个人回来，再确定与之相关人的情况。水荷姐，您知道的，我需要求证，求证那些与结论有关的证据。尽管如此，在没有找到有关结论的依据之前，还不适宜进行下一步行动。此外，施勒比娃小姐也在紧张地工作着，她很辛苦，但没有收获。因此，暂不能开始新的行动。我需要进一步确认这一系列事件之间的有关人的关系，包括那位尊敬的‘总导演’的行为，也需要小心地求证。水荷姐，您同意我的意见吗？”

“喜乐，我同意你的意见。是的，要小心求证。在已经发生的事件中，务必找出因果关系，求得正确的结论。记着，喜乐，还要保持足够的警觉，不能再发生问题了。同时，要做好相应的预案。”

“是的，水荷姐，我知道，知道应该在哪儿撒网，也知道什么时候把网拉起来。现在，网纲就握在我的手上，不，握在我们的手上。放心吧，水荷姐，我已经有了收获。不，是我们!”

“喜乐，巴萨尔叔叔好些了吗？我想听听他的情况。亮庄哥也是，他想去看看巴萨尔叔叔。还有秘书长怎么样了？班输船离开医院了吗？把这些情况告诉我，我再告诉亮庄哥。”

“好，您转告亮庄哥，我问候他，还有他的巴萨尔叔叔，也渴望见到他。噢，你关心的人都恢复得很好。有机会，见见面吧!”

“喜乐，亮庄哥身体恢复了；只是一只耳朵失聪，其他无恙。您告诉巴萨尔叔叔，过些时日，我和亮庄哥去看他，也去看秘书长，还有班输船。”

“班输船身体恢复得非常好。现在就可以出来工作了，但你的巴萨尔叔叔没有同意。不过，麻烦您，水荷姐，您去一趟王道林那儿，我父亲想请他为班输船做脸部整形美容，要让他变得漂亮些，好成个家。水荷姐，您瞧瞧，我爸爸这个热心肠!”

“喜乐，你有一个好爸爸。也让我终生不忘。另外，我想说的是，在处理已经发生的事儿的时候，我要赶过去，见见我们的那些‘老朋友’。”

“好的，水荷姐。您代表我，向亮庄哥转达巴萨尔叔叔对他最得意的‘儿子’的问好，代我向亮庄哥问好？”

第五十四章

你不喊我的话，巴萨尔就死定了

“不过，马铁，‘活’是干了。但，你那个‘活’干得不利索，那个人没有死。知道吗，活干得不利索！”

施勒比娃小姐的手机响了，哦，是莎莎在通话。“铁子，你又去哪儿了?”

马铁说：“哦，亲爱的，我在蓝洞，刚刚潜过水，上岸歇着哪。哦，宝贝儿，蓝洞潜水好极了。天然的钟乳洞，和太平洋相连，海水墨蓝，有珊瑚，还有各种色彩斑斓的鱼。哦，莎莎，还有鲨鱼哪。”

“哎呀，天哪，那太危险了，你赶紧给我回来，离鲨鱼远一点。”

“宝贝儿，我再潜一会儿水。你不知道，在蓝洞内，能看见太阳光射进洞内，那蓝色的光该有多漂亮。知道吗？宝贝儿，这是世界上最好的潜水地点。这儿有好多人哪，都是来自世界各地的潜水爱好者。宝贝儿，我再玩一会儿，好吗?”

“好吧，不过你要早点回来。我刚刚看了一处房子，可以买下来，你要是同意的话。”

“哦，宝贝儿，你什么意思呀？难道不回滨海市了，是这样吗?”

“‘铁子’，我不想回国了。哦，不，是我们都不回国了。塞班岛是人间天堂。这儿有中国人、日本人、韩国人，甚至不用说外语，就可以交流。我嘛，可以到悦泰酒店、夜总会唱歌，包括在规模宏大的晚餐秀唱情歌；你可以去韩国人办的跆拳道俱乐部当教练嘛，或者当潜水教练，咱俩在塞班岛会生活得很不错的。好吗，‘铁子’，我们在天堂里生活一直到老！”

莎莎称马铁为“铁子”，有两种含意：一是，“铁子”是马铁的简称，她从来没有叫他马铁，但有时候叫“铁哥”，而叫“铁子”更多一些，也更亲切一些；二是，“铁子”是指社会上的情人关系，比如婚外情人，或者恋爱中的情人。马铁和莎莎都没有结过婚，但在他们成为“铁子”之前，又都破过身子。莎莎不是处女，马铁不是童男，但莎莎爱马铁，马铁也爱莎莎。所以，莎莎称马铁为“铁子”，马铁则称莎莎为“宝贝儿”。

“宝贝儿，我们的钱不够啊。塞班岛的房子多贵啊，哪能买得起呀！”

“铁子，问题不大。我在九重天娱乐城那儿有钱，可以让方欣给我寄过来，也可以让人捎过来。再说，你给赵子新和赵子强干事，他们不给你钱啊。铁子，我算过了，咱俩买房子的钱，还是够的。”

“他们说给钱的。可是，这次活干完了，钱还没有拿到手啊。”

“你给赵子强打电话，让他们把欠你的钱寄过来，好吗，铁子。”

“宝贝儿，我临来塞班岛之前，没有说不回去。这中途变卦的事，你说，他们会不会有想法呢？”

“我说铁子，你还在乎他们想什么吗？我看没有这个必要了，不给他们当保镖就是了。在塞班岛做保镖的话，会赚更多的钱。信不信，铁子，会赚更多的钱。”

“啊，宝贝儿，你说得对，是会赚更多的钱。可是，要不要回去处理一些事务呢？”

“铁子，你真浑，脱裤子放屁费二遍事，没这个必要。你现在就让赵子强把钱给你寄来。午后，我们把购房合同签了，你看行吗？”

“好吧，宝贝儿，听你的。不过，我得给他打电话说一声。你哪，给方欣打个电话。”

“好吧，铁子，潜水时注意安全，别让我操心！”

“再见，宝贝儿！”

施勒比娃听到这儿，觉得他们之间通话还是有故事的。“这次活干完了，钱还没有拿到手啊。”就凭这句话，就说明有问题。那么，“这次活”是指什么呢？让她生疑。于是，她锁定了马铁新的手机号码。

到了晚上，莎莎的手机与方欣总经理通话了。“方欣，你好，我在塞班岛哪。塞班岛好极了，四季如夏，风景秀丽，一个世界著名的旅游休养胜地。有机会，你来塞班岛看看，我在这隆重地接待你。”

“哦，好啊，有机会我去。”

“方欣，我给你打电话有两件事。一个，我不准备回去了，塞班岛让我流连忘返；另一个，你把我的钱，能不能给我寄来，或者存在我的卡上。要不，有人来的话，捎过来也可以，我要在这儿买房子。”

“你瞧瞧，莎莎，怎么能说走就走了呢？这儿的歌迷一直要听你的歌，听你唱情歌呢。再说，我上哪儿去找你这样的歌手？回来吧，莎莎，九重天娱乐城因为有你而红火，这里不能没有你！”

“哦，对不起，方欣，我肯定不回去了。你想办法把娱乐城欠我的钱，给我寄来，或者捎来都可以。”

“哦，莎莎，你真让我犯难！还有别的事吗？莎莎。”

“没有了，再见，方欣。”

马铁和赵子强通话已经是晚上了，赵子强用的手机是一个施勒比娃小姐不知道的号码。“赵总，您好，跟您汇报一件事，莎莎非常留恋塞班岛，她不准备回国了。”

“哦，那有什么，你回来就是了。”

“赵总，您想想，莎莎要是不回去，我回去就没有意思了。”

“哦，是这样。”

“赵总，您看，上次的‘活’干完了，是不是把钱给我。我和莎莎要在这儿买房子，钱不够的。”

“不过，马铁，‘活’是干了。但，你那个‘活’干得不利索，那个人没有死。知道吗，活干得不利索！”

“是的，他没有死。要是你不喊我的话，那个家伙死定了。”

“因此，这钱不能都付给你，得折价，最低是减半。”

“那您的意思是只给我十万元，是吗？”

“是的，只能给你十万元。如果那个人死了，付你二十万元，没说的。”

"这有点不合适吧，赵总。说定的事，就应该按照当初的协议办。"

"可是，他没死。你知道的，他活着，对我们就有危险，懂吗？"

"可是，如果你当时不着急忙慌地喊我，那个老家伙必死无疑。赵总，您再考虑考虑，应该付我二十万元，而不是十万。另外，莎莎在塞班岛要买房子，我也应该出点钱的。"

"马铁，既然你不能回来，这个事就不要讨论了，我只能付你十万元。如果你回来，我甚至可以付你更多的钱。"

"可是，赵总，巴萨尔废了，他已经退休了。您应当按照协议，付给我二十万元钱。"

"我说马铁，听清楚，他没有死。否则，我不费这个话。"

"赵总，这事您做得不讲究。说定的事，怎么说变就变了呢？"

"好了，马铁，不用磨叽了。"赵子强把电话撂了。

施勒比娃欣喜无比，真是踏破铁鞋无觅处，得来全不费工夫。她看看打印机，马铁和赵子强通话的录音已经全部自动打印出来了；再听听手机监听器的录音，十分清晰。施勒比娃马上和巴喜乐通了电话。

"哦，我捕捉到了他们的录音，在电话中讨论了枪击巴萨尔先生的酬金问题。马铁说，活干完了应付二十万元；可赵子强说，他活着，只能给十万元。另外，马铁和莎莎不准备回国了，要在塞班岛买房子，让方总把欠她的钱给寄过去。"

"好的，施勒比娃小姐，谢谢您！真是苍天有眼，天道酬勤，您终有所获！"

"不，喜乐董事长，是我们终有所获。"

"哦，对，您说得对，是我们终有所获。"向巴喜乐董事长汇报之后，施勒比娃将赵子强新的手机号码锁定到电脑里面了。

第五十五章

你五马倒六羊的，还当我是个糊涂蛋

“他妈的，你现在给我弄个小算盘，拨弄来拨弄去的，真他妈的有意思！”

佛教讲因果，但施勒比娃小姐不是佛教徒，可她相信因果。她相信崔凤景，还有赵子新和赵子强都会有报应。因此，在还没有采取行动之前，她必须对他们的手机继续监听。她希望，能够因应佛教的因果关系，凡事都有个了结。

令她吃惊的是，崔凤景与乐天路的通话，让她感受到了世态炎凉。巴萨尔实业集团，不仅丢掉了滨海市至京都的高速公路工程，也在渐次失去社会影响力。滨海市至京都高速公路工程，令人关注。无疑，谁获得这项工程，就说明谁有实力。市场讲究实力，不同情弱者；人更现实，会向有实力的集团或者个人靠拢，或者说是投降。乐天路看到巴萨尔实业集团正在衰落，自然会倒向崔凤景那一边，这可能是巴喜乐董事长不知道的。

“您好，崔总，我是乐天路。”

“有事吗？乐局长。”

“噢，我向您汇报。滨海市至京都高速公路工程您可以做了，恭喜您！”

“恭喜个屁，乐天路，我他妈的早就该做这个工程。一开始，这个工程就应该是我的。你五马倒六羊的，还当我是个糊涂蛋！告诉你吧，乐天路，你小子不讲交情，有你这样的朋友吗？没有的。我崔凤景没有亏待过你，知道吗。过去做的工程，每次都有你的回报。现在可倒好，吃我的，拿我的，帮别人做事。我真蠢，竟然没有看出你这副嘴脸，算是瞎眼了。”

“崔总，您别发火，耐心一点。您先听我说完好吗？”

“有屁快放，少他妈的跟我啰嗦！”

“您看，崔总，别生我的气。现在，滨海市至京都高速公路工程，我交给您干。”

“你这个话，不应该现在说。这个工程，早就该是我的。你说，巴萨尔的那些人做高速公路工程，有我做得好吗？有我做得专业吗？没有的。你心里清楚，我做高速公路工程是滨海市最专业的，质量也是最好的。他妈的，你现在给我弄个小算盘，拨弄来拨弄去的，真他妈的有意思。还他妈的说什么，‘您可以做滨海市至京都高速公路工程了’！”

“好了，崔总，对不起，您不要生我的气了。您务必保重，别气坏了身子。”

“你他妈的少拿话甜和我，我又不是小孩子。你以为我什么都看不懂。乐天路，我们有账目可算的。”

“您看，崔总，我这不是从巴喜乐的手上，把工程拿过来，又交给您了吗？如果没有交情的话，没有过去情分的话，没有我们哥们友谊的话，这工程能给您吗？崔总，凡事都有个度。再说，各有各的难处，我也是如此。崔总，你我一定要理解，彼此关照，各有各的难处嘛。”

“你的意思是要我理解你，是吧，乐局长。你想听心里话吗？我很难理解你。我和你说吧，黑四去你那儿，是我让他去的。明人不说暗话，你不把工程交给我，我会清理账目的，你会像巴萨尔一样惨，可能还不如巴萨尔哪。好了，乐天路，滨海市至京都高速公路工程什么时候动工？”

“应该立即动工。”

“不过，乐天路，我跟你说，刚才话归话，说归说，我不会亏待你的。乐天路，工程完事之后，自然有你的回报，我不能让你白忙活。不讲究的事，我崔凤景不干！”

“噢，谢谢您，崔总。那就这样，好吗?”

“好了，乐局长，今后做事做人注点意，别朝秦暮楚的，属他妈的墙头草，风吹两边倒。”崔风景相信，对左右摇摆、察言观色、喜好投机的人，当头棒喝会有奇妙的效果。他是个懂得心术的人。

“崔总，您的话我铭记在心，谢谢您的教导，再见!”撂下电话之后，乐天路双腿颤抖，身上出了一身冷汗。危险终于过去了，至少他不会派人拿着枪，像对着巴萨尔那样勾动扳机了。可是，黑四的话，还是让他心惊：“乐天路，你可要保重，小心为官，小心做事，小心走路!”

施勒比娃把监听获得的信息整理打印，装在袋子里面，开着小轿车去了“鹰巢”。她要当面向巴喜乐汇报，当然，巴萨尔先生也会立即知道这些信息。这些信息十分重要，不仅巴萨尔实业集团失去了高速公路工程的建设市场，而且政治基础也在动摇，至少乐天路不再属于巴萨尔帝国了。对此，巴喜乐应该知道，巴萨尔更应该清楚。

红楼枪击案，别墅汽车爆炸案，还有梁山汉的交通事故，已经过去一段时间了。一切风平浪静。滨海市警方没有什么动静，巴萨尔实业集团也没有什么反应。

巴萨尔、马亮庄、梁山汉的退休，加上巴喜乐董事长的“无所作为”，让黑四、赵子新和赵子强等人觉得安全了，可以宽心了。于是，走出“巢穴”，吃馆子，喝茶，赌博，到九重天娱乐城“找乐子”，生活得有模有样，色彩斑斓。

崔风景则一直躲在甄巧巧的别墅里面，不出门，也不想出门，不想再发生马亮庄到他办公室恫吓他的事。不同的是，有了武艺高强的尚无二，黑四、赵子新和赵子强出来活动的频次多了，时间也更长，也有通宵达旦的时候。

黑四喜欢美丽的俄罗斯姑娘。赵子新和赵子强则另有心思，那就是到俄罗斯发展。因此，每次来九重天娱乐城找乐子，赵子强都点娜娅陪伴，探讨在俄罗斯的商机。赵子新和赵子强有些讨厌滨海市了，渴望去外面看看。尽管巴萨尔被枪击了，但没有给他的汽车销售与配件供应市场带来多大的收益。

娜娅按照施勒比娃的指令，专门陪伴赵子强，但被告知不要和他离开九重天娱乐城。如果他提出去俄罗斯考察，娜娅可以答应他。施勒比娃送给娜娅一个发卡，发卡上面镶嵌着一颗颗饰品，其中镶嵌了一个微型的灵敏度超高的拾音麦克。每次陪伴赵子强，娜娅都会将发卡戴在头上。施勒比娃会在另一个秘密房间，用声音接收器进行监听。

赵子强和娜娅在一起跳舞，喝酒，但更多的时间，是谈论俄罗斯的风情和商机。跳舞的时候，也会有些亲昵的动作。但娜娅遏制他："不得越格，有些'设备'不是你用的。"

"啊，娜娅，我的美人，你让我心动!"

"哦，只许看，不许动。心可以动，但手不能动。如果你乱摸乱动，我就不能陪你了。"

"娜娅，我爱你！我会加倍给你钱的，每次都会让你的乳罩里面塞满钱，信不信?"

"噢，那也不可以。我来这儿写生，顺便赚点钱，但不卖身。如果你乱摸乱动，我就离开，你可以再找别人。"

"好了，我不摸就是了。娜娅，你说我去俄罗斯能做点什么?"

"我不知道。不过，木材、石油、有色金属，都可以做。可是，得有资金。没有资金，什么也做不成。你有足够的钱吗?"

"还可以，钱还是有一点的。娜娅，我要是去俄罗斯的话，你能帮我什么?"

"不知道，我不会做生意。不过，我可以在俄罗斯给你画画。如果我出名了，这张画就会升值，你也会得到更多的钱，其他的我什么也不懂。"

"娜娅，你说的那个王子月是做什么的?"

"旅游，也做点木材，还有娱乐业、博彩业，其他的不知道。他有钱，人也讲究，够朋友。比你要好，我认为。"

"娜娅。你可以和他通话吗?我想和他聊聊，如果你认为方便的话。"

"可是，我无法和他通话，我的手机无法通话。"

"用我的手机，我的手机开通了全球漫游。"

"好吧。"娜娅从包里拿出一个小本本，找到了王子月的手机号码，拨通了电话。"王子月经理，您好，我是娜娅。"

"娜娅，怎么样，在那儿好吗?"

"好！白天写生，晚上在娱乐城唱歌、跳舞。噢，对了，王子月经理，我在这儿遇到一位经理人，他想和您聊一聊，如果可能的话，他想去俄罗斯考察，您能帮他吗?"

"这不好说，如果旅游的话，现在就可以来。"

"哦，那您和赵子强经理说话，好吗?"

"噢，王经理，我想去俄罗斯看看，您能接待我吗?"

"这没有问题。你是来这儿旅游，还是经商？如果经商，想在这儿干点事的话，经营资本要充足。只要你想来，可以过来看看，现在就可以来。"

"我怎么办理签证?"

"你有护照吗?"

"没有。"

"那你到边境口岸站，直接办理旅游签证，或者我给你发一个邀请函，就可以到俄罗斯来。"

"那这样吧，我通过口岸站签证过境，你在那儿接待我。我哥也去，他叫赵子新。"

"好的，赵经理。你把电话交给娜娅，我和娜娅说话。"

"王经理，您说吧。"

"你要赵总到绥芬河来，我通过关系为他办个旅游签证，他就可以到符拉迪沃斯托克了。"

"好的，王经理。不好意思，我给您添麻烦了。"

"没关系，娜娅，有朋友来俄罗斯，你尽管答应，多个朋友多条路嘛。还有别的事吗？娜娅。"

"噢，王经理，没有了。谢谢您，拜拜！"

"娜娅，你去把我哥，还有黑哥，请过来。"娜娅去了。

黑四走进来说："有事吗？子强。"

"我想去俄罗斯。哥，你坐。娜娅刚才接通了符拉迪沃斯托克王子月经理的电话，我和他唠了一会儿。我想去俄罗斯看看，看看有没有发展机会。"

黑四说："行吗?"

“不知道，但可以看一看。哥，我让王子月经理在绥芬河帮我办旅游签证，就可以过境了。如果你愿意去，就一块儿去吧。”

“娜娅，我们商量一点事，你先回避一下。”赵子新说，“明天，在网上搜索王子月的情况，看看有没有这个人。娜娅是俄罗斯人，是不是可信，也值得怀疑。”

黑四说：“对，如果符拉迪沃斯托克有这个人，就可以考虑。”

赵子强说：“好吧。黑哥，您去不去？”

“不，我不去，工程已经开工了，我现在特别忙。”

“什么工程？不是被巴萨尔实业集团中标了吗？”

“是的，是中标了，但他们没有能力做了，阿顺被解职了。崔总真是幸运，走路‘磕前失’，捡了一个‘狗头金’。”

“哦，我说黑四，巴萨尔垮了，你却成了最大受益人。好了，今晚你请客吧。俄罗斯姑娘的费用你来付。”

“没说的，哥们嘛！”

这时，尚无二走了进来，说道：“黑总，刚才张令文那小子给我来电话，要去看看他爹。要去什么地方，我没有记住。您说，我给他假吗？我刚刚管这事，不知道怎么办？”

赵子新说：“张令文是个孝子，应该给假的。他去黑水滩石油城，看他的父亲张到度。”

尚无二说：“对，是黑水滩石油城。”

黑四说：“好了，尚无二，你给他回个话，准他假。然后你安排个人，打理运输队的事。”

“我不跟他说，要说还是你说吧，黑总。我烦这个小子，刚管运输队，他就请假，不地道，是不支持我的工作。”

“还是你说吧，运输队归你管。我不准备操那么多心了，崔总要我做些大事呢。”

“好吧，哥，听您的。”

第五十六章

儿子，他们凭什么这样对待你

张令文打开车的后门，坐了进去。这时，从另一辆车上下来两个人，坐在了他的左右。随即，将他的胳膊缚住了。

张令文是个孝子，自从母亲去世之后，对父亲格外惦记。古尔邦节就要到了，他不想让父亲一个人在节日里孤单无助地待在家里。老人需要陪伴，儿女应该在节日里和自己的父母待在一起，如果儿女足够孝顺的话。

请过假之后，张令文在乐购超市，为父亲购买了一瓶椴树蜂蜜、两包决明子，还有各种小食品、保健品。人到老年，保健问题务必跟上去。当夜，他乘坐由滨海市开往黑水滩石油城的火车，明天早上就可以到家。每次，他回黑水滩石油城，都要精心假扮一番，不能让熟人或者警察认出他来。

太阳正从那座远山的山凹处向上爬升，新的一天就要开始了。这一天，承载着张令文的希望，他能够和父亲见面了，一块儿度过古尔邦节。他看看表，列车是正点到达黑水滩石油城的。透过车窗，他看看站台上没有熟人，也没有警察，戴上墨镜，提起布袋，走下车去。布袋里面装着二十万元钱，还有购买的保健品。用布袋装钱会安全一些，没有人会将巨款装在一个不起眼的布袋里面。他认为。

他记得尚无二交代过的话：“在车站出口的右首，有一辆劳斯莱斯车会等着你。我的朋友是个买卖人，会照顾你的。”想到尚无二，他心里热乎。

走到劳斯莱斯车跟前，张令文对车上的司机说：“您是尚无二先生的朋友吗，是来接我的吗？”

“噢，我猜您就是张令文吧，对吗？”

“是的，我是张令文，尚无二的朋友。”

“那，您上车吧，我是尚无二的哥们。”他打开后门，坐了进去。这时，从另一辆车上下来两个人，坐在他的左右。随即，将他的胳膊缚住了。汽车立即启动，快速离去，向黑水滩石油城城外开去。

“张令文，我们等候你多时了。”其中一个人说道。

“我不认识你们，找我有事吗？”

“我认识你，还用问吗，你知道是什么事。”

“我知道什么？我什么也不知道。”

“好了，你最好规矩点，免得麻烦。”另一个人摘下墨镜说，“说吧，张令文，是谁让你用载重汽车撞击梁山汉的？”

“我不知道，你说的事我不知道。我不知道谁是梁山汉，也不知道载重汽车撞击人的事。你是谁？我为什么要回答你的问题？”

“好吧，我叫张超，巴萨尔先生的司机。张令文，我知道你，还知道你的父亲叫张到度。此外，还知道你给赵子新和赵子强做过事，开油槽车向一个个体炼油厂送偷盗的原油，是这样吗？”

“很抱歉，你说的事，我一概不知。张超，你找错人了。我不知道谁叫赵子新和赵子强，真的不知道。”

“好吧，既然你不说，那就把嘴闭上。”张超用胶带把张令文的嘴封上了。

汽车在太阳西落的时候，驶进了太阳山谷密林深处一个不为人知的房子前停了下来。

“张令文，说吧，这里非常安静。不会有外人听到你说的话，崔凤景不会知道，黑四也不会知道，赵子新和赵子强也不会知道，但我会知道你说的是真话还是假话。你最好向我说实话。这样，我们谁都不费事！”

“噢，对不起，我不知道，你们说的事我不知道，我真的什么也不知道。”

“张令文，你知道的，你什么都知道。说吧，需要我提示你什么吗？”

张令文沉默不语。“好吧，张令文，我提示你。你撞击了梁山汉的车，还撒了一泡尿，对吧？尿液还撒在了手上；含有尿液的指纹，又留在了车门上，对吧。”随后，他拿出了指纹比对和尿液检测报告，说道：“我做事不喜欢麻烦，你看看这个报告，科学结论。你是个素食主义者，氨基酸含量偏低。”

“你的这个报告和我没有关系。我不是素食主义者，也不知道你说的事，我什么都不知道。”

“哦，张令文，你还挺硬。好吧，我有的是时间。去，把他的父亲张到度请来。”张超对另一个人说。

张到度看到朝思暮想的儿子，被绑在凳子上，立即流出了眼泪。张到度说：“儿子，他们凭什么这样对待你？”

“爸爸，我不知道，我什么也不知道，你也什么都不知道。”

“老人家，您的儿子有罪恶在身，他还挺硬，死不认账。您看怎么办？”

“你们放了他，我的儿子不会做有罪恶的事，也不会做错事。”

张超将一份指纹比对报告，递给了张到度，说道：“老人家，你看看这个报告。是他制造了一起‘交通事故’，死了一个，重伤一个，且留下了指纹，含有尿液的指纹。好了，老人家，如果您的儿子不说，我会用刀子撬开他的嘴，让他吐出心中的秘密。老人家，您可以劝劝您的儿子，让他放明白点。”

“令文，这个报告认定的指纹是你的吗？是你在那辆车上留下了指纹吗？那起‘交通事故’是你干的吗？我不相信是你干的。令文，你说清楚，不是你干的。你们听清楚，我的儿子不可能干那杀人越货的事。儿子，你给他们说清楚！”张到度几乎声嘶力竭。

“爸爸，你的儿子没有犯罪，什么也不知道……”张令文的话没有说完，张超的飞刀扎在了他的腿上。张令文“啊”的一声惨叫。

“说吧，张令文，免得遭罪。”说后，张超走近张令文，用另一把刀的刀柄，轻轻地敲打着那把已经刺入张令文腿部的刀柄，张令文一声接一声地惨叫。张到度立马晕了过去，随即被拖了出去。

“说吧，张令文。我知道你是个孝子，不可能看着自己的父亲因为你而死去。”

“你们他妈的混蛋，放过我的父亲。我的事和他没有关系。”

“张令文，你的事和你爹有关系。你偷盗、杀人，是他没有教育好你，懂吗？如果你不说，就不会放过你爹。说吧，张令文。”张超轻轻地敲打那把刺入张令文腿部的刀柄，疼得张令文脑门子出汗。

“好了，我说。但你们必须放过我的父亲，把包里的二十万元钱也让他带上，晚年好有个安生。”

“张令文，你的确是个孝子。说得对，你的父亲晚年应该有个安生。好吧，我答应你。”

“那起‘交通事故’是我干的。不过，是黑四要我干的。我之所以干了那件事，因为黑四知道我和他们偷盗原油的事。如果我不干，他就威胁告发我。所以，我就干了，并且还有好处，二十万元的好处。”

“你包里的二十万元钱，是黑四给的吗？”

“是的，黑四给的。”

“你知道吗，梁山汉的司机郎格死了。”

“是的，我知道。”

“你说的都是实话吗？”

“是实话，都是实话。”

“在撞击那辆车之前，你收到没收到一条短信。”

张令文瞅瞅张超说：“收到了，黑四发给我的。”

“什么内容？”

“没有文字，是提示性信息，那意思是梁山汉乘车离开了红楼，让我做好准备。因为赵子强在红楼下面，会将梁山汉离开红楼的情况发给黑四。同时，这条短信也是撞击梁山汉的指令。也就是说，不接到黑四这条没有文字的短信，我不能实施撞击梁山汉的方案。”

“那要是巴萨尔先离开红楼呢？他是不是就不能传递梁山汉离开红楼的信息了！”

“有这种可能。如果巴萨尔先于梁山汉离开红楼，条件具备的话，巴萨尔会受到枪击，但撞击梁山汉的方案会取消。因为梁山汉会抢救巴萨尔，而梁山汉不返回他的别墅了，也就失去了撞击的机会！之后，黑四会发两条没有文字的短信给我，我就知道方案取消了！”

“我问你，撞击梁山汉的汽车之后，你给没给黑四发过短信？”

“发了，也是没有文字的短信，那意思是告诉黑四，任务已经完成。”

“为什么发送没有文字的信息？”

“事前的约定，是黑四这样定的，意思是活干完了。还有一层意思，那就是防止电话被窃听和录音，防止有文字的短信被当做证据”

“什么活？”

“撞击梁山汉的活。”

“撞击之后，你都看到了什么。”

“我以为两个人都死了。后来得知，郎格死了，梁山汉被救活了。”

“你撒尿了没有？弄在手上没有？说！”

“撒尿了，的确撒在手上了。然后我打开了车门，看看撞击的效果。可是，这些情况你们是怎么知道的？”

“现代生物检测设备，可以对你的尿液进行分析，进行指纹比对。你不会想到的，留下的指纹和尿液，就是你的罪证。张令文，你认识马铁吗？”

“不，我不认识。”

“是谁向巴萨尔先生开的枪，说？”

“我不知道，的确不知道。向巴萨尔开枪的安排，黑四没跟我说。我想应该是赵子强，因为黑四说‘梁山汉离开红楼时，我会提示你，但我知道黑四不在红楼，他在对付马亮庄’。那么赵子强应该会是向巴萨尔开枪的人，应该是。”

张超停顿了一会儿说：“张令文，再说说你盗卖原油的事，你是怎么参与盗卖原油的？”

“是赵子新、赵子强和一些人联手干的，我只不过是用油槽车往个体炼油厂送油而已。”

“你们是从哪儿盗窃的原油？”

“张子强在挖鱼塘的时候，发现了石油输送管道，于是在管道上接了根管子，直接往油槽车里注油。为了不让别人发现，又盖了房子。后来，发现有警察调查，就不干了，房子也扒掉了。”

“干了多长时间？”

“不到两年。”

“搞到了多少钱？”

“可能不到两个亿，但我只得到了五十万元，剩下的钱都让赵氏兄弟搂了。我对此有气！一次，我看到赵子强到黑四的采石场修车，就向黑四说了心中的不平。再后来，黑四要我用汽车撞死梁山汉，我不同意。可是，他威胁我，要把盗窃原油的事抖搂出去。没有办法，我只能认了。”

“张令文，柳大刚是怎么死的？”

“我不知道，只知道他死于车祸。”

“你还有什么要说的吗？”

“我求你们放过我的父亲，让他安全回到黑水滩石油城，并把那二十万元带上。我本人有罪服法，你们答应我。”

张超带着录音机，走进了另一个房间，把张令文的录音放给张到度听。之后，张超说：“老人家，你儿子撂了。他认罪服法，没有你的事了。这是二十万元钱，你儿子杀人得到的钱，你可以拿回去，安度晚年吧！”

“你们能放过我的儿子吗？这是我唯一的儿子。求求你们了，放过我的儿子。如果不行，我可以替他偿命。”

“很遗憾，老人家，杀人偿命，欠债还钱，不可替代。没有办法，您老回家吧。”张到度再次昏迷了。

第三天，人们在张到度的家里，看到他自缢而亡。布袋里二十万元现金，分文未动，还有那些保健品。邻居知道老人家有个儿子，很孝顺，但无法找到他。

第五十七章

蠢吗，子强，你绝对不能回来

子强，今天早上，我推开别墅院子的门，一个血淋淋的舌头，砸在了我的头上。

赵子强考察了萨哈林群岛，在娜娅的陪伴下。回到符拉迪沃斯托克，王子月在老猎人西餐厅，为他和娜娅接风。

“赵总，您一路风尘，十分辛苦吧。来，喝杯酒吧，我为你们顺利完成萨哈林群岛考察表示祝贺！”

“王经理，谢谢您。在您的精心安排下，我的考察特别顺利。没有想到，萨哈林群岛真美。大海，松林，白雪，物产丰富，那儿，有世界上最好的狩猎场。”赵子强把酒喝了。

“赵总是神枪手，棒鸡呀、飞龙呀、雪兔呀、狍子呀，打了半汽车。王经理，赵总绝对是野生动物的杀手，只是我提供的猎枪稍差了一点。”

“娜娅，不仅如此，赵总也会猎杀女人，是女人的杀手。”王子月说后格格地笑了，娜娅漂亮的脸蛋上飞起了红云。

赵子强美滋滋地看着娜娅。他说：“就猎枪来讲，还是图拉枪好用。我在黑水滩石油城用图拉枪打野鸭子，枪枪不空的。不过，萨哈林群岛太冷，寒气逼人，不大适合人类居住。”

“俄罗斯的冬天严寒，看来赵总不适合萨哈林群岛的天气，也没法做生意了。”

“哦，不能这样说。王经理，萨哈林群岛的生意机会多多，比如石油、天然气、有色金属、木材都是可以做的。只要有钱赚，冷有何惧。男人为赚钱而生，女人为花钱而活。不过，王经理，没有您的支持，我在萨哈林群岛做生意肯定玩不转。”

“做生意双方得利，这是基本原则，把握住这个原则，就玩得转；丢了这个原则，人都做不好。当然，我们之间做生意，娜娅也是要得利的。娜娅，你不能白忙活，对吧！”娜娅的脸上荡漾着源自内心的笑意。

“是的，应该感谢娜娅。如果赚钱的话，娜娅应该有份。娜娅嘛，以后给我做翻译吧。”娜娅笑而不语。

“赵总，您对什么生意感兴趣？”

“还是石油吧，我对石油懂一些。另外，中国经济发展得很快，对能源的需求旺盛。我想，做石油生意是有钱可赚的。”

“对，赵总，我同意您的看法。俄罗斯有石油资源，中国有市场需求。赵总，您的眼力不错。”这时，赵子强的手机响了。

“哦，哥，我是子强。”

“子强，你还在萨哈林群岛吗？”

“哥，我从萨哈林群岛回到符拉迪沃斯托克了，王子月经理在请我吃西餐。”

“哦，子强，你离开座位，我和你说点要紧的事。”

“你们先吃着，我处理点事。”赵子强说，“好吧，哥，你说吧。”赵子强起身离开了座位。

“子强，今天早上，我推开别墅院子的门，一个血淋淋的舌头从门头上掉下来了，砸在了我的头上，还有一个塑料袋挂在门上，里面有一张图。图上画着输油管道，管道上外接一根管子，向油槽车里面注油呢，还写着张令文三个字。看来，投这封信的人，知道我们盗油的事！”

“哥，我出国的时候，张令文回家了。你去黑四那儿看看，那个小子应该回来了。”

“我去过了，黑四说没有回来。现在，张令文失踪了，不知去向。这张图说明，张令文‘吐了’。那个舌头可能就是他的，他可能把我们盗卖石油的事抖搂出去了。”

“哥，那我马上回去。”

“蠢吗，子强，你绝对不能回来。如果他真的‘吐了’，你回来就是自投罗网。”

“哥，那我怎么办？”

“这样吧，你在符拉迪沃斯托克买房子，躲在那里会好些。然后，通过王子月的账号，把资金全部转移过去，如果他肯帮忙的话。子强，我们绝对不能在国内待了。这儿，非常危险。”

“哥，那你怎么办？”

“子强，不要管我。你抓紧把王子月的账号给我，我好把资金汇过去。子强，看来马铁那个小子还是聪明的，去塞班岛不回来了。”

“哥，那家人怎么办？”

“子强，你浑吗，还管什么家人。这是没有办法的，只能先出去再说。”

“好吧，哥，我听你的。”他得到哥哥传来的消息，心里从没有过的紧张，让他的手直哆嗦。回到酒桌旁，他想把手机放到酒桌上，却掉到了地上。

娜娅为他捡起了手机，说道：“赵总，您哪儿不舒服？”

“不，没，没有，娜娅。”然后，他对王子月说：“王经理，刚才我哥来了电话，让我在这儿买房子。我决定不回国了。明天，您帮帮我的忙，帮我买户房子。另外，我想把钱，汇到您的账户上。如果我定居在符拉迪沃斯托克，王经理，您能帮我办妥相关手续吗？”

“定居的事，要麻烦一点。不过，有钱没有办不成的事。汇钱和买房子的事，您现在就可以办。”说后，王子月将自己的银行卡号写在了一张纸条上，递给了赵子强。赵子强立即将账户号码用手机发送给了赵子新。当晚，王子月为赵子新出具了购买石油的合同文本；第二天，采用航空快递的方式寄给了赵子新。

这几天，赵子新可谓是度日如年。自从那个血淋淋的舌头，砸在他的头上，不仅晦气，而且让他心惊肉跳。他担心，随时会被警察抓走。因此，他每天小心翼翼的。为了不被人跟踪，他将原来的汽车牌照换掉了，人也躲到外面去了。

赵子新知道，过去警察调查他，以及合伙人柳大刚盗卖原油的问题。通过黑水滩石油城公安局内部的朋友，他知道了警方盯上了柳大刚。为了自我保全，制造了一起交通事故，柳大刚死了，警察也断了追踪线索。但是，盗卖原油的事不能再做了。没有想到的是，开油槽车的张令文，也躲到了滨海市，而且又失踪了。

现在，张令文不知去向。可是，那个血淋淋的舌头，还有那张盗卖原油的草图，以及“张令文”那三个歪歪扭扭的字，都让他彻夜难眠。不难想象，那舌头，是从张令文嘴里割下来的；那张图，是根据他叙述盗卖原油过程绘制的。无疑，那舌头和盗卖原油的图，都与他有关，也与自己有关。否则，那舌头和那张盗卖原油的草图，不会悬挂在自己别墅的门头上。可见，有人知道了他的底细，自己正处于危险之中。

然而，一段时间过去了，警察并没有来抓他。他忽然茅塞顿开了，张令文是“吐了”，但割下他舌头的事，肯定不是警察干的。警察可以根据案情抓人，但不会割下犯罪嫌疑人的舌头。

那么，割下他的舌头，会是谁干的呢？他一时想不明白。不过，不管是谁干的，盗卖原油的事肯定败露了，自己处于危险之中，这是不争的事实。离开滨海市为上策，逃到国外生活是个不错的选择。当初就应该到国外去，现在他有些后悔了。

另外，让他最为头疼的是用人民币兑换美元。还好，终于有了眉目，通过关系获得了外汇额度。现在，他开着一辆挂着假牌照的德国产的大众牌小轿车，向招商银行滨海市分行驶去。来到国际部，敲了敲国际部主任办公室的门。

“请进。”

“您好，尚主任，我是赵子新。”

“噢，赵总，您好。您是来这儿办理外币兑换业务吧？”

“是的，想到俄罗斯符拉迪沃斯托克去，做点石油生意。”他提供了相关资料。

“我接到了上级指示，刘林根行长特意交代我为您办妥这件事。赵总，您认识刘林根行长？”

“是的，通过一个朋友找到了刘林根行长。”

“哦，好的，您放心吧。要不了一个小时，就可以办妥相关业务。”他填报了相关手续，尚实主任按照当日美元的汇率，为他办理了人民币兑换美元的业务。然后，按照他提供的银行账户，将兑换的美元汇往了符拉迪沃斯托克。

“给，这是您的汇兑凭据，保存好，以便查收。”尚实递给了赵子新一张汇兑凭证。

“谢谢您，尚实主任。”离开招商银行，他边开车，边给赵子强打电话。

“子强，这边一切顺利。美元已经汇到了符拉迪沃斯托克王子月经理的账户，你马上核对一下，然后告诉我。”

“好的，哥，你哪天过来?”

“我一两天就可以过去。一会儿，我去购买火车票，通过绥芬河过境。然后，再回家一趟。具体时间，我再通知你。不过，你让王子月在绥芬河找好人，便于我到了好办理过境手续。”

他开车去了滨海市火车站，购买了去往绥芬河的火车票。然后，又开车向富都山庄驶去，他想把小轿车送回家。可是，他刚刚拐下滨海大道，一辆车疾驶而来，突然横在了他的车前，有三个人从车上下来了。

“先生，您刚才闯灯了。把您的驾照拿出来，我们检查一下。”赵子新拿着驾照下了车。这时，一个戴墨镜的家伙，用枪顶在了他的腰部。

“听话，坐到汽车后面去。”这时，又有两个人锁住了他的胳膊，把他架到了汽车的后座上。随即，捆住了他的腿和胳膊，嘴被塑胶带封住了。另外一个人，开着他的车驶离了滨海市。

“赵子新，你认识我吗?”赵子新被带到了太阳山谷的一个秘密地点。

“认识，你叫阿顺。”

“既然认识，那就不用废话。说吧，马铁为什么向巴萨尔先生开枪?”

“马铁没有向他开枪，不是他干的。”

“我有证据，是马铁开的枪。说吧，赵子新，把你知道的都吐出来!”

“哦，我不知道，什么也不知道。”

“马铁在哪儿?”

“马铁度假去了。在巴萨尔先生受到枪击之前，就去度假了。”

“赵子新，既然你不说，那就看一段录像。这段录像，会证明你刚才说的都是谎话。”于是，阿顺将马铁枪击巴萨尔先生的录像放给他看。

“你看清了吗，开枪的那个人是马铁，你的保镖。说吧，你为什么让他向巴萨尔先生开枪？”

“我在滨海市买了房子，投资了好大一笔钱，开办了汽车销售与配件供应业务。可是，他搞了一个世界名车销售与汽车配件供应物流中心，毁掉了我的生意。于是，我提出同他合资，联手经营汽车销售与配件供应业务，但他拒绝了我的善意。过去，我是龙头老大。现在，汽车配件市场被巴萨尔垄断了。你想想，他为什么不给我留一条活路呢！”

“于是，你就指派马铁，向他开了枪，真是恶毒！我问你，马铁用的是图拉牌猎枪，对吧？”

“是的，图拉猎枪。”

“枪呢？从哪儿搞来的。”

“毁掉了，是我私下从俄罗斯购买的。”

“当晚，你弟弟为马铁开车，对吗？”

“不，这事和他没有关系。”

“肯定是你弟弟开的车。现在，你弟弟在哪儿？”

“不知道。”

“我知道，他在俄罗斯，在符拉迪沃斯托克。你刚刚把钱汇过去，是吧？”他吃惊地看着阿顺，眼睛里充满了疑惑。他不清楚阿顺是怎么知道他弟弟在符拉迪沃斯托克的。再说，刚刚汇的钱啊，到现在也不到三个小时。另外，只是和子强说了呀，他怎么会知道呢。

“说吧，赵子新，是不是今天汇的钱？”

“是的，今天汇的钱。可是，你是怎么知道的呀？”

“说吧，赵子新，黑四都和我说了。在枪击巴萨尔先生之后，马铁就乘飞机离开了滨海市，在京都转机去了塞班岛。”阿顺想借黑四，诱骗赵子新吐出心中的秘密。

赵子新心里琢磨着，有一段时间没有看到黑四了。看来，黑四也在阿顺的手上。“是的，马铁和莎莎从京都转机去了塞班岛。”

“马铁在塞班岛干什么？”

“度假。”

“不对，是另有企图。是不是因为马亮庄要去塞班岛度蜜月，他要在那儿谋杀他。”

“是的，有这样的考虑。如果在红楼不能杀掉巴萨尔，那就会暂时取消原定的方案，但可以在塞班岛做掉马亮庄。”

“你是怎么知道马亮庄会去塞班岛的？”

“你应该问黑四，我是听黑四说的。”

“黑四听谁说的？”

“这不要问我，你去问黑四好了，反正我不知道。”

“当晚，一共发生了三起谋杀案，你们是怎么分工的？包括黑四在内。”

“总体由黑四统筹，马铁负责枪杀巴萨尔；黑四负责马亮庄；张令文负责梁山汉。我负责处置突发事件。”

“你们之间通过什么联络？”

“手机，通过手机联络。”

“短信，是吗？”

“是的。”

“没有文字的短信？”

“是的。我备了四张没有注册的手机卡，用短信的方式保持联系。如果取消某个计划，将连续发送两条没有文字的短信；如果任务完成了，发一条没有文字的短信。其间，不得通话，防止通话被录音，被作为谋杀举证的证据。”

“你都给谁发送了短信？”

“没有。四张手机卡分别在黑四、张令文、马铁和我的手上，但我的手机卡做备用。”

“好，我再问你。你弟弟开车，是不是为马铁负责接应？”

“是，不是。我弟弟没有参与谋杀，他没有犯罪。”

“赵子新，你弟弟参与了谋杀，而你是谋划者，准确地说，是谋划者之一。”

赵子新沉默不语，他在试图保护自己的弟弟。可是，赵子新又开口了：“我弟弟没有参与谋杀，真的没有参与谋杀。”

这时，阿顺的手机“嘟、嘟”地响了。阿顺将手机打开，是一条彩信：赵子强在符拉迪沃斯托克死于车祸的图片。

“赵子新，你还有什么要说的吗？”

“没有。”

“你想知道赵子强的情况吗？”

“我弟弟和谋杀没有关系。”

“有关系。不过，他死了，在符拉迪沃斯托克死于车祸。遗憾的是，肇事司机逃之夭夭了。你看，这是你弟弟车祸的照片。”阿顺将手机里面的赵子强的车祸照片，请赵子新看。

“你们这群王八蛋，活活弄死了我的弟弟。”他看了弟弟惨死的照片，狂怒了，疯喊着，挣扎着，企图摆脱绳索的束缚。可是，他挣脱不掉。忽然，他又声嘶力竭地喊着：“钱呢？我的钱呢？你们把我的钱弄到哪儿去了？还给我！”

“赵总，您放心吧，钱没不了。您的钱马上会进入流通领域，会在巴萨尔先生的账目下有效运转。一个月以后，或者再长一点时间，就会有等额的石油，从萨哈林群岛运抵中国的黑水滩石油城。赵总，相信我，您的钱，通过巴萨尔先生的运作，不仅保值，肯定还会增值。您要想信，巴萨尔先生对资金的运作，有超人之处，资金会更有效率，会周转得更快，利润会不断加码。哦，对了，您知道吗？资本的秘密是在流通中增值的。因此，您的钱财，不同于您的生命体，会在流通中增值，而您的肉体会化作粪土！”

赵子新疯了，极力地想从被绑的板凳上站立起来。可是，他无可奈何，被绳索缠绕的手腕和脚踝，已经有鲜血渗出了。阿顺在静静地看着他，五分钟过去了，十分钟过去了，一个小时过去了，赵子新的眼睛里、嘴巴、鼻孔，流出了鲜血。不一会儿，他就死去了！

不久，有人在太阳山谷，看到了一座新坟。石碑上没有主人的名字，但碑文上十个字耐人寻味，也令人深思。

“此处长眠者，钱财水上漂。”

第五十八章

煮熟的鸭子，它永远飞不了

儿子，世态炎凉啊，最难测的是人心。只有面临危急的时刻，才会见人见心。

鹰飞崖城堡的主人巴萨尔先生，在经历了一场生死浩劫之后，又恢复了健康，脸色红润，面带微笑，依然儒雅而慈祥。今天，他指派自己的儿子，邀请梁山汉到鹰飞崖城堡来坐坐。

梁山汉来了，他们的手，紧紧地握在了一起，足有十多分钟，就像在战场上生离死别的战友重逢了。他们之间没有言语，只有注目。不言而喻，大情无言。他们是一对患难兄弟，也是政治同盟者！

“来吧，坐，我的秘书长。世事难料，没有想到的事情发生了。可是，上帝拒绝接收你和我。秘书长，跟着我干，让你受苦了。来，喜乐，给梁伯伯倒杯茶。”

“哦，不能那么说。我跟着您干，不是受苦了，而是享福了。在原始林区被打瘫之后，要不是您救了我，说不定早就去了呢。现在，我的身体蛮好的。应该说，道林请来的医科专家本事大，为我的脑出血做了引流，效果很好。您瞧，什么后遗症都没有。噢，您的养子是真好啊，学问大，朋友也多。”

“是的，亏了他，挽救了我，也挽救了你，还挽救了马亮庄和班输船。噢，对了，喜乐，班输船变美的事，你办得怎么样了？”

“过几天，班输船就可以回到滨海市了。不过，会有点麻烦。”

“小子，你说什么？”

“喜乐，是不是班输船得重新办理身份证啊！”

“是的，梁伯伯。班输船现在的模样，和原来身份证上的照片不一样了。”

“我就希望班输船不再丑陋，好给他娶个媳妇。”

“爸爸，班输船那张鼻孔朝天的面孔，已经得到了根本性改变，会让您大吃一惊的。”

“哦，对了，秘书长，你的司机郎格家里的后事，安排得怎么样了？”

“已经作了安排，郎格的家属不用上班，活一辈子也没问题。郎格有个儿子，可以支持他读完大学。”

“今后，如果郎格的儿子想就业，可以在我们集团内部安排工作。不过，这要取决于郎格儿子的意愿。”

“秘书长，要安排好郎格的后事。否则，那些跟着我们干的人，没有一个好的结果怎么行。你方便的时候，再和郎格的家属说一声，让她好好培养儿子。对她的儿子，我要负责到底的！”

“如果郎格的遗孀嫁人，应当得到尊重。对郎格的儿子，负责到独立工作为止。”巴喜乐说。

“是的，一直负责到就业为止。不过，郎格的儿子要是能够读研究生，读博士，还必须保证足够的费用。”巴萨尔说，“秘书长，应该建立一笔保险基金，从公司每年的费用中列支，可以放到乌巴斯乐银行管理，用于类似于郎格死亡及其家属和孩子的费用支出。这笔基金，可以用于投资，但不可以挪用，也不能做风险投资，应绝对保值和增值。”

“可以，包括类似于班输船受伤与救治的补偿，以及外请医疗专家的费用。从管理上说，应该有一个执行标准和专人管理，使用的限度在于核心人物和那些从事秘密活动的人，而不是所有的普通员工。”

“是的，我来搞一个保险基金管理章程。”巴喜乐说。

“噢，秘书长，梁良善在湾口镇主持工作有一段时间了，近期有没有扶正？”

“扶正了，担任了湾口镇镇长，近期忙于整个太阳山谷的规划。前些天，我听梁良善说，市委书记水向东，找他谈话了，湾口镇升格为太阳城的方案，已经得到高层批复了。要不了多久，他就会成为首任太阳城的市长了。”

“水向东书记够朋友，讲交情。爸爸，梁伯伯，在你们遇到突发事件的时候，他一直在医院守候，情意深长。还有梁良善的工作安排，以及湾口镇升格为太阳城，办得多认真。爸爸，您在政界的朋友，非常可靠。不过，那个乐天路不是个东西，见风使舵。为了讨好他人，在我们身陷危机、无暇顾及所有事项的时候，将滨海市至京都高速公路工程，转手交给了崔风景。对此，我选择了放弃，任其表演。可见，他这个人是个市侩，十足的滑头，不是我们的朋友。”

“儿子，世态炎凉啊，最难测的是人心。只有面临危急的时刻，才会见人见心。喜乐，记着，水向东书记在危急时刻救了我们，一直不离不弃，这是真正的朋友。自然，我应当作出回报，只要巴萨尔实业集团存续一天，就要鼎力支持水向东在政界的发展，包括他的孩子，还有那五千万元的资金，都要精心管理，保证绝对增值；对于乐天路嘛，也应该采取不同的策略，必要时让他作茧自缚。要不了多长时间，滨海市至京都高速公路工程，还会回到我的手上。是不是，秘书长？有人说，煮熟的鸭子飞了，可我不信，煮熟的鸭子它永远飞不了。到那时，乐天路会张大眼睛看着我。”

“是的，煮熟的鸭子飞不了。那个工程嘛，也会回到我们的手上。现在，已经胜券在握了，是不是可以‘收官’了，应该结束这盘棋了？”

“不，梁伯伯，捕获他们已不是问题。问题在于滨海市至京都高速公路工程开工初期，政府的资金不能及时到位，应该由崔风景垫付更多的资金。他垫付的资金越多，我们的利润越大。崔风景是劳动者，我们是收获者，这个分工不会改变。这样的事，又何乐而不为呢！”巴萨尔先生点点头，表示赞赏。梁山汉没有说什么，但心里觉得巴喜乐是巴萨尔实业集团的希望。

凌晨三点钟，人们还在酣睡。谋事的人，常常在人们酣睡的时候构想未来，或者勾勒明天的计划。巴喜乐是这样的人，别人酣睡的时候他醒着，别人劳作的时候他酣睡。

巴喜乐认为，成就帝业在于心机，杀伐予夺在于细节。现在，他想到，除掉了张令文、赵子新和赵子强，黑四肯定会有所警觉，也会把这种警觉告诉给崔凤景。问题是，还不能对黑四动手，也不能对崔凤景动手，至少现在不是时候。除掉崔凤景、黑四已不是问题了，而关键在于尽可能多地剥夺他的资金。剥夺他的资金，需要时间，也需要掩蔽张令文、赵子新和赵子强死亡的消息。为此，在人们酣睡的时候，他再次约见了尚无二。

“尚哥，张令文、赵子新和赵子强消失之后，黑四会怎么想呢?”

“黑四非常狡猾，机警多疑，那个转来转去的脑袋，就像狼一样机警。问题是，不能让他找到疑问的缺口。这样，他警觉的神经就会慢慢地松弛下来。”

“也许，温水煮蛙可能有效。你看，怎么向黑四解释张令文、赵子新和赵子强消失的问题呢?”

“解释赵子新和赵子强的去向，可以说他们去俄罗斯了；张令文嘛，黑四知道他请假看父亲去了，就说他一直未归。无疑，最好让黑四相信，这几个参与谋杀的人，都逃之夭夭了，躲事去了。以此来解释他们的行踪，黑四会觉得可信，但时间长了也会有问题。”

“是的，时间长了肯定不行。如果说赵子新和赵子强去了俄罗斯，你应该和王子月统一口径。由王子月间接证实，黑四就会相信。此外，崔凤景穴居在甄巧巧的别墅内不出来，也是个问题，需要采取必要的措施。”

“是的，我明白。”

第五十九章

你这个婊子，还他妈的要什么法律证明

赵子强在俄罗斯，去了就没想回来。我听说，娜娅那个妞整天陪着他。

“黑总，知道吗，你作了一个错误的决定。”尚无二在同巴喜乐告别之后，去了黑四的办公室。他说这个话的时候，口气里流露着明显的怨气和不满。

“你说什么?”

“我说什么？我说你不该放张令文的假。现在可倒好，那小子走了之后，一直没有回来。人没了不说，弄得我天天为运输队的破事儿操心。”

“怎么，他还没有回来？哦，对了，前些日子赵子新还来问过我。不过，他没有说什么。嗨，这小子去哪儿了?”

“你说去哪儿了，看他爹了呗！你准的假，黑总，你真糊涂，怎么忘事呢!”

“可是，这小子没说不回来呀！哎，赵子新找过他，会有什么事吗?”

“黑总，你问我，我哪儿知道？有事的话，赵子新也不会和我说的。我看张令文那小子不是个东西，扔下运输队一摊子事撒手不管了。不过，用不了多长时间，我也走了，我得去俄罗斯了。黑总，朋友告诉我，打伤人的事，平得差不多了，花了不少钱！黑总，到时候你可以去俄罗斯，我在那儿好好接待你。”

“哎，赵子强还在俄罗斯吗？”

“是的，他在俄罗斯，但去了就没想回来。我听说，娜娅那个妞整天陪着他。不仅如此，赵子新也去了俄罗斯。黑总，这叫生财有道，人各有志，都远走高飞了。”

“为什么？你是说，赵子新和赵子强都不回来了？”

“黑总，你问我，我问谁呀！这事，你得问赵子新。人家哥俩的事，我怎么知道。再说，我只管自己的事，再就是你交办的事。黑总，你交办的事，我办得很认真的。你看，要不要给我双份工资，因为我还要管着运输队的事。”

黑四沉默不语，他为马铁去塞班岛不回来，曾经产生过疑惑。现在，张令文的失踪，让他有些警觉。赵子新和赵子强去俄罗斯的事，没有和他打过招呼，但他是知道的。不过，也未尝不可，他们不属于他的人。可是，张令文无处可去，黑四知道他的底细。

“喂，尚无二，你派人去找找张令文，看他在哪儿呢？如果找到他，让他抓紧回来。另外，你不是在符拉迪沃斯托克有朋友吗，你问问他们，他们在那儿都干些什么？了解一下。”

“有这个必要吗，黑总，到哪儿去找张令文？谁知道他躲到哪里去了？另外，打听人家赵子新和赵子强的事，你看合适吗？”尚无二希望打个马虎眼，过去算了。

“有必要，我想知道他们是不是在俄罗斯。你问问你的朋友，如果他们在俄罗斯，看看在那儿都做些什么？我特别想知道他们的消息。”此时，黑四十分警觉。

“黑总，你不会是也想去俄罗斯吧？如果想去，我可以帮你，用不着他们。在俄罗斯，咱哥们有朋友。现在看来，我的朋友帮了他们。要不，他们绝对去不了俄罗斯。”

“不，我不去俄罗斯，只是想打听他们的情况。”

于是，尚无二拨通了王子月的手机。“喂，哥们，我是尚无二。我打人的事，你平得怎么样了？我是不是可以回俄罗斯了？你不知道哇，我在这边可待够了。”尚无二在这之前，和王子月有过通话，统一了有关赵子新和赵子强的说法。

“噢，哥们，花钱平事嘛！你打人的事，已经没事了，现在回来吧！”

“好的，哥们，谢谢你，我明天就回去。”尚无二说后，“啪”，手机合上了。“哎，黑总，我可以回俄罗斯了，真是天大的好事！”说后，还挥了挥拳头！

“你看你，光想自己的事。我不是让你问问赵子新和赵子强的情况吗？”

“哦，对不起，黑总，我马上就问。”尚无二再次拨通了王子月的手机。尚无二说：“哎，哥们，我这粗人做不了细活，刚才忘了一件事。赵子新和赵子强在那儿干吗呢？我的朋友黑总在这儿，他想问问。来，你和黑总说。”尚无二将电话递给了黑四。

黑四从来不愿意在电话里面说事，但不得已接过了电话。“你好，王经理，我只是想了解一下他们哥俩在那儿做些什么。”

“他们哥俩见面后，在符拉迪沃斯托克待了一个多月，然后去了萨哈林群岛，娜娅小姐陪着去的。也许，他们可能做石油生意。现在，往日本、韩国、中国销售石油还是赚钱的。”

“哦，那什么时候回来，你知道吗？”

“他们没有说，黑总。”

“哦，那好，王经理，就说到这儿吧。”黑四合上了手机，沉默不语。

“看来，这哥俩逃了，张令文也逃了，都逃了，一帮他妈的胆小鬼。”

“黑总，什么逃了，逃什么呀？”

“哦，没什么。这样吧，无二，在张令文没有回来之前，为我操点心，你晚些日子去俄罗斯。一会儿嘛，你和我去崔总那儿，签几个件，滨海市至京都高速公路工程拨款的事。你不知道的，现在做工程，资金由施工单位垫付，然后再和产权单位清算。现在，四个标段，同步开工，已经垫付工程款两个多亿了，还需要垫付两个亿，真是没有办法。钱，由崔总出，也得他批准。另外，如果你同意的话，我建议崔总给你加薪。让你在这儿干，比俄罗斯收入还要高。”

“哇噻，有这样的好事？那我可以考虑。”

“那好，走，咱们去崔总的别墅。”

尚无二车技高超，在去往崔凤景别墅的途中，一路高速行驶，多次超车，有惊无险，手脚利索。“无二，想不到你车技这么好！”

“你过奖了，黑总。就开车来说，注意力集中，预判准确，反应敏捷，就会有高速度。不过，我的性格喜欢飞车。如果慢吞吞开车，那还不如用步量哪。”

“无二，你在九重天娱乐城和张超交手，真是绝活，特别是徒手接飞刀，真是有惊无险。那要是接不好的话，肯定受伤。”

“黑总，哪天你有时间，我可以教你练练手。接飞刀看似有险，但内有玄机，多练几次就熟能生巧。接飞刀，关键是眼疾手快，判断要准。如果飞刀速度过快，躲过就是了，或者用手顺势一托，刀就向前飞走了。那天，我飞过去的盘子，张超那小子也是用手一托，盘子就飞走了嘛。”

“今天，我看你开车也是绝活。高速、平稳、安全，特别是超车的瞬间，加油均匀，车技娴熟。没想到，‘无二’兄弟真是名副其实，世上无双啊！”

汽车接近了崔凤景的别墅，尚无二减慢了速度，在仔细观察别墅。“黑总，你瞧瞧，哪有别墅安电网的，不伦不类，谁干的活呢？”

“哎，你小子不要瞎说。电网是我安装上去的，是崔总的意思。早些时候，崔总不在这儿办公。因为在市里办公时，发生了一些问题，才迁到这儿的。一会儿，可别当着崔总的面，说些不好听的话，让崔总生气。我看你小子直性，心里想啥，嘴上说啥，在我身边可以，跟崔总可不行。”

汽车到了别墅门口，铁门后面的警卫认出了黑四，把门打开了。推开铁门时，尚无二发现那个警卫很用力，说明别墅的铁门很重。

“无二，你在外面等一会儿，崔总不喜欢人多时说事。”

“好的，黑总，你忙着。”

于是，尚无二在院子里转悠，看到别墅的院墙很高，是后加上去的；高墙上安装了电网，脉冲式电网；别墅的铁门牢固，坦克可以冲进来，汽车要是冲破铁门的话，那就报废了，汽车里面的人也会完蛋。门口有两只藏獒，虎视眈眈地看着他。从藏獒的眼睛可以看出，它们对尚无二充满了警觉和敌意，龇牙咧嘴，不时发出“哼、哼”的声音。如果没有铁链子拴着，藏獒会扑过来，把他撕成碎片。可是，尚无二也直视着那两只藏獒，他想把它们勒死。不过，他清楚，要悄无声息地进到别墅院子里来，不先杀死两只藏獒，那是不可能的，还有那两个门卫。可是，如果干掉两个门卫，有点得不偿失了，也没这个必要。

尚无二转过身，看到别墅三楼一个房间里，有个男人在看着他。这个男人应该是崔凤景，不会是别人。尚无二的目光与崔凤景的目光相遇了。尚无二没有回避，直视着他，崔凤景离开了窗子。尚无二记住了那个房间。这时，从别墅里面出来一个妇女，说道：“来，您坐。”那个女人顺手递给他一个板凳。

“谢谢，您忙吧，我没事的。”那个女人没有说什么，回到屋里去了。尚无二一直等到黑四出来，崔凤景也下楼了。

“哎，无二，这是崔总。”

“噢，您好！我叫尚无二，为黑总听差。”

“噢，听黑总说了，你有绝活，是吗？”

“您可别听黑总瞎说，我只不过是会点拳脚，仅此而已。”

“黑总说：‘会接飞刀’，是这样吗？”

“噢，还不能这样说。不过，如果您想吃藏獒肉的话，我可以使那只藏獒一刀毙命。崔总，想吃藏獒肉吗，可以试试。”

“哦，不，那两只藏獒还要看家护院哪。好吧，黑总欣赏你，好好干，我同意给你加倍薪水。如果以后有机会办点什么难事，那不仅仅是薪水问题了，会有更多的酬金。”

“噢，谢谢您，崔总。我觉得黑总就蛮讲究了，崔总比黑总还讲究。不过，黑总听您的，我听黑总的，有事您吩咐黑总，我按照黑总的指令办就是了。”崔凤景点点头。

“好了，崔总，我们走了。”崔总向尚无二摆摆手，什么也没说。

回去的路上，黑四说：“你小子还很会说话，让崔总高兴了不是。”

“我还不是按照黑总的意思说嘛。哦，黑总，你带给崔总的文件，都批了吗？”

“批了，也就一两天，两个亿的资金就会到位了。这是崔总第二批垫付资金，前一次垫付了两个亿。不过，这是最后一次垫付资金了。过段时间，国家的资金也就到位了。”

“噢，黑总，你会发财的。”

“是的，你也会发财的。你跟着我好好干，我保你有钱赚。”

半岛温泉浴场的老板娘温莎，不仅有姿色，还颇有些心计。《滨海晚报》刊出了巴萨尔先生在半岛温泉浴场的照片之后，她制作了两幅巨大广告，安置在滨海市的交通要道上。广告词也颇有韵味，用的是巴萨尔先生的那句话。“半岛温泉浴场没有毒蛇”、“泡泡温泉对人有好处”。

《滨海晚报》的报道和两幅巨大的广告，扫掉了半岛温泉浴场毒蛇咬死马爷儿的阴霾。半岛温泉浴场的生意回暖了，人接踵而至。由此，温莎逢人便说：“巴萨尔先生挽救了我的生意。”

巴萨尔受到枪击的消息传出后，半岛温泉浴场的温莎在大厅立起了一个香炉，祈祷上帝保佑他。香炉旁边是每天必换的新鲜水果。早上，温莎要为香炉上香；晚上，要把香炉的灰清理干净。一个离婚的女人，只能做到这些，乞求上帝保佑她的恩人。可是，在她为他祷告的时候，生出了麻烦。

尚无二开着车，从高速公路的工地返回滨海市，途经半岛温泉浴场。劳累一天的崔凤景和黑四，从酣睡中醒来。崔凤景看到了道旁的“半岛温泉浴场没有毒蛇”的巨幅广告。

“黑总，你看到了吗？那广告词，‘半岛温泉浴场没有毒蛇’，我记得这个话是巴萨尔说的！”

“是的，《滨海晚报》报道过。可是，马爷儿在半岛温泉浴场被毒蛇咬死了。”

“无二，往回开，去半岛温泉浴场看看，‘泡泡温泉对人有好处’。”

汽车开进了半岛温泉浴场，温莎和她的服务小姐，接待了他们。“哟，黑总，欢迎您光临半岛温泉浴场！”黑总没有接话，温莎讨了个没趣。

“老板娘，清理一个温泉池，换上新水。我两位老总难得有时间泡泡温泉。”

“好嘞，马上就好。”

崔凤景、黑四、尚无二边泡温泉边聊天。“崔总，这个婊子就是马爷儿相好的。”

“噢，这个女人的脸蛋还挺漂亮，看来马爷儿的眼力不俗。”

“马爷儿是个情种，而她是个灾星。马爷儿的钱扔在这儿了，人也死在这儿了。她毁了马爷儿，马爷儿也差点毁了您，还有我！”

“那么说，这个女人是条毒蛇。”尚无二插话说。这时，温莎带领一个姑娘，端着一盘水果和三瓶矿泉水来了。

崔凤景说：“老板娘，泡泡温泉对人有好处，是吧！”

“可不是嘛，泡温泉有益身体健康，先生！”

“我看到公路上的广告词了。‘泡泡温泉对人有好处’，那句话是巴萨尔说的，对吧。”

“是的，巴萨尔先生说的。”

“老板娘，是不是你亲口教会巴萨尔这么说的。”黑四说后，大家哄然大笑。

“您这什么话，说得有点不中听。好了，你们接着泡温泉吧！”说完，温莎走了。

从温泉池出来，经过大厅，黑四看到温莎为巴萨尔先生祷告。黑四说：“老板娘，你为巴萨尔祈祷？”

“噢，是的，他挽救了我的生意。”

“可你花的钱是马爷儿的，不供奉马爷儿，却为巴萨尔祈祷，没道理的。你知道吗？这位是崔总，马爷儿的老板。马爷儿的钱是崔总给的，你现在生意好了，要不要把钱还给崔总。”。

“马爷儿是投钱了。我可以将钱还给马爷儿，但不能给崔总。如果有法律证明，马爷儿欠崔总的钱，我可以替马爷儿还上欠款。”

“啪”一个耳光，温莎被黑四打了一个趔趄，嘴角流出了鲜血。“马爷儿死了，是巴萨尔派人用毒蛇咬死的。你这个婊子，还他妈的要什么法律证明！”

温莎并不示弱，突然猛冲过去，给了黑四一个响亮的耳光。这时，半岛温泉浴场的几名保安把黑四按倒在地了。

崔凤景见势不妙，立即指令尚无二出手。尚无二只三拳两脚，就把那几个人打倒在地了。

“走，黑四，有账不怕算。”

第六十章

崔总说的，马亮庄去塞班岛度蜜月了

哦，对了，他记得，和那个漂亮妞跳了舞。对，是跳了舞。跳的是三步？四步？哦，记不清楚了。

黑四迷迷糊糊地醒来，头疼得厉害。醉酒头疼，身子疲惫的黑四，想动动胳膊，噢，绑着呢，他没有能力挣脱出来。他记不清楚了，绑着胳膊做什么。黑四发现自己是站着的，胳膊被绑在了一根横梁上，两条腿绑在立柱上，动弹不得。

屋内的灯光特别的明亮，光线全部打在他的脸上，眼睛花花的，什么也看不清楚，他不知道自己是在哪里。这是哪儿呢？黑四没有记忆。

哦，想起来了，从半岛温泉浴场出来，把崔总送回家了。然后呢，去了哪儿呢？哦，去了九重天娱乐城，有位小姐陪着。再后来，和小姐喝了几瓶酒，噢，是啤酒，还喝了一杯果汁。困了，睡着了。

哦，对了，他记得，和那个漂亮妞跳了舞，对，是跳了舞。跳的是三步？四步？哦，记不清楚了，是碎步，是乱步，不知道。嗯，对了，跳了贴面舞。他搂着那个姑娘。不，是那个姑娘搂着他跳的舞。

他努力回忆着，哦，他摸了小姐的乳房。小姐说："你手脏，不能摸的。""我洗手了呀！""洗手了也不能碰，一碰就大。"嗨，不对呀，小姐说得不对，哪有乳房一碰就大的呢？男人的那个东西，是不能碰的，真碰了可真就大呢！嗨，那小姐可真逗，是逗我玩呢。"他妈的，能玩就好！”

小费付了吗？付了，操！哎，没给，好像没给！不，给了，是给了。他挖空心思回忆，还是记不清楚。小姐坐台不容易呀！应该给小费的。男人嘛，应该怜香惜玉！

黑四还在努力地想着，噢，想起来了，亲了小姐的嘴巴，她礼貌地拒绝了。小姐说：“你的嘴巴臭，喝杯果汁吧，甜吧甜吧嘴。否则，不能亲的。”他喝了，喝了也没有让亲。然后呢，哦，困了，睡了。

好像小姐扶着他，把他送到了汽车上。其他的什么也回忆不起来了。可是，尚无二去哪儿了呢，记不清了。哦，对了，尚无二可能没有来九重天娱乐城，哦，也许来了，他晃荡着脑袋，还是不知道来没来，记不清楚了。醉酒会伤脑子的，以后可不能喝这么多了！

这时，从灯光后面走出来一个人，他看不清楚这个人是谁。

“黑四，你醒了吗？我是马亮庄，你回忆一下。”

“哦，你是马亮庄？哦，不知道。哦，对，可不是咋的，你是马亮庄。”黑四一下子清醒了，但他的头疼得厉害。“你怎么在这儿？马亮庄。”

“我来看看你，‘老朋友’嘛！”

“看我什么？”

“我来问问你，你为什么要炸死我？”

“不，不是我干的，我从不杀人。”黑四彻底醒了。

“黑四，你是怎么进到我的别墅的？应该是从大门进到别墅的，是这样吗？”

“不，我不知道你的别墅在哪儿？”

“你为什么要枪杀巴萨尔先生，还有梁山汉？为什么？”黑四清楚，承认了是死，不承认可能还有活路，起码不能犯类似马爷儿的错误，他沉默不语。

午后，马亮庄安排人给黑四吃了点东西。然后，把他捆在了凳子上。欧阳水荷接着询问黑四。

“你认得我吗？”

“我认得你，你叫欧阳水荷，是高级法官。”黑四的脑袋不那么疼了，反应也快了。

“那好，我们一块儿聊聊。你是怎么把炸药放到汽车底盘上的？用塑胶带固定的，是吗？”

“噢，不，我不知道。”

“你看看这份资料，这是国家指纹检测与应用研究所作出的报告。经过比对，你在别墅的大门上、宝马汽车底盘上，留下了指纹，包括固定炸药塑胶带上的指纹，和你的指纹比对无误。”

“你们加害于我，那些报告都是假的，我知道。”

“可是，黑四，车底盘上面采集到了你留在塑胶带上的指纹。对此，你怎么解释？另外，你留在别墅大门和车底盘上的指纹中，有哈瓦那雪茄的有机物残留，你怎么解释？”

“我无需解释，你们有的是办法加害于我。”

“说吧，你为什么要谋杀马亮庄，还有巴萨尔先生、梁山汉秘书长？”

“你说的这些事和我扯不上边，我都不知道。”然后，不再回答问题。第二天还是沉默不语，但照样吃喝。

在讨论如何让黑四开口的问题上，马亮庄考虑施以暴力，撬开他的嘴巴，但欧阳水荷不同意。

施勒比娃说：“对付意志坚定的人，硬招子不会有效。可以通过‘麻醉分析’的方法，来对付黑四，这是情报机关在特殊情况下使用的方法。”

欧阳水荷说：“你是说向黑四体内注射药物，能使他吐露实情的麻醉药？”

“是的，注射巴比妥类麻醉剂硫喷妥钠，会让他产生幻觉、妄想和精神错乱，诱他说出心中的秘密。在情报机关，有这样的先例。”

“有效吗？”

“有效。”

欧阳水荷拨通了巴喜乐的电话。“我需要几只硫喷妥钠，让黑四吐露实情的药物。”

“好的，我通知道林，麻醉师布台中能搞到，然后捎过来。不过，时间会长。”

“好吧，要快！”

又一天的午夜，施勒比娃为黑四注射了麻醉药。在麻醉药的作用下，黑四的意识渐渐地出现了模糊和幻觉。欧阳水荷说：“黑四，你知道在哪儿吗？”

“哦，在哪儿？”

“你在马亮庄别墅门口，想一想，怎么进到别墅里面去？”

黑四眼球转动，“哦，钥匙……万能钥匙”。

“你在别墅内都看到了什么？”

“别墅楼上的灯亮着……哦，宝马车……有点不一样，崔总的宝马车……对了，是钢板不一样……炸药，固定了……”

“是塑胶胶带固定的，是吗？”

“哦，我想想，是的，对，是的。……离开前，接通了电路，哦，爆炸了……”

“发了短信，是吗？”

“是的。”

“没有文字的短信？”

“对，没有文字。”

“是崔凤景让你干的，是吗？”

“嗯，崔总，哦，是的，他恨马亮庄。”

“你想一想，马铁枪杀了巴萨尔先生，是吗？”

黑四眼球转动着，似乎在回忆什么。“哦，是，是马铁……”

“赵子强负责接应，是吗？”

“对，是……嗯……赵子强开车。”

“张令文撞击了梁山汉秘书长的汽车，是吗？”

“嗯……”

“黑四，你回忆一下，枪杀巴萨尔先生，是崔凤景的意思吗？”

“不，嗯，是……崔凤景的意思。”

“你和赵子新负责具体谋划，对吗？”

“是的，有崔凤景。”

“马亮庄去塞班岛度假，你是怎么知道的？”

“马亮庄……塞班岛，哦，不知道。对，哦，崔总说的，马亮庄去塞班岛度蜜月……”

“马铁去了塞班岛，是不是你安排的？”

“嗯，是，是的。”

欧阳水荷对马亮庄说：“亮庄哥，你还有要问的吗？”

“黑四，想一想，耿大年是被你炸死的吗？”

“不是，是。”

“哑炮，还是遥控炸弹？”

“哦，哑炮，不，耿大年排除哑炮……”

“你引爆了遥控炸弹，是吗？”

“是，遥控炸弹……耿大年死了……”

“是谁要你炸死耿大年的，马爷儿？还是崔凤景？”

“是我，不，马爷儿，哦，对了，崔总的意思……”

“崔总为什么要炸死耿大年？”

“嗯，哦……崔总不满意……”

“是崔总下令炸死了耿大年，是吗？”

“噢，是……是的。”

明月皎洁，远山如黛，湖水似墨。夜色中的温泉湖，寂静而安详，宛如睡熟了的美人。湖面上没有一丝风浪，但偶尔会有水鸟的翅膀拍击水面的声响。远远望去，湖面有雾霭袅袅升起，宛如迷人的仙境。温泉湖神秘，而令人神往。

夜半时分，一条游船缓慢地向雾霭笼罩而充满神秘的湖面深处驶去。游船上的人，欣赏着温泉湖的夜色之美。湖水中有个白色的圆圆的玉盘，随着游船荡起的波浪起起浮浮。那水中的玉盘，是天空中月亮的倒影，皎洁而鲜亮。在游船划过水面的附近，有星星点点的稀疏的幽幽的绿光，并尾随游船而来。那幽幽的绿色的光亮，是鳄鱼的眼睛发出的，像手持灯火的水神，在水面上逶迤而来。温泉湖里面，有数百条鳄鱼，还有上百条水蟒。温泉湖和周边的湿地，是鳄鱼和水蟒生息活动的天堂，也有动物来这儿饮水。

张超把游船停泊在了温泉湖的中央，熄灭了发动机，来到了游船上面。

马亮庄注视着湖面，那些发着绿色的游弋的光亮，在缓慢地向游船移动。鳄鱼是聪明的动物，已经习惯于游人用杆子挑着肉喂食它们。

阿顺则看护着黑四。黑四的手和脚被捆绑着，胶带封着他的嘴，像一头等待被宰杀的猪猡。

“阿顺，去掉黑四嘴上的胶带和他身上的绳索，让他活动活动筋骨。”

阿顺去掉了黑四身上的绳索，说道：“黑四，你自由了。”

张超则拿着刀子，轻轻地敲打着船的栏杆，发出笃笃的声响。鳄鱼听到响声，循声而来，越聚越多。

“黑四，依据你的罪恶，你死定了。可是，你还是有两条路可以选择：一个是继续作恶，另一个是弃恶从良。也就是说，前者会立即死去，后者有活下去的可能。”

“我知道，你们不会让我活着出去。”

“不，你可以活着出去。”

“那我不想死，假如你们给我生路的话。”

“那就是说，你选择弃恶从良了。不过，想做个好人，但要经过生死之门。”

“放过我吧，我选择活下去。”

“你要想活着出去，只有一条路，那就是游到岸上去。不过。你要小心地避开鳄鱼的袭击，还要躲过水蟒的吞食，你行吗？”

“我可以试试，但愿能活着出去。”

“如果你能活着出去，依然有两条路，一个是继续和我较量，我恭候着你；另一个是彻底悔过从良，我给你做事和发财的机会。黑四，你会相信我的话吗？”

“会的，我相信你的话。这两件事，你都做得来。”

“可是，你做过许许多多的坏事，应该死去。不过，佛教中有‘放下屠刀立地成佛’的说法。因此，我把选择生死的权力交给你自己来定夺。现在，你既然选择了生路，那就跳到湖中去，奋力击水，并躲过鳄鱼和水蟒的袭击。听清了吗，黑四。”

“我知道，这很难，我很难能够活着出去。不过，我想试试。如果我能够活着出去，我会去找你。”

“找我是想较量呢，还是做个好人？”

“不，我不知道，也没想那么多。我现在想的是，怎么活着出去，然后才是较量，或者做个好人的问题。”

“来，张超，拿块肉来，我看看鳄鱼的食欲怎么样？”张超将一块肉挂在木杆上，递给了马亮庄。马亮庄把木杆伸出船舷，停在水上面。一条鳄鱼奋力跃起，吃掉了木杆上悬挂着的肉。

“看到了吗，黑四，鳄鱼有旺盛的食欲，你很难逃脱鳄鱼的袭击。”

“我知道，活着的概率几乎没有。”

“不过，我希望你活着，也希望你放下屠刀立地成佛。如果你活着，你我还有机会较量，也不排除有共同做事的可能。不同的是，你要是做个好人，就去阅读《释迦牟尼成佛秘路》吧，它会把你改造成一个好人。我能做的只有这些了。不过，你要是选择和我较量，我会奉陪的。如果你要做恶事的话，就不需要读书了，《释迦牟尼成佛秘路》那本书，对你来说也没必要读了。”

马亮庄手握木杆，击打水中的鳄鱼。“你瞧，黑四，鳄鱼害怕击打。为了你能够活着出去，我要把这些鳄鱼赶走，并把这根木杆送给你。累了，你可以借助这根木杆休息；有鳄鱼袭击，你可以用木杆做护身的武器。”

阿顺说：“黑四，你看，这夜色多美，还有那水中晶莹剔透的玉盘！我想，你跳下去吧，那玉盘就是你的了！黑四，亮庄哥给你生路了，你还犹豫什么呢？跳吧，跳下去，生的希望就在这夜色之中！你真幸运，在你奋力击水的同时，有鳄鱼为伴，也足够刺激的！跳吧，黑四，跳下去，你就会成为一个幽灵！”

黑四跳下去了。马亮庄将手中的木杆扔给了他。

马亮庄说：“张超，开船！”

游船向来的方向驶去，不一会儿，后面传来了激烈的击水声，随即又悄无声息了。马亮庄目视着游船前行的方向，阿顺、张超也没有回头，新的任务还在等着他们。

第六十一章

无二，你在滨海市的使命结束了

宗教箴言中有这样的说法，善有善报，恶有恶报。不是不报，时候未到，时候一到，全部报销。

崔凤景龟缩在别墅里面，不敢走出院子一步。高墙、电网、警卫、藏獒，可谓戒备森严。为了自身安全，他能做的只有这些了。

黑四的突然失踪，让崔凤景惊魂不定。他知道是谁干的，但已无力反击了。黑四办事不力，才会有如此被动的局面。崔凤景心想。当初不谋杀巴萨尔就好了，钱虽然少赚些，但可以相安无事。不难想象，偷鸡不成蚀把米，还会把自己的性命搭上。他寝食难安！

他可以选择报警，以求自身安全。但他觉得警方救不了自己，也没法向警方说明已经发生的一切和未来可能发生的事情。再说，手上没有巴萨尔杀死黑四的证据和要杀死他的方案，但他感觉到了危险的存在。

此刻，他心里极度恐慌。他清楚，巴萨尔不会放过他。何况，马亮庄有他杀死耿大年的证据，还有他扭断马斯嘉小姐脖子的证据，都是马爷儿交代的，那个光盘还在马亮庄的手上。尽管较真的时候，他可以矢口否认，因为马爷儿死了，但那毕竟是不利于自己的证据。不过，他相信马亮庄不会把那个光盘交给警方。如果他把那个光盘交给警方，对谁都没有好处。

人，不能做坏事。人做坏事迟早会有报应，宗教箴言中有这样的说法，善有善报，恶有恶报，不是不报，时候未到，时候一到，全部报销。崔凤景这样想。马爷儿真他妈的是个软骨头，还有黑四也是个混蛋。

“妈的!”崔凤景心里有气，嘴里骂了一句，狠狠地将手中的茶杯摔在了地板上。

崔凤景想到了走为上，离开滨海市。孙子兵法的计谋，适于自己目前的困境。以前，他在马爷儿被谋杀之后，曾有过到国外生活的念头，但因为舍不得国内赚钱的机会，最终放弃了。

崔凤景认为，要想活命的话，应该逃离滨海市，这是一个不错的选择。可是，他马上又有了一个更好的理由，推翻了自己的想法：在滨海市至京都高速公路工程上，已经砸下去四个亿的资金了，不能一走了之，起码应收回本金再走不迟。

“他妈的，乐天路，害得我好苦，为什么把巴萨尔干不了的工程交给我呢！真是害死我了。”他又恼又怒地骂了一句。

想来想去，别墅还是个安全岛。他自言自语说道：“我哪儿都不去了，看你巴萨尔能把我怎么的！他妈的!”

“无二，你有什么好办法吗？对付崔凤景。”巴喜乐在和尚无二讨论如何处置崔凤景的问题上，用手势做了一个绞杀的动作，那意思是明确的。

“我去别墅看过了，那儿是高筑墙，拉电网，警卫把门，藏獒护院。如果不杀死藏獒和警卫，就不可能接近崔凤景。如果杀死藏獒和警卫，有的人会无辜而死，也会引起警方的注意和公众的舆论，可能把事情搞砸。可是，在外面射杀他，也没有可能，别墅外没有高地和掩蔽物。”

“说得对，不能杀死警卫，他们和谋杀没有关系。切记，不能因为复仇而滥杀无辜。我的目标只有一个，那就是崔凤景。”

“不过，别墅内的甄巧巧是自由的，唯有她可以进出别墅，包括买菜购物。其他人员，没有崔凤景的准许，任何人都进不了别墅。就是进到别墅里面，也会被警卫发现，还会遭到藏獒的撕咬。此外，可以考虑在警卫身上打主意。然而，在甄巧巧和警卫身上打主意，成功的概率会很小。”

“哦，有办法了。亮庄哥是耿大年最好的朋友，和甄巧巧相识。既然如此，无二，你在滨海市的使命结束了。这样，我听说，马铁在塞班岛流连忘返，做跆拳道教练，又喜好潜水，你为什么不去陪陪他呢！去吧，塞班岛很美，为马铁做伴，陪他潜水！”

尚无二点点头，表示理解，这是新的指令。“好的，我去塞班岛度假。如果没有别的事，那我告辞了。”

“没有别的事了，你去吧。”他送尚无二到鹰飞崖城堡的大门外，忽然向渐行渐远的尚无二喊道，“哎，无二，别忘了叫上施勒比娃小姐，让她陪你一块儿去度假！”

“好的，再见！”

甄巧巧每天开着梅赛德斯－奔驰车去市内购物，这是她的营生，为崔凤景采购可口的饭菜。那台梅赛德斯－奔驰车是耿花做车模时，在红楼金色大厅登台演唱并一炮走红后，由汽车厂家白送的。耿花去了香港，将汽车留给了母亲。

她把车停在了黎明海鲜超市外面的停车场。黎明海鲜超市有各种新鲜海产品，超市里人头攒动。所有出海的渔民，会在这里将刚刚上岸的海产品卖掉。不过，开奔驰车来这儿买海鲜的，只有甄巧巧一个人。她在一个卖螃蟹的摊位前停了下来，询问着价格。马亮庄悄悄地走近了她。

“哟，耿婶子，早上好！”

“嘿，亮庄，你身体好吗？恢复得怎么样？你知道吗，我听说你受伤了，就赶到医院去了。可是，那几个武警战士，说什么也不让我进去。亮庄，你婶子好担心啊！”

“谢谢婶子，你看，我身体恢复得还不错。哦，婶子，我还有事要跟你说哪。你方便不，我想单独和你说话。”

“可以。”

马亮庄对自己身边一个甄巧巧不熟悉的年轻人说：“来，你负责为耿婶子购买海鲜，挑最好的采购。走吧，婶子，到我的车上去说，好吗？”

“好。”她随马亮庄来到了宝马车上。

"婶子，多亏这辆宝马车了，是它救了我的命。要不，我就被崔凤景指派的黑四给炸死了。"

"啊，什么，你说什么！亮庄，你是说崔凤景派黑四炸了你，是这样吗？不，不可能！"

"是的，婶子，崔凤景干的。不仅如此，我还掌握一些情况，他还指派黑四炸死了耿大年叔叔。"

"什么？你说什么？耿大年是哑炮炸死的呀！亮庄，你不会因为汽车爆炸脑子出问题了吧，真的吗？"

"婶子，是真的，我有证据在手。崔凤景不仅如此，还谋划杀死巴萨尔先生、梁山汉秘书长，还亲手扭断了一个叫马斯嘉的小姐的脖子，因为那位小姐不从他。"

"是吗？"甄巧巧惊呀得身子直哆嗦，两条腿不停地颤抖，眼睛惊恐地望着马亮庄。"亮庄，这话可要慎重、不能乱讲的。我看你脑子出问题了。"她摸摸马亮庄的头。

"婶子，我有证据。你认识马爷儿的，能辨别马爷儿说话的声音吗？还有黑四的声音？"

"能，都能。"

马亮庄在宝马车内为甄巧巧播放了马爷儿和黑四的录音。"婶子，你听清了吗？是不是马爷儿和黑四的声音？这是我秘密搞到的。基于耿大年叔叔对我的恩情，我不能不跟您说这事。还有，他这个人太阴险了，您要小心啊！也会杀死您的。"

"嗯，是的。亮庄，我听清了，是马爷儿和黑四的声音，没错。真没有想到啊，他咋那么狠毒呢。亮庄，我该怎么办啊？"

"婶子，您要防着他，说不定哪天会变脸杀了您；还有，您要不要为耿叔叔复仇呢？是他让您成了寡妇。"

"复仇，亮庄，我要复仇，为我的丈夫复仇！可是，我怎么复仇啊！"甄巧巧咬牙切齿地说道。

"耿婶子，您可要想好啊，这可不是头脑冲动心血来潮的事。如果您要为耿叔叔复仇，我可以帮您，帮您想想办法。不过，您回去之后，要镇静，特别的镇静，不能让他看出丝毫马脚。懂吗，婶子。否则，不仅复仇落空，您还会丢掉性命。"

“是的，亮庄。不过，我要复仇，为你耿大年叔叔复仇！”甄巧巧好像疯了，两只眼睛直勾勾的。

“婶子，冷静，您务必冷静。既然您要复仇，那我为您想想办法。好吧，婶子，您要等我的消息。此外，崔凤景是有资产的人，应该把资产落到耿茉、耿莉、耿花孩子的名下，肥水不能外流啊！”

“那，我怎么办啊？”

“让他写下遗嘱，把资产留给他的孩子。不过，他没有和江红妹离婚，按照法律讲，他的资产的一半，应该归江红妹所有。剩余的资产，由江红妹和他的女儿、儿子，按照法律规定再进行分割。”

“哦，是这样？”

“是的，婶子。不过，那也得让他留下遗嘱。到时候，可以把他的遗嘱，作为他自杀的证据。或者说，把他的遗嘱解释为他想自杀的证据。他，死是必然的！问题在于，他的死和您没有关系。到时候，您要从旁作证，他有自杀倾向，并留下了遗嘱。”

“他的死和我有关系也不怕，我愿意为耿大年复仇而死去。”她眼睛里有了愤怒的凶光。

“不，耿婶子，他应该死于自杀，让警方找不到和您有关的证据，那不更好吗?!”

“是的，亮庄，你说得对，他是死于自杀！”

“不过，婶子，那幢别墅您不能住了，您以后怎么办呢？”

“我去香港，去耿花那儿。”

“好的，婶子，您记住我的话，想好之后跟我联系。婶子，您保重！”甄巧巧下了车，那个年轻人把购买的海鲜递给了她。马亮庄看着她打开了车门，但手还在抖动。不过，汽车离开黎明海鲜超市后，向别墅方向驶去，汽车运行平稳。

第六十二章

马铁觉得有什么东西击中了他

她，向他微笑了一下。然后，她将那支笔倒过来，对准了他，按动了扳机。

“哎，施勒比娃小姐，我很荣幸，能够陪您一块儿去塞班岛度假！”尚无二在京都飞往塞班岛的国际航空公司的飞机上落座后说。

“嗯哼，尚无二先生，我也很荣幸，能够与您一块儿旅行！可是，您为什么不带上您的女朋友或者恋人，一块儿去塞班岛度假呢？就像马铁带着莎莎那样？而不是我。”

“唉，您说得对，应该带着女朋友一块儿去旅游。我想，那是人生最美的事了！可惜，属于我的美女还没有生下来；已经生下来的美女，对我又没看上眼。您瞧瞧，我这张脸，喜得看美女，但美女不喜得看我，真是悲哀！不过，施勒比娃小姐，人生是机缘巧合，有时又阴差阳错，这就是生活。但我相信，会有美女看上我的，也就是早一天晚一天的事。如果您要是为我着急的话，为什么不为我张罗一个呢！”

“哦，可以。不过，尚先生对生活的体验，还是蛮深刻的。假如真有美女喜得看上您这张脸呢，那您会怎么想呢？”她神情专注地看着他。

“您能不能别闹，我的老师，又拿我开涮了！您拿我开涮，是不是特开心，我想知道！”

“开心，为什么不开心呢，应该开心！噢，不过，我刚才的话是认真的。”

“噢，施勒比娃小姐，您知道的，没有姑娘会看上我的。客观上讲，我也没有时间找对象。嗨，难啊！”

“忧愁了不是，尚先生！可是，我看不出您有什么不好，蛮英俊的嘛，会有姑娘看上您的。哎，您不会是在挑人吧？不过，挑老婆，也真得货比三家，是不是？”

“噢，不是，是！不过，的确没有美女看上我，或者说还没有哪位姑娘注意到我，尽管我也不算太差。”他向她狡黠地做了一个鬼脸。

“你一直没有考虑过成家的问题吗？”

“不是，考虑过，但我现在不适合讨老婆。”

“哦，真的吗?！也许，要等六十岁以后，成熟了，再讨老婆，那会好些！”

“哎，施勒比娃小姐，您可真逗！我的意思是说，现在做的事，还不适合找女人。否则，老婆孩子，也会跟着担惊受怕的。一个让老婆孩子担惊受怕的男人，不负责任，也不道德。”

“噢，从您的想法出发，我和您做的事是一样的。看来，我也不能嫁人了！否则，让先生跟着担惊受怕，那女人也是不道德的，是这样吗？尚先生，你我是一样的。”

“噢，不，您和我不同。我不同于您的是，没有姑娘对我动心。”

“哦，是吗，真的吗？哎，不对吧。我好像知道有个姑娘对你动心了！你看，要不要我来帮个忙，为你这个牛郎和织女牵个线搭个桥呢？”

“好啊，那有什么不行。可是，还是不找的好，免得心爱的人为我分忧。”

“哎，别那么说，假如有个美女真看上你了，你怎么办呢？”

“不会的，哪有美女会看上我呢，真是的！”

“有，我知道有美女看上你了。”

“在滨海市？瞎扯！”

“对，哦，也许在俄罗斯吧。”

“中国姑娘？”

“不，俄罗斯姑娘。”

“没有。如果有，我想，那个俄罗斯姑娘肯定心眼不多。”尚无二想了一会儿说。

“你再好好想一想，有位俄罗斯姑娘希望嫁给你！”

“好，我希望如此，但愿是真的！”

“好吧，你慢慢想吧，一位俄罗斯姑娘渴望嫁给你，我清楚。你要是不拒绝的话，我可以把她介绍给你。”

“是吗，真有这样的好事？”

“有的，你想好了，我再告诉你。”尚无二微笑不语，他知道，没有俄罗斯姑娘看上他，或者被他看中。看来，施勒比娃小姐是个幽默的女人。

“宝贝儿，我午后去潜水，好吗？”

“铁子，你能不能不去。”

“宝贝儿，你知道的，我喜欢潜水。你能陪我去吗？宝贝儿。”

“哦，我去不了。晚上，我要到悦泰酒店晚餐秀演出呢。”

“好吧，那我去了。”

“你到哪儿去潜水？晚上吃饭要不要等你？”

“浅湾，吃饭不要等我了。”

“哎，你注意安全，别让我操心！”

“放心吧，宝贝儿。”

施勒比娃小姐监听到了马铁和莎莎的通话，兴奋不已。“走，尚无二，快，带上潜水衣，去浅湾，我们的‘朋友’去潜水了。”

尚无二和施勒比娃小姐在浅湾找到了马铁。她用英语说：“先生，您是日本人？”

马铁说：“No。”

“您是中国人？”施勒比娃小姐用汉语说。

“是的，我是中国人。”

“哦，先生，我也是中国人。拜托您，这位俄罗斯小姐也要潜水，您带上她，好吗。”

“噢，可以呀！不过，您带鱼饲料了吗？”

“鱼饲料？哦，没有。带鱼饲料干什么？”

“喂鱼呀！你知道吗？浅湾是一座海下山脉，水下会有大群红绸鱼。

潜水到山脚下，你会发现成千上万的各种海洋生物。这里有鹦鲼、海鳗、刺尾鱼。如果你把饲料投入水中，数千条黄色的、白色的蝴蝶鱼，会把你包围的，好看极了。”

“哦，可惜，没有鱼饲料。”

“没关系，你跟我走吧！”

马铁在海中像一条鲨鱼，潜水的速度很快。尚无二和施勒比娃小姐紧紧跟随在后面，一大群红绸鱼在他们身边游动。

马铁做了一个下潜的手势，施勒比娃小姐跟着下潜。在四十英尺深处，马铁将饲料撒在了水中。开始是一条黄色的蝴蝶鱼游过来了，紧接着是一群黄色的白色的蝴蝶鱼游来了，并包围了他们。马铁欣赏着触摸着蝴蝶鱼，很是兴奋，并兴奋地不断地向她做着手势。

她的手上握着一个笔形手电筒，照射那些鱼儿。那些鱼儿看到光亮，游了过来，在她的身边越聚越多。马铁游过来了，尚无二紧紧跟随在他的后面。施勒比娃小姐向他微笑了一下，然后将那支笔倒过来并对准了他，按动了扳机。他觉得有什么东西撞击了自己的胸膛，不过，没什么明显的感觉。不一会儿，他在微笑中沉向了海底。施勒比娃小姐笑了笑，然后很优雅地向他摆了摆手，就像告别自己的恋人一样。

尚无二知道，施勒比娃小姐手上拿的是一支笔形麻醉枪，射出的高浓度的麻醉弹，可以让一个 180 斤体重的人，在五秒钟内失去自主呼吸。

回到悦泰酒店，她和尚无二参加了岛上最为精彩的晚餐秀，在一个紧贴窗户的餐桌旁坐了下来。窗外是密克罗海滩，蔚蓝色的大海，雪白柔软细腻的沙滩，还有落日的海景，塞班岛美极了。

晚餐秀开始了，先是巴西姑娘的热舞，然后是七位中国剪纸姑娘的空竹翻飞，接着是莎莎小姐演唱的西西里情歌。莎莎小姐的歌情脉悠长，在整个晚餐秀的大厅回响，令在场的人痴迷。那些年轻人心旌摇荡，为莎莎喝彩。他们爱莎莎的歌，更爱莎莎本人，为空气中流淌的令人陶醉的气氛痴狂不已。

“想好了吗？尚先生，一位俄罗斯姑娘让我为你做媒，她看中你了。如果你同意的话，我来为你牵个线。”

“想好了，如果那位俄罗斯姑娘犯傻的话，又和你一样的美丽，我马上娶她为新娘。”

“哦，是吗，那你准备迎娶她吧，那位姑娘和我长得一模一样。”

“嗯哼，好啊，我同意！”尚无二的眼睛里发出了从来没有的光亮。

“那你上楼去吧，我陪你去见见那位俄罗斯姑娘！”

“好啊！现在吗？”

“是的，就现在。走吧，傻小子，那位小姐在楼上等着你哪！”施勒比娃小姐站起来了，她挎着尚无二的胳膊向楼上走去。

“噢，为什么不哪，我的美人！”

七天后，尚无二和施勒比娃小姐，又在悦泰酒店看到了莎莎。马铁带给她的悲伤犹存，也明显地消瘦了许多！不过，她的身边又有了一个男人，很年轻，长相俊俏。莎莎小姐喜欢多情的男人。在晚餐秀上，一群穿戴暴露的女孩，为莎莎小姐伴舞，她照样唱着西西里情歌，但节奏很慢，明显缺乏激情。

尚无二说：“施勒比娃小姐，你看到了吗，莎莎小姐的激情不再了。看来，她丈夫带给她的打击太大了。不过，要不了多久，她的脸色，还会红润起来，也会重新飞上爱的光彩！”

“是的，爱可以摧毁一个人，又可以让人得以新生。一个漂亮的寡妇，如果有了新爱会更加美丽。哦，对了，明天你我要离开塞班岛了，你是不是把方欣总经理捎给莎莎小姐的钱的事给办了？”

“哦，对了，应该把钱交给莎莎小姐了。谢谢你的提醒，施勒比娃小姐，我差点把这事忘了。”

“尚先生，你不会是要把钱自己‘密下’吧？”

“哦，也许。不过，要是没钱娶你的话，我会的。为了你的爱，我会把钱‘密下’，并愿意做一切事情！”她亲吻了尚无二的脸颊。

尚无二喊来了服务生，“一会儿，莎莎小姐唱完歌，你把她请过来，就说中国滨海市九重天娱乐城的方欣小姐，给她捎点东西过来”。他送给了服务生十美元。

莎莎小姐来了。“莎莎小姐，方欣小姐让我把钱给你捎来了，都在这张卡里面。我明天回国，你看还有什么事吗？”

莎莎说：“哦，没有啦。不过，你回去后代我看看马铁的母亲。马铁是我的丈夫，我爱他，可是，很不幸，他溺水了。”莎莎小姐眼睛里含着泪水。

“哦，那很不幸。莎莎小姐，我为你悲伤！”

“你们来塞班岛度假，很高兴，是吧！来，我没有什么送给你们，为你们唱首歌吧！”不难看出，莎莎还处在悲伤之中。

“好啊！莎莎小姐，我非常愿意听你的歌！”尚无二说。

莎莎小姐回到了舞台上。她说：“各位观众，在我肝肠寸断的时候，在我刚刚失去丈夫的时候，我的祖国，我的故乡来了亲人，他们来看望我了。下面，我把刚刚创作的一首歌曲，献给远方的朋友。这首歌曲是《梦断塞班岛》。我不知道大家是不是喜欢，但这首歌表达了我的心曲。”

你可曾知道我爱的人，
你可曾听过我的歌声，
爱我的人啊让我痴狂，
我的歌声啊歌声悠扬，
我的心我的爱我的梦想，
还有那不尽的情意绵长，
我漂泊我流浪，
漂泊在蓝色的海洋，
流浪在美丽的塞班岛上，
蓝天上白云悠悠，
浪花里歌声飞扬，
海滩上留下了心上人的脚印，
浪花中有我的梦想，
我爱的人啊伴我走过了海滩。
海风伴我纵情地歌唱，
为了梦啊我的梦，
我四处漂泊到处流浪，
为了爱啊我的爱，
我放飞欢乐放飞梦想！

你可曾知道我爱的人，
你可曾听过我的歌声，
爱我的人啊让我痴狂，
我的歌声啊歌声忧伤，
我的心我的爱我的梦想，
还有那不尽的悲苦忧伤，
我梦断我断肠，
梦断在蓝色的海洋，
断肠在美丽的塞班岛上，
蓝天上白云悠悠，
浪花里歌声悠扬，
海水抚平了心上人的脚印，
浪花打碎了我的梦想，
我的心上人啊去了天堂，
海风伴我忧伤地吟唱，
为了梦啊我的梦，
我四处漂泊到处流浪，
为了爱啊我的爱，
我孤独忧伤寸断肝肠！

莎莎小姐的歌悲凉忧伤，唱出了渴望和辛酸。作为一个游子，在异国他乡失去了丈夫，她感到无助、失望。她的歌，让在场的人为之动情。她流泪，观众也跟着流泪。在边流泪边歌唱的时候，她还没有忘记向尚无二和施勒比娃小姐挥手致意。演唱结束后，莎莎小姐向观众深深地鞠了一躬，全场响起了一浪又一浪的雷鸣般的掌声。

塞班岛之夜是温馨的，也是迷人的。这里是情侣的天堂，爱的海洋。爱情之火会在这里熊熊燃烧，永不熄灭。对于莎莎小姐如泣如诉的歌唱，尚无二和施勒比娃小姐相对无言。之后，趁莎莎小姐不注意，他们悄悄地离开了悦泰酒店。

走在宾馆的走廊里，施勒比娃说：“我从莎莎小姐的泪眼中看出了问题，也许杀戮应该终止了！”

“不过，要不了几天，她还会燃起新的爱情之火，也会为新的男人而激情四射！施勒比娃小姐，你信不，她会在爱的欲火中涅槃！”

施勒比娃小姐和尚无二相互注目，不言而喻，都同意对方的观点。

第六十三章

乐天路跟你和我玩小儿科

“他把工程交给崔凤景，真是岂有此理。我看，乐天路这个交通局长干到头了。”

甄巧巧迷迷糊糊地把车开回了别墅，在院子里溜达的崔凤景，觉得她有些不对劲。“怎么了，巧巧，哪儿不舒服?”

“哦，没什么。我只是感觉疲惫，好累!”

“哦，那你好好休息一会儿。”

“好吧!”她回到屋子里睡了，可是，翻来覆去，也难以入梦。她索性起来，给耿茉、耿莉、耿花分别通了电话，聊聊她们的孩子，也聊聊她们的生活，特别是与耿花的通话，说得更多一些。“耿花，妈妈年龄越来越大了，可不可以和你生活在一起呀?”

“好啊，妈妈，欢迎您来香港，我请保姆伺候您。”

“好吧，孩子，你也多保重。要是没事，就说到这儿吧。”甄巧巧精神萎靡，心情惆怅。

她心想，亮庄说得对，应该和他谈谈。她来到别墅外面，崔凤景正在凉伞下喝茶。

“崔总，您在别墅里面待着，不感到寂寞吗，为什么不到外面走走?”

“哦，还好，我已经习惯了。”

“哎，你说黑四做什么去了，为什么不来看你？”

“不知道，我为他忧虑，又心生怨恨。”

“哦，是吗？好了，不说黑四了。刚才，我和耿茉、耿莉、耿花都通了电话，你知道吗，她们的生活也是不容易的。”

“在国外生活，包括在香港，的确不易。不过，她们的生活应该不会有什么问题吧！”

“可是，她们有些话不能跟你说。”

“说嘛，有什么不能说的？”

“你看，有些话可以跟妈妈说，怎么会和你说哪。比如，我跟着你，我的三个女儿也跟着你，这话不好开口的。现在，三个姑娘又都给你生了孩子，你也算是儿女双全了！”

“那是，应该感谢你，巧巧！”

“感谢我什么呀？我有时候想想，都是些不正常的事。我就算了，可我的三个女儿不同，苦啊，带着孩子不说，她们年轻，还有财产问题，将来怎么办呀！”

“你什么意思？”

“没有什么，只是想到了这些事。比如，你能不能和你的妻子离婚，同江红妹离婚。”

“这不可能，我的父亲有话的，不准我和江红妹离婚。老人的话，我是不敢抗命的。你知道的，我虽然不孝，但还是听话的。再说，他老人家故去了，我在他生前没有离婚，死后，也没必要离婚了。现在，婚姻问题只好如此了。”

“可是……”甄巧巧欲言又止了。

“可是什么？”

“那你的财产将来怎么分割呀？你知道的，耿茉、耿莉、耿花都给你生了孩子！如果你不离婚，财产会有江红妹的。”

“你蠢嘛，离婚的话，江红妹也有一半财产的。”

“可剩下的财产，那怎么办呀？”

“留给我的孩子。”

“话是这么说，有什么凭据呀？没有的。”

“那你要什么凭据，给她们就是了。”

“所以呀，她们都担心呀！你不为我的三个姑娘想，也得为你的三个孩子想啊！”

“你的意思是让我立下遗嘱，是吗？”

“那就对了，免得孩子们担心嘛。”

“好了，取张纸来，我写个遗嘱还不容易。”崔凤景写下了遗嘱，并按上了手印。

“巧巧，这回你放心了吧？”

“我放什么心，是为了你的孩子。方便的时候，你把遗嘱的事和耿茉、耿莉、耿花说说。”

“好，我现在就和她们说。”崔凤景跟耿茉、耿莉、耿花分别通了话。

春夏交替的太阳山谷，温暖滋润，到处生机盎然。山谷的天空白云朵朵，犹如棉絮洁白柔软。在微风的吹拂下，那些白色的云朵儿缓缓浮动。如果人能在那云朵儿上面小憩一会儿，一定会很舒服很惬意的。白云飘过的蓝天，蔚蓝清澈。假如你有足够的想象力，随便用彩笔尽情地涂抹，那就是一幅精美的图画。

大太阳用它的光和热，驱动着山谷中的万千物种，也沐浴着这里的人们并放飞梦想。湾口镇升格为太阳城了，从此有了不竭的活力。

“湾口镇升格为太阳城，体现了上级组织的亲切关怀，我们要不负重托，肩负太阳城各族人民的期望，把这座新城建设成为花园城、生态城、旅游城和文化名城。太阳山谷要成为各种野生植物的保护基地，成为各种野生动物繁衍生息的天堂。太阳城的未来，一定会更加美好！”新任太阳城的市长梁良善，在太阳城成立大会的讲话，赢得了一阵阵掌声。

滨海市市委书记水向东，宣布了国家关于湾口镇升格为太阳城的公告，同时作了重要讲话。在大会结束之后，梁良善向水向东书记转达了巴萨尔先生的邀请。

“尊敬的向东书记，巴萨尔先生渴望您光临鹰飞崖城堡，如果您有时间的话。”

水向东说：“噢，好的，我现在就去。你能陪我一块儿去吗？梁市长。”

“必须的，我陪您去。您的指示，对我来说，那就是不可抗拒的命令！现在如此，今后也是如此，理解的要执行，不理解的也要执行，不折不扣地执行！”

“你小子，很会说话！”

巴萨尔先生为老朋友的到来，准备了太阳山谷盛产的美味佳肴，有鹿肉、熊掌、山鸡、林蛙。巴萨尔太太为客人斟满了一杯自酿的蓝莓酒。

“向东书记，您为我操心了。为了挽救我的生命，组织医护人员实施抢救，还指派武警战士守卫！更让我感动的是，您还在场日夜守候，我铭记在心的！”

“哪里，好朋友不言谢嘛！来，为您的身体康复干杯！”

“现在，湾口镇升格了，梁良善担任了太阳城的市长，这得益于您的关照，还望您日后悉心培养。”

“没说的，老哥。今后我和梁市长相互共事，彼此关照。”

“哦，对了，有一个消息告诉您。巴喜乐把您的五千万元资金，已经转移到乌巴斯乐银行了。喜乐的意见是，投资伦敦的房地产。现在，源自美国的次贷危机，重创了英国经济，英镑的汇率走低，特别是房地产业下滑严重。现在抄底伦敦房地产，会有丰厚的回报。要不了三五年，您的资产会有翻番的可能。”

“这个事，由喜乐做主吧！别说会赚，就是赔了也没有关系嘛。再说，没有百分之百赚钱的买卖！”

“那，就这样定了。哦，还有一件事，您的工作可能会有变化，知道吗？”

“哦，不知道，真的吗？。”

“是的，您会受到重用！”

“哦，能行吗？我不敢想的。”

“应该不会有问题。不过，在您走前，需要理清一件事，滨海市至京都高速公路工程的事。给，这是一个光盘，乐天路和崔凤景的通话录音。您听听吧，乐天路这个人不大可靠。”

“您的意思是……”

“高速公路工程是我中的标，乐天路趁我受伤的时候，耍了手腕，把工程交给了崔凤景，真是岂有此理。我看，乐天路这个交通局长干到头了。”

“老哥，这盘光盘，我听了之后，可以让乐天路听听吗?”

“可以，有什么不可以，那是他自己的声音。乐天路跟你和我玩了个小儿科，还嫩了点!”

“放心吧，我会处理好的。不过，在动他的位置之前，要他先把工程问题处理好。”

“这是必须的!”

第六十四章

不要悲伤了，好日子会从头再来

“乐天路，你收了崔凤景多少钱，给我报个数。自己找个地方，交通局长这活你别干了。”

早晨，乐天路刚刚起床，就接到了水向东书记的电话。“你他妈的给我马上到办公室来，我是水向东。”“啪”，电话摔了。乐天路觉得出事了，但不知道市委书记的火气为啥那么大！他饭也没有吃，忐忑不安地来到了水向东书记的办公室。

“向东书记，您找我有事？”

“你听听吧，这是你和崔凤景通话的录音！”水向东把那盘光盘扔在了地上，他哈腰捡了起来，站在旁边不敢坐下。

“三件事，你听清楚，乐天路。第一，你收了崔凤景多少钱，回去想一想，给我报个数。否则，我派纪委、检察院调查你的案子。第二，高速公路工程问题，你处理好。今后少跟我玩他妈的小儿科，知道不！第三，自己找地方，交通局长这活你别干了。”

“是，向东书记！”

“滚吧！乐天路，你他妈的长了个猪脑子，以后少他妈的让我操心！”

离开水向东书记办公室，乐天路一个劲地冒汗。回去的路上，他想明白了。水向东书记的三条，实际上是两件事，一个将滨海市至京都高速公路工程，交回给巴萨尔。不过，这件事比较难，崔凤景不会甘心，但市委书记的话不可违抗；另一件事是交通局长这活不能再干了。至于向东书记说的第一条，已不是问题了。“否则，我派纪委、检察院查你的案子。”明摆着，这话的意思是不查了。如果向东书记指派纪委、检察院上手的话，那不是报数的问题，而是受贿多少的问题，是牢狱之灾的问题。再说，那还用自己报数吗?！啊，向东书记是在救自己，乐天路想明白了。

“噢，平安是福啊！向东书记真是大恩大德呀！”乐天路心中窃喜，他独自咕哝了一句。

马亮庄说：“耿婶子，您的想法有变化吗？还决心为耿大年叔叔复仇吗?”他再次与甄巧巧会面的时候说了上述的话。

“是的，必须的，我的丈夫被他派人炸死了，我的生活全被他搞乱了，还有我的三个姑娘，也被他糟蹋了。我的丈夫不能蒙冤死去，我能做的就是为你耿叔叔复仇。再说，他杀人如麻，我怎么能和他这样的人在一起生活呢。亮庄，你说怎么办吧，我做就是了。”甄巧巧态度坚决。

“我的想法是让他死于自杀，对谁都有好处。就是说，他的死，不会有人受到牵连。特别是您，因为您和他一起生活。这事不会和我扯上关系，当然，您也不会把这事说出去。不过，就是您不小心说出去了，包括对耿茉、耿莉、耿花说了，那也不要紧，不会有人找到我和他有关的证据。因此，婶子，我为您担心。因为他的死，警察会找到您，您应当有个合适的说法。”

“放心吧，大侄子，人命关天的事，我不会对外人说的。我没什么文化，但晓得些事理。他嘛，精神抑郁了，死于自杀，谁能有什么办法呢?”

“好吧，婶子，您的说法非常好。既然您下决心了，我来为您做些安排。利用您的汽车后备厢，带一个人进到别墅里面去。”

“这个人去做什么，杀死他?”

“不，去他的卧室安置一个东西，一个令崔凤景粉身碎骨的东西。”

“然后呢，我是说那个人怎么办?”

“您把他送出来，但您不能让别墅内的其他人看见。”

“不，这不行。我的汽车后备厢里面，经常装些购买的食品。每次回去后，都会有人打开后备厢，把购买的东西拿到厨房去。”

“哦，是这样。”马亮庄陷入了深思。

“如果仅仅是安置爆炸装置，那就没有必要了，我就可以做。”

“不，您不行，有危险不说，需要有专门的技能。”

“噢，我懂得使用炸药，是耿大年教会我的。亮庄，我还会用炸药炸鱼哪。另外，我为丈夫复仇，不应该由别人来做，我要亲手杀死他。亮庄，也算是为耿大年复仇了。”

“哦，是吗，婶子，您的决心让我感动。耿叔叔在天有灵，也会感动的。不过，您和他的生活结束了，好日子会从头再来！”

“是的，亮庄，你说得对，好日子会从头再来！”马亮庄示意张超，把炸药及爆炸装置递给了她。

“婶子，给，这是炸药，从黑四采石场弄来的炸药。您可以作这样的解释，他在别墅内私藏炸药，也喜欢用炸药炸鱼。这是电子引爆装置，还有用塑料袋真空密封的磷粉。炸药爆炸后，密封装置会爆裂，磷粉遇到氧气会激烈地燃烧。”张超说。

“耿婶子，大火会烧毁别墅内的一切，也会烧掉一切与之相关的罪证，还会有利于您关于他精神抑郁而自杀的说法。不过，我要叮嘱您的是，除了他留下的遗嘱外，其他贵重物品不要带出别墅。如果您珍惜那些贵重物品，并带出了别墅，您就会有麻烦！”

“我懂，亮庄。他的生活有些规律，会在夜半时睡去，第二天中午醒来。没有人打扰他，也不会有人打扰他。他，也不允许别人打扰。”

“那就是说，凌晨到上午的时间都可以选择，是吗？”

“是的。”

“也就是说，您在市内购物的时候，别墅发生了爆炸。别墅爆炸的时候，您不在现场，但不知道为什么会发生爆炸。警方问到您的时候，您就说他精神抑郁，留下了遗嘱，可能是自杀身亡。”

“这是上帝的安排！”

“不过，您别忘了，密封的磷粉，要和炸药放在一起。还有，务必将引爆装置的开关打开。否则，无法遥控引爆炸弹。”

“我知道。”

“您在明天开车离开别墅的时候，会有一个骑摩托车的人在别墅的路口等候您，等候您的确切消息。然后，您开车去市内购物，就什么都不要管了。”

乐天路回到家，听了录音，连自己都吓坏了，这是他和崔凤景的通话。通话中，崔凤景威胁了他，还说出了每次工程都有他的回报。所以，才有了水向东书记的“你收了崔凤景多少钱，回去想一想，给我报个数”的说法。

这个录音是谁搞的呢？他心中疑惑，但不敢问，也不能问。不过，向东书记够意思，给了他一条活路。否则，纪委、检察院上手的话，他会进笆篱子。无疑，电话被监听了，不，也许是崔凤景的电话被监听了。能够监听电话的人，不会是一般人。

不过，这已不重要了。重要的是，电话里不能说事了，免得再次被人监听，特别是秘密的事情，是绝对不能在电话里说的。他这样想。

乐天路知道，交通局长这活干不成了。不是自己不愿意干，是水向东书记不让他干了，也没法干了，自己把交通局长这活干得一塌糊涂。不过，如果能够全身而退，是明智的选择。应该知足了，搂多少钱才是多呀！他心想。于是，他写了请辞交通局长职务的申请，放在西装的兜里，这是当天晚上的事情。同时，还和崔凤景作了约定，明天去别墅看望他，顺便谈谈高速公路工程的事情。

可是，高速公路工程的事，让他头疼，心更疼。向东书记指令明确，“高速公路工程的事，你处理好”。这个指令不可抗拒！不言自明，那就是把工程交给巴萨尔。如果抗拒这个指令，纪委、检察院就会上手，他就没有好果子吃。然而，他会让步吗？绝对不会让步的！而且，他握有自己收受钱财的证据，弄不好会抖搂出来，也会进笆篱子。

唯一的办法，就是请他看在老朋友的面子，作出让步。否则，自己完了，他也就完了。不同的是，崔凤景是因为行贿完蛋了。这一点，应该让他明白。唯一能够说服他的，那就是受贿是罪，行贿也是犯罪。受贿会毁掉自己，行贿会毁掉他。一根绳拴着两个蚂蚱，谁能跑得掉呢！

乐天路自己开着车向崔凤景的别墅驶去，约定的时间是中午见面，但不能让崔凤景等自己，求人办事应该先到。在去往别墅的岔路口，他看到了一辆奔驰车，还有一辆摩托车，两个车主在说着话，说什么他不知道，也不感兴趣。

他看到了那个骑摩托车的男人戴着墨镜，无法看清他的脸；但看清了那个女人，是崔凤景的情妇，还有她的三个姑娘，都跟着他，这他是知道的。崔凤景是幸运儿，有那么多女人和他缠绵，让他羡慕。透过车镜，乐天路看到那个女人开车走了，那个男人和摩托车还停在那儿。他们和我没有关系，乐天路心想。

乐天路来到别墅门口，院子里的藏獒狂吠不止。"您找谁？"一个守卫问他。

"我叫乐天路，是崔总约见的客人。"

"噢，知道了。他吩咐过了，哎，您不是中午来吗，这么早就到了呢？"

"我没有什么事，早来一会儿。"

"噢，崔总在睡觉，不好意思。"

"没关系，我等一会儿。"

"先生，那您到屋里面坐，还是在外面休息？"

"哦，这样吧，别墅墙根那不是有张逍遥椅嘛，我在那儿晒晒太阳。一会儿，崔总醒来的时候，你再通报我好了。"

"好的，先生，我给您泡杯茶。"

阳光温热柔和，让他觉得舒服。他仰面朝天躺在了摇椅上，望着太阳，光线色彩斑斓，有些刺眼。没有一会儿，他的眼睛开始疼了。于是，他闭上了眼睛，任由阳光在他的脸上肆虐。在温暖的阳光里，他觉得舒坦，有了困意。因为光盘的事，加上市委书记的训斥，还有如何说服崔凤景的问题，他熬了一夜。此刻，他轻松地睡去了，睡得很酣畅，还发出了轻微的均匀的呼噜声。他没有想到，也不会想到，这一睡就再也没有醒来。

"轰"的一声，别墅炸塌了。大块的石头砸在了他的头上、身上，瓦砾掩埋了他。顷刻，别墅燃起了熊熊大火。

甄巧巧回来后，看到别墅化作了灰烬。消防人员还在做现场清理。两个守卫和两只藏獒活了下来。她干嚎了一声，挤出了两颗眼泪。那两个守卫被警官问过话了，向警方介绍了情况，"他，过去因为睡不好觉，身体几乎垮掉！”接下来，警官找到了甄巧巧。“别墅发生了爆炸，您是别墅的主人，能够向我们提供什么情况吗？”

“噢，他的精神上有些问题了，那两个门卫也是知道的。在他刚来别墅时，睡不好觉，也走不了路，我照顾他。这不，前几天，他又犯病了，睡不着觉了。过去，他在别墅里储藏了一些炸药，是为了到河里面炸鱼。现在可倒好，把自己炸死了！前不久，还留下了遗嘱，为他的孩子继承财产的事！现在看，是他对后世有个交代！”无疑，警官认为她说得再明白不过了。

两个守卫知道甄巧巧是崔凤景的情人，为没有能够救出崔总而向她表示了过意不去。“真是抱歉，甄阿姨，火太大了，我们没能救出崔总！”

“你们肯定会尽力的，”甄巧巧说，“但他精神抑郁了，人不正常，自己想死，谁又能有什么办法？”

那两个守卫，感到惊诧，用错愕的眼神看着她，但没有再说什么！

又过了一会儿，甄巧巧对那两个守卫说：“好了，不要悲伤了，好日子会从头再来！”

图书在版编目（CIP）数据

鹰巢.2/阮金思著.-北京:作家出版社,2011.1
ISBN 978-7-5063-5662-6

Ⅰ.①鹰… Ⅱ.①阮… Ⅲ.①长篇小说-中国-当代
Ⅳ.①I247.5

中国版本图书馆 CIP 数据核字（2010）第231916号

鹰　　巢 2

作　　者：阮金思
责任编辑：贺　平　赵　莹
装帧设计：周思陶　高嘉昕
出版发行：作家出版社
社　　址：北京农展馆南里10号　**邮码**：100125
电话传真：86-10-65930756（出版发行部）
86-10-65004079（总编室）
86-10-65015116（邮购部）
E-mail：**zuojia@zuojia.net.cn**
http://www.zuojia.net.cn
印刷：紫恒印装有限公司
成品尺寸：170×240
字数：340千
印张：21.75
版次：2011年1月第1版
印次：2011年1月第1次印刷
ISBN 978-7-5063-5662-6
定价：29.00元
